KB038198

금빛 슈발리에

키아르네
장편소설

금빛 슈발리에 4

초판 1쇄 인쇄 2018년 7월 24일
초판 1쇄 발행 2018년 8월 13일

지은이 키아르네
발행인 오영배
기획 박성인
책임편집 김수현, 김소빈
디자인 권지연
제작 조하늬

펴낸곳 (주)삼양출판사 · 피오렛
주소 서울시 강북구 도봉로 173
대표 전화 02-980-2112 **팩스** / 02-983-0660
편집부 전화 02-980-2116 **팩스** / 02-983-8201
블로그 blog.naver.com/dan_gul
출판등록 1999년 3월 11일 제9-00046호.

ISBN 979-11-283-9510-9 (04810) / 979-11-283-9506-2 (세트)

fioret 은 (주)삼양출판사의 로맨스 판타지 문학 브랜드입니다.

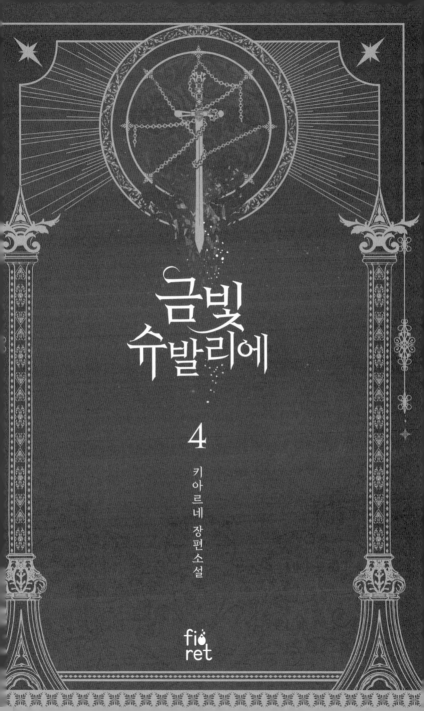

금빛
슈발리에

4

키아르네 장편소설

fio
ret

Contents

24. 헛발질 ⋯ 007

25. 트롤과 오거 ⋯ 043

26. 운 ⋯ 079

27. 엇갈리는 마음 ⋯ 123

28. 폭풍 전 ⋯ 179

29. 왕위 계승자 ⋯ 209

30. 두 왕자 ⋯ 263

31. 준비 ⋯ 293

32. 음모 ⋯ 339

33. 암살 ⋯ 385

24

헛발질

게일은 깨끗하게 베였지만 죽지는 않았다. 그렇다고 살았다는 뜻은 아니다. 장기뿐 아니라 뼈까지 깨끗하게 베어 나갔으니까.

그는 죽어 가고 있었다.

"헌터 양한테 연락했으려나?"

"했겠지."

로렌의 질문에 모아나가 심드렁하게 대답했다. 두 사람은 나란히 앉아 차를 마시고 있었다. 짜증 난다는 티가 팍팍 나는 모아나와 달리 로렌은 걱정스러운 표정이었다.

"그럼 걔가 또 난리 치는 거 아닌가 몰라."

"하라고 해."

모아나는 차를 홀짝 마시고 이어 말했다.

"지가 어쩔 건데? 걔네 아버지가 가주를 죽이려다 역으로 다쳤다고? 누가 걔 편을 들어 줄까?"

억울하다고 판단되면 귀족이 국왕 폐하께 이런 사연을 알리기도 한다. 하지만 게일의 상황은 누가 봐도 그가 자초한 일이다.

그 누구도 아드리아나의 편을 들어 주지 않을 것이다.

"하긴."

로렌은 차를 홀짝이며 모아나의 말에 동의했다. 그녀가 보기에도 아드리아나와 게일의 상황은 본인들이 자초한 일이긴 했다.

사교계 온갖 곳에 추태를 보이고 수도원으로 들어간 아드리아나와, 세이레나와 에즈라를 습격했다가 세이레나의 검에 맞아 쓰러진 게일.

둘 다 사교계로 다시 나오긴 어려울 것이다.

"난 걔가 자기 아버지 장례식을 치르러 올지도 의심스러워."

모아나는 찻잔을 들어 올리며 냉소적으로 말했다.

게일이 쓰러진 뒤 그의 재정 상태가 얼마나 엉망인지 드러났다. 그동안 게일이 쓰던 돈은 전부 남의 돈이었고 그가 가지고 있던 건 그의 것이 아니었다.

남의 돈으로 먹고 입는 사람들.

모아나는 쿨린 자작의 사업을 도우며 그런 자들을 몇 번이나

봤다. 그런 사기꾼들은 어디에나 있다. 하지만 그녀는 그 사기꾼
이 친구의 숙부라는 게 안타까웠다.

"에이, 설마."

로렌은 믿을 수 없다는 표정으로 모아나를 쳐다봤다. 설마 자
기 아버지 장례식도 치르지 않으려 할까. 하지만 모아나는 확신
하고 있었다.

"걔 장례식 못 치러. 돈이 있다면 이미 써 버렸을걸."

"돈이야 없겠지만 아버지 시체를 모른 척할까."

두 사람은 게일이 죽을 거라는 것을 확신하고 있었다. 복부가
깨끗하게 반이 잘렸다. 그 상태에서 살아나려면 드래곤 급의 재
생력을 가지고 있어야 한다.

"모른 척해야지 어쩌겠어? 장례식을 치를 돈이 있는 것도 아
니고, 걔가 장례식을 치러서 얻을 것도 없잖아."

"하지만 자기 아버지잖아."

"자기 조카들을 죽이려 한 자의 딸인데 그 아버지에 그 딸이겠
지."

그러려나. 로렌의 표정이 복잡해졌다. 그녀에게 아드리아나
가 게일의 장례식을 치르고 말고는 상관없다. 하지만 아드리아
나가 치르지 않는다면 세이레나가 치르려 할 것이다.

"으, 세이 또 사서 고생하겠네."

"그러니까 말이야."

두 사람은 투덜거리며 창밖으로 시선을 던졌다. 때마침 길 긴

너 맞은편에 있는 웅장한 건물에서 금발 머리가 빠져나오는 게 보였다.

온다.

두 사람은 세이레나가 그들이 있는 카페로 오기를 기다리고 있었다. 하지만 그보다 먼저 커다란 남자가 세이레나를 향해 다가갔다.

"언제 왔대?"

모아나가 눈을 동그랗게 뜨며 말했다. 분명 세이레나가 저 건물 안으로 들어가기 전까지 애쉬는 보이지 않았다.

글쎄. 로렌은 찻잔을 들어 올리며 픽 웃었다. 그녀는 애쉬가 분명 올 거라고 생각했다. 이럴 때 안 올 남자가 아니다.

"괜찮았어?"

애쉬는 어두운 표정으로 나오는 세이레나에게 다가가며 물었다. 그녀의 표정이 좋지 않았지만, 그는 별일 없을 거라는 걸 알았다. 그렇기 때문에 세이레나 혼자 들여보낸 것이다.

만약 무슨 일이 있을지도 모른다는 약간의 걱정이라도 있었다면 절대 그녀를 혼자 들여보내지 않았을 것이다.

"네. 뭐……."

세이레나는 복잡한 표정으로 고개를 끄덕였다. 여길 또 오게 될 줄은 몰랐다. 그녀의 시선이 웅장한 건물을 훑었다.

왕궁 재판소.

그녀가 왕비였을 때 이곳에서 재판을 받았다. 두 번 받았고 세 번째를 받을 차례였었다. 다시는 올 일이 없을 거라고 생각했는데.

이런 이유로 오게 될 줄은 꿈에도 몰랐다.

"왜 그래? 무슨 일 있었어?"

세이레나의 표정이 풀어지지 않자 애쉬가 걱정스럽게 물었다. 이미 안에 있던 직원에게 별일 없었다고 들었다.

세이레나는 재판을 받으러 간 게 아니었다. 그녀는 증인으로 불려 갔을 뿐이다.

며칠 전, 게일 헌터 경이 사람들을 데리고 헌터 저택을 습격했다. 목적은 조카인 세이레나 헌터와 에즈라 헌터의 목숨. 두 조카를 죽여 자신이 백작이 되려 한 게 아니냐는 합리적인 의심을 받고 있다.

하지만 게일은 의식 불명이라 조사를 받을 수 없다. 조사는 게일이 데려온 녀석들이 받았다.

애쉬가 서재에서 쓰러져 있던 녀석들을 발견했기 때문이다. 그리고 달아나던 녀석들은 애쉬의 부름을 받고 달려오던 기사단이 잡았다.

"아뇨. 그냥……."

기사단에 잡힌 녀석들은 게일이 자신의 일을 도와주면 돈을 주겠다고 했다고 말했다. 심지어 그들은 착수금으로 이미 약간의 돈을 받기도 했다.

대체 무슨 돈으로 착수금을 준 걸까. 누군가 게일에게 돈을 대 준 사람이 있다는 뜻이다.

"레나."

애쉬는 세이레나의 팔꿈치를 잡으며 걱정스럽게 불렀다.

'그냥 뭐?'

그녀의 다음 말을 기다리는 표정에 세이레나는 재빨리 입을 열었다.

"숙부가 저와 에즈라를 죽이려 할 거라고는 생각을 못 했거든 요."

아. 애쉬의 얼굴이 세이레나처럼 어두워졌다. 좋아하지 않는 숙부였지만 그가 자신을 죽이려 했다는데 충격받지 않았을 리가 없다. 그는 몸을 돌려 세이레나를 마주 봤다.

"이리 와."

애쉬의 팔이 벌어졌다. 세이레나는 여기가 왕궁 재판소 앞이라는 사실을 떠올리고 잠시 망설였지만 곧 그의 가슴에 뺨을 댔다.

게일은 이미 그녀가 돌아오기 전에도 그녀를 죽이려 했다. 그러니 이번에도 그럴 수 있다는 걸 알았어야 했다.

세이레나는 자신의 부족함에 한숨을 내쉬었다.

돌아오기 전의 그녀와 지금의 그녀가 다른 것처럼 게일과 아드리아나도 그녀의 태도로 달라질 거라 생각했다.

이번에는 자신을 단단하게 만들고 싶었는데 그녀는 여전히 물렀다.

"에즈라도 무사하잖아."

애쉬가 위로처럼 말했다. 세이레나가 오기 전까지 게일을 상대해야 했던 에즈라는 다행히 크게 다친 곳은 없었다. 입단 시험에서 꼴찌였던 열네 살짜리라고는 생각하기 어려운 결과다.

애쉬의 칭찬에 에즈라는 의기양양해졌지만 세이레나는 안다. 그날 이후로 밤마다 동생이 악몽을 꾼다는 것을.

"몸은요."

세이레나는 우울하게 말했다. 그녀는 알았다. 지난번에도 게일이 세이레나와 에즈라를 죽인 사람이라는 것을. 그럼에도 이번 삶에서도 그럴 거라고 생각하지 못했다는 게 충격적이었다.

아니, 정확히 말하면 게일이 그녀와 동생을 죽일 수 있는 시기를 지났다고 생각했다. 그녀가 강해졌으니까.

"에즈라는 생각보다 강해."

애쉬는 그렇게 말하며 세이레나의 머리에 뺨을 댔다. 지금은 좀 악몽을 꿀지 몰라도 언젠가 이겨 낼 거다. 세이레나라는 함께 있어 줄 좋은 가족이 있으니까. 물론 애쉬도 있다.

"내가 좀 더 강해져야 돼요."

"여기서 더?"

애쉬는 세이레나에게서 몸을 떼고 그녀를 쳐다봤다. 그가 무슨 의미로 그런 말을 하는지 몰라 세이레나는 멍하니 그를 쳐다보고 있었다.

"잡힌 녀석들이 그러던데. 세이레나 헌터 경이 소드 마스터였다고."

"아."

상황이 너무 급박하게 돌아가서 잊고 있었다. 당황해서 입을 작게 벌린 세이레나에게 애쉬가 빙그레 웃으며 말했다.

"최연소 타이틀을 넘겨 줄 때가 됐군."

"최, 최연소요?"

"나보다 일 년 먼저 됐으니까 최연소지."

그런가? 세이레나는 잠시 생각하다가 자신이 아직 스무 살이라는 것을 깨달았다.

스무 살. 아직 그녀는 스무 살이었다. 그렇구나. 그녀는 아직 스무 살이다. 에즈라는 열네 살이고.

세이레나의 기분이 한결 긍정적으로 변했다. 게일의 죽음은 찝찝하고 우울했지만 더 이상 그녀와 에즈라가 게일의 흉계에 빠질 걱정을 하지 않아도 된다.

세이레나의 얼굴에 미소가 떠올랐다.

다행이군. 애쉬는 자신의 말에 그녀의 기분이 좋아졌다고 생각하고 한숨을 내쉬었다.

세이레나가 걱정하거나 슬퍼하는 일이 없었으면 좋겠다. 그는 그녀의 손을 잡고 길을 건넜다.

맞은편 카페에서 모아나와 로렌이 기다리고 있다는 것을 그는 이미 알고 있었다.

"세이!"

"세이레나!"

애쉬가 세이레나와 함께 카페에 들어서자 로렌과 모아나가 벌떡 일어나며 두 사람을 맞이했다.

꽤 큰 카페에 반쯤 채운 사람들이 무슨 일인가 하고 애쉬와 세이레나를 쳐다봤다.

이제는 익숙한 일에 세이레나는 당황하지 않았다. 애쉬와 세이레나가 나란히 지나가면 근처에 있던 사람들의 시선이 몰리는 건 당연했다.

"어땠어?"

"별일 없지?"

모아나와 로렌은 세이레나에게 다가와 그녀를 자신들의 자리로 데려가며 질문을 퍼부었다. 친구가 증인으로 참석했었다는 걸 알지만 그래도 걱정된다.

"나도 같이 가고 싶었는데."

모아나가 세이레나를 좌석에 밀어 넣고 맞은편에 앉으며 말했다.

헌터 백작가 습격 사건은 비공개 재판이라 관련자가 아니면 참석할 수가 없었다.

세이레나를 위해 애쉬가 비공개 재판을 열어 달라고 요청했다. 숙부가 작위를 노려 조카를 죽이려다 역으로 당한 사건이다. 공개 재판이 되면 누구나 참석할 수 있고 사건의 사소한 부분까지 알려져 버린다.

세이레나가 왕비였을 때 받은 재판이 공개 재판이었던 것을 생각하면 그땐 게일이 일부러 그녀를 망신 주고 죄를 공공연하게 하기 위해 공개 재판을 열었던 게 분명했다.

"결과는 아직 안 나왔지?"

모아나가 세이레나와 애쉬를 위해 차를 주문하는 사이 로렌이 물었다.

"응."

세이레나는 직원이 가져다준 물컵을 들어 올리며 고개를 끄덕였다. 이 재판도 평소보다 빨리 열렸다. 평범한 귀족 상해였다면 다음 달쯤에나 재판이 열렸을 것이다.

상황을 파악하고 정확한 전후 관계를 조사하기 위해 최소한 한 달이라는 시간이 필요하기 때문이다.

하지만 이번 사건은 파악할 상황이랄 게 없었다. 후견인인 숙부가 조카들이 살고 있는 저택에 늦은 밤, 용병들을 데리고 몰래 침입했다. 그것만으로도 충분했다.

그리고 애쉬가 최대한 빨리 진행되도록 추진했다. 게일이 죽음으로 도망치게 하고 싶지 않았기 때문이다.

세이레나는 물을 한 모금 마시고 한숨을 내쉬었다. 재판소에서 바짝 긴장한 탓에 혓바닥이 모래처럼 까끌까끌했다.

"단장이 빨리 도착해서 다행이었지."

로렌의 말에 애쉬는 쓰게 웃었다. 그가 빨리 도착했기 때문에

서재에 쓰러져 있던 녀석들을 잡을 수 있었다. 그가 출발하면서 집사에게 기사단을 소집하라고 명령해서 달아나던 녀석들도 잡을 수 있었다. 하지만 그건 그가 빨랐기 때문이 아니다.

"레나가 신속했던 거지."

애쉬의 말에 모아나와 로렌의 시선이 세이레나를 향했다. 열 명의 남자들이 헌터 저택에 몰려갔지만 놀라울 정도로 피해가 없었다.

습격을 받자 사용인들은 우왕좌왕하지 않고 연습한 대로 행동했다. 집사는 헌터가의 가장 중요한 물건만 챙겨 집 밖으로 도망쳐 나왔고 사용인들도 소지품을 챙겨 도망쳐 나왔다.

세이레나와 집사는 그다음에 취해야 할 것도 상황에 따라 나눠서 연습시켰다. 주변의 도움을 요청할 것인가, 최대한 멀리 달아날 것인가.

집 밖으로 피신한 사용인들에게 가정 교사가 빠져나오자마자 소리쳤다.

"공작님께 알려야 해요!"

말을 탈 수 있는 사용인이 세이레나의 말을 타고 가도록 미리 이야기해 놓았다. 그들은 일사불란하게 움직였다. 기사단에 비할 것은 아니었지만 꽤 훌륭했다고 다들 반추할 정도로.

빠져나온 직후 애나가 침입자의 주의를 돌리기 위해 큰 소리를 냈다.

하인들과 함께 지붕 위로 올라가 불을 붙인 통을 떨어트린 것이다.

"제가 신속한 게 아니라 사람들이 신속했던 거죠."

직원이 차를 가져오자 세이레나는 자신의 찻잔을 받아 들며 그렇게 말했다.

정말로 그랬다. 아무도 저택을 빠져나가는 것을 망설이지 않았고 어디로 빠져나가야 할지 우왕좌왕하지도 않았다.

세이레나의 말을 탄 하인은 필사적으로 그레이윈드 공작 저택으로 달려갔고 애나는 지붕 위로 기어 올라갔다.

모든 상황이 별거 아닌 것처럼 보이지만 절대 그렇지 않다. 그 상황이 되면 처음 겪는 사람들은 머리가 텅 비어 버린다. 덕분에 피해가 적었다.

망가진 문과 가구는 있었지만 전부 에즈라와 세이레나의 방뿐이었고 가장 중요한 인명 피해는 없었다.

"에즈라는 괜찮아? 다쳤다던데."

모아나가 세이레나를 위해 새로 주문한 케이크를 그녀의 앞에 놓으며 물었다.

에즈라는 게일과 싸우느라 찰과상이 생겼다. 하지만 상처 자체는 대단하지 않았다.

"응. 다친 건 괜찮아. 검에 가볍게 베인 정도니까."

하지만 기사단을 쉬고 있다. 세이레나와 함께.

로렌과 모아나의 시선이 부딪쳤다. 애쉬가 잔을 들어 올리며 말했다.

"첫 전투의 충격이지."

"하긴, 상대가 몬스터도 아니고 사람이었죠."

기사단에 들어온 페이지들은 누구나 첫 전투를 하고 나면 충격을 받는다. 일방적으로 검으로 나무 모형을 치던 것과는 다르다. 규칙을 지키며 다치지 않도록 대련하는 것과 다르다.

전투는 규칙도, 보호도 없다. 누군가 자신의 목숨을 노리려 한다는 사실에, 그 적의에 한 번 충격받고 자신의 검이 누군가를 다치게 한다는 것에 또 한 번 충격받는다. 그 충격을 이겨 내지 못하고 그만두는 페이지들은 매년 한두 명씩 있을 정도다.

"에즈라는 잘 이겨 낼 거야."

애쉬는 그렇게 말하며 테이블 밑으로 세이레나의 손을 감싸 쥐었다. 에즈라가 이겨 내지 못할까 봐 걱정한 건 아니지만 세이레나는 그를 향해 미소를 지어 보였다.

애쉬가 자신에게 그렇게 마음을 써 준다는 게 기분 좋았다.

"너는 다친 데 없고?"

로렌이 물었다.

세이레나는 애쉬의 손을 잡은 채 고개를 저었다. 그녀는 다치지 않았다.

세이레나는 잠시 자신이 그날 검기를 썼다는 것을 로렌과 모아나에게 알려야 할지 고민했다.

그날 이후 세이레나는 헌터 저택의 훈련장에서 다시 한 번 검기를 뽑아내 봤다. 그동안 아무리 노력해도 잡히지 않던 검기가 그녀의 손 안에 잡혔다.

그녀의 머리카락 색과 같은 검기를 두른 검을 보며 세이레나는 꿈을 꾸는 것 같다고 생각했다.

처음 검기를 사용한 그 날 이후로 그녀는 매일 검기를 잡으려 노력했다. 손에 잡힐 듯 잡히지 않던 그것이 드디어 그녀의 것이 되었다.

무력한 왕비였던 지난 생이 마치 거짓말 같이 느껴졌다.

"사용인들도 다친 사람이 없다며."

모아나의 말에 로렌은 깜짝 놀란 표정을 지었다.

"그게 가능해?"

검을 든 남자들이 저택을 침입해서 검을 휘둘렀다.

검에 맞지 않아도 넘어지거나 굴러 떨어지면서 다칠 수 있다. 하지만 헌터 저택의 사용인들은 아무도 다치지 않았다.

"응. 다들 연습한 대로 잘해 줬지."

세이레나의 말에 모아나와 로렌이 무슨 소리냐는 표정을 지었다. 세이레나는 얼굴을 붉히며 덧붙여 설명했다.

"혹시 무슨 일이 있을 때를 대비해서 도주 경로를 만들어서 연습했거든."

"도주 경로? 너 설마 네 숙부가 널 습격할 거라고 생각했던 거야?"

"아니야, 아니야."

세이레나는 손을 저어 부인하고 다시 입을 열었다. 게일이 그녀를 습격할 거라 생각해서 연습시킨 건 아니었다. 그렇게 생각했다면 다른 연습을 했겠지.

하지만 그게 크게 도움이 되었다.

"여러 가지 상황이 있을 수 있잖아. 불이 나거나, 강도가 들 수도 있고."

그녀는 잠시 입을 다물었다가 다시 말했다.

"몬스터의 습격이 잦으니까, 몬스터의 습격을 받을 수도 있고."

정확히 말하면 드래곤의 습격을 걱정해서 시켰던 연습이다. 하지만 그렇게 말할 수는 없다.

"그것도 그러네."

모아나가 세이레나의 말을 듣고 고개를 끄덕였다.

세이레나는 어떤 식으로든 자신 때문에 누군가가 다치는 것을 바라지 않았다. 죽는 것은 당연하고, 다치는 것만으로도 누군가의 인생이 달라져 버린다는 것을 세이레나는 잘 알았다.

그녀가 왕비였을 때도 양팔을 찔려 더 이상 검을 들 수 없었다. 세이레나는 다른 사람들이 그녀와 같은 경험을 하는 것을 원하지 않았다.

그래서 화재나 몬스터의 습격에 대비해 대피 연습을 시킨 거지만 그게 저택의 사람들을 구했다.

"좋은 생각이네."

모아나는 진심으로 그렇게 생각하며 물었다.

"세이레나, 대피 연습을 어떻게 했는지 알려 줄 수 있어?"

"응?"

느닷없는 질문에 세이레나가 모아나를 쳐다봤다. 모아나는 찻잔을 들어 올리며 말했다.

"괜찮은 방법 같아. 화재가 났을 때는 훈련하는데 그런 건 안 하고 있었거든. 하지만 네 말대로 몬스터의 습격이 잦으니까."

대피 훈련을 해 두는 게 좋을 것 같다는 말이다. 화재에 의한 대피 방법과 습격에 의한 대피 방법은 다르다.

세이레나는 알겠다는 듯 고개를 끄덕이며 말했다.

"너희 집 집사에게 알려 주라고 거드윈에게 말해 놓을게."

"아, 나도, 나도."

로렌이 끼어들었다. 세이레나는 빙그레 웃으며 말했다.

"너희 집 집사한테도 전하라고 할게."

좋아. 만족한 여기사들이 빙그레 웃으며 차를 마셨다. 세이레나의 옆에 앉은 애쉬는 조용히 자기 차를 마시고 있었다.

그런 그에게 로렌이 물었다.

"넌 필요 없어?"

"아니, 필요하지."

"그런데 왜 안 부탁해?"

"부탁할 필요가 뭐가 있어."

애쉬는 자기 찻잔을 내려놓으며 세이레나를 한 번 쳐다봤다.

응? 어리둥절해 하는 그녀의 얼굴에게서 시선을 뗀 애쉬가 말했다.

"몇 달 후면 레나와 함께 살게 될 텐데."

그 순간 세이레나의 얼굴이 새빨갛게 달아올랐다. 얼마나 순식간에 달아올랐던지 로렌과 모아나가 깜짝 놀랄 정도였다.

"애쉬!"

세이레나는 반사적으로 소리쳤다. 친구들 앞에서 하기엔 너무 과감한 발언이었다.

하지만 정작 그 친구들은 애쉬의 발언에 아무 관심도 두지 않고 있었다.

"아, 신혼은 헌터 저택에서 누리는 거예요?"

모아나의 질문에 세이레나의 고개가 그녀 쪽으로 휙 돌아갔다. '넌 또 무슨 소리야?' 그런 표정이었지만 그녀는 모른 척했다.

"그레이윈드 저택을 비우려고?"

로렌의 이어진 질문에 애쉬는 턱을 쓰다듬으며 입을 열었다.

"글쎄. 난 어디든 상관없거든. 레나가 원한다면 헌터 저택으로 내가 가도 되고."

세이레나와 에즈라를 떨어트릴 생각은 들지 않는다. 그래서 애쉬는 결혼하면 헌터 저택으로 들어가는 것도 괜찮다고 생각했다.

에즈라와 세이레나가 그의 저택으로 오는 것도 괜찮고.

그는 세이레나를 쳐다보며 다시 말했다.

"어디까지나 레나가 허락한다면 말이지만."

얏샀어. 세이레나는 여전히 새빨개진 얼굴을 숨기기 위해 고개를 숙였다. 이런 식으로 치고 들어오면 어떻게 반응해야 할지 모르겠다.

하지만 애쉬가 그녀뿐 아니라 동생인 에즈라도 신경 쓰고 있다는 점에 기뻤다. 에즈라가 아니라 그녀를 위해서.

열네 살짜리 동생을 부모님 대신 길러 스물한 살이 되면 백작위를 물려주겠다는 건 어려운 일이다. 그건 스무 살보다 더 나이를 먹은 사람에게도 어려운 일이다. 열네 살짜리 동생의 미래가 온전히 스무 살밖에 안 된 그녀의 두 손 위에 놓여 있었다.

세이레나는 그 부담을 애쉬가 함께 짊어 주려 한다는 게 기뻤다. 배우자도 아닌 약혼자의 형제를 위해 그 미래를 같이 걱정해 준다는 건 쉬운 일이 아니다.

에즈라를 위해 함께 고민하고 걱정해 주는 사람이 있다는 게 행복했다.

"흠. 그러네. 헌터 경도 저렇게 됐으니 세이레나와 에즈라의 후견인은 애쉬가 될 가능성이 높고 말이야."

"그래?"

모아나의 말에 로렌이 고개를 갸웃했다.

그렇지. 모아나는 고개를 끄덕이며 말을 이었다.

"세이레나와 가장 가까운 친인척 중에서 귀족인 사람이 되는 거니까 말이야. 헌터 경은 경이었고 숙부였으니 조건이 전부 맞았던 거지?"

맞다. 세이레나는 고개를 끄덕이고 모아나의 말을 받았다.

"가까운 친인척 중에 더 이상 귀족은 없거든. 그럴 때는 그, 폐하께서 가깝게 지내는 귀족을 지정해 주는 거로 알아."

그렇다면 높은 확률로 애쉬가 세이레나의 후견인이 될 것이다. 헌터가에는 세이레나뿐 아니라 에즈라도 남아 있으니까.

세이레나가 스물한 살이 되기까지는 고작 몇 달. 관계없는 사람을 지목하느니 애쉬가 후견인이 되고 세이레나가 스물한 살이 되면 결혼해서 에즈라를 돌보는 게 낫다고 판단할 것이다.

"사촌한테는 연락했어?"

로렌이 슬그머니 물었다. 후견인 하니까 생각났다. 아드리아나도 열아홉 살이니 후견인이 필요할 나이이기는 하다.

물론 그녀는 세이레나 애쉬의 책임이 아니고, 또 귀족이 아니라서 해당 사항이 없다. 로렌이 물어본 건 게일이 저렇게 됐으니 그 자식에게 알려야 하지 않느냐는 의미였다.

"응. 기사단에서."

세이레나는 그렇게 말하고 굳은 표정을 지었다. 일부러 그녀가 연락하지 않은 게 아니다.

정신없는 세이레나를 대신해서 애쉬가 처리했다. 그는 피해자인 세이레나가 연락을 취하는 게 옳지 않다고 생각했다. 그렇다고 약혼자인 그가 연락하는 것도 맞지 않다.

결국 애쉬의 지시를 받은 행정 기사 미카엘이 기사단의 이름으로 아드리아나에게 상황을 알렸다.

게일은 더 이상 기사단 소속이 아니지만 연고가 없는 전 기사의 신변에 문제가 생기면 기사단이 대신 처리해 주기도 한다.

"세이, 만약 네 사촌이 자기 아버지의 장례를 치르지 못한다고 하면 말이야……."

로렌은 조심스럽게 말을 꺼냈다. 기사단에는 소속됐던 기사에 대한 몇 가지 복지가 있다. 그녀는 세이레나의 얼굴을 살피고 이어 말했다.

"꼭 네가 치러야 할 필요는 없어."

세이레나의 표정이 다시 굳었다. 그녀는 반사적으로 자신의 손을 내려다봤다. 어둠 속에서 검을 쥔 자신의 손이 겹쳐 보였다. 이상할 정도로 적막하던 복도와 다음 순간 쏟아지듯 찔러 들어오는 검.

에즈라의 방에 뛰어들었을 때 창문을 등지고 에즈라를 붙잡은 채 서 있던 게일의 모습이 차례로 떠올랐다.

반쯤은 반사적으로 검을 휘둘렀던 것 같다. 희미한 달빛만 비추는 어둠 속에서 세이레나의 검이 달빛을 받아 한 번 반짝였다. 그리고 검이 놀라울 정도로 매끄럽게 게일의 복부를 파고들었었다. 그건 그녀가 검기를 사용했기 때문이다.

검기라는 건 무서운 거구나. 세이레나는 씁쓸하게 생각했다.

소드 마스터들이 커다란 나무를 일격에 검으로 베었다는 이야기가 이해됐다. 그녀의 힘으로도 검에 검기를 두르면 나무 베어 낼 수 있을 것이다.

"헌터 경은 기사단이었으니까, 요청하면 기사단에서 처리해 줄 수 있을 거야."

로렌은 여전히 어두운 표정인 세이레나에게 이야기하고 있었다. 라고말리 기사단은 가족이 없거나 절연해서 장례식을 치러 줄 사람이 없는 전, 현직 기사의 장례식을 치러 주기도 한다.

전투로 사망한 기사를 위해 해 주던 복지 중 하나지만 전 기사를 위해서도 해 준다.

하지만 세이레나는 고개를 저었다.

"그 말은…… 숙부를 우리 집안에서 잘라 내라는 말이잖아."

그렇긴 하지. 로렌과 모아나의 시선이 부딪쳤다. 세이레나는 헌터가의 가주다. 아드리아나가 아버지의 장례를 치를 능력이 없으면 가주가 도와주기도 한다. 그래야 할 의무는 없지만 로렌과 모아나는 세이레나가 자신을 죽이려 한 사람의 장례를 치르느라 돈을 쓰는 게 못마땅했다.

"그럴 수는 없어."

세이레나는 고개를 저었다. 죽어 가는 사람이다. 기껏 해 봐야 이틀, 길어야 일주일을 버티지 못할 거라는 말을 들었다.

장례를 치르면 치렀지 돈 쓰기 싫다고 죽어 가는 사람을 가문에서 잘라 내는 짓은 차마 할 수 없었다.

로렌은 답답하다는 표정을 지었다. 세이레나의 행동은 융통성 없고 답답한 행동이다.

게일은 찢어 죽여도 속이 풀리지 않는 짓을 저질렀다. 그런 자의 장례식을 치러 주겠다는 게 이해가 되지 않았다.

하지만 모아나는 세이레나의 생각에 동의했다. 그녀 역시 답답하고 짜증 났지만 세이레나의 행동이 옳다고 생각했다.

"그게 나을 수도 있지."

"뭐? 너까지 그런 소리야?"

로렌은 모아나의 태도에 어이가 없어서 소리를 높였다. 하지만 모아나는 눈썹 하나 까딱하지 않고 말했다.

"세이레나가 고지식한 건 여기 있는 사람은 다 알고 있었잖아. 게다가 조카가 숙부를 죽인 사건이지. 세이레나가 장례식을 치러 주지 않는다면 나이 있는 귀족들은 얘가 독하고 못된 애라고 생각할걸?"

정말? 로렌은 어이가 없어서 애쉬를 쳐다봤다. 그는 쓰게 웃고 있었다.

모아나의 말이 맞다. 나이가 있는 남성 귀족들은 게일이 나쁘다는 것과 별개로 어린 여 가주가 숙부의 장례식을 치러 주지 않았다는 사실에 거부감을 느낄 것이다.

대부분의 귀족 집안이 집안사람들끼리 벌어진 사건을 고소 고발하지 않고 묻어 버리는 건 그런 이유다.

가문의 명예. 어느 집이나 그건 중요하겠지만 귀족에게는 더

더욱 중요하다.

세이레나가 게일의 장례식을 치르지 않는다면 나이 있는 귀족들이 그녀가 가주로서의 의무를 제대로 하지 않는다고 지적할 것이다.

그리고 그건 세이레나가 어리고 부모를 일찍 잃었다는 것으로 이어져 가문을 욕하는 데 이용된다.

"난 정말 이쪽이 싫어."

로렌은 그렇게 투덜거렸다. 그녀의 머릿속에서도 그녀가 만나 온 고지식하고 융통성 없는 늙은 귀족들이 떠올랐다.

세이레나가 그들 앞에서 비난받느니 차라리 경제적 손실을 감수하고 장례를 치르는 게 나을 수도 있다.

그녀는 한숨을 내쉬다가 여전히 말이 없는 애쉬를 바라보며 말했다.

"세이가 이럴 줄 알고 권하지 않은 거지?"

기사단의 복지에 대해 애쉬가 모를 리가 없다. 그가 세이레나에게 말하지 않은 건 그녀가 거절할 거라는 것을 알고 있었기 때문이다.

애쉬는 씩 웃었다. 그는 기사단 단장이니까 게일이 죽자마자 기사단에서 장례식을 치르는 방법을 제안할 수 있었다. 하지만 굳이 그러지는 않았다.

"돈을 아끼자고 레나의 마음을 불편하게 할 수는 없잖아."

기사단이 게일의 장례식을 치르면 헌터가는 그만큼 돈을 아낄 수 있다. 하지만 그는 무엇보다 사랑하는 여자의 기분과 마음이 더 중요했다. 그녀가 소중히 하는 모든 것도.

"질투 나네, 질투 나."

로렌과 모아나가 그렇게 투덜거리며 일어났다. 무슨 부귀영화를 누리자고 이 커플 앞에 앉아 있었는지 모르겠다.

두 사람이 일어나자 세이레나도 같이 일어났다.

"넌 됐어. 휴가잖아. 나랑 모아나는 근무 때문에 일어나는 거야."

"하지만."

친구들이 일부러 증언이 끝날 때까지 기다려 줬는데 그냥 헤어질 수 없다. 아쉬워하는 세이레나에게 모아나가 말했다.

"근무 끝나고 찾아갈게."

"둘이 데이트하고 와."

모아나와 로렌은 그렇게 말하고 가 버렸다. 세이레나는 저녁 때 찾아온다는 말에 다시 의자에 앉았다.

친구들이 있어서 좋구나. 그녀는 왕비였을 때를 떠올리며 한숨을 내쉬었다. 고작 증언일 뿐인데 그녀를 기다려 주는 사람이 있다는 게 든든하고 행복했다.

그녀가 왕비로 재판을 받았을 때는 기다리는 사람은 아무도 없었다. 차갑고 어두운 감옥으로 쓸쓸하게 돌아와야 했다.

"차 한잔 더 마실래?"

애쉬의 질문에 세이레나는 고개를 저었다. 감옥을 생각하자

밝은 곳으로 나가고 싶어졌다.

"산책해요."

그는 슬쩍 세이레나의 신발을 살폈다. 오늘 그녀는 증언을 하기 위해 기사단 제복을 입고 있었다. 신발도 드레스용 구두가 아니다.

걸어도 되겠군. 애쉬는 일어나서 팔꿈치를 내밀었다.

분명 로렌과 모아나가 그를 믿고 찻값을 내지 않았을 것 같아서 테이블 위에 넉넉하게 돈을 놓은 애쉬는 세이레나와 함께 가게 밖으로 나갔다.

둘 다 말을 가져오지 않아서 모처럼 자유롭게 걸을 수 있었다. 두 사람은 나란히 길을 걸었다.

"그러고 보니 현자의 탑에서 요청했던 거 말이야."

애쉬는 자연스럽게 세이레나를 지나가는 마차로부터 보호하며 말했다.

"그거 왕궁에서 거절했다고 들었는데요."

"맞아."

현자의 탑 소속 마법사들은 왕궁 아래 드래곤이 잠들어 있으며 몬스터가 몰려오는 이유는 그 드래곤이 깨어나기 때문일 수 있다고 주장했다.

그리고 왕궁 아래 드래곤이 있는지, 있다면 정말 깨어나려는 건 아닌지 알아볼 수 있도록 허가해 달라는 요청을 애쉬를 통해 보냈었다.

하지만 왕궁의 대답은 거절. 거기까지는 세이레나도 알고 있다. 그녀가 모르는 건 그 후 걱정하는 세이레나를 본 애쉬가 한 번 더 요청했다는 점이다.

바이트 백작의 파티로 가는 마차 안에서 세이레나는 과하다 싶을 정도로 걱정하고 있었다. 그 모습을 본 애쉬는 왕궁에 한 번 더 요청을 했다.

"이번에는 다르게 요청을 보냈거든."

"다르게요?"

세이레나의 시선이 애쉬를 향했다. 오늘 그는 세이레나와 마찬가지로 휴가를 받았다. 그 말은 기사단 제복이 아니라는 말이다.

하얀 셔츠에 군청색의 바지와 자켓을 걸치고 있는 애쉬의 모습은 기사라기보다는 잘생긴 귀족처럼 보인다. 게다가 늘 뒤로 넘겼던 앞머리가 이마 위로 자연스럽게 흘러 내려와 있어서 평소 같은 금욕적인 모습과 달랐다.

"다섯 용사가 물리친 드래곤의 시체가 어디 있는지 알고 있냐고 보냈어."

뭐? 세이레나는 어이가 없어서 입을 딱 벌렸다. 무슨 열 살짜리 꼬마 같은 질문을 왕궁에 보냈다니 믿을 수 없다.

그건 에즈라가 딱 열 살 때 다섯 용사에 대한 이야기를 읽고 가정 교사에게 한 질문이었다.

"왕궁에 그렇게 보냈다고요?"

믿을 수 없다는 듯한 세이레나의 질문에 애쉬는 쓰게 웃었다. 반쯤은 시비조였다.

현자의 탑 마법사들은 왕궁 아래 드래곤이 잠들어 있다는 합리적인 의견을 가지고 있다. 그 의견을 아무 이유도 붙이지 않고 일언지하에 거절하다니, 그렇다면 왕궁에서는 알고 있는 거냐, 라는 의도였다.

당연히 애쉬는 왕궁에서 그의 두 번째 요청을 무시할 거라 생각했다. 아니면 왕궁에서도 모른다는 답변이 오거나.

"꽤 놀라운 답변이 왔지."

"놀랍다는 건 왕궁에서 알고 있다는 건가요?"

"반반인 것 같아."

반반? 세이레나가 고개를 갸웃했다.

애쉬는 그녀를 외곽으로 이끌었다. 저녁 식사 시간 전이라 지금 시장 쪽은 사람들이 가득할 것이기 때문이다.

"왕궁의 공식적인 답변은 '말할 수 없다'였어."

"공식적인 답변이요?"

세이레나의 눈이 커졌다. 모른다거나 아예 답이 없다면 모르지만 말할 수 없다고 했다고?

그건 알고 있는데 말할 수 없다는 뜻일 수 있다. 혹은 몰라서 말할 수 없다는 뜻이거나. 그녀는 애쉬의 반반이라는 말을 이해했다.

"그러네요. 말할 수 없다라는 건 알 수도, 모를 수도 있다는 말이네요."

애쉬는 세이레나의 표정을 살폈다. 괜히 그녀를 더 걱정하게 만드는 게 아닌지 모르겠다.

하지만 정말 왕궁 아래 드래곤이 잠들어 있다면, 그리고 그 드래곤이 깨어나려 한다면 기사단 단장이자 공작인 그는 반드시 알아야 한다.

"하지만 여기에 의문이 있어."

애쉬는 사람이 없는 길과 있는 길 중 있는 쪽으로 방향을 틀며 입을 열었다. 그는 세이레나가 자신의 평판에 매우 신경을 쓴다는 걸 안다.

사람이 아예 없는 길을 단둘이 걷는다는 건 세이레나에게 부담일 것이다.

"만약 진짜 왕궁 아래 드래곤이 잠들어 있고, 그 드래곤이 깨어나고 있다면 어째서 왕궁에서 그걸 숨기는 거지?"

"글쎄요. 소란이 일어날까 봐서요?"

"일반 사람들에게는 그런 이유로 알리지 않을 수도 있겠지."

애쉬의 말에 세이레나는 아 하고 고개를 끄덕였다. 일반 사람들에게라면 소란이 일어나는 것을 피하기 위해 숨길 수 있다.

왕궁 건물 아래 드래곤이 잠들어 있고 곧 깨어날 거라는 사실이 알려지면 타인머스는 충격에 휩싸일 것이다. 나라 밖으로 도망치려는 사람들과 그 틈을 타 법을 어기는 사람들로 아비규환이 될 테지.

하지만 애쉬는 일반 사람이 아니다. 그는 왕족이고 왕의 조카다. 일 왕자와 이 왕자가 죽는다면 그가 왕위를 잇게 된다. 물론 왕위 때문이 아니더라도 그는 알아야 할 이유가 있다. 기사단 단장이니까. 그러니 만약 드래곤이 깨어난다면 그는 반드시 알아야 할 사람 중 하나다.

"그렇다면 뭘까요?"

애쉬에게까지 숨기는 이유가 뭘까. 그렇게 묻는 세이레나에게 애쉬가 말했다.

"숨기는 게 아닐 수도 있어."

"숨기는 게 아니라고요?"

"왕궁에서는 진짜로 드래곤이 깨어나지 않았다는 증거를 가지고 있을 수도 있다는 거야."

왕궁 아래에 진짜 드래곤이 잠들어 있다면 말이지만. 바로 얼마 전까지만 해도 드래곤이 왕궁 아래 있을 거라고는 생각도 못 했는데.

애쉬는 순식간에 변한 자신의 생각에 쓰게 웃었다. 그리고 세이레나를 쳐다봤다. 그가 이렇게 변한 건 전부 세이레나 때문이다. 그녀가 그렇게 고민하고 걱정한다면 어떤 이유가 있는 거겠지.

애쉬는 그렇게 생각하고 있었다.

"그렇겠네요."

세이레나는 애쉬의 팔에 손을 얹은 채 고개를 끄덕였다. 왕궁이 현자의 탑은 몰라도 애쉬까지 속일 이유가 없다. 그들은 정말로 드래곤이 깨어나지 않았다는 증거를 가지고 있는 건지도 모른다.

세이레나는 그녀가 왕비였을 때 왕의 행동을 떠올렸다. 아무도 없이 혼자서 시간을 보냈던 왕이 생각났다. 술에 취했을 때는 그게 왕이 드래곤을 보러 가는 거라고 생각했다. 매년 일정한 날이었으니까.

왕의 임무 중 하나인 게 아닐까. 하지만 그렇게 생각하면 왕혼자 갔다는 게 이상하다. 드래곤은 죽은 게 아니다. 잠들어 있을 뿐이다.

언제 깨어날지 모르는 드래곤을 왕이 혼자 보러 간다는 건 너무 위험하다.

아니면 드래곤이 위험하지 않다는 확실한 보장이 있거나.

드래곤이 깨어나지 않을 거라는 확실한 증거. 그게 왕에게 있는 건지도 모른다.

"그렇다면 몬스터의 습격은 드래곤 탓이 아닐 수도 있겠네요."

세이레나의 말에 애쉬는 고개를 끄덕였다. 그는 그녀의 걱정을 덜었다는 사실에 안도하며 입을 열었다.

"조만간 현자의 탑에 찾아갈 생각이야."

"이걸 말하러요?"

"그래. 그때 같이 갈래?"

"네."

세이레나는 생각할 것도 없이 고개를 끄덕였다. 아주 약간 희망이 피어올랐다. 그녀가 돌아왔기 때문에 드래곤이 깨어난 게 아닐 수도 있다는 희망.

두 사람은 어느새 헌터 저택까지 와 있었다. 애쉬는 세이레나와 헤어지기 아쉬워서 그녀의 손을 잡고 몸을 돌렸다.

"아, 맞다."

애쉬는 세이레나와 마주 선 채 생각났다는 듯 말했다.

"전에 내가 부탁한 거 말이야. 기억나?"

"부탁이요?"

"바이트 백작의 파티에서 말이야. 네 숙부의 자격을 박탈하면 네게 뭔가를 받고 싶다고 했잖아."

아. 세이레나의 입이 벌어졌다. 기억난다. 그녀는 그게 뭐든 주겠다고 대답했다. 그리고 검으로 찌른다는 게 비유라는 말도 들었지.

그날 이후로 몇 번이나 고민했다. 왕은 두 사람이 부부였을 때 드물면 며칠에 한 번 세이레나의 몸을 검으로 긋거나 찔렀다. 그게 부부 관계라고 했다.

모든 사람이 그게 당연하다는 듯 행동했다. 갓 왕비가 됐을 때는 밝힌다는 반응 때문에 부부 관계에 대해 묻지 못했고 시간이 지나서는 익숙해졌다.

그래서 세이레나는 지금까지 그런 줄 만 알았다. 심지어 첫날밤 신랑의 검이 신부의 몸을 찌른다는 말이 있어서 더 그랬다.

만약 세이레나가 평민이었다면 속지 않았을 것이다. 귀족보다 평민들은 이런 이야기를 조금 더 개방적으로 한다. 그리고 딸과 엄마가 함께 목욕하는 일도 잦다. 물을 데우는 게 힘들기 때문이다.

만약 세이레나가 평민이었다면 어머니의 몸에 흉터가 없는 것을 알아차렸을 것이다. 하지만 그녀는 누구와도 목욕을 같이한 적이 없었고 비교할 사람이 없으니 모든 결혼한 여자는 몸에 배우자가 칼로 만든 흉터가 있고 그걸 감춘다고 생각했다.

하지만 애쉬는 그게 비유라고 말했고 세이레나는 혼란스러웠다.

"저, 저기, 애쉬."

세이레나는 머뭇거리며 입을 열었다. 애쉬라면 그녀에게 무슨 짓을 해도 좋다. 그녀가 가장 공포스러웠던, 검으로 찌르는 것조차 괜찮다고 생각했던 남자다.

그러니까 다른 무엇을 해도 상관없다. 하지만······.

"마음의 준비를 할 시간을 갖고 싶은데요."

"마음의 준비?"

그게 뭔지 모르지만, 모르니까 더 마음의 준비가 필요할 것 같다. 남녀 관계라는 게 검으로 찌르는 게 아니라면 대체 뭔지 알아 둬야겠다고 세이레나는 생각했다.

하지만 애쉬는 전혀 다른 생각을 하고 있었다.

"아, 하긴. 그럴 수도 있겠다. 원래대로라면 내 집에나 네 집에서 가볍게 할 생각이었는데 이제 네가 검기를 다룰 수 있게 됐으니 사람들 앞에서 보여 줘야 할 필요도 있고."

"뭘 보여 줘요?"

"네 검기 말이야. 소드 마스터로 인정받으려면 최소 세 명의 슈발리에 앞에서 대련을 해야 하거든."

세 명의 슈발리에는 다행히 기사단 안에서 해결이 된다. 애쉬, 데니스, 로렌.

다행히도 모두 세이레나와 안면이 있는 사람들이다. 기사단 안에 세 명의 슈발리에가 없을 때는 이미 기사단을 그만둔 슈발리에를 모셔 오기도 했다.

"어, 잠깐."

세이레나는 애쉬가 무슨 소리를 하는지 몰라 살짝 물러났다. 하지만 애쉬가 그렇게 두지 않았다. 그는 그녀의 손을 잡은 채 물었다.

"왜 그래? 사람들 앞에서 검기를 보이는 게 부담스러워서 그래?"

"아니, 그건 아닌데요."

어차피 언제가 됐든 사람들은 알게 될 거다. 게다가 세이레나는 슈발리에가 되기 위해 훈련해 왔다. 사실 그날만을 기다려 왔다고 할 수 있을 것이다.

그러나 그녀가 당황하는 건 그것 때문이 아니었다.

"나한테 뭘 받으려고 했는데요?"

세이레나는 애쉬가 자신에게 받으려는 게 뭔지 도통 감 잡을 수가 없어서 당황하고 있었다. 그녀는 제대로 된 남녀 관계가 어떤 건지 몰라도 애쉬가 그런 걸 요구할 거라 생각했다. 그래서 미리 그게 어떤 거고 어떻게 진행되는지 알아봐야겠다고 생각했던 거다.

하지만 이 단정한 남자는 오히려 세이레나가 무슨 생각을 하는지 꿈에도 생각하지 못한 채 말했다.

"응? 대련 말이야."

"대, 대련이요?"

"나와 대련하자고. 네 집이나 내 집에서 가볍게 해도 되지만 어차피 네가 소드 마스터가 됐으니 사람들 앞에서 네 실력을 보여 줄 필요가 있잖아. 그러니 겸사겸사 기사단에서 하면 어떨까 했지."

뭐? 세이레나는 입을 딱 벌렸다. 대련이라고?

자신의 헛발질이 부끄러운 나머지 세이레나의 얼굴이 새빨갛게 달아올랐다. 그녀는 괜히 분해서 말했다.

"대련 정도면 굳이 나한테 받을 필요 없잖아요. 언제든지 요청하면 되는 건데요."

"그건 네 입장에서 그렇지."

애쉬는 창피한 나머지 달아나고 싶어서 자꾸만 물러나는 세이레나의 손을 단단히 잡았다. 그는 그녀가 왜 이렇게 부끄러워하는지 모르고 있었다.

대련이라는 건 실력이 낮은 사람이 높은 사람에게 요청하는 거다. 실력이 높은 사람이 낮은 사람에게 청하는 건 낮은 사람의 실력을 시험해 보겠다는 말이나 마찬가지다. 그건 꽤 무례한 행동이고 스승 제자 관계가 아니라면 당연히 조심스럽게 접근해야 한다.

세이레나와 애쉬는 스승과 제자의 관계가 아니다. 두 사람은 대등한 약혼자 관계고 애쉬는 세이레나를 자신의 아래로 볼 생각이 전혀 없었다. 그러니 게일이 후견인 자격을 박탈당한다면 축하의 의미로 받고 싶었던 거다.

애쉬의 설명을 들은 세이레나의 얼굴이 점점 더 새빨갛게 달아올랐다. 차마 그의 얼굴을 볼 자신이 없어서 그녀는 고개를 푹 숙였다.

"뭐야? 내가 뭘 받으려 한다고 생각했는데?"

새빨간 얼굴로 자꾸만 도망치려는 세이레나를 잡으며 애쉬가 물었다.

"나, 나도 몰라요."

창피해 죽겠다. 세이레나는 새빨개진 얼굴로 애쉬를 노려봤다. 이 남자는 뭐가 이렇게 단정해? 머릿속에 순 검과 대련밖에 없는 모양이다.

세이레나는 좀 더 낭만적인 걸 생각하고 있었다. 직접 만든 손수건 같은 것. 그리고…… 어쩌면 좀 더 깊은 키스 같은 것.

애쉬와의 키스는 늘 그녀를 어쩔 줄 모르게 만들었다. 심장이 미친 듯이 뛰고 온몸이 녹는 것처럼 느껴졌다. 그리고 그녀는 그런 게 싫지 않았다. 어느 쪽이냐 하면 오히려 좀 더 하고 싶었다.

세이레나가 평범한 귀족 영애로 살았고 왕비가 되는 일 없이 애쉬와 약혼했다면 키스를 조르거나 먼저 시도했을 것이다.

하지만 그녀는 왕비로 몇 년을 살았고 애정 행위를 갈구하는 게 천박하다는 분위기에서 살다가 돌아왔다. 그래서 그녀는 자신이 그런 생각을 했다는 게 부끄러웠다. 심지어 애쉬는 생각도 못 하는 것 같아 보이자 부끄러운 나머지 울 것 같았다.

"내가 뭐 잘못했어?"

"그런 거 아니라니깐요."

저택 안에서 주인과 약혼자가 도착한 것을 알아차린 집사는 문을 열려고 손잡이를 잡았다가 멈칫했다.

문 바로 밖에서 세이레나와 애쉬가 실랑이를 하고 있었다. 오늘도 사이가 좋으시군.

집사는 빙그레 웃었다.

25

트롤과 오거

"오 분단! 지원 요청 들어왔다!"

분단장인 제이콥이 그렇게 외치며 지나갔다. 세이레나는 벌떡 일어났다.

지원 요청? 수도 밖에서 몬스터가 나타났다는 소식은 들었다. 바로 구 분단과 십일 분단이 투입됐다. 수가 그리 많은 건 아니라고 들었는데?

그녀는 그대로 마구간으로 뛰어갔다. 구 분단과 십일 분단이 투입됐는데 오 분단에게 지원 요청을 한다는 건, 수가 늘어났거나 어마어마하게 강한 몬스터라는 뜻이다.

"세이!"

마구간에는 이미 일 분단이 도착해 있었다. 로렌이 세이레나를 발견하고 다가왔다.

"어? 일 분단도 지원이야?"

"아무래도 몬스터가 보통이 아닌가 봐."

"보통이 아니라고?"

그게 무슨 소리야?

어리둥절해 하는 세이레나에게 애쉬가 다가와 말했다.

"인간형이라더군."

"인간형이요?"

놀라는 소리는 세이레나가 아니라 어느새 그들의 곁에 온 유진에게서 나왔다. 인간형 몬스터가 있다는 말은 들었다. 하지만 수도 근처까지 온 적은 없다. 떠돌아다니는 상인과 상인들에게 고용된 용병들이면 모를까 수도만 지키는 기사들이 보기엔 어려운 몬스터다.

"트롤이나 오거일 수도 있다는 말이지."

로렌의 말에 유진과 세이레나가 멈칫했다. 둘 다 강한 몬스터다. 크기도 인간보다 크고 무기를 사용할 줄 안다.

"지원 요청한 기사는 뭔지 몰라요?"

애쉬는 세이레나의 질문에 고개를 저었다. 모른다. 지원 요청한 기사는 인간형이고 크다는 것을 알자마자 기사단으로 달려왔다.

불길한 기분이 네 사람을 엄습했다. 인간형은 좋지 않다. 인간형 몬스터는 몬스터라기보다는 종족에 가깝다. 그들은 무리를 지어 살고 동물형과 달리 지능이 높다.

인간에 비하면 낮지만 이런 큰 도시를 공격해서는 안 된다는 지능은 있다는 말이다.

"출발!"

투입될 수 있는 기사들이 모이자 애쉬가 신호했다.

세이레나는 기사단 맨 끝에 페이지들이 따라붙는 것을 확인하고 걱정스러운 표정을 지었다.

페이지들은 어디까지나 보조라서 에즈라가 전투에 투입될 리는 없겠지만 그래도 걱정된다. 게일이 저택을 공격한 지 얼마 지나지 않았다.

많이 좋아졌지만, 아직도 에즈라는 가끔 밤에 악몽을 꾸곤 했다.

"맙소사."

수도 외곽을 빠져나온 기사들의 입에서 신음이 흘러나왔다. 거대한 인간형 몬스터가 보이기 시작했다.

"트롤? 아니, 오거인가?"

"둘 다인 거 같은데?"

누군가의 대화가 세이레나의 귀에도 들려왔다.

그녀도 트롤과 오거는 처음 본다. 머리가 나무 위로 삐쭉 올라와 있었다.

거인. 트롤과 오거가 거인이라는 말은 들었다. 하지만 실제로 거인을 만나는 것도 싸우는 것도 처음이라 다들 당황하고 있었다.

"트롤의 특징은?"

말을 달리던 애쉬가 소리쳤다. 다들 바로 생각나지 않는지 머뭇거리는 사이 유진이 소리쳤다.

"재생력이 뛰어납니다."

"그래. 팔다리를 잘라도 다시 붙는다고 한다. 그러니 머리를 노려라."

머리를 노리라고? 애쉬의 말에 세이레나는 기가 막혀서 다시 트롤을 쳐다봤다. 머리가 나무 위로 보이는데?

"오거의 특징은?"

다시 애쉬가 물었다. 오거의 특징은 뭐지? 다시 한 번 애쉬의 질문에 모두가 머뭇거릴 때, 가장 뒤에서 여자아이가 소리쳤다.

"지능이 높고 대화가 통합니다!"

세이레나는 반사적으로 뒤를 돌아보았다. 에즈라 옆에 한 소녀가 서 있는 게 보였다. 아는 얼굴이다. 그녀는 소녀가 입단 시험을 일 등으로 통과한 페이지라는 것을 떠올렸다.

"정답."

애쉬의 말에 기사들이 수군거리기 시작했다. 대화가 통할 정도로 지능이 높다고? 그때 유진이 손을 들더니 말했다.

"대화가 통하면 물러나라고 하면 안 됩니까?"

그럴 리가. 세이레나는 반사적으로 생각했다. 오거가 물러나라는 말로 물러날 거였다면 공격하지도 않았겠지.

다들 그녀와 똑같이 생각하고 있었다. 그들을 대표로 티커가 말했다.

"실컷 싸워 놓고 물러나라고 하면 물러나겠냐?"

티커의 말에 기사들의 얼굴에 웃음이 떠올랐다. 덕분에 분위기가 조금 완화됐다. 처음 보는 몬스터지만 지금까지 이뤄 낸 승리로 기사단은 이번에도 물리칠 수 있을 거라는 믿음을 가지고 있었다.

물리칠 수 있다.

어느새 기사단은 수도 밖으로 나와 전투 장소에 도착해 있었다. 애쉬가 검을 뽑았다.

"머리를 노린다!"

그 순간 모든 기사들이 검을 뽑았다. 세이레나도 자신의 검을 뽑았다. 기사들은 검을 들어 올리며 소리쳤다.

"머리를 노린다!"

"와아!" 하는 함성과 함께 기사들이 합류했다. 몬스터들과 싸우고 있던 기사들도 지원 온 기사들을 발견하고 함성을 질렀다.

"대단하다."

세이레나는 기사들 속에 섞여서 달리며 중얼거렸다. 트롤과 오거를 보고 바짝 긴장한 기사들의 기세를 순식간에 북돋았다.

"뭐가?"

나란히 달리던 유진이 물었다. 세이레나는 그를 한 번 힐끔 보고 빠르게 말했다.

"단장님 대단하다고."

"아."

유진은 고개를 들어 앞서가고 있는 애쉬를 쳐다봤다. 그도 동의한다. 진짜 대단한 남자다. 상사로서도 같은 남자로서도.

유진이 동의한다고 말하려는 순간 세이레나가 말을 박차고 달려 나갔다. 어? 그가 고개를 돌리자 세이레나가 뛰어올라 트롤의 무릎을 베는 게 보였다.

"크아아!"

트롤이 고통스러운 비명을 지르며 쥐고 있던 기사의 팔을 놓았다. 세이레나는 바닥으로 떨어진 기사의 허리를 잡고 끌어당겼다.

"램버트 경!"

곧이어 그녀의 입에서 도움을 요청하는 소리가 튀어나왔다.

세이레나가 잡고 끌어당기기엔 쓰러진 기사의 몸이 너무 컸다. 유진은 말에서 뛰어내려 세이레나에게로 달려갔다.

"헌터 경! 막아 줘!"

유진이 기사를 끌어당기고 세이레나가 트롤을 막는 게 낫다. 그녀는 그에게 쓰러진 기사를 넘기고 트롤 앞으로 달려갔다.

분명 무릎이 베여서 피가 흘러나오고 있었는데 어느새 피가 멈춰 있었다. 게다가 상처의 흔적 역시 희미해지고 있다. 세이레나는 트롤의 빠른 재생력에 놀라 눈을 크게 떴다. 애쉬의 말대로 목을 노려야 한다. 그녀는 다시 한 번 상기했다.

"크륵!"

트롤이 세이레나를 잡으려는 듯 팔을 뻗었다. 생각보다 느리다! 세이레나는 휙 피했다가 여전히 트롤이 팔을 뻗고 있는 것을 확인했다. 큰 만큼 행동이 느린 모양이었다.

"허, 헌터 경!"

유진의 도움을 받아 뒤로 빠지던 기사가 세이레나를 불렀다. 네? 고개를 돌린 그녀에게 기사가 말했다.

"그 녀석, 사람을 잡아먹는 것 같아요."

"네에?"

세이레나의 눈이 동그래졌다. 유진도 마찬가지. 두 사람은 뜻밖의 정보에 놀라 역겨움도 잊어버렸다. 그녀는 트롤의 뒤로 돌아 트롤의 엉덩이를 벤 뒤 다시 돌아왔다.

"크아아아!"

고통스러운 비명과 함께 트롤이 허우적댔다. 그사이를 틈타서 세이레나가 기사에게 물었다.

"설마 누가 먹혔나요?"

"아니, 아직이요. 하지만 물린 녀석이 있어요."

트롤이 사람을 잡아먹는구나. 세이레나의 얼굴이 굳었다. 그녀라면 작아서 한입거리도 안 될 것이다.

세이레나는 다시 한 번 뛰어올라서 허우적대는 트롤의 무릎을 베고 물러났다. 목을 베고 싶은데 너무 높아서 어렵다. 그 순간 "쿵!" 하고 뭔가가 쓰러지는 소리가 들렸다.

그녀가 소리가 난 쪽으로 고개를 돌리자 애쉬가 트롤 한 마리를 처리하고 있었다.

애쉬의 검에 베인 트롤의 머리가 바닥을 굴렀다.

"할 수 있어."

세이레나는 심호흡을 하고 자신의 앞에 있는 트롤을 쳐다봤다. 그녀는 작고 가볍다. 그게 그녀의 장점이다. 뒤로 물러났던 세이레나는 그대로 앞으로 달려 나가 도움닫기 하듯 뛰어올랐다.

유진의 눈이 커졌다. 그의 눈에는 마치 세이레나가 트롤에게 부딪치려는 것처럼 보인다. 하지만 아니었다. 그녀는 트롤의 무릎을 딛고 한 번 더 뛰어올랐다. 그리고 그대로 검을 휘둘렀다.

"크아아아!"

아깝다. 세이레나는 바닥으로 내려온 뒤 혀를 찼다. 일격에 목을 베어 냈어야 했는데 힘이 부족했다.

유진은 전장이라는 사실도 잊은 채 눈을 동그랗게 뜨고 세이레나의 모습을 지켜보고 있었다. 평소 그녀의 몸이 가볍고 빠르다는 생각은 했다. 하지만 몬스터의 무릎을 딛고 한 번 더 뛰어올라 검을 휘두르다니. 이 정도로 날쌔게 움직일 수 있는 줄은 몰랐다.

"인간, 죽인다!"

오거가 더듬더듬 말하며 들고 있던 나무를 휘둘렀다. 나뭇가지가 아니라 통나무만 한 몽둥이를 그대로 휘두르는 힘에 기사들이 멈칫했다.

여기서 이럴 때가 아니지. 유진은 자기 검을 뽑아 들고 다른 기사들에게 합류했다. 그가 마지막으로 고개를 돌려 세이레나를 봤을 때 그녀는 다시 트롤을 향해 뛰어가고 있었다.

"크아아!"

트롤이 팔을 휘둘렀다.

아차. 트롤이 들고 있는 몽둥이에 맞을 것 같아서 세이레나는 몸을 돌렸다. 몸 크기만큼이나 몽둥이의 크기도 어마어마하다. 몽둥이가 거의 그녀만 했다.

저걸 맞으면 애쉬면 몰라도 세이레나는 그대로 날아갈 것이다. 식은땀이 주르륵 흘렀다.

세이레나는 다시 트롤의 공격을 피해 물러났다. 트롤의 속도가 느리다는 게 다행이었다.

다시. 세이레나는 트롤이 팔을 들어 올리자마자 뛰어나갔다. 그녀는 먼저 트롤의 무릎을 베고 물러났다. 그녀가 자신의 무릎을 공격할 거라는 것을 알아차린 트롤이 무릎을 보호하기 위해 몸을 숙였다.

그 순간 세이레나는 트롤의 몸 뒤로 돌아갔다. 자연스럽게 트롤의 엉덩이가 보였다. 그녀는 다시 도움닫기로 트롤의 엉덩이로 뛰어올랐다.

"쿵?"

그리고 트롤이 고개를 든 순간 세이레나의 검이 희미한 금색으로 감싸였다. 검기를 두른 그녀의 검이 트롤의 목을 지나갔다.

"헉, 헉……."

세이레나는 숨을 헐떡이며 무너지는 트롤의 몸에서 뛰어내렸다. 뒤이어 쿵 하고 트롤의 몸이 바닥에 쓰러졌다.

한 마리 처치. 세이레나는 그렇게 생각하고 몸을 돌렸다. 그때 애쉬와 눈이 마주쳤다.

그 말은 애쉬도 그녀를 지켜보고 있었다는 말이다.

세이레나는 이쯤은 아무것도 아니라는 듯 검을 든 팔을 들어 올렸다. 애쉬 역시 똑같이 팔을 들어 올렸다.

"할 수 있어."

세이레나는 씩 웃었다. 힘들지만 할 수 있다.

바닥에 떨어진 트롤의 머리는 죽는 순간까지 자신이 무슨 일을 당하는지 모르는 표정이었다.

"물러나!"

유진은 그렇게 소리치며 오거에게 달려갔다. 대화가 통한다고 했다. 그러니 그의 말을 들은 오거가 물러나지 않을까. 그의 생각대로 말이 통하기는 했다. 오거는 들고 있던 몽둥이를 휘두르며 소리쳤다.

"싫다!"

허. 그 소리를 들은 다른 기사들이 헛웃음을 터트렸다. 무슨 만담을 보는 것 같다.

오거의 대답에 당황한 유진의 몸이 멈칫했다. 어? 뭐라고? 그때 오거가 유진을 향해 몽둥이를 휘둘렀다.

트롤보다 빠르다. 유진은 가까스로 몸을 굴려 몽둥이를 피했다. 저기에 맞았다면 머리가 으스러졌을 게 분명했다. 그 순간 애쉬가 뛰어들었다. 그는 유진 앞으로 뛰어나가며 도약했다. 엇하고 유진이 놀라는 순간 애쉬의 검이 오거의 팔을 잘라 냈다.

"크아아아아아!"

몽둥이를 쥔 팔이 떨어져 나가면서 피가 뿜어져 나왔다. 고통스러워하는 오거가 몸을 숙인 순간 애쉬는 오거의 등을 밟고 검을 내리꽂았다. 툭 하고 오거의 머리가 떨어졌다.

맙소사. 유진은 눈을 크게 뜨고 애쉬가 싸우는 것을 보고 있었다. 눈 깜짝할 사이에 일어난 일이다. 팔을 자르고 등으로 뛰어올라 목을 베어 내는 일련의 행동이 마치 물 흐르는 것처럼 이어졌다.

"괜찮나, 램버트 경?"

"네, 네. 괜찮습니다."

애쉬는 아직도 바닥에 주저앉아 있는 유진에게 손을 뻗었다. 그가 손을 잡자 애쉬는 유진을 잡아당겨 일으켜 세운 뒤 말했다.

"가서 싸워."

"네!"

유진은 그대로 다른 기사들을 돕기 위해 달려 나갔다.

애쉬는 유진의 주변을 둘러봤다. 아까 그가 세이레나와 함께 있는 것을 봤다. 세이레나는 어디 있지?

한쪽에서 쿵 하고 뭔가가 쓰러지는 소리가 들렸다. 고개를 돌리자 세이레나가 숨을 헐떡이며 목이 베인 트롤 앞에 서 있었다.

그녀는 괜찮은 것 같다. 게다가 트롤을 혼자 무찔렀다. 재생 능력이 있는 만큼 오거보다 트롤이 더 상대하기 힘든데, 그녀는 해냈다.

세이레나가 검을 쥔 팔을 들어 올렸다. 그녀와 그녀의 주위만 반짝반짝 빛나는 것 같다. 애쉬는 빙그레 웃고 그녀를 따라 팔을 들었다.

"피해!"

누군가 소리쳤다. 그 순간 세이레나가 소리가 난 쪽으로 뛰어갔다. 피하라는데 덤벼들다니. 애쉬는 쓰게 웃으며 고개를 돌렸다.

오거 세 마리가 나무를 뽑아 휘두르고 있었다. 엄청난 힘이다. 붕 하고 공기를 가르는 소리가 들렸다.

애쉬도 세이레나를 따라 그쪽으로 달려갔다. 나무가 기사들을 후려치려는 듯 가로로 움직였다.

"이리 와요."

세이레나는 제일 먼저 나무 맞고 넘어진 기사를 잡아당겼다. 어떻게 공격해야 할지 모르겠다. 여차하면 저 나무에 맞는다.

그때 애쉬가 달려왔다. 그는 그대로 오거가 휘두르는 나무 위로 뛰어올랐다. 그리고 나무에 발이 닿자마자 다시 도약했다.

"저렇게 하면 되는구나."

세이레나는 그렇게 중얼거리고 끌어당긴 기사를 놓았다. 뭘 저렇게 해? 애쉬의 행동에 눈을 크게 떴던 기사가 세이레나를 쳐다봤다. 저건 아무나 할 수 있는 게 아니다.

"자, 잠깐! 헌터 경!"

괜히 따라 하다가 다친다. 기사가 세이레나를 불렀지만 이미 그녀는 뛰어나간 뒤였다.

세이레나는 애쉬처럼 오거를 향해 뛰어나갔다. 기사들은 애쉬에게 시선이 팔려 있었다. 오거의 어깨에 올라탄 그의 검이 검게 빛났다.

"와아아아!"

기사들은 눈앞에서 오거의 목이 떨어지는 것을 보고 함성을 내질렀다. 그때 세이레나가 그들의 시야 한구석에 튀어나왔다.

부웅 하고 공기를 가르며 휘두르는 나무 위로 그녀가 뛰어올랐다.

어? 다들 입을 딱 벌리고 쳐다보고 있었다. 세이레나는 그대로 오거의 어깨 위로 뛰어올랐다.

"저게 단장 말고도 되는 거였어?"

다들 애쉬만 가능한 묘기라고 생각하고 있었다. 세이레나는 오거가 반응하기 전에 검을 휘둘렀다. 그녀의 머리카락 색을 닮은 황금색 빛무리가 검의 궤도를 따라 움직였다.

털썩.

오거의 머리가 몸에서 분리돼 떨어졌다. 그것이 땅바닥을 데구르르 구를 때까지도 기사들은 아무 말도 하지 못했다.

세이레나는 오거의 몸이 쓰러지기 전에 바닥으로 내려왔다. 확실히 검기를 이용하니 편했다. 힘을 상당히 주고 잘라야 했던 것이 지금은 별다른 힘을 주지 않아도 매끄럽게 잘린다.

좋아. 그녀는 검을 털어 내면서 씩 웃었다. 충분히 한 사람분의 일을 하고 있다는 게 기분 좋았다.

그러다가 그녀는 기사들이 눈을 동그랗게 뜨고 자신을 보고 있는 것을 발견했다.

"어?"

기사들은 아무 말도 하지 않았다. 지금 우리가 뭘 본 거지? 그들은 눈을 깜빡이며 세이레나를 멍하니 쳐다보고 있었다.

그때 남은 오거 한 마리가 다시 나무를 휘둘렀다. 세이레나가 갑작스런 공격에 놀라 엇 하고 피하자 그녀의 뒤에서 티커가 뛰어나왔다.

티커는 애쉬와 세이레나가 한 것처럼 오거가 휘두르는 나무 위로 뛰어올라 다시 오거의 어깨로 도약했다. 그리고 있는 힘껏 오거의 머리를 베어 냈다.

"와, 이거 진짜 되네?"

신기하다는 듯한 말투가 티커의 입에서 흘러나왔다. 기사들의 눈앞에서 세 번째 오거의 목이 굴러떨어졌다.

"되, 되는 건가 봐."

"세상에."

굳어 있던 기사들이 수군거리기 시작했다. 단장이 한다고 따라 해 보는 미친놈이 둘이나 있을 줄은 몰랐다. 하지만 세이레나와 티커의 행동으로 기사들은 어떤 희망을 품기 시작했다.

나도 할 수 있지 않을까?

"야 이거 쉽네. 타이밍만 잘 맞춰라."

티커는 그렇게 말하고 이번에는 트롤을 향해 달려 나갔다. 애쉬 역시 허리에 손을 얹고 말했다.

"구경 다 했으면 가."

"넵!"

기사들이 우르르 흩어졌다. 세이레나 역시 기사들을 따라 다른 몬스터를 향해 달려갔다. 기사들은 이어진 전투에 정신이 팔려 잠시 자신들이 본 것을 잊어버렸다.

"페이지!"

전투가 끝나자 데니스가 멀리서 대기하고 있던 페이지들을 불렀다. 몬스터의 시체를 정리하고 기사들의 말을 불러 모아야 한다.

에즈라는 부름을 듣자 달려 나갔다. 그렇지 않아도 누나가 걱정돼서 혼났다.

"헌터."

다이아나가 에즈라를 따라 잡으며 그를 불렀다. 에즈라는 눈으로 누나를 찾으며 건성으로 대답했다.

"응?"

"혹시 헌터 경이 소드 마스터야?"

"어?"

달려가던 에즈라의 움직임이 멈췄다. 그는 다이아나를 쳐다 봤다. 그 표정에 다이아나가 고개를 숙이며 말했다.

"아까 헌터 경이 오거와 싸울 때 검이……."

빛나는 것처럼 보였다. 애쉬처럼 검정색이었다면 더 눈에 띄 었을 거다. 하지만 세이레나는 검기는 금색이었고 밝은 낮이라 오히려 눈에 띄지 않았다.

"글쎄."

에즈라는 고개를 갸웃했다. 잘 모르겠다. 누나가 소드 마스터 를 목표로 훈련한다는 것은 알고 있다. 그리고 그게 꽤 가깝다 는 것도 애쉬에게 들어 알고 있다.

하지만 누나가 소드 마스터인지는 모르겠다. 에즈라는 세이 레나가 소드 마스터가 됐다면 자신에게 알려 줬을 거라고 생각 했다.

"최근까지는 아니었어."

"그럼 내가 잘못 봤을 수도 있겠네."

다이아나는 그렇게 말하고 다시 달려 나갔다. 에즈라의 시선 에 다이아나의 단발머리가 보였다.

그러고 보니 저 머리 요새 인기 있네. 에즈라는 그렇게 생각하 며 머리를 긁적였다. 처음 누나의 머리가 짧은 것을 봤을 때 진 짜로 깜짝 놀랐다. 그가 아는 한, 세이레나는 자신의 머리카락을 상당히 아꼈기 때문이다.

마치 다른 사람이 된 것처럼 세이레나는 머리카락을 싹둑 자르고도 홀가분해 했다.

가끔 어색해 하기는 했어도 에즈라는 누나의 짧은 머리카락을 뿌듯하게 생각했다. 그녀가 선택한 것이니까.

그런데 최근 페이지들 사이에서도 누나 같은 짧은 머리가 유행하고 있다.

"설마 테이트가 누나를 따라서 머리를 자른 건 아니겠지."

에즈라는 고개를 젓고 다이아나를 따라 달리기 시작했다. 설마.

"너희 그거 봤냐?"

전투가 끝나자 약간 나른한 분위기가 흘렀다. 끝났다. 기사들은 지친 표정으로 트롤과 오거의 몸 위에 앉아 이야기를 나누기 시작했다.

"뭐?"

멀리서 싸우던 기사가 물었다. 제일 먼저 입을 연 기사가 말했다.

"아까 헌터 경이랑 그레이브스 경이 단장님 따라서 오거 물리치던 거."

못 봤다. 그게 왜? 기사들이 몰려들었다. 로렌과 데니스도 무슨 일인가, 하고 끼어들었다.

"아까 단장님이 오거가 휘두르는 나무 위로 뛰어오르더니, 이야."

기사는 신이 나서 이야기를 시작했다. 그는 애쉬가 얼마나 멋있게 나무 위로 뛰어올라 다시 오거의 어깨 위로 도약했는지 요란스럽게 설명하고 오거의 목이 떨어지는 부분은 아주 자세하게 서술했다.

어이구. 로렌은 어이가 없어서 팔짱을 낀 채 피식피식 웃었다. 애쉬의 무용담은 이런 식으로 부풀려진다. 하지만 전부 사실이라 기사단에서는 딱히 아무 행동도 하지 않았다.

"그런데 그 뒤로 말이야, 누가 팍 튀어 나가는 거야."

"어, 맞아. 난 금발만 보고 누가 화살 쏜 줄 알았어."

"엄청 빠르더라."

세이레나가 오거를 처치한 광경을 본 기사들은 그녀가 얼마나 재빨랐는지 설명했다. 작은 체구가 화살이 쏘아져 나가듯 뛰어갔다는 둥, 금발 때문에 별인 줄 알았다는 둥.

로렌은 큭큭 거리며 듣고 있었다. 데니스는 어이가 없어서 그녀에게 속삭였다.

"야, 이거 너 때 생각나지 않냐?"

"나 때?"

"너 때는 무슨 마법사가 불덩어리를 던진 줄 알았댔잖아."

아, 생각난다. 로렌은 킬킬거리며 기사들의 이야기에 귀 기울였다. 뛰어난 기사의 활약은 이런 식으로 포장되고 부풀려지기 마련이다.

그때 누군가 말했다.

"근데 헌터 경의 검 말이야. 나만 빛나는 것처럼 보였나?"

"빛에 반사된 거 아니야?"

"아니야, 그거랑 좀 다른데."

로렌과 데니스의 시선이 부딪쳤다. 어라? 두 사람은 똑같은 생각을 하고 있었다.

잠시 생각하던 기사가 자신이 본 것을 설명했다.

"빛무리가 검을 감싼 느낌이었는데."

"어? 나도 그거 봤어."

조금 떨어진 곳에서 다른 기사가 끼어들었다. 그녀는 손을 들며 말했다.

"난 그게 검이 너무 빨라서 잔상이 보이는 줄 알았어."

애쉬나 로렌처럼 검기의 색이 진하면 구분이 가능하지만 세이레나는 희미했기 때문에 잔상이나 빛 반사로 생각하는 사람이 많았다.

"너 검기 무슨 색이지?"

로렌이 데니스에게 나직하게 물었다.

응? 왜? 데니스는 어리둥절한 표정으로 말했다.

"초록색. 왜?"

"아, 아니네."

"뭐가?"

"방금 기가 막힌 이론이 떠올랐거든."

"무슨 이론?"

"검기가 사용자의 머리색과 같은 게 아닐까 하는 거."

"아하."

데니스는 씩 웃었다. 로렌의 이론이 맞으려면 그의 검기는 초록색이 아니라 갈색이어야 한다.

"그건 아닐걸."

두 사람의 곁으로 다가온 애쉬가 말했다. 아직도 기사들은 애쉬가 다가온 것을 모르고 이야기에 열중해 있었다.

"그럴지도 모른다고 생각했을 뿐이야."

로렌의 말에 애쉬도 쓰게 웃었다. 로렌과 애쉬만 보면 그렇게 생각할 수 있다. 붉은 머리인 로렌의 검기는 붉은색이고 검정색 머리인 애쉬의 검기는 검정색이니까. 하지만 역사적으로도 검기와 사용자의 머리색은 아무 관계가 없었다.

애쉬는 그가 아는 또 다른 이야기를 꺼냈다.

"초대 그레이윈드는 금발이었다던걸."

"그레이윈드?"

로렌과 데니스의 시선이 애쉬의 검정색 머리카락을 향했다.

"아, 다섯 용사 중 한 명?"

다섯 용사 중 여기사를 말하는 거다. 검기가 회색이어서 별명이 그레이윈드였던 용사.

하지만 그녀의 머리색은 금색이었고 눈동자는 세이레나와 같은 보라색이었다. 그러고 보니 세이레나와 특징이 닮았다. 금발과 보라색 눈동자.

애쉬는 고개를 돌려 다른 여기사들과 대화하는 세이레나를 쳐다봤다.

"애쉬. 넌 알고 있지?"

데니스가 그런 애쉬에게 다가가 슬쩍 물었다. 로렌 역시 다가왔다.

"뭘?"

"헌터 경 말이야. 언제부터 소드 마스터였어?"

눈치도 빠르다. 애쉬는 피식 웃으며 말했다.

"내가 안다고 어떻게 확신해?"

"몰랐으면 아직 여기 있을 리가 없지."

데니스의 놀림에 로렌이 합세했다.

"맞아. 몰랐으면 이미 세이에게 달려가서 물어보고 있었을 거 아니야."

내가 그렇게 빤히 보이는 행동을 하고 있었나. 애쉬는 이마를 짚었다.

세이레나 문제만 되면 애쉬는 안절부절못하는 게 보인다. 예전에 유진과 세이레나가 대련했을 때부터 그랬다. 데니스는 헌터 경 한정이라고 말하려다가 말았다. 이런 재미있는 걸 쉽게 알려 줄 수야 없다. 대신 그는 한 번 더 애쉬를 재촉했다.

"그래서, 언제부터였어?"

"얼마 안 됐어."

게일이 헌터 저택을 습격했을 때니까 일주일도 안 됐다. 애쉬는 날짜를 확인하고 다시 말했다.

"이제 나흘 됐나."

"나흘?"

로렌은 깜짝 놀라서 세이레나를 쳐다봤다. 고작 나흘만인데 저렇게 자유자재로 사용한다고? 검기라는 게 나오게 된다고 다들 바로 자유자재로 사용할 수 있는 게 아니다.

감정이 격해지면 나오지 않는 사람도 있고 반대로 감정이 격해지면 원하지 않아도 나오는 사람도 있다. 그걸 훈련으로 조절해 가는 거다.

참고로 로렌은 딱 보름 걸렸다. 데니스는 한 달이 조금 안 걸렸고. 애쉬는 일주일 정도 걸렸었다.

"처음 검기가 발동된 건?"

데니스의 질문에 애쉬가 미간을 문질렀다.

"올해 초."

"올해 초?"

"승단 시험 때였어."

이번에는 데니스도 놀랐다. 승단 시험 때였다면 반년도 안 됐다. 처음 검기를 발동하고 다시 검기가 나오기 시작하는 데까지는 시간이 걸린다. 그가 아는 최단 기간은 일 년. 바로 애쉬 그레이윈드였다.

"잠깐, 너 소드 마스터 됐을 때가……."

"스물한 살이었지."

스무 살에 첫 검기가 나왔고 일 년 뒤 소드 마스터가 됐다.

애쉬의 얼굴에 미소가 떠올랐다. 듣고 있던 로렌은 입을 딱 벌렸다.

"그럼 지금 기록을 다 갈아 치운 거야?"

"네 기록이 다 갈린 거네?"

최연소 소드 마스터, 최단 기간 습득. 지금까지 애쉬의 것이었던 것을 세이레나가 전부 갈아 치웠다.

"이, 이 미친 커플!"

데니스는 저도 모르게 화를 버럭 냈고 로렌은 배를 잡고 웃기 시작했다. 미친 것 같은 두 사람의 태도에 주변에 있던 기사들이 화들짝 놀라 돌아봤다.

"으하하하, 사랑하면 닮는다더니!"

"둘 다 미쳤어! 너희가 인간이냐?"

뭐야, 무슨 일이야? 기사들은 어리둥절해서 수군거리기 시작했다.

맙소사. 애쉬는 다시 이마를 짚었다. 그때 세이레나가 다가왔다.

"무슨 일 있어요?"

"너, 너 이 미친, 읍!"

세이레나를 향해 삿대질하려는 데니스를 막은 건 로렌이었다. 그녀는 재빨리 데니스의 입을 막고 그를 질질 끌고 가며 말했다.

"너흰 정말 잘 어울리는 커플이야!"

세이레나의 눈이 동그래졌다. 왜 저래? 그녀의 시선이 애쉬를 향하자 애쉬가 이마를 짚은 채 말했다.

"미안."

아무래도 세이레나와의 대련을 최대한 빨리해야 할 것 같다. 갑자기 소란스러워진 상황을 대충 정리한 뒤 애쉬는 고개를 들고 페이지들이 일을 다 했는지 확인했다.

"복귀한다!"

페이지들이 찾아온 말을 타고 기사들이 기사단으로 복귀하기 시작했다. 그 행렬 뒤로 거대한 오거와 트롤의 시체가 있었다.

"기사단이다!"

기사단이 수도 안으로 들어서자 사람들이 창문을 열고 환호성을 질렀다. 그들은 전투가 끝나기만을 마음 졸이며 지켜보고 있었다. 자신을 지켜주는 이들이 승리하고 돌아오는데 기쁘지 않을 리가 없다.

"오늘은 평소보다 더 격한데?"

유진은 사람들의 환호성을 얼떨떨한 표정으로 호응하며 말했다. 평소에도 라고말리 기사단은 수도의 사람들에게 인기가 좋긴 하다. 하지만 이 정도는 아니다.

매번 전투 때마다 사람들이 환호성을 지를 정도는 아니라는 말이다.

"이번 몬스터가 유독 대단했잖아."

어느새 유진 곁에 다가온 모아나가 말했다. 그녀도 지원 나왔었다. 하지만 그녀의 분단은 오늘 근무가 아니었기 때문에 소집이 늦었다.

기껏 전투 장소에 도착했더니 전투가 끝난 다음이었다. 결국 모아나는 페이지들을 도와 몬스터의 사체를 수습하고 다친 기사를 돌봤다.

"어, 쿨린 경."

유진은 멈칫하더니 모아나를 향해 고개를 까딱해 보였다. 모아나는 사람들이 던진 꽃을 공중에서 낚아채며 웃었다.

"우리처럼 이 사람들도 트롤이나 오거는 처음 봤을 테니까 놀랐겠지."

나무 꼭대기로 머리가 삐쭉하게 올라와 있는 몬스터를 본 사람들이 얼마나 놀랐을지 알 만하다. 다들 기사단이 이기기를 손에 땀을 쥐고 응원했던 거다.

"아."

유진은 새삼스러운 표정으로 사람들을 쳐다봤다. 오늘 일은 라고말리 기사단이 강하다는 것을 재확인하는 전투였던 거다. 그는 그제야 표정을 풀고 손을 흔들기 시작했다.

"이건 좀 이상한데."

전투가 끝나고 기사단으로 돌아온 애쉬에게 데니스가 말했다. 두 사람은 이번 전투의 피해를 확인하기 위해 바로 간단한 회의를 시작했다.

참석자는 단장과 부단장, 그리고 각 분단장. 회의 기록을 위해 미카엘이 참석했다.

"몬스터의 종류가 이상하지."

애쉬는 데니스의 말을 받으며 고개를 끄덕였다. 전투에 합세했던 분단의 분단장들만 참석한 덕에 사람 수는 그리 많지 않았다.

"오거와 트롤은 처음 봤습니다."

제이콥이 벽에서 몸을 떼며 끼어들었다. 평소라면 회의실에서 하지만 이번 회의는 피해 사실 확인을 위한 보고를 겸한 회의라 단장실에서 이뤄졌다. 덕분에 건장한 남자들로 단장실이 꽉 차 있었다.

"저도요."

십일 분단 분단장이 손을 들었다. 그 정도로 오거와 트롤은 수도 근방에서는 보이지 않는 몬스터다.

애쉬의 시선이 이 분단 분단장을 향했다. 애쉬의 시선을 받은 그가 턱을 쓰다듬으며 입을 열었다.

"여행 중에 두어 번 본 적은 있지만 전부 수도에서 꽤 떨어진 곳이었습니다."

애쉬는 잠시 생각하다가 미카엘에게 고개를 돌렸다.

"벨몬트 경, 혹시 과거에 트롤과 오거가 수도 근처에서 발견된 적 있는지 기록을 확인해 줘."

"네."

어마어마하게 힘들 텐데. 미카엘은 그렇게 생각했지만, 입 밖으로 내지는 않았다. 그의 기억으로도 수도 근처에서 트롤과 오거가 발견된 적은 없다.

그 말은 최소 이십 년 전 기록을 뒤져야 한다는 말이다.

"그뿐이 아니야."

데니스가 손을 들었다가 애쉬가 쳐다보자 말을 이었다.

"점점 강한 몬스터가 오고 있다고 생각하는 거, 나뿐이야?"

그것도 맞다. 분단장들은 고개를 끄덕였다. 처음에는 기껏 해봐야 동물형이었다. 하지만 점점 몰려오는 수가 늘어나더니 종류가 더 강한 몬스터로 바뀌기 시작했다. 이건 뭔가 문제가 생겼다는 뜻이다.

"몬스터가 갑자기 움직이는 이유가 뭘까요?"

제이콥의 질문에 이 분단 분단장이 말했다.

"더 무서운 적이 몬스터의 서식지에 나타났을 수도 있지."

적을 피해서 수도로 도망쳤다는 말이다. 하지만 애쉬는 고개를 저었다. 이 분단 분단장 역시 그렇게 생각해서 말한 건 아니다. 그는 그저 가능성 중에 하나를 말했을 뿐이다.

"도망친 거라면 다른 곳으로 가겠지. 우리가 있는 수도가 아니라."

동물형 몬스터라면 모르지만 인간형 몬스터도 수도로 온다는 건 이상하다.

애쉬는 세이레나와 현자의 탑 마법사들이 한 말을 부하들에게 말할지 고민하고 있었다.

드래곤이 깨어나는 걸 수도 있다. 하지만 너무 엄청난 말이라 차마 사람들 앞에서 말하기가 어려웠다.

왕궁 지하에 있는 드래곤이 깨어난다면 수도는 파괴될 것이다. 기사단이 수도의 모든 사람들을 도망치게 할 수는 없다. 드래곤과 싸우는 것도 지금으로서는 가능한지 알 수 없다. 그는 잠시 망설이다가 말했다.

"수도에 저들이 찾는 뭔가가 있는지도 모르지."

회의실의 기사들은 모두 고개를 끄덕였다. 식량을 찾아 몬스터들이 접근하는 시기도 이미 지났다. 많이 봐주면 올해는 좀 늦게까지 온다고 할 수도 있겠지.

하지만 다들 올해 몬스터의 습격이 식량을 찾기 위한 게 아니라는 것을 확신하고 있었다.

"훈련을 강화하고 수도 외곽 경비를 늘리지."

애쉬는 마법사의 도움도 받아야 할지 모른다고 생각했다. 수도의 경비를 위해서다. 왕궁 마법사와 현자의 탑 모두 그에게 협조할 의무가 있다.

분단장들은 정기 회의 전까지 경비 스케줄을 다시 짜 오기로 하고 일어났다. 오늘 참석하지 않은 분단장에게도 알려야 한다.

데니스는 분단장들이 나갈 때까지 아무 말도 없이 서 있었다. 애쉬에게만 할 말이 있다.

"왜?"

다 나가고 단둘이 남자 애쉬가 물었다. 데니스는 그가 가리킨 의자에 앉으며 말했다.

"이번 일로 왕궁에서는 뭐래?"

데니스는 분명히 애쉬가 한 소리 들었을 거라 생각했다. 왕은 애쉬를 싫어한다. 그는 자신의 조카가 훌륭히 임무를 수행하고 있는 것조차 마음에 들어 하지 않았다.

하지만 최근 놀랍게도 왕은 애쉬에게 거의 신경을 쓰지 않았다. 그 사실을 상기한 그는 쓰게 웃으며 말했다.

"아무 연락도 없어. 내가 먼저 연락해 봐야 해."

"아, 으음."

데니스가 그답지 않게 곤란한 표정을 지었다. 뭐야? 애쉬의 눈이 가늘어졌다. 그는 데니스에게 물었다.

"뭔데?"

"이상한 소문을 들었거든."

"이상한 소문이 뭔데?"

"왕족 모독죄로 나 고발하지 마라."

이건 또 무슨 소리야? 애쉬는 팔짱을 끼며 삐딱하게 말했다.

"왜? 어디 가서 내 욕했어?"

"에이, 그건 매일 하지."

어쭈? 애쉬의 눈초리가 올라갔다. 데니스는 재빨리 농담이라고 손을 젓고 다시 말했다.

"왕궁에서 일하는 여귀족들이 갑자기 그만두거나 휴가를 내고 있다더군."

애쉬의 눈이 가늘어졌다.

"어째서?"

"그건 모르지."

데니스는 어깨를 으쓱해 보였다. 아직 소문이 날 정도로 많이 그만둔 것도 아니다. 그만둔 사람은 한 명, 휴가를 낸 사람은 두 명. 이 정도면 별로 이상한 일이 아닐 수도 있다.

하지만 데니스는 이상한 이야기를 들었다. 그는 단장실 밖에 아무도 없는지 확인하고 몸을 내밀었다. 비밀 이야기라도 할 것 같은 태도에 애쉬도 몸을 내밀었다.

"이건 비밀이야."

데니스의 말에 애쉬는 픽 웃으며 물었다.

"뭐는 아니었어?"

두 사람은 단장과 부단장이라는 관계답게 비밀스러운 이야기를 종종 주고받았다. 굳이 비밀이라고 말하지 않아도 애쉬가 어디 가서 말할 사람이 아니기도 했다.

하지만 데니스는 이번만은 확실히 해야 했다. 그 정도로 위험한 이야기니까.

"진짜로. 아무에게도 말하지 마. 너만 알고 있어."

"좋아."

대체 무슨 말을 하려고 이렇게 분위기를 잡는지 궁금하다. 애쉬의 승낙이 떨어지자마자 데니스가 입을 열었다.

"폐하께 이상한 짓을 당한 것 같아."

"이상한 짓?"

"폐하의 침실을 청소하는 하급 귀족이 제일 먼저 그만뒀어."

애쉬의 표정이 굳었다. 폐하의 침실과 하급 여귀족. 별로 좋은 조합이 아니다. 그는 잠시 침묵하다가 물었다.

"내가 생각하는 그런 일은 아니겠지?"

"몰라."

"데니스, 확인되지도 않는 가십을 이야기하는 건⋯⋯."

위험하다. 하지만 애쉬가 말을 끝내기 전에 데니스가 입을 열었다.

"가십은 아니야. 무슨 일이 일어나서 그만뒀는데 무슨 일인지는 모르는 것뿐이지."

"그게 무슨 소리야?"

"로메로 자작이, 아, 로메로 자작은 폐하의 침실 청소를 담당하는 사람이야."

왕의 침실은 로메로 자작의 지휘하에 다섯 명의 하녀가 매일 청소를 한다. 청소가 끝나면 하녀들은 밖으로 나가고 자작이 하나하나 확인을 한다.

데니스는 애쉬가 알고 있다는 듯 고개를 끄덕이자 다시 말을 이었다.

"폐하께서 그날 낮잠을 좀 주무셔서 한 번 더 청소를 했다더군. 그런데 저녁때 폐하께서 로메로 자작을 부르셨다는 거야."

로메로 자작은 자신이 뭔가 실수한 게 있는 줄 알고 바짝 긴장해서 찾아갔다. 침실 안에는 왕뿐이었고 그녀를 부른 사람은 침실 밖에서 기다렸다고 했다.

"몇 분 뒤에 로메로 자작이 비명을 질렀대. 무슨 일인가 하고 놀라서 들어가 보니 자작이 도망쳤다는군."

도망쳤다고? 애쉬는 이해할 수가 없어서 물었다.

"어디로?"

"집으로. 그대로 집으로 도망치더니 이튿날 사람을 시켜서 그 만두겠다고 했다는군."

"사람을 시켰다고? 로메로 자작을 만난 사람은 없어?"

"있지."

당연히 왕궁에서는 무슨 일인가 하고 로메로 자작을 찾아갔다. 하지만 그녀는 아무 말도 하지 않았다. 그녀가 왕과 한 방에 있었던 건 고작 몇 분이다. 무슨 일이 일어날 만한 시간 자체가 없었다.

찾아간 사람은 로메로 자작에게 폐하께 무슨 일을 당했는지 조심스럽게 물었다. 하지만 그녀는 아무 말도 하지 않았다.

"폐하께서는?"

애쉬의 질문에 데니스는 픽 웃었다. 왕이 무슨 말을 할 것 같아? 라는 표정에 애쉬의 표정이 일그러졌다.

"그래서 사건은 미궁에 빠진 거지. 아니, 사건이라고 말할 수도 없나?"

데니스의 말대로 무슨 일이 일어났는지도 모르는데 그걸 사

건이라고 부를 수는 없다. 애쉬는 일그러진 표정으로 턱을 쓸며
물었다.

"휴가를 낸 사람들은?"

"이 사람들은 딱히 폐하와 무슨 일이 있었던 것도 아니야. 그
냥 로메로 자작이 그만두고 나서 곧이어 휴가를 내 버렸어."

"이유는 뭐래?"

"다양하지. 몸이 안 좋다. 집안에 일이 생겼다."

대체 무슨 일일까. 애쉬의 미간에 주름이 생겼다. 그는 잠시
고민하다가 데니스에게 말했다.

"알았어. 알려 줘서 고마워."

별말씀을. 데니스는 자리에서 벌떡 일어났다. 그는 늘 단장실
이 불편했다. 이제 도망칠 수 있다.

"아 참."

급하게 나가려고 문을 열던 데니스가 멈칫했다. 그는 애쉬를
돌아보며 말했다.

"한 가지 더."

"뭔데?"

"비명 소리를 듣고 뛰어 들어간 사람이 바닥에 떨어진 검을 발
견했대."

"검?"

"단검 말이야. 이만한 거."

데니스가 손을 들어 올려 단검의 길이를 표현했다. 평범한 단

검의 크기다. 애쉬는 고개를 갸웃하며 말했다.

"자작이 떨어트린 건가?"

왕으로부터 자신을 보호하려다 떨어트리고 도망친 걸까? 애쉬의 질문에 데니스는 어깨를 으쓱해 보이며 말했다.

"자작은 자기 거가 아니라고 했다는데, 모르지."

거짓말일 수도 있다. 애쉬는 알겠다는 듯 고개를 끄덕였다. 왕궁이 지금 뒤숭숭하다는 건 확실히 알겠다.

이튿날 저녁.

세이레나는 게일 헌터의 사망 소식을 들었다. 병원에 입원해 있던 게일의 사망을 알린 것은 병원을 운영하는 귀족이었다.

"알겠습니다."

결국 숙부가 사망했다는 소식에 세이레나는 아무 말도 할 수가 없었다. 그녀의 손에 죽은 것이나 다름이 없다. 입 안에 모래가 찬 것처럼 혓바닥이 뻣뻣하게 느껴졌다.

"시신은 어떻게 할까요?"

병원장은 조심스럽게 물었다. 그는 하급 귀족이지만 세이레나와 게일의 사정을 대충 알고 있다. 애초에 귀족은 병원에 입원하지 않는다. 의사를 고용해 저택에 상주시키고 자신의 집에서 치료받는다.

하지만 게일은 그럴 재정적 능력이 없었고 설령 헌터 하우스에서 치료받는다 해도 살아날 가능성이 적었다.

게다가 그는 조카이자 가주인 세이레나를 살해하려 한 범죄자다. 다들 그런 이유로 게일의 병원 입원이 맞다고 생각했다.

"원치 않으시면 저희 쪽에서……."

기본적으로 그의 병원은 입원비를 감당할 수 있는 사람들을 대상으로 하고 있지만, 치료비가 없는 가난한 사람을 위해서 무료 진료도 하고 있다. 그렇게 무연고 시체를 처리하기도 한다. 병원장은 세이레나가 원한다면 무연고 시체를 처리할 때 같이 처리할 생각이었다.

"아니요. 괜찮아요."

세이레나는 눈을 감은 채 고개를 저었다. 그럴 필요 없다. 게일이 밉지만 그래도 헌터가의 사람이고 아버지의 동생이었다. 그녀는 차마 게일을 무연고 시체와 함께 한 구덩이에 묻어 버리는 짓은 할 수 없었다.

그건 그녀가 게일을 미워하고 좋아하고 와는 관계없는 일이다. 세이레나의 도덕심이 허락하지 않았고 귀족 사회의 인식이 가혹하다고 여겼다.

두 자식이 싸우다 한쪽이 다른 한쪽을 죽여도 귀족가에서는 쉬쉬하고 장례식을 치러 준다. 그건 헌터 백작가도 마찬가지였다.

"알겠습니다. 그럼 장례식 준비가 끝날 때까지는 저희 쪽에서 맡겠습니다."

병원장은 약간의 호의를 발휘했다. 시체를 보관하는 데에도 보관 비용이 든다. 하지만 그는 이 우수에 찬 어린 가주에게 차마 야멸차게 대할 수가 없었다.

게다가 그녀는 부모님을 동시에 잃은 지 반년도 되지 않았다. 부모님을 잃고 후견인이던 숙부마저 자기 손으로 보내야 하다니. 병원장은 세이레나가 정말로 안됐다고 생각했다.

"네. 감사합니다. 정말 고생이 많으셨어요."

세이레나는 자리에서 일어나는 병원장을 따라 일어나며 인사했다.

왜 그렇게 유명했는지 알겠군. 병원장은 집사의 안내에 따라 복도를 걸으며 생각했다. 화사한 금발과 선명한 보라색 눈동자임에도 세이레나 헌터 경은 어딘지 모르게 우수에 찬 느낌이 있었다. 그는 검의 요정이라던 세이레나의 별명을 떠올렸다.

검의 요정. 저렇게 청초하고 우수에 찬 미인이 검의 요정이라니 믿기지가 않는다. 하지만 상당한 실력자라고 들었다. 실제로 자신의 목숨을 노리던 숙부의 허리를 반쯤 베기도 했고.

"으음."

병원장은 준비된 마차에 오르며 가볍게 몸을 떨었다. 저렇게 작은 몸으로, 가느다란 팔로 사람의 허리를 반쯤 벤다는 게 놀라웠다.

그 사실이 비현실적으로 느껴졌다.

26

운

게일 헌터의 장례식이 치러졌다. 집사는 추모식을 따로 치르겠다는 세이레나의 의견에 단호하게 반대했다. 가주를 죽이려던 자다. 사망한 헌터 백작의 동생이라고는 하나 현 가주를 죽이려던 자에게 추모식까지 치러 줄 필요는 없다.

그는 대신 장례식과 추모식을 함께 치르는 게 어떻겠냐고 제안했다. 장례식과 추모식을 따로 치르는 건 과거에 시체를 보존하는 것이 어려웠기 때문이다.

타인머스는 몬스터가 많은 지역이었고 몬스터와 싸우다 사망한 사람이 많았다. 몬스터와 싸우다 사망하면 시체의 상태가 엉망이기 마련이다. 그렇기 때문에 가족들은 가까운 친지만 모아장례식을 치르고 추모식을 열어 망자의 지인들이 슬픔을 나눌 수 있는 자리를 마련했다.

하지만 추모식을 치르기 어려운 가난한 사람들은 돈을 내고 신전에서 한 달에 한 번씩 공동 추모식을 열기도 한다.

"신전에 맡기시거나, 장례식과 함께하십시오."

지금까지 세이레나에게 보인 적 없는 단호한 집사의 태도에 세이레나는 고개를 끄덕였다. 그리고 장례식과 추모식을 모두 집사에게 일임했다.

"마음 같아서는 신전에 맡겨 버리고 싶지만."

거드윈은 장례식을 준비하며 그렇게 중얼거렸다. 신전 추모식도 과하다. 작위를 탐내 조카를 죽이려 하다니, 짐승만도 못한 자다.

그는 그런 자가 주인 아가씨의 숙부라는 게 가슴 아팠다. 그런 자인 줄 모르고 작년 헌터 백작 부부가 사망하자마자 연락했다는 게 죄스러웠다.

"안녕, 레나."

애쉬는 장례식 겸 추모식에서 사람들을 맞이하는 세이레나에게 인사를 건넸다. 추모식이라기엔 조촐하다. 게다가 온 사람이 워낙 적어서 더 조촐한 것처럼 보였다.

"안 와도 괜찮았는데요."

세이레나는 애쉬의 손을 잡으며 속삭였다. 연락을 돌리긴 했지만 오겠다는 사람은 적었다. 사정을 아는 사람들은 미리 와서 세이레나를 위로하거나 나중에 따로 오겠다고 말했다. 그리고 게일과 어울리던 자들은 감히 헌터 저택에 들어올 생각을 하지 못했다.

"당연히 와야지."

애쉬는 그렇게 말하며 세이레나의 머리에 입을 맞췄다. 좀 더 빨리 오고 싶었는데 그러지 못한 게 미안할 따름이다. 그는 세이레나의 허리를 한 팔로 감으며 물었다.

"누구누구 왔어?"

"음, 모아나가 아침에 왔다 갔고요. 로렌은 내일 온다고 했어요."

"이걸 내일까지 하려고?"

추모식은 기본이 삼 일이다. 세이레나는 한숨을 내쉬며 말했다.

"어째 거드원과 똑같은 소리를 하네요."

집사도 삼 일이나 할 필요 없다고 말했다. 하지만 이것만은 양보할 수 없다. 그녀는 그녀가 해야 할 의무는 전부 해야 한다고 생각했다.

세이레나의 말에 애쉬는 입을 다물었다. 이미 누군가 그녀에게 충고했다면 거기에 그까지 말을 보탤 필요는 없다. 대신 그는 다른 것을 물었다.

"혹시나 해서 묻는 건데, 바이트 백작은 안 왔지?"

왔을 리가 없다. 하지만 그건 애쉬도 알고 있을 것이다. 세이레나는 그가 왜 그런 걸 묻는지 몰라 눈을 깜빡였다.

"안 왔어요. 그건 왜요?"

"그자에게 양심이 있는지 궁금해서."

애쉬답지 않은 냉소적인 말에 세이레나의 눈이 동그래졌다. 그녀는 그를 빤히 처다보다가 물었다.

"무슨 이야기라도 있어요?"

"바이트 백작이 배후에 있다는 거?"

그래. 그런 거. 세이레나가 고개를 끄덕이자 애쉬는 한숨을 내쉬었다. 돈을 받은 자들이 어디에서 돈이 났는지 말하긴 했다. 그는 세이레나를 안쪽으로 이끌며 말을 이었다.

"침입자들이 말하길…… 자기들이 받은 돈이 바이트 백작에게서 난 거라고 말했다더군."

"언제요?"

"오늘 아침에."

그것 때문에 늦었다. 그 말을 들은 수사관이 바이트 백작에게 사실 확인을 요청했고 바이트 백작은 부인했다. 그 보고서의 복사본이 한 시간 전에 애쉬에게 도착했다.

"백작이 맞다고 하지는 않았겠죠?"

"설마."

애쉬는 씁쓸하게 웃으며 말을 이었다.

"돈을 준 건 맞지만 그 녀석들에게 가는 줄은 몰랐다더군."

"용병에게 바로 준 게 아니군요."

"용병을 고용한 건 헌터 경이고, 바이트 백작은 고용비만 제공했다고 해."

말도 안 된다. 세이레나는 냉소적으로 웃으며 비꽜다.

"뭔지도 모르면서 제공했다고요?"

"백작 말로는 그래."

애쉬도 믿지는 않는다. 하지만 어쨌거나 백작은 그렇게 주장하고 있다. 그는 전부 게일이 혼자 꾸민 짓이며 자신은 이 불행한 사건과 아무 관련 없다고 주장했다.

"그럼 대체 왜 숙부를 대신해서 돈을 준 거래요?"

"죄책감을 가졌다는군."

"바이트 백작이요?"

음. 애쉬는 고개를 끄덕이고 하인이 가져온 술을 받았다. 게일 헌터 같은 자식을 위해 세이레나가 다과를 준비해야 한다는 게 마음에 들지 않지만 어쩔 수 없다. 이건 그가 뭐라 할 수 있는 문제가 아니다. 애쉬는 술을 한 모금 마시고 다시 입을 열었다.

"바이트 백작 말은, 헌터 경이 그와 가벼운 도박으로 잃은 게 많아서 그걸 돌려주는 차원에서 돈을 지원해 준거라고 해."

아하. 세이레나는 그제야 애쉬가 어째서 바이트 백작이 왔는지 물었는지 알아차렸다. 죄책감에 게일이 용병을 고용할 돈을 지원한 자가 정작 추모식에는 오지 않았다는 게 우습다. 두 사람 다 어차피 바이트 백작에게 죄책감이라는 게 없다는 걸 알지만.

"그리고 바이트 경들에 대한 재판 결과도 나왔지."

세이레나는 바이트 경들에 대해 반쯤 잊고 있었다. 귀족의 재판은 오래 걸리기 마련이다. 그만큼 게일이 조카를 공격한 사건이 이례적으로 빨랐다는 말이다.

"어때요?"

"금고형 2년."

그녀의 생각보다 훨씬 무거운 벌을 받았다. 세이레나는 깜짝 놀라서 애쉬를 쳐다봤다. 그는 쓰게 웃으며 말했다.

"난 금고형 5년을 주장했지만."

다른 기사를 공격한 거라면 금고형 2년 정도면 충분하다고 생각했을 거다. 세이레나의 허리를 끌어안은 애쉬의 팔에 힘이 들어갔다.

"그냥 금고형이요? 자택 금고형이 아니라요?"

무슨 소리야? 애쉬는 세이레나를 힐끔 쳐다보며 무뚝뚝하게 말했다.

"자택 금고형인데 2년이면 벌이 너무 가볍다고 항의했을 거야."

그렇구나. 세이레나는 얼떨떨한 기분으로 애쉬를 쳐다봤다. 그녀가 왕비였을 때 바이트 백작이 아들들을 살려 달라고 왕에게 간청했었다. 그때 바이트 경들의 죄목은 과실치사. 그럼에도 바이트 경들은 자택 금고형 2년을 받았다. 이번에 그들이 저지른 죄는 과실치상이다. 심지어 세이레나는 다치지도 않았다. 그럼에도 더 무거운 금고형을 받았다.

자택 금고형과 금고형은 다르다. 자택 금고형은 자기 집에 갇히는 거고 금고형은 감옥에 갇히는 거다. 귀족이라면 으레 자택 금고형을 받았다.

왕궁 경비를 서던 기사를 공격했다는 점이 참작됐을 거라고 세이레나는 생각했다. 거기에 애쉬의 약혼녀라는 점도 포함되지만, 그녀는 그건 몰랐다.

"금고형 2년이면 나쁘지 않네요."

세이레나는 고개를 끄덕이며 말했다. 바이트 경들은 감옥에서 반성할 필요가 있다. 그걸로 몇 년 뒤 벌어질 과실치사가 일어나지 않았으면 좋겠다.

애쉬는 조금 놀란 표정으로 세이레나를 쳐다봤다. 그녀는 바이트 경들의 벌이 과하다거나 약하다는 말을 할 거라고 생각했다. 나쁘지 않다는 건 생각도 못 했다.

그런 그의 표정을 읽은 그녀가 변명처럼 말했다.

"그 형제가 감옥에서 반성을 했으면 하거든요."

그럼 그렇지. 애쉬의 표정이 풀렸다. 그는 그녀의 머리에 자신의 머리를 댔다.

바이트 경들은 반성하지 않을 거다. 이 년 동안 이를 갈겠지. 그는 그런 자들을 잘 안다. 감옥에서 나오자마자 세이레나에게 해를 끼치려 할 수도 있다.

하지만 상관없다. 그는 이 년 뒤라면 세이레나가 그레이윈드 공작 부인이 되어 있을 거라고 확신했다.

세이레나 헌터 경보다 세이레나 그레이윈드 공작 부인이 더 건들기 어려운 존재일 거다. 게다가 그땐 같이 살고 있을 테니 늘 그와 함께 있겠지. 그때라면 낮뿐 아니라 밤에도 애쉬가 곁에서 지켜 줄 수 있다.

"그럴 리는 없지만 조심해."

애쉬는 약간의 걱정을 담아 말했다. 그는 실력만으로는 세이레나가 바이트 형제들에게 질 리가 없다는 걸 안다. 그녀는 이미 연초에 공격당할 때도 맨손으로 다섯 명의 남자를 상대로 싸웠다. 지금은 더 강해졌고. 하지만 그는 그녀가 바이트 형제들에게 당할 리 없다는 걸 알면서도 걱정이 됐다.

"뭘 조심해요?"

"바이트 형제들이 감옥에 들어가기 전까지 말이야. 그 녀석들이 열 받아서 무슨 짓을 할지 모르니까."

예전이라면 세이레나는 그럴 리 없다고 웃었을 것이다. 하지만 그녀는 진지한 표정으로 고개를 끄덕였다.

잃을 게 없을수록 사람은 극단적이 된다. 바이트 형제들은 아직 잃을 게 많지만 또 모르지.

일주일 후, 유치장에 갇혀 있던 바이트 경들과 그의 친구들은 감옥으로 이송됐다.

게일의 추모식이 시작할 때와 마찬가지로 조촐하게 마무리될 때까지 바이트 백작은 찾아오지 않았다.

사실 바이트 백작이 찾아왔다면 놀랐을 거다. 세이레나는 바이트 경들이 감옥으로 이송되는 것을 지켜보면서 한숨을 내쉬었다. 한 고비를 넘겼다는 느낌이 들었다. 게일이 죽었고 바이트 형제는 앞으로 이 년 동안 감옥에 갇힐 예정이다. 아드리아나는 아무 연락도 없었다.

앞으로도 그렇겠지. 세이레나는 아드리아나를 떠올리고 우울한 표정을 지었다. 아드리아나를 위해서라면 이게 나은 결과일지도 모른다. 그녀의 수중에 남은 재산은 한 푼도 없으니 아드리아나가 수도원을 나오는 것은 어려울 것이다.

그리고 왕비님.

세이레나는 왕비님이 어디에 숨어 있는지 생각하고 다시 한숨을 내쉬었다. 다들 왕비가 죽은 줄 안다. 그러니 그녀를 찾으려는 사람은 없을 것이다. 남은 건 왕이 누군가와 또 결혼하려 할지도 모른다는 거지만.

"그걸 어떻게 막지."

세이레나는 범죄자들이 감옥으로 향하는 마차에 올라타는 것을 전부 지켜본 뒤 돌아섰다.

피해자는 왕비님과 세이레나, 둘이면 족하다. 정확히 말하면 세이레나는 피해자가 아니게 될 테지만. 그때 누군가 그녀를 불렀다.

"헌, 아니, 세이레나?"

이사나는 세이레나를 알아보자마자 다가왔다. 이런 미인을 못 알아보기가 더 어렵다.

"이사나? 여긴 웬일이에요?"

"마차에 마법을 걸어 달라고 해서요."

마법? 세이레나가 이해하지 못하자 이사나가 재빨리 덧붙였다.

"범죄자를 이송할 때 목적지에 도착할 때까지 마차에 귀속되도록 묶는 마법을 걸거든요."

처음 들었다. 세이레나는 자신이 왕비였을 때도 그런 마법에 걸린 적 있는지 떠올렸다. 한 번도 없다. 그녀는 솔직하게 말했다.

"처음 들었어요."

"으음. 별로 흔한 마법은 아니에요. 가끔 이런 요청을 받아요. 수가 많거나 죄질이 너무 나쁘거나 하면요."

이번 마법사 고용은 그레이윈드 공작이 특별히 요청한 거지만 이사나는 거기까지는 몰랐다. 애쉬는 바이트 형제들과 그 친구들이 감옥에 갇히는 마지막 순간까지 마음을 놓지 않았다.

그는 세이레나를 위해서라면 이런 마법에 쓰는 돈은 몇 번이 나가도 아깝지 않았다.

"그렇군요."

안타깝게도 그 사실을 모르는 세이레나는 죄수의 수를 보고 고개를 끄덕였다. 죄수는 모두 여섯 명. 마차 세 대에 나뉘어서 이송된다.

"이런 일을 자주 하시나 봐요?"

마차가 출발하자 세이레나가 물었다. 그러고 보니 공간이동 마법 때도 이사나가 했었다. 포워스족의 꽃구경은 같은 포워스족이니 차출됐다고 해도 마법사들이 이런 일도 하는 걸까.

세이레나의 궁금증을 알아차린 이사나는 쓰게 웃었다.

"이런 일은 막내가 하잖아요."

그렇긴 하지. 그녀의 말에 세이레나의 고개가 위아래로 움직였다. 기사단에도 페이지라는 존재가 있다.

이사나는 자기 자신을 손가락으로 가리키며 말했다.

"그리고 여기 현자의 탑 막내."

"어? 이사나가 막내예요?"

막내라고 하기엔 나이가 좀 많지 않나? 세이레나는 페이지의 나이를 떠올렸다. 가장 어린 학생이 열세 살. 이사나는 아무리 봐도 그녀 또래로 보인다.

"마법사는 평균 나이가 높으니까요."

검사와 다르다. 현역 검사가 이십 대에서 삼십 대 정도라면 마법사의 현역은 사십 대에서 오십 대 정도. 교육을 받고 현장에 투입될 정도의 나이가 되려면 삼십 대는 되어야 한다.

그렇게 생각하면 이사나는 마법사치고는 상당히 어린 편이다. 세이레나는 이사나를 돌아보고 물었다.

"그럼 이사나는 엄청나게 재능이 있는 마법사네요."

뜻하지 못한 칭찬에 이사나의 눈이 동그래졌다. 곧이어 그녀의 얼굴이 붉어졌다.

"전 칼리스타에 비하면 한참 부족해요."

낯익은 이름에 세이레나의 몸이 반응했다. 저도 모르게 목 뒤의 솜털이 오소소 일어났다. 그녀는 너무 절박한 티를 내지 않기 위해 애쓰며 말했다.

"칼리스타가 누군데요?"

"저랑 같이 현자의 탑에 들어온 마법사인데요. 진짜 천재였죠."

같이 현자의 탑에 들어왔다고? 드럼란리그에 있던 게 아니었어?

세이레나는 이사나에게 바짝 붙으며 물었다.

"같이 현자의 탑에 들어왔다고요?"

"네. 같은 출신이에요. 현자의 탑에 들어왔다가 재작년에 나갔어요."

"어, 어째서요?"

"으음."

이사나는 곤란한 표정을 지었다. 솔직히 말하면 그녀는 아직도 칼리사타가 왜 현자의 탑을 나간 건지 이해를 못 하고 있었다.

아니, 칼리스타가 나간 이유는 안다. 하지만 그녀는 칼리스타가 나가는 이유를 들었을 때 나간다고 뾰족한 수가 있는 건 아니라고 생각했다.

"칼리스타는 진짜 천재거든요."

이사나는 그렇게 말을 시작했다. 두 사람은 천천히 대로를 걷고 있었다. 세이레나는 그녀와 좀 더 오래 이야기 하고 싶어 찻집으로 들어갔다.

"제가 살게요."

세이레나는 그렇게 말하고 재빨리 덧붙였다.

"지난번에 실수도 했고요."

술집에서 취한 걸 말하는 거다. 이사나는 별거 아니라고 손을 저었지만 세이레나가 우기는 통에 차와 케이크를 주문했다.

"스승님들도 칼리스타에게 기대를 많이 거셨고요. 그 정도로 천재였어요. 열다섯 살에 마법사가 됐거든요."

기사는 열세 살에 페이지가 되어 삼 년 후 기사가 된다. 하지만 마법사는 다르다. 일정 수준에 도달하지 못하면 마법사가 될 수 없다.

"마법을 배울 수 있는 방법은 두 가지가 있어요. 왕궁 마법사의 밑으로 들어가는 것과 현자의 탑의 스콜라가 되는 것."

라고말리 기사단에서 훈련생을 페이지라 부르는 것처럼 현자의 탑에서는 훈련생을 스콜라라 부른다. 칼리스타는 스콜라로 들어올 때 이미 마법사 수준이었다.

라고말리 기사단은 매년 오십여 명의 페이지를 받아 별다른 일 없으면 이 년 후 오십여 명 전부 기사가 된다.

하지만 마법사는 다르다. 스콜라로 들어가도 마법사가 될 수 있을지 없을지 모른다. 기약 없는 스콜라 기간에 결국 포기하고 그만두는 사람도 많다.

"제가 스콜라로 들어온 건 열 살이었어요. 마법사가 된 건 스무 살 때였죠."

딱 십 년이 걸렸다는 말이다. 그것조차 현자의 탑에서는 엄청나게 빠른 축에 속한다. 하지만 칼리스타는 오 년 만에 마법사가 됐다.

"칼리스타는 최연소 마법사였죠."

"대단한 건가요?"

"으음."

이사나는 뭐라고 설명해야 할지 잠시 망설였다. 어떻게 설명해야 이 기사가 이해할까. 그녀는 곧 딱 하고 손가락을 튕기며 말했다.

"세이레나는 소드 마스터죠?"

세이레나의 눈이 커졌다.

"어, 어떻게, 그걸……?"

"소드 마스터 정도 되면 느껴지거든요."

소드 마스터는 마법사와 비슷한 구석이 있다. 몸 안에 마나를 쌓는다는 점이 그렇다. 마법사는 다른 마법사를 느낄 수 있는 것처럼 마나가 쌓인 강력한 검사인 소드 마스터도 느낄 수 있다.

"제 기억에 최연소 소드 마스터는 스물한 살이라던데요. 맞아요?"

"네에."

"비공식적으로는 세이레나일 테고요."

세이레나의 얼굴이 달아올랐다. 이사나는 안다는 표정을 지으며 말을 이었다.

"마법사는 스콜라로 들어와서 마법사가 되는 데는 보통 이십 년 정도 걸리거든요."

"아까 이사나는 십 년 정도 걸렸다고……?"

이사나의 얼굴에 씨익 하고 미소가 떠올랐다. 그녀도 어디 가서 꿀리지 않는다.

"칼리스타는 오 년 만에 마법사 칭호를 받았죠. 마법사 칭호 위에 마스터 칭호가 있어요. 기사들이 기사 칭호 위에 슈발리에라는 칭호가 있는 것처럼요."

그렇구나. 몰랐다. 세이레나는 이사나의 차근차근한 설명에 빠져들었다.

"하지만 모든 기사가 슈발리에가 되는 게 아닌 것처럼 마스터도 그렇거든요."

모든 재능 있는 기사가 슈발리에가 되지는 않는다. 세이레나는 기사단의 재능 있는 기사들을 떠올렸다. 그녀는 운이 좋았다. 두 번째 기회를 잡을 수 있었으니까.

"마법사도 그래요. 오십 대에 마법사가 돼서 육십 대에 마스터가 되는 사람도 있는가 하면 이십 대에 마법사가 돼서 평생 마스터가 되지 못하는 사람도 있죠."

그렇구나. 세이레나는 고개를 끄덕였다. 기사도 그렇다. 시작할 때는 눈에 띄는 재능을 보였던 기사가 별 볼 일 없이 끝나기도 한다. 지난 생의 세이레나처럼. 하지만 꼴찌로 들어와서 슈발리에가 될 수도 있겠지.

세이레나가 이해한 것을 본 이사나는 씁쓸하게 웃었다. 칼리스타는 그것을 견디지 못했다.

"칼리스타는 마스터가 되고 싶어 했어요. 밤새 연구했죠."

하지만 되지 못했다. 재작년까지. 역사적으로 이십 대에 마스터가 된 마법사는 없다.

세이레나는 고개를 갸웃하며 물었다.

"칼리스타 씨는 최연소 마스터가 되고 싶었던 거예요?"

"으음. 그건 아니었던 것 같아요."

칼리스타는 아마도 확신이 필요했던 거 같다고, 이사나는 생각했다. 그녀가 마스터가 될 수 있다는 확신. 언젠가 마스터가 될 거라는 확신. 하지만 현자의 탑에서는 그런 확신을 가질 수 없다고 했다.

"현자의 탑에서는 여러 가지 의뢰를 받아들이거든요. 대부분 저 같은 막내 마법사가 일을 하고요."

"스콜라는 안 해요?"

절대 안 된다. 이사나는 고개를 흔들었다.

"마법을 안정적으로 쓸 수 있게 됐을 때 마법사 칭호를 받는 거거든요. 스콜라는 단독으로는 마법을 사용할 수 없어요."

무슨 소린지 알겠다. 세이레나는 스콜라가 페이지와 비슷하다는 것을 확실히 이해했다.

라고말리 기사단에서도 페이지들이 단독으로 전투하는 것을 허락하지 않는다. 대련조차도 허가 없이는 할 수 없다.

"그러다 보니 막내 마법사들에게 일이 몰리거든요. 칼리스타는 그걸 싫어했어요."

마스터가 되기 위해 연구할 시간도 없는데 자질구레한 일은 다 밀려온다. 게다가 자신의 밑으로 막내 마법사가 언제 들어올지 알 수가 없다.

칼리스타는 어쩌면 절망했던 거라고, 이사나는 생각했다. 그녀는 공부 욕심도 많고 성공하고 싶은 욕심도 컸다.

"연구를 하기 위해 재작년에 뛰쳐나갔다는 거군요."

세이레나는 그렇게 말하며 고개를 갸웃했다. 칼리스타가 왜 현자의 탑을 그만뒀는지는 알겠다. 하지만 마법이라는 게 그렇게 쉽게 다른 데서 연구할 수 있는 건가?

현자의 탑은 마법사들이 연구를 하기 위해 만든 건물임과 동시에 조직이다. 그 말은 반대로 말하면 현자의 탑 외에서는 마법사들이 양성되기 힘들다는 말이 된다.

"사실 전 그 부분이 이해가 안 돼요."

이사나는 차를 홀짝이며 푸념처럼 말했다. 그녀가 아까 말했듯이 마법사가 되는 데는 왕궁 마법사 밑에 들어가거나 현자의 탑에 들어가는 방법밖에 없다.

"왕궁 마법사는 타인머스의 귀족만 들어갈 수 있거든요."

그래? 몰랐던 사실에 세이레나는 눈을 동그랗게 떴다. 왕궁 마법사의 조건이 귀족인 줄은 몰랐다.

물론 여기에 한 가지 빈틈이 있긴 하다. 왕궁 마법사를 배출하는 건 귀족 집안에서도 큰 영광이다. 그러니 마법에 재능 있는 평민 아이를 입양해서 마법사로 키우기도 한다.

하지만 칼리스타는 이미 이십 대로 귀족가에 입양되기엔 늦었다.

"칼리스타가 현자의 탑을 나가도 연구할 수 있는 뾰족한 수가 없단 말이에요. 전 칼리스타가 나간 이유를 알지만 반대로 나가서 어떻게 하려고 한 건지 모르겠어요."

어쩌면.

세이레나는 이사나의 말을 듣고 드럼란리그에서 칼리스타를 만난 것을 떠올렸다.

"사실, 저 칼리스타 씨를 만난 적이 있어요."

세이레나는 담담하게 고백했다.

네? 이사나가 무슨 소리냐는 표정을 지었다.

"드럼란리그에서요. 지나가던 칼리스타 씨와, 음, 부딪쳤다고 할까요."

정확히 말하면 알아본 그녀가 붙잡은 거지만 어떻게 알아봤는지는 말할 수 없다. 다행히 이사나는 세이레나의 말에 고개를 끄덕였다.

"아무래도 제가 만난 칼리스타 씨가 이사나의 동기인 칼리스타 씨 같아요."

세이레나는 그녀가 만난 칼리스타의 생김새를 묘사했다. 물론 그렇게 하지 않아도 그녀는 자신이 만난 칼리스타가 칼리스타라는 것을 안다. 하지만 세이레나는 자신이 칼리스타를 안다는 것을 이사나에게 말해야 한다고 생각했다.

이사나에게 말하지 않고 칼리스타에게 물어보는 건 그녀를 속이는 것이다. 세이레나는 이사나를 속이는 것에 죄책감이 들었다. 완벽한 진실은 아닐지라도 약간이라도 이사나에게 진실을 말하고 싶었다.

"그렇군요. 칼리스타가 드럼란리그에."

이사나는 고개를 끄덕이며 중얼거렸다. 어디 가서 뭘 하나 했더니 드럼란리그에 있었던 모양이다.

"우연히 칼리스타를 만나다니, 신기하네요."

이어진 이사나의 말에 세이레나의 표정이 어두워졌다. 역시 거짓말한 게 죄책감이 든다. 그렇다고 사실대로 말할 수는 없잖아. 그녀는 그렇게 생각하며 고개를 흔들었다.

그녀가 왕비였고 칼리스타를 왕궁에서 만나 칼리스타의 도움으로 회귀했다는 것은 아직 애쉬에게도 말하지 못했다.

이사나에게 진실을 말하는 건 아직 세이레나에게는 부담스러웠다.

"드럼란리그는 마법을 배우는 게 더 쉬운가요?"

세이레나의 질문에 이사나가 고개를 갸웃했다. 그런가? 그녀는 모르겠다는 표정으로 말했다.

"비슷할 텐데요. 제가 타인머스에 온 건 가까워서거든요."

그렇다면 칼리스타는 왜 드럼란리그로 간 걸까. 그리고 몇 년 후 어째서 다시 타인머스로 온 걸까.

세이레나는 찻잔을 들어 올리며 한숨을 내쉬었다. 칼리스타를 다시 만난다고 해도 속 시원하게 이야기할 수는 없다는 걸 안다. 하지만 어떻게 그녀가 돌아온 건지, 자신에게서 가져간 대가가 뭐였는지 알고 싶었다.

그리고 만약 그녀 때문에 드래곤이 깨어나는 거라면 어떻게 다시 잠들게 할 수 있는지도.

드래곤을 생각하자 세이레나는 머리를 감쌌다. 드래곤이 깨어나고 있다. 그녀 때문에. 처참한 좌절감이 그녀의 몸을 감쌌다. 세이레나가 할 수 있는 건 하나도 없었다.

드래곤이 깨어나기를 기다릴 수는 없다. 그렇다고 죽일 수도 없다. 그녀가 감히 드래곤을 죽일 실력이 되는지는 둘째치고 드래곤을 죽이면 마법이 사라질 수 있다.

"내가 뭘 어떻게 해야 하는 거지."

저도 모르게 세이레나의 입에서 한숨 같은 말이 흘러나왔다. 예전에는 그런 생각도 했다. 드래곤에게 가서 그녀 혼자 모든 벌을 받을 테니 다른 사람들은 봐 달라고 부탁할까 하는.

하지만 지금은 욕심이 생겼다. 검을 잡는 게 즐거워졌다. 에즈라가 외롭지 않게 자랐으면 좋겠다. 검을 들었으니 애쉬보다 강해지고 싶다. 그리고 애쉬와 좀 더 시간을 보내고 싶었다.

세이레나는 애쉬와 함께 보내는 시간이 좋았다. 같이 산책을 할 때 손을 잡으면 손에서 느껴지는 따듯함과 단단함이 그녀의 몸 전체로 퍼져 나가는 것 같았다.

마주 앉아서 식사를 하거나 이야기를 할 때면 그녀의 시선을 따라오는 애쉬의 검정색 눈동자가 좋았다.

"뭐가요?"

아차. 세이레나는 이사나의 질문에 고개를 들었다가 그녀가 자신의 말을 들었다는 것을 깨달았다. 뭐라고 해야 하지?

"드, 드래곤 때문에요."

"아, 드래곤."

다행히 이사나는 세이레나의 평계를 다르게 생각했다. 그녀는 고개를 끄덕이며 말을 이었다.

"깨어나고 있죠. 덕분에 몬스터들이 몰려들고 있고요. 얼마 전에 트롤과 오거도 왔다면서요?"

"네."

트롤과 오거가 수도 근처에 나타난 건 처음이라 수도는 한바탕 난리가 났다. 세이레나가 왕비였을 때도 트롤이나 오거가 수도에 나타난 적은 없었다. 그리고 이건 확실히 그녀 때문이라는 말이 된다.

우울한 생각이 침범하자 다시 세이레나의 표정이 어두워졌다. 이번에는 피해가 적었다. 사상자는 없었고 다친 사람만 대여섯 명 있었다. 다행히도 전부 회복이 가능한 부상이었다.

하지만 라고말리 기사단이 조금만 늦게 도착했다면? 혹은 조금 더 약했다면?

끔찍한 상상이 그녀의 머릿속에 떠올라 괴로웠다.

"어쩌면 드래곤은 우리 생각보다 느리게 깨어나고 있는지도 몰라요."

그때, 이사나가 세이레나에게 희망적인 이야기를 건넸다. 드래곤이 생각보다 느리게 깨어나고 있다고?

세이레나는 반가운 정보에 반색하면서도 어리둥절해서 물었다.

"느리게 깨어난다고요? 왜요?"

"으음. 드래곤은 워낙 크잖아요? 커다란 몸이 잠에서 깨는데도 시간이 걸리거든요."

일견 그럴듯해 보이는 말이다. 하지만 세이레나는 고개를 갸웃했다. 그럼 그녀보다 훨씬 큰 애쉬가 잠에서 깨는 게 더 오래 걸리나?

그런 그녀의 의문을 아는지 모르는지 이사나가 계속해서 말을 이었다.

"그래서 우리도 어느 정도 시간이 걸릴 거라고 예상은 했거든요. 그런데 왕궁에서는 묵묵부답이고, 오거와 트롤까지 나타난 걸로 봐서 드래곤이 깨어나는 데 더 시간이 걸리는 게 아닐까 하는 거죠."

여전히 모르겠다. 세이레나는 솔직하게 물었다.

"드래곤이 깨어나는 데 시간이 걸리는 거와 몬스터가 무슨 상관인가요?"

"드래곤은 몬스터의 대장 같은 거거든요."

그건 예전에도 들었다. 세이레나가 고개를 끄덕이자 이사나는 계속해서 말했다.

"뭔가가 드래곤이 깨는 것을 막고 있고, 몬스터들이 드래곤을 돕기 위해 오고 있는 게 아닌가 하는 추측을 하고 있어요."

"그건 현자의 탑 공식 의견인가요?"

"당연히 아니죠."

그렇다면 반만 믿어야 한다는 말이다. 그럼에도 세이레나는 그 말이 꽤 그럴듯하다고 생각했다. 왕궁에서 드래곤이 깨어날 리 없다고 확신하는 것과 더해져서.

애쉬에게 이사나에게 들은 것을 말해야겠다고, 세이레나는 생각했다. 그렇지 않아도 애쉬와 저녁을 먹기로 했다.

가게보다는 저택에서 단둘이 조용하게 식사하는 것을 좋아하는 세이레나를 위해 애쉬는 때때로 자신의 집에서 식사를 하자고 권하곤 했다.

그런 배려도 좋았다. 애쉬를 떠올리자 세이레나의 얼굴이 부드러워졌다.

"드래곤이 늦게 깨어날 수도 있다고?"

그날 저녁, 그레이윈드 저택에서 만난 애쉬가 신기하다는 듯 물었다. 커다란 식당에서 식사하는 건 세이레나와 애쉬, 단둘이 었다.

공작님의 약혼자가 왔다. 당연히 요리사는 솜씨를 발휘했다.

세이레나는 겉을 바삭하게 구운 고기를 입에 넣고 눈을 동그랗게 떴다. 속은 촉촉해서 사르르 녹는다.

"음, 네. 이사나 씨 말로는 그래요."

"왕궁에서 드래곤이 깨어나는 걸 막고 있을지도 모른다는 건 우리도 예상한 거지만."

애쉬는 그렇게 말하고 세이레나를 따라 고기를 한 점 먹었다. 그녀가 너무 맛있다는 표정을 지어서 절로 입맛이 동했다. 요리사가 힘을 냈군. 그는 그렇게 생각하며 빙그레 웃었다.

"오거와 트롤이 드래곤을 깨우기 위해 온 걸 수도 있다는 건 새로운 정보인데."

그리고 좋은 정보다. 애쉬는 고개를 끄덕이며 말을 이었다.

"앞으로 더 강한 몬스터가 올 수도 있다는 말이군."

"네에."

세이레나의 표정이 어두워졌다. 트롤과 오거보다 강한 몬스터라니. 생각만 해도 끔찍해진다.

우울한 생각에 그녀의 손이 멈췄다. 애쉬는 그런 그녀를 위로하기 위해 재빨리 말했다.

"너는 더 강해질 거야."

하지만 그의 말에 세이레나는 고개를 저었다. 그녀는 자신을 걱정한 게 아니다.

물론 자신도 걱정되기는 하다. 하지만 그보다 다른 사람들이 더 걱정된다.

"기사단 말이에요. 이번에는 운 좋게 피해가 적었지만……."

누군가 죽거나 다친다면 세이레나는 자신을 용서할 수 없을 것 같았다. 그런 그녀를 애쉬는 눈을 가늘게 뜨고 지켜보고 있었다. 그가 아니라 그녀가 기사단의 단장 같다. 언젠가부터 그렇게 생각될 정도로 세이레나는 기사들을 걱정하고 있었다.

애쉬는 그녀를 위로할 요량으로 다시 말했다.

"몬스터가 오는 게 네 탓이 아니잖아."

그녀의 탓이다. 드래곤이 깨어날 만큼 강력한 마법을 썼다. 소원을 빌 때는 몰랐다. 아니, 알았던 것도 같다. 그때의 그녀는 절박하고 이기적이었다. 가진 모든 것을 잃은 다음이었다. 유일하게 남은 목숨마저 스러져 가는 순간이었다.

그렇기 때문에 이런 무서운 짓을 할 수 있었다. 자신의 죄가 목구멍까지 치밀어 올랐다. 세이레나는 도저히 음식을 넘길 수 없어서 식기를 내려놓았다.

세이레나는 가끔 이런 표정을 짓는다. 애쉬는 눈을 가늘게 뜨고 그녀를 지켜봤다. 그가 그녀의 신상 기록을 보지 않았다면 그녀가 과거에 큰 비밀을 품고 있다고 생각했을 것이다.

우수에 찬 얼굴 위로 긴 속눈썹이 음영을 자아내고 있었다. 비탄에 잠긴 요정 같다.

"사람들을 지키지 못하는 건 제 탓이죠."

가까스로 세이레나가 입을 열었다. 울적한 목소리에 애쉬는 사이를 가로지른 테이블이 거추장스럽게 느껴졌다. 당장 뛰어가서 끌어안아 주고 싶다. 하지만 그는 애써 눌러 참으며 말했다.

"사람들을 지키는 건 기사단의 임무야. 너만 짊어져야 할 일이 아니고."

하지만 모든 원흉은 세이레나다. 그녀는 그렇게 말하려다 포기했다. 애쉬에게 말할 수 없다. 그는 이해하지 못할 것이다.

세이레나는 대신 주제를 돌렸다.

"바이트 백작은 어때요? 숙부의 배후에 그 사람이 있다는 건 진척이 없어요?"

애쉬는 그녀가 주제를 돌린다는 것을 알았다. 대체 이유가 뭘까. 알고 싶다. 왜 그러는 거냐고 묻고 싶었다. 하지만 그는 말하고 싶지 않다던 세이레나의 말을 떠올렸다.

왕궁에서 열린 신년 파티에서 세이레나는 말하고 싶지 않다고 했다. 그때 그녀가 말하고 싶지 않다고 한 건 왕과 관련된 거였다. 이것과는 상관없는 일이다. 하지만 그럼에도 그는 주제를 돌리려는 세이레나의 의지를 존중하기로 했다.

"음. 바이트 백작도 네 숙부의 계획을 알고 있었을 거라는 중

언이 나오긴 했지."

바이트 백작이 게일의 계획을 알고 있었을 거라고? 세이레나의 시선이 애쉬를 향했다. 그녀의 눈동자에 담긴 관심에 애쉬는 쓰게 웃었다. 그가 알고 있는 그다음 이야기가 그녀를 실망시킬 게 분명하다.

애쉬는 세이레나의 접시를 가리키며 말했다.

"일단 먹고."

음식을 다 먹지 않으면 이야기하지 않겠다는 뜻이다. 세이레나는 어린애 취급받는 느낌에 인상을 썼다가 한숨을 내쉬었다.

그녀의 접시에 담긴 음식은 반 이상 남아 있다. 초대받아서 음식을 이렇게 남기는 건 예의에 어긋난다. 게다가 요리사가 세이레나가 온다는 말에 하루 종일 준비한 음식이다.

결국 세이레나는 다시 음식을 먹기 시작했다. 그래도 아까보다는 식욕이 돌아온 덕에 무리 없이 먹을 수 있었다.

"이제 말해 줘요."

식사를 끝낸 뒤 정원으로 자리를 옮긴 세이레나가 말했다. 음식은 맛있었다. 하지만 디저트로 나온 복숭아 파이까지는 도저히 먹을 수가 없어서 남겼다.

요리사에게 미안하게 됐다고 생각하며 세이레나는 애쉬를 쳐다봤다.

"증언이 나오긴 했어. 잠깐이지만."

"잠깐이요?"

나오면 나온 거지 잠깐 나왔다는 건 무슨 소리야? 어리둥절해하던 세이레나는 곧 애쉬의 말을 이해했다. 그녀는 한숨을 내쉬며 말했다.

"철회했군요."

그런 사람들은 많다. 세이레나는 자신의 경험으로도 알았다. 조금 편해질까 싶어서 거짓 증언을 했다가 철회하기도 한다. 이번에는 거짓인지 진실인지 모르지만.

"음."

애쉬는 세이레나가 잡을 수 있도록 한쪽 팔꿈치를 내밀었다. 수도에 있지만 그레이윈드 공작의 저택은 상당한 규모를 자랑한다. 왕의 동생에게 하사되는 저택이기 때문이다.

애쉬와 세이레나는 천천히 정원을 걷기 시작했다. 초여름이 시작된 덕에 꽃이 화사하게 피어 있었다.

"돈은 바이트 백작이 지불했잖아?"

애쉬의 말에 세이레나는 고개를 끄덕였다. 게일이 세이레나와 에즈라를 습격할 때 데려온 용병들은 바이트 백작이 돈을 지불했다고 말했다.

바이트 백작은 게일이 무슨 짓을 하려는지는 몰랐다고 주장했다. 그는 게일이 무슨 일로 용병이 필요하고 용병에게 지불할 돈이 없다고 하기에 대신 지불했을 뿐이라고 말했다. 그리고 그건 어디까지나 게일을 향한 동정심과 선의였을 뿐이라고 주장했다.

당연하게도 세이레나와 애쉬는 믿지 않았다. 그건 다른 귀족들도 마찬가지일 것이다. 하지만 바이트 백작이 게일의 계획을 안다는 증거는 없다.

실제로 지인을 대신해서 사용인이나 용병에게 돈을 대신 내주는 경우가 있기 때문이다.

"용병 중 하나가 바이트 백작이 계획을 알고 있을 가능성이 있다고 말했거든."

"어떻게요?"

"음, 용병들에게 돈을 지불하기 위해 바이트 백작의 사용인이 길드에 찾아왔던 모양이야."

정원의 꽃을 구경하던 세이레나의 눈이 애쉬를 향했다. 그녀는 혹시나 해서 말했다.

"길드라면, 설마 뒷골목 길드인가요?"

"응."

바이트 백작도 역시 거기와 거래하고 있었구나. 세이레나는 어쩐지 맥이 탁 풀려서 한숨을 내쉬었다. 그녀의 안에서 퍼즐 조각이 맞춰졌다.

사망한 헌터 백작은 뒷골목 길드에 드나들었다. 아마도 이 왕자의 심부름을 한 거겠지. 그녀가 살고 돌아온, 이제는 오지 않을 미래에서 게일은 이 왕자의 수하였다. 그의 곁에 바이트 백작도 있었다.

세이레나가 왕비였을 때, 이 왕자의 곁에 게일과 바이트 백작이 있었던 이유를 알겠다.

둘 다 이 왕자를 왕으로 만들어 주기 위해 노력한 사람들이었던 거다.

"설마 이 왕자도 여기에 관계돼 있는 건 아니겠죠."

가능성 있다. 세이레나의 말에 애쉬가 심각한 표정을 지었다. 그도 잠깐 그렇게 생각했다.

바이트 백작이 이 왕자 브리츠와 어울리는 건 이미 알고 있다. 데니스에게 들었기 때문이다. 그 전까지만 해도 애쉬는 왕과 왕자들에게 관심이 없었다. 그도 왕족이긴 하지만 왕좌와는 관계 없다. 사실, 관계가 없어야 한다. 왕이 그를 경계하는 이유가 그것 때문이니까.

하지만 데니스에게 브리츠와 바이트 백작이 가깝다는 것을 들은 뒤로는 조금 관심을 갖기 시작했다.

"그럴 수도 있겠지."

그렇지 않다고 하면 거짓말이라 애쉬는 최대한 완곡하게 말했다. 이 왕자 브리츠도 세이레나의 목숨을 노리는 것일 수 있다.

합당한 이유도 있다. 애쉬는 중간에 놓아둔 벤치 앞에 멈춰 섰다. 어느새 어두워진 사위를 밝히기 위해 정원사가 가로등에 불을 붙이고 있었다.

"이유가 뭘까요."

세이레나는 애쉬가 멈춰 서자 나란히 멈춰 서서 말했다. 브리츠는 왜 그녀가 죽길 바라는 걸까?

그녀가 왕비였을 때는 그럴 만한 이유가 있었다. 왕을 죽이고 나라의 재정을 파탄 낸 죄를 뒤집어씌울 희생양이 필요했으니까. 덤으로 일 왕자와 부정을 저질렀다고 해서 둘 다 처리할 수 있었다.

하지만 지금은 다르다. 세이레나는 애쉬와 약혼했고 그녀가 죽거나 살거나 이 왕자가 왕이 되는 데 아무 상관이 없다.

"헌터 백작 부부를 죽인 게 이 왕자라면."

애쉬는 정원사가 불을 붙이는 것을 시선으로 쫓으며 나직하게 말했다. 불을 다 붙인 정원사가 지나가면서 고개를 꾸벅했다.

"늘 수고가 많네."

애쉬의 말을 듣고 나서야 세이레나는 정원사의 존재를 깨달았다. 어느새 정원사가 밝힌 정원이 환해져 있었다.

세상에.

세이레나는 깜짝 놀라서 정원을 둘러봤다. 초여름의 싱그러운 초목이 가로등 불빛을 받아 빛나고 있었다.

이렇게 보니까 또 새삼 다르게 보인다. 세이레나가 정원이 예쁘다고 말하려는 순간, 애쉬가 말을 이었다.

"이 왕자는 네가 뭔가 알고 있다고 생각할 수도 있지."

그런가? 세이레나는 잠시 애쉬를 쳐다봤다. 그녀가 왕비였을 때 브리츠는 그런 기색을 보이지 않았다. 걱정했다면 그녀가 왕비가 되도록 두지도 않았을 거다.

아니면.

세이레나의 머릿속에 그녀가 돌아와서 바뀐 점이 떠올랐다. 돌아오기 전에는 세이레나는 게일의 말대로 따랐다. 뭐든 그가 시키는 대로 했다. 특히 왕이 죽기 전까지 그녀는 게일을 의심조차 하지 않았다.

하지만 지금은 다르다. 그녀는 게일을 경계했고 그의 말을 하나도 듣지 않았다.

게일은 브리츠의 수하였다. 돌아오기 전에는 세이레나가 게일의 손 안에 있으니 신경 쓸 필요가 없었을 것이다.

게일은 그녀가 아버지의 죽음에 의문을 품지 않는다는 것을 알았다. 그러니 브리츠도 전해 들었겠지.

하지만 이번엔 달랐다. 세이레나는 게일의 말을 듣지 않았고 브리츠는 게일이 세이레나를 조종할 수 없다는 것을 알았을 것이다.

"그렇군요."

세이레나는 천천히 고개를 끄덕였다. 그녀의 행동으로 주변 사람들의 태도가 바뀌었다. 로렌이나 데니스처럼 세이레나에게 무관심했던 사람이 그녀의 친구가 되었고 어시스 백작처럼 그녀를 싫어했던 사람이 호감을 갖기도 했다.

그렇다면, 세이레나를 이용해 먹기 좋은 호구로 생각한 사람이 죽여야 할 존재로 생각할 수도 있을 것이다.

"제가 아버지의 죽음을 수상하게 여긴다고 생각했을 수도 있네요."

세이레나의 말에 애쉬가 고개를 끄덕였다.

작년 말, 헌터 백작 부부의 사망 이후 세이레나는 헌터 백작의 친구들과 만났다.

그녀가 자신이 모르는 아버지의 친구를 찾고 있다는 소식을 브리츠도 들었을 수 있다.

"작위 수여는 어렵더라도 네가 소드 마스터라는 건 최대한 빨리 알리는 게 좋겠군."

응? 애쉬의 말에 세이레나의 눈이 동그래졌다. 이야기가 왜 그렇게 되지?

"내가 소드 마스터인 것과 아버지의 죽음이 무슨 관계인데요?"

"그건 관계가 없지."

애쉬는 빙그레 웃으며 다시 걷기 시작했다. 꽃으로 만들어진 터널에 다가가자 꽃향기가 가득 밀려왔다.

그는 천천히 걸으며 말했다.

"하지만 네가 슈발리에로 임명되면 네게 사건이 일어났을 때 사람들의 이목이 더 집중될 테니까."

소드 마스터는 사람들의 관심을 받을 수밖에 없다. 사람들이 세이레나를 알아본다는 말이다.

유명인과 무명인 중에서 공격하기 더 어려운 쪽을 고르자면 단연 유명인이다. 그리고 지난번처럼 공격받는 일이 생긴다면

다들 누가 무슨 이유로 겁도 없이 소드 마스터를 공격하려 했는
지 관심을 쏟을 것이다.

"그런 이점도 있네요."

세이레나는 한숨을 내쉬며 맞장구쳤다. 그러나 곧 사람들의
관심을 받게 된다고 생각하니 불편해졌다. 왕비였을 때 그녀는
늘 사람들의 관심을 받았고 그건 전혀 좋은 기분이 아니었다.

못마땅해 하는 시선을 생각하니 세이레나의 마음이 답답해졌
다. 애쉬가 식사를 마치고 이야기하자고 하지 않았다면 분명 먹
다가 체했을 것이다.

"최대한 빨리 날짜를 잡을게."

느닷없는 애쉬의 말에 세이레나의 표정에 의문이 떠올랐다.
날짜? 무슨 날짜?

그녀는 솔직하게 물었다.

"무슨 날짜요?"

"대련 말이야. 일단 기사단 내에서 데니스와 로렌 앞에서 시범
을 보여야겠지."

그리고 나서 데니스와 로렌이 확인 서류를 작성해 주는 거다.

애쉬 역시 세이레나가 소드 마스터라는 것을 확인하는 확인
장을 작성해야 한다. 원래대로라면 두 명의 증인이 보증하는 서
류와 별도로 두 장의 서류가 더 있어야 한다.

신규 소드 마스터를 상대한 기사와 기사단장의 확인 서류. 하
지만 애쉬는 세이레나의 상대를 직접 할 생각이니 한 장으로 갈

음할 수 있다.

그리고 모든 서류를 취합해서 왕궁 행정 부서에 보내면 된다. 왕궁은 서류를 확인한 뒤 세이레나에게 슈발리에의 칭호와 함께 작위를 줄 것이다.

문제는 작위인데…….

잠시 고민하는 애쉬에게 세이레나가 놀라서 물었다.

"잠깐, 당신과 대련하라고요?"

"응?"

애쉬는 무슨 소린가 하고 고개를 갸웃했다. 이미 그가 요청하지 않았나? 세이레나와 대련하고 싶다고 말했었다.

그는 그 사실을 떠올리며 턱을 쓰다듬었다.

"나와 대련해 달라고 부탁했잖아."

"하, 하지만……."

세이레나의 얼굴이 굳었다. 그녀는 조심스럽게 말했다.

"사람들 앞에서 시범을 보이라는 건 검기를 사용하라는 거죠?"

당연하다. 애쉬는 고개를 끄덕였다. 세이레나는 당황한 표정으로 계속해서 말했다.

"그럼 사람을 상대로 검기를 사용하라는 말이잖아요?"

사람을 상대로 검기를 사용하라니. 그녀는 게일의 복부를 베어 들어갔던 검의 감촉을 떠올렸다. 그녀의 힘이 아닌 것처럼 너무나 쉽게 사람의 살과 뼈를 파고들었다.

평소라면 느껴졌을 살의 저항감이 느껴지지 않았다. 뼈를 쳤을 때의 둔탁한 느낌도 없었다.

그런 걸 애쉬에게 쓰라고? 그녀는 상상만으로 끔찍해서 고개를 절레절레 흔들었다. 애쉬의 실력을 믿지 못하는 게 아니다. 이건 그것과는 다른 차원의 문제다.

"몬스터를 상대로는 썼잖아."

"몬스터와 당신은 다르죠!"

세이레나의 격한 반응에 애쉬는 씩 웃었다. 전투 때는 그렇게 맹렬하게 싸우던 그녀가 그를 상대로 검기를 써야 한다는 사실에 겁을 집어먹는 게 또 귀여웠다.

애쉬는 자신이 그녀를 귀엽게 생각했다는 것을 들키지 않기 위해 최대한 무표정한 얼굴로 말했다.

"그래서 내가 상대하는 거지."

검기는 마법조차 갈라 버린다. 그러니 어지간한 보호 마법도 소용이 없다. 몇 겹으로 된 강한 방어 마법이라 해도 애쉬 정도의 소드 마스터가 검기를 실어 몇 번 내리치면 부서져 버린다.

그렇기 때문에 소드 마스터들은 대련할 때 검기를 사용하지 않는다. 굳이 그렇게 하지 않아도 검술 실력만으로 충분하니까.

하지만 지금처럼 대련 중에 검기를 사용해야 할 때는 검기를 두른 방패를 사용하기도 한다. 검기를 두른 검이나 방패는 막을 수 있다. 애쉬는 방패를 이용할 생각이 없기 때문에 이 사실을 말하지 않았다.

애쉬의 말에 세이레나는 잠시 말을 잃었다. 그의 말이 맞다. 소드 마스터를 상대하려면 상대도 소드 마스터여야 한다.

누군가 검기를 사용하는 그녀와 대련해야 한다면 가장 실력이 좋은 사람이 하는 게 가장 안전할 것이다. 그리고 현 소드 마스터 중에 가장 실력이 좋은 사람은 애쉬 그레이윈드다.

세이레나는 그게 하필이면 애쉬라는 게, 그녀가 가장 아끼고 사랑하는 사람이라는 게 겁이 났다. 자신이 그 엄청난 것을 사랑하는 사람에게 들이대야 한다는 게 끔찍하게 느껴졌다.

그런 그녀의 생각을 알아차린 애쉬는 빙그레 웃었다. 그는 한 팔로 세이레나의 허리를 끌어안으며 말했다.

"그리고 아직은 내가 더 강할걸?"

"당신이 약할까 봐 걱정하는 게 아니에요."

세이레나는 우울한 표정으로 중얼거렸다. 애쉬가 그녀에게 상대가 되지 않을까 봐 걱정하는 게 아니다. 세이레나는 그 정도로 건방지지 않다.

그녀가 걱정하는 건 대련을 하다 보면 실력과 상관없이 누군가 다친다는 점이다. 아무리 실력 있는 사람이라도 아차 하는 순간 다칠 수 있다. 상대가 자기보다 실력이 훨씬 낮아도 그렇다. 그렇기 때문에 대련 중에 다치는 일은 흔하다. 대련 중에 다치는 건 실력과 상관없다. 그건 불가피한 일에 가깝다.

"그렇게 걱정할 필요 없어. 최근에 네 검을 봐준 게 나잖아."

그렇게 말하면 할 말이 없다. 세이레나는 한숨을 내쉬며 고개를 끄덕였다. 긍정적으로 생각하자. 애쉬는 그녀의 겁을 속속들이 알고 있다.

"넌 너무 걱정이 많아."

애쉬는 멈춰 서서 세이레나의 얼굴을 들여다보며 말했다. 세이레나는 너무 걱정이 많다. 그녀가 고작 스무 살이라는 것을 생각하면 신기하게 느껴질 정도다. 스무 살들도 고민을 하기는 한다. 하지만 그건 자신의 미래나 꿈같은 거지, 이런 고민을 하는 사람은 적다.

세이레나는 피식 웃으며 가볍게 흘리듯 말했다.

"드래곤이 깨어나려 하고 있고 몬스터가 몰려오는데 어떻게 걱정을 안 해요?"

"그렇긴 한데."

애쉬는 흠 하고 세이레나의 머리에 뺨을 댔다. 그는 그녀가 보기보다 훨씬 어른스럽다고 생각했다. 그가 스무 살 때는 자신이 살아남을 수 있는지, 소드 마스터가 될 수 있는지만을 고민했다.

다른 사람들이 피해를 입지는 않는지, 아무도 다치지 않게 하기 위해 기사단을 전투에서 도와줘야겠다는 생각은 하지 않았다.

이건 세이레나가 착한 걸까, 너무 어른스러운 걸까.

"가끔 보면 네가 나보다 나이가 많은 것처럼 느껴지거든."

애쉬의 말에 세이레나의 몸이 가볍게 굳었다. 그녀는 스물아홉까지 살다 왔으니 그렇게 따지면 그녀의 정신은 지금의 애쉬보다 나이가 많은 거긴 하다.

"가끔 보면 이상한 데서 예리하다니까."

그렇게 중얼거리며 세이레나는 애쉬의 가슴을 끌어안았다. 생각해 보면 그랬다. 그녀가 남자를 싫어한다는 것을, 정확하게는 남자가 그녀의 몸 가까이 오는 게 싫다는 것을 애쉬가 제일 먼저 알아차렸다.

그리고 지금까지도 그걸 알아차린 사람은 애쉬뿐이다. 에즈라조차 눈치채지 못했다.

"뭐라고 했어?"

애쉬는 세이레나의 말을 듣지 못하고 고개를 숙였다. 귓가에 닿는 목소리에 그녀는 어깨를 움츠렸다. 불안하면서 동시에 기분이 좋았다.

애쉬가 그녀에게 관심이 많다는 게 좋았고, 이런 관심을 받는 게 처음이라 불안했다.

세이레나가 왕비로 살면서 받았던 관심은 못마땅함과 언제 그녀가 실수하는지 감시하는 시선이었다. 그건 그녀를 늘 궁지에 몰리게 만들었고 감정적인 학대였다.

"나는 운이 좋다고요."

그 고통에서 벗어났다는 사실이 세이레나를 행복하게 만들었다. 그녀 때문에 이 모든 일이 벌어졌다는 죄책감 뒤에 세이레나는 자신이 잡은 두 번째 인생이 정말로 행복했다.

에즈라가 살아 있고, 게일은 더 이상 그녀를 좌지우지하지 못

한다. 그녀가 아끼고, 그녀를 아껴 주는 친구들이 생겼고 기사단이라는 소속이 있다.

평생 더 이상 연이 없을 거라 생각한 검을 다시 잡았고 그녀가 기대한 것보다 훨씬 좋은 단계까지 올라왔다. 게다가 그녀를 걱정해 주고 사랑해 주는, 그녀가 사랑하는 약혼자가 있다. 그래서 더 죄책감이 들었다.

"레나?"

애쉬는 세이레나의 얼굴을 보고 당황해서 물었다. 왜 울고 있는 거지?

보라색 눈동자가 눈물에 젖어 있었다. 어슴푸레한 빛을 받아 세이레나의 눈동자가 반짝반짝 빛이 났다. 애쉬는 조심스럽게 세이레나의 뺨을 감쌌다.

내가 뭘 잘못 말했나? 당황한 애쉬의 머릿속에 온갖 생각이 다 떠올랐다. 나이가 많은 것 같다고 말하면 안 되는 거였나? 이 왕자가 세이레나의 목숨을 노리는 것 같다는 건 역시 말하지 말 걸 그랬나?

순식간에 별의별 생각이 그의 머릿속을 스쳐 지나갔다. 하지만 결국 애쉬는 솔직하게 물었다.

"내가 뭐 잘못했어?"

애쉬의 말에 세이레나는 저도 모르게 웃었다. 그가 그녀에게 관심이 많다는 게 좋았다. 그녀가 좋아하는 사람이 그녀를 좋아해 준다는 게 기적처럼 느껴졌다.

장미 터널 안에 들어온 탓에 안은 어스름했다. 세이레나는 어둡다는 사실에 용기를 얻어 말했다.

"나는 평생 좋아하는 남자를 만날 수 없을 거라고 생각했어요."

아무도 그녀를 진심으로 좋아해 주지 않을 거라고 생각했다. 그녀 역시 어떤 남자도 사랑할 수 없을 거라고 생각했다.

세이레나가 왕비였을 때, 그녀에게 접근하는 남자들은 모두 그녀가 왕비이기 때문에 접근하는 거였다. 왕비가 아닌 세이레나는 필요 없었다.

고작 미인이라는 이유로 왕비에게 접근하기엔 너무 위험하다. 그러니 그녀에게 접근한 남자들은 모두 왕비의 정부가 되어 보자는 일종의 명예욕 같은 걸 가지고 있었다.

세이레나는 그런 것들을 견딜 수 없었다. 왕비가 아닌 그녀를 사랑해 주는 사람은 아무도 없었다.

세이레나가 아름답기 때문에 왕비로 삼은 왕은 그녀의 몸에 상처를 내며 기뻐했다. 결혼 후 처음 일 년은 이런 게 부부 관계라면 모르는 게 나았다고 괴로워하다가 그 후로는 체념했다.

평생 빛을 보지 못하고 지하에 갇힌 죄수처럼 세이레나는 인생은 이런 거고, 그녀는 평생 이렇게 살 거라고 생각했다. 하지만 아니었다. 다시 돌아왔고 애쉬를 만났다.

"나를 좋아하는 남자도 없을 거라고 생각했고요."

세이레나의 말에 애쉬는 너무 놀라서 아무 말도 하지 못했다.

그는 이렇게 재능 있고 아름다운 세이레나가 그런 생각을 했다는 사실에 놀랐다.

기사단에서만 세이레나를 마음에 두는 남자가 손으로 다 꼽을 수 없을 정도다. 사교계에 있는 남자들까지 더하면 더 많을 것이다. 하지만 그가 그럴 리 없다고 말하기 전에 세이레나가 먼저 말을 이었다.

"하지만 운 좋게 당신과 약혼했죠."

그렇게 말하며 세이레나는 파혼해 달라고 요구했을 때를 떠올렸다. 애쉬 역시 똑같은 기억을 떠올리며 쓰게 웃었다.

약혼은 괜찮다. 하지만 결혼만은 하고 싶지 않았다. 그녀가 아이를 낳을 수 없다는 것을 제외하더라도 왕과의 결혼 생활은 너무 끔찍했다.

두 번이나 그런 짓을 할 수는 없다고 생각했다.

"운 좋게 말이야."

애쉬는 그렇게 말하며 웃었다. 그는 자신의 부모님을 떠올리고 있었다. 왕의 약혼자였던 그의 어머니와 왕의 동생이었던 아버지. 아버지는 늘 그에게 말했다. 그의 어머니는 아버지의 인생에서 단 하나뿐인 행운이었다고.

세이레나는 고개를 기울이며 웃었다. 행복하다는 게 죄책감이 들었다. 그 행복을 포기할 수 없다는 게 더 죄책감이 들었다.

"나는 운이 좋아요. 내가 좋아하는 사람이 날 좋아해 주니까요."

"'내가 좋아하는 사람'이란 말이지."

애쉬는 그렇게 말하고 고개를 숙였다. 장미향이 짙게 달려들었다. 달콤한 향기가 아찔했다.

"내가 완전히 반해 있다는 걸 들켰나 보네."

입술이 닿기 전에 애쉬가 장난스럽게 말했다. 세이레나는 눈을 감고 그의 목을 끌어안았다. 그녀는 드래곤을 찾아가서 애원할 생각이었다. 목숨을 내놓겠다고. 자신만 죽을 테니 다른 사람들은 손대지 말아 달라고 부탁할 생각이었다. 하지만 이제는 그럴 수가 없게 됐다.

세이레나는 죽고 싶지 않았다. 애쉬와 함께 살고 싶었다.

27

엇갈리는 마음

수도 근처까지 오크와 트롤이 접근했던 사건이 잠잠해지기 시작했다. 다시 올지 모를 강력한 몬스터에 대비해서 기사단은 기사들의 훈련을 강화했다. 그리고 애쉬는 세이레나와의 대련을 최대한 빠른 시일 내에 추진했다.

"로렌, 한참 찾았잖아."

데니스는 복도 저편에서 걸어오는 로렌을 발견하고 말을 걸었다. 세이레나와 애쉬의 대련이 시작되기 전이다. 이미 기사들은 훈련실에 모여 있었다.

세이레나가 소드 마스터라는 것을 확인하기 위해서는 로렌과 데니스만 있으면 된다. 하지만 로렌은 최대한 많은 기사들 앞에서 시범을 보여야 한다고 주장했다.

세이레나는 단기간에 성장했고 단장인 애쉬의 약혼자다. 그리고 몇 명 안 되는 여자 소드 마스터가 될 것이다. 그렇다면 쓸데없는 소문이 돌기 쉽다.

"그러니까 처음부터 최대한 많은 증인을 만들어야 해."
"그러네."

대련 일정을 정하면서 애쉬는 로렌의 말에 동의했다. 그는 세이레나를 돌아보고 어떻게 생각하는지 물었다.

"로렌 말이 맞는 것 같아."

세이레나 역시 고개를 끄덕이며 동의했다. 많은 사람들 앞에서 검기를 보여 주기 위해 사용한다는 건 부담스럽다. 하지만 로렌의 말이 맞다는 걸 그녀도 알았다.

그렇게 세이레나와 애쉬의 대련 일정이 정해졌다. 데니스는 미카엘에게 애쉬와 세이레나의 대련이 있으니 최대한 많은 기사들이 보러 오도록 전하라고 말했다.

애쉬가 대련을 한다는 말에 대부분의 기사들이 모여들었다. 단장의 대련을 보는 건 그리 흔치 않은 경험이다. 전투를 할 때는 자기 전투에 열중하느라 애쉬가 어떻게 싸우는지 볼 기회가 적기 때문이다.

근무가 아닌 기사들은 거의 다 왔다.

"단장과 단장 약혼자의 대련인가."

"기사단 커플이 공식적으로 대련하는 건 처음인가?"

"그러게. 기사단 커플은 꽤 많은데 공식적인 대련은 처음이네."

다들 애쉬와 세이레나의 대련을 신기하게 생각했다. 모아나를 비롯한 몇몇 눈치 빠른 사람을 제외하면 아직 세이레나가 소드 마스터라는 것을 깨닫지 못하거나 그럴 리 없다고 생각하고 있었다.

그들은 상대가 세이레나라는 것보다 단장의 대련을 볼 수 있다는 사실에 약간 들떠 있었다.

"근데 왜 헌터 경과 하는 거지? 차이가 너무 크지 않나?"

"그러게. 실력이나 체급으로 보면 발자크 경이 상대하는 게 더 나을 텐데?"

"단장이잖아. 뭔가 보여 주려는 거겠지. 체급이 작아도 자길 상대할 수 있는 방법이라거나."

으음. 훈련장에 모여 있던 기사들이 동시에 지난 전투를 떠올렸다. 체급 차이를 초월한 전투 방식을 보여 주려는 거라면 이해가 된다. 다들 트롤과 오거를 보고 당황했으니까.

앞으로도 트롤과 오거가 수도 근처에 나타날 수 있다. 최근 훈련이 강화된 것과 함께 거인들을 상대하는 것을 보여 주려는 건지도 모른다.

기사들의 머릿속에 애쉬의 의도와 전혀 다른 논리가 펼쳐졌다. 로렌과 데니스가 기사들의 말을 들었다면 배를 잡고 웃었을 게 분명하다.

"세이는?"

로렌은 자기를 기다린 데니스를 보자마자 대뜸 물었다. 한참 찾은 사람한테 사과도 없다. 하지만 데니스는 신경 쓰지 않고 말했다.

"준비 중."

"애쉬도?"

"애쉬도."

둘 다 긴장해 있다. 물론 어느 쪽이 더 긴장했냐 하면 세이레나 쪽이 훨씬 긴장해 있지만.

"결혼식 같네."

데니스가 킬킬대며 말했다. 로렌도 킬킬대며 말했다.

"난 우리 세이, 그렇게 쉽게 못 준다."

"누구 마음대로?"

두 사람의 뒤에 소리 없이 다가온 애쉬가 무뚝뚝하게 말했다. 데니스와 로렌은 서로를 한 번 쳐다보고 뒤를 돌아봤다.

애쉬는 기사단 제복에 대련용 가죽 갑옷을 착용하고 있었다. 상대가 소드 마스터라면 갑옷은 아무 의미가 없다. 미스릴 갑옷 정도 되면 모를까.

하지만 그가 굳이 갑옷을 착용한 건 세이레나가 반드시 입어야 한다고 우겼기 때문이다. 누구도 단장에게 자신과 대련할 때 보호구를 착용하라고 우기지 못한다.

세 사람은 그런 점이 참 세이레나답다고 생각했다. 그리고 그걸 군소리 없이 받아들인 애쉬도 애쉬다웠고.

"그런데, 넌 어디 갔다 온 거야?"

훈련장으로 향하며 데니스가 다시 물었다. 제일 먼저 훈련장에 들어가서 기다리고 있을 줄 알았던 로렌이 몇 시간 전부터 보이지 않았다. 기사단 안에 있었다면 그가 발견했을 거다. 그러니로렌은 기사단 밖으로 나갔다 왔다는 말이 된다.

로렌은 어깨를 으쓱하며 별거 아니라는 듯 말했다.

"뭐 좀 사 왔어."

"뭐 사 왔어? 먹을 거?"

"으이구."

데니스의 반응에 로렌이 혀를 쯧쯧 찼다. 먹긴 뭘 먹어. 그녀는 애쉬를 힐끔 보고 말했다.

"지금 먹을 거 사 오면 세이는 다 체할걸?"

그렇지 않아도 몇 시간 전에 나가기 전에 봤더니 세이레나는 완전히 긴장해 있었다. 안 그래도 하얀 얼굴이 백짓장처럼 질려 있는 걸 봤다.

모아나가 겁난다고 술 먹어야 하는 거 아니냐고 물어보는 걸 그러지 말라고 로렌이 말렸었다.

설마 그사이에 술을 마시진 않았겠지. 로렌은 그런 생각을 하며 말을 이었다.

"꽃 사 왔어. 끝나면 주려고."

"아."

데니스가 알겠다는 듯 고개를 끄덕였다. 반면 애쉬는 아차 하고 당황했다. 그도 긴장하느라 생각을 못 했다. 세이레나가 소드 마스터임을 확인하는 자리인데 당연히 약혼자인 그가 꽃을 준비했어야 했다.

낭패감 어린 애쉬의 얼굴을 본 로렌은 한숨을 내쉬며 말했다.

"너도 긴장했으면서 뭘 챙겨. 안 그래도 그럴 것 같아서 내가 사 온 거야."

"고마워."

애쉬의 인사에 로렌이 그의 어깨를 퍽 치며 말했다.

"고맙다고 하지 마. 내 친구거든?"

그건 그렇지. 씩 웃는 애쉬 옆에서 데니스가 자기를 가리키며 말했다.

"잠깐, 그럼 난 뭐가 돼?"

"되긴 뭐가 돼. 넌 친구 아닌 거지."

"야, 잠깐, 그건 너무하잖아. 카드에 내 이름도 써 줘."

못 살아. 로렌은 고개를 절레절레 흔들며 데니스를 무시하더니 애쉬에게 말했다.

"맞다. 작위는 어떻게 됐어?"

슈발리에가 되면 하급 작위가 수여된다. 공로에 따라 자작과 남작 중 하나를 받을 수 있다. 당연히 세이레나도 자작이나 남작 위 중 하나를 받을 것이다.

물론 영지가 내려오는 건 아니다. 결국 하급 귀족이란 일종의 명예직이나 다름이 없다.

하지만 로렌이 묻는 건 그걸 받을 수 있는지가 아니었다. 작위는 스물한 살이 넘어야 받을 수 있다. 그녀는 그걸 묻고 있었다.

최연소 소드 마스터라고 해도 애쉬는 스물한 살이었다. 때문에 그는 슈발리에로 인한 자작의 작위를 바로 받았다. 공작 작위와 별도로.

"작위는 내년까지 기다리는 걸로."

"역시 그렇게 되는군."

애쉬의 말에 로렌은 고개를 끄덕였다. 세이레나는 아직 스무 살이고 작위를 받을 수 없다. 그러니 왕궁에서는 일단 슈발리에의 칭호만 내리고 작위는 내년에 주기로 했다는 말이다.

그때까지는 자작일지 남작일지도 유보된다. 같은 슈발리에라고 해도 어떤 사람은 자작 위를 받고 어떤 사람은 남작 위를 받는다. 그 사람이 기사단과 타임머스에 쌓은 공로에 따라 달라지기 때문이다.

왕궁에서는 세이레나가 스물한 살이 되기 전까지 어떤 일이 있을지 모르니 유보한다는 답을 보내왔다.

세이레나가 스물한 살까지. 반년. 그동안 일은 얼마든지 일어날 수 있다. 애쉬가 보기에 세이레나는 자작 위를 받기에 충분하지만 그녀가 큰 사고를 일으키면 남작으로 하향될 수도 있다.

"작위만 빼고 다른 건 다 그대로 받는 거지?"

슈발리에가 되면 작위 외에도 받을 수 있는 게 늘어난다. 라고 말리 기사단의 기사는 검정색 기사복을 직접 맞추게 되어 있지만 슈발리에는 슈발리에의 하얀색 제복이 별도로 지급된다.

평소에는 검정색 제복을 입지만 나라에 행사가 있거나 타국에 업무를 위해 출정할 경우 하얀색 제복을 입어야 한다.

그리고 어느 분단이었는지 상관없이 무조건 일 분단으로 올라온다. 로렌은 그 점에 가장 신나 있었다. 일 분단에 여기사가 둘이나 된다!

기사단이 생긴 뒤로 처음일 것이다.

"응. 기사복은 바로 지급되고, 봉급은 다음 달부터 올라갈 거야."

아, 돈 문제도 있네. 로렌과 데니스는 고개를 끄덕이며 훈련장 문을 열었다. 사람들로 가득 차서 와글와글 떠드는 소리로 시끄러웠던 훈련장이 조용해졌다.

기사들은 들어오는 사람이 애쉬인 것을 확인하고 자세를 바로 했다.

"장소가 좀 좁지 않아?"

데니스가 중얼거렸다. 페이지까지 전부 와 있어서 조금 좁았다. 이 정도로 많이 올 줄은 몰랐다. 그는 일 분단 기사들을 발견하고 씩 웃었다. 평소에 안 오는 녀석들도 애쉬가 대련한다니까 구경 온 모양이다.

"자리 좀 옮기겠습니다."

데니스는 애쉬와 로렌을 내보내고 훈련장에 있는 사람들에게 소리쳤다. 그의 안내를 따라 기사들이 우르르 빠져나갔다.

"어?"

막 훈련장으로 향하던 세이레나는 애쉬와 로렌을 발견하고 멈춰 섰다. 두 사람의 뒤로 기사들이 우르르 복도로 빠져나오는 게 보였다.

"취소예요?"

곁에 있던 모아나가 어리둥절해서 물었다. 왜 다들 훈련장에서 나오는 거지? 그런 그녀에게 로렌이 말했다.

"아니, 훈련장이 좀 좁지 않나 싶어서. 정원으로 가려고."

"아."

정원이라면 훨씬 넓다. 결국 세이레나와 모아나는 방향을 바꿔 밖으로 나갔다.

"기분은 좀 어때?"

정원으로 나가며 애쉬가 세이레나에게 물었다. 그녀가 바짝 긴장해 있다는 이야기를 들었다. 세이레나는 한숨을 내쉬었다.

"그냥 그래요."

"로렌과 한 번 해 봤잖아."

"그렇긴 한데."

그때는 대련용 검이었다. 검기도 사용하지 못했고. 그런 그녀의 생각이 얼굴 위로 고스란히 떠올랐다.

"크게 다르지 않아."

애쉬의 위로에 세이레나는 그게 말이냐는 듯 쳐다봤다. 하지만 그는 어깨를 으쓱하며 말했다.

"진짜로. 한번 사람과 대련해 보면 생각보다 쉽다는 걸 알게 될걸?"

세이레나가 한 번도 해 보지 않은 거라 그렇다. 그는 세이레나와 나란히 복도를 걸었다.

정원으로 나가자 초여름의 밝은 햇빛이 기사들을 반겼다. 애쉬는 건물 밖을 나서는 순간 세이레나의 금발이 햇빛을 받아 반짝이는 것을 숨 쉬는 것도 잊고 쳐다봤다.

"왜요?"

세이레나는 자신을 쳐다보는 애쉬의 표정에 고개를 갸웃하며 물었다. 보라색 눈동자가 밝은 곳에서 화사하게 빛났다. 세이레나는 늘 아름답지만 문득문득 지금처럼 숨이 멎을 정도로 아름다울 때가 있다.

애쉬는 빙그레 웃으며 세이레나의 뺨을 가볍게 쓸었다.

*   *   *

"준비."

데니스가 중간에 서서 손을 든 채 말했다. 세이레나와 애쉬의 주변에 몇 미터의 공간을 두고 기사들이 동그랗게 에워싸고 있었다. 그게 불편했지만 세이레나는 애써 무표정을 가장했다.

데니스는 세이레나와 애쉬를 번갈아 살핀 뒤, 씩 웃었다. 둘 다 곧게 서 있는 게 재미있었다. 대련을 앞두면 성격이 드러나기 마련이다. 둘 다 융통성 없고 고지식한 성격대로 신성한 의식이라도 치르는 것처럼 반듯하게 서 있었다.

"시작."

데니스가 물러나며 외쳤다. 그와 동시에 세이레나와 애쉬가 검을 들어 올렸다. 하지만 둘 다 몇 분간 아무 움직임도 없었다.

"어? 뭐지?"

"헌터 경이 들어가야 하는 거지?"

이런 실력 차가 나는 대련이나 시합에서는 실력이 낮은 사람이 선 공격을 하기 마련이다. 하지만 세이레나는 그저 눈을 가늘게 뜬 채 애쉬를 쳐다보고 있었다.

어디를 어떻게 공격해 들어가야 할지 모르겠다. 세이레나는 빈틈처럼 보이는 곳을 보고 한숨을 내쉬었다. 저게 빈틈일 리 없다. 그렇다고 평생 이 자리에 서 있을 수는 없다.

세이레나는 검을 고쳐 잡고 한 발짝 내디뎠다. 동시에 "탕!" 하고 검이 부딪쳤다.

"막혔군."

"막혔네."

하위 분단은 그럴 줄 알았다는 반응이었다. 하지만 상위 분단은 다들 당황하고 있었다.

"막혔어?"

"단장이 지금 막은 거야?"

"일부러 막은 거 아니야?"

기사들이 이유는 각기 달랐지만 웅성거리기 시작했다.

애쉬가 검을 들어 세이레나의 검을 막았다는 건 피하기 어려운 검이었다는 말이다. 그리고 기사단 내에서 애쉬에게 그가 피하기 어려운 검을 내는 기사는 손에 꼽힌다.

그 정도로 세이레나의 실력이 올라갔다는 뜻이다. 이 사실을 알아차린 자들은 자세를 바로 했다.

방금 전까지 세이레나가 몇 합이나 버틸지를 내기하던 자들의 태도가 바뀌었다.

다음. 세이레나는 그렇게 생각하며 몸을 돌렸다. 애쉬의 검이 그녀의 어깨를 아슬아슬하게 지나갔다.

세이레나는 그대로 검을 들어 이어질 애쉬의 검을 막았다. 탁하고 검이 가볍게 부딪쳤다.

"막았어?"

"막은 거야?"

이번에는 하위 분단 기사들 사이에서 놀라움이 터져 나왔다. 방금 저걸 막을 줄은 몰랐다. 하지만 반대로 상위 분단 기사들은 덤덤했다.

"막았네."

상위 분단 기사들은 세이레나의 공격이 운이 아닌 것을 확인하고 있었다. 세이레나는 몸을 낮춰 애쉬의 검을 피하고 그대로 안으로 파고들었다. 물 흐르는 것처럼 자연스럽다. 다들 멍하니 애쉬와 세이레나의 대련을 지켜봤다.

"춤추는 것 같네."

"필립스 경 때도 이랬나?"

다들 애쉬와 로렌의 대련을 떠올렸다. 두 사람이 대련한 게 언제였지? 로렌이 겁도 없이 덤빈 기사들을 코가 납작하게 밟아 주던 것만 기억난다.

"체격 차이 때문에 춤추는 것처럼 느껴지나?"

누군가 이상하다는 듯 물었다. 세이레나가 찌르고 애쉬가 피하면서 검을 원을 그려 가져온다. 그사이에 그녀가 뒤로 빙글 돌아 검을 든다. 두 사람이 다시 마주 보기까지는 일 초도 걸리지 않았다. 하지만 곧 캉 하고 검이 부딪치는 소리가 들려왔다.

"둘이 비슷해서 그런 것 같은데."

티커가 턱을 쓰다듬으며 끼어들었다. 그의 얼굴에도 놀랍다는 표정이 어려 있었다. 티커는 세이레나가 유진과 대련한 이야기를 들었다. 그리고 승단 시험 때도 봤다. 하지만 그 후로 그가 세이레나의 실력을 제대로 보는 건 이번이 처음이었다. 이렇게 무섭게 실력이 쑥쑥 느는 사람은 처음 봤다.

그는 어쩌면 세이레나의 실력이 자신과 비슷할 거라고 생각했다. 그 말은 세이레나가 일 분단 기사와 비교해도 지지 않는다는 말이다.

"비슷해?"

티커의 곁에 있던 기사가 물었다. 티커는 친하게 지내는 육 분단 기사라는 것을 확인하고 떨떠름한 표정으로 말했다.

"단장님 검의 특징이 뭐게?"

"빈틈이 없는 거?"

빈틈이 없다. 티커는 고개를 끄덕였다. 세이레나가 하는 공격마다 전부 막히고 있다는 게 그 증거다.

"저게 검의 정석이거든."

"아, 표본으로 쓴다더라."

자세부터 힘, 시간까지. 애쉬의 검은 기사단뿐 아니라 모든 검사의 표본이나 다름이 없다.

그만큼 평범해 보이지만 그 평범이 가장 어렵다. 누구나 검을 쥐면 버릇이 생기기 마련이다. 찌르기 전에 살짝 돌린다거나, 베기 전에 한번 자세를 고친다거나. 이런 버릇들이 틈을 만들고 차이를 만들어 낸다. 하지만 애쉬는 그런 버릇이 전혀 없다. 그리고 세이레나도 그랬다.

"융통성 없기는."

데니스는 혀를 차며 구시렁거렸다. 세이레나나 애쉬나 그가 보기엔 무서울 정도로 표본 같은 검을 휘두르고 있다.

"세이를 가르친 게 애쉬니까."

로렌은 픽 웃으며 말했다. 지금 세이레나의 검은 애쉬가 다시 만든 것이나 다름이 없다. 하루에 몇천 번씩 찌르고 베기부터 다시 시작했다. 그 결과가 이거다. 빈틈이 하나도 없고 정확한 검술.

"둘 다 성실하지."

데니스는 팔짱을 끼며 말했다. 검은 사람의 성격을 닮는다. 성격이 조급한 사람은 검을 휘두를 때도 조급하기 마련이다. 이런 버릇을 고쳐야만 소드 마스터의 반열에 오를 수 있다.

세이레나는 그런 점에서는 운이 좋았다. 그녀는 가장 표본 같은 검을 쓰는 남자에게 배웠고 마지막으로 검을 잡은 게 십 년 전이라 거의 처음부터 시작하는 것이나 다름이 없었다.

"레나."

탕 하고 검이 부딪쳤다. 애쉬는 세이레나가 검을 떨어트리기 전에 재빨리 그녀를 불렀다.

"네?"

"슬슬 쓰는 게 좋을 것 같은데."

검기를 내보이라는 말이다. 그 말에 세이레나의 표정이 굳었다. 여전히 그녀는 사람을 상대로 검기를 사용하는 것에 저항감이 있었다.

하지만 이대로 가면 검기를 쓸 기회가 없이 대련이 끝나고 만다. 애쉬는 아슬아슬하게 자신의 검을 피하는 세이레나를 쳐다봤다.

어쩔 수 없지. 그는 약간 속도를 높였다.

"어?"

속도가 빨라졌다. 지켜보고 있던 기사들이 다시 자세를 고쳤다. 방금 전까지는 그래도 눈에 보였던 애쉬의 검이 이제는 거의 보이지 않았다.

'이거 기사단에 시범을 보이는 거 아니었어?'

다들 어리둥절해 있었다.

시범을 보일 때는 일부러 천천히, 더 차근차근 검을 쓰는 것을 보여 준다. 보는 것만으로도 배우는 것이 많기 때문이다.

물론 애쉬의 실력이라면 이것보다 더 빠르게도 가능했다. 그래서 기사들은 시범이라고만 생각하다가 애쉬의 빠른 속도를 보고 오히려 당황했다.

"세이가 아직도 긴장한 모양이네."

로렌은 팔짱을 낀 채 못마땅한 표정으로 말했다. 세이레나가 애쉬의 검을 받아넘기기에도 급급해지는 게 보였다.

"할 수 없지."

데니스는 덤덤하게 고개를 끄덕였다. 본인이 검기를 쓰는 거에 저항감이 있으면 그걸 끌어내는 수밖에 없다. 로렌도 그걸 알지만 못마땅했다. 세이 얼굴에 검이 스치기만 해 봐라.

로렌이 두 눈을 부릅뜨고 지켜보는 가운데 세이레나의 몸이 천천히 뒤로 밀리기 시작했다.

맙소사. 세이레나는 이를 악물고 검을 막아 내고 있었다. 로렌이 빠르게 빈틈을 노리는 예리한 검이었다면 애쉬는 정직하다고 할 수 있는 검이었다. 그래서 검이 어디에서 오고 어디를 공격하려는지 보인다. 문제는 다 보이는 데도 막기가 어렵다는 점이다.

"캉!" 하고 검이 세게 부딪쳤다.

"윽."

세이레나는 저도 모르게 신음을 내뱉었다. 얼마나 세게 부딪쳤는지 검을 쥐고 있던 손아귀가 찌르르하게 아팠다. 하지만 그녀는 고통을 모른 척했다. 여전히 애쉬의 표정은 평온했다. 그는 아직도 자기 실력을 전부 발휘한 게 아니었다.

뭐 이런 사람이 다 있지? 세이레나는 검을 고쳐 잡으며 생각했다. 그녀가 상대했던 모든 몬스터와 기사를 더해도 애쉬보다 약할 것 같다.

이렇게 큰 남자가 소리도 없이 움직이는 걸 신기하게 생각한 게 떠올랐다. 그때는 그게 어떻게 가능했는지 궁금했는데 이제는 알겠다.

애쉬는 지친 기색도 없이 세이레나를 몰아치고 있었다. 아까까지만 해도 춤 같았던 두 사람의 대련이 산산조각이 났다.

"으으, 내가 헌터 경이었으면 울었을 거야."

"나도."

기사들은 몸서리치며 세이레나를 동정했다. 하지만 일 분단 기사들은 굳은 표정으로 세이레나와 애쉬의 대련을 지켜보고 있었다.

"몇 분째야?"

"이십 분 좀 넘었어."

세상에. 티커는 입을 딱 벌렸다. 이십 분 동안 버티고 있어? 그는 무섭게 공격하는 애쉬를 쳐다보고 가까스로 버티고 있는 세이레나를 쳐다봤다.

세이레나의 얼굴이 하얗게 질려 있었다. 그럼에도 그녀는 검을 받아 내고 있었다.

"대단한 녀석이네."

"오 분단이라고?"

"반년 전에 십이 분단이었대."

일 분단 사이에서 경악이 퍼졌다. 누군가 기겁해서 외쳤다.

"뭐 하는 놈이야, 저거?"

십이 분단에서 오 분단으로 뛰어넘는 건 그렇다 치지만, 오 분단 기사가 이십 분이나 애쉬를 상대하는 건 불가능하다.

그 순간 애쉬가 검을 들어 올렸다.

"어?"

훅 하고 애쉬의 검이 검은빛으로 감싸였다.

검기다!

웅성웅성하던 정원에 정적이 내려앉았다. 기사들은 깜짝 놀라서 입을 딱 벌리고 세이레나와 애쉬를 지켜보고 있었다. 다음 순간 애쉬가 그대로 검을 세이레나를 향해 휘둘렀다.

맙소사! 숨 쉬는 것도 잊고 지켜보던 유진은 저도 모르게 소리 쳤다.

"헌터 경!"

세이레나의 눈이 커졌다. 그녀는 본능적으로 검을 들어 올렸다. 그 순간 그녀의 검이 부풀어 올랐다. 아니, 부풀어 오른 것처럼 보였다.

펑!

두 사람의 검이 부딪쳤다. 캉 하는 금속이 부딪치는 소리가 아니라 뭔가가 터진 듯한 가벼운 폭발음에 기사들의 눈이 커졌다.

애쉬의 검은 뒤로 살짝 튕겨져 있었다.

그리고 세이레나의 검은……

"어?"

기사들은 세이레나의 검을 보고 신음을 내뱉었다. 검이 커진 게 아니었다. 태양빛 아래 세이레나의 검기가 희미하게 보였다.

검기다. 다들 두 번째로 말을 잃었다. 애쉬가 검기를 사용했을 때와는 다른 이유였다.

"소, 소드 마스터?"

지켜보고 있던 기사들 사이에 반응이 경악과 안도라는 두 가지로 갈렸다.

경악하는 쪽이 대부분이었다. 하위 분단 기사들과 상위 분단 이지만 세이레나의 실력을 알아차리지 못한 기사들. 그들은 입을 딱 벌리고 세이레나를 쳐다보고 있었다.

소드 마스터라고?

그녀의 검을 감싼 검기가 아지랑이처럼 흔들거렸다.

반대로 일 분단을 비롯한 상위 기사들은 안도하고 있었다.

"그럼 그렇지."

티커는 안도의 한숨을 내쉬며 말했다. 단장의 검을 이십 분 넘게 받아 내고 소드 마스터가 아니라면 더 놀랐을 거다.

"다행이다."

심지어 일 분단의 다른 기사는 머리를 감싸며 안도했다. 세이레나가 소드 마스터가 아니라면 더 끔찍할 뻔했다.

오 분단 기사도 이십 분 이상 단장의 검을 받아 내는데 그러지 못하는 자신에 회의감이 들었을 거다.

"와, 헌터 경!"

티커가 제일 먼저 다가갔다. 그는 두 팔을 벌려 세이레나를 끌어안으려 하며 말했다.

"난 헌터 경이 소드 마스터가 아닐까 봐 긴장했지 뭐야."

맞아, 맞아. 뒤따라오던 일 분단 기사들이 고개를 끄덕였다. 이 정도 실력자가 소드 마스터가 아니라면 좌절했을 거다. 대체 어디까지 올라가야 소드 마스터가 될 수 있는 건가 싶어서.

"그거 다행이군."

애쉬는 티커의 목을 낚아채며 말했다. 어딜 감히. 그런 태도에 로렌과 데니스도 씩 웃었다.

다행이다. 세이레나는 안도의 한숨을 내쉬었다. 티커가 팔을 벌리고 다가와서 놀랐다. 그리고 사람들이 말이 없어서 당황했다.

"우와, 헌터 경!"

세이레나와 친하게 지내던 여기사들이 달려왔다. 그녀들도 깜짝 놀랐다. 하지만 그건 세이레나가 소드 마스터라는 점이 아니었다.

"단장님 검을 엄청 오래 받아 내더라!"

"그, 그랬어?"

세이레나는 얼떨떨한 표정으로 말했다. 순식간에 그녀의 주변을 여기사들이 둘러쌌다. 그 뒤로 다른 기사들이 몰려오기 시작했다.

"아, 왜 나만 막은 건데?"

티커가 억울하다는 듯 외쳤지만 묵살당했다. 데니스는 킬킬거리며 티커의 어깨에 팔을 올렸다.

"너랑 저 기사들이랑 같냐?"

데니스의 말에 티커가 욱해서 물었다.

"뭐가 다른데?"

로렌이 그의 반대쪽 어깨에 팔을 얹으며 말했다.

"많지. 너랑 같이 있으면 나쁜 물이 들잖아."

우씨. 티커의 표정에 불만이 차올랐지만, 곧 사라졌다. 그게 사실이긴 하지. 씩 웃은 그는 세이레나와 애쉬를 쳐다보며 말했다.

"그럼 기사단 최초의 소드 마스터 커플이 되는 건가?"

세이레나는 사람들의 관심에 당황해서 가볍게 얼굴을 붉히고 있었다. 애쉬의 공격을 받아 내는 게 급급해서 그녀가 이십 분 넘도록 버티는 줄도 몰랐다.

애쉬가 검기를 쓰지만 않았다면 더 오래 버티지 않았을까. 실제로 세이레나는 그의 검기를 받아 냈고. 로렌은 그렇게 생각하며 말했다.

"최초는 아닐걸?"

"응? 또 누가 있었어?"

"다섯 용사 중 둘이 결혼했잖아."

아, 그러네. 데니스는 그제야 다섯 용사를 떠올렸다. 한 명은 왕이 되었고 네 명은 귀족이 되어 기사단의 전신이 되었다.

다섯 용사 중 여자가 한 명 있었고 그 여기사가 다른 다섯 용사 중 한 명과 결혼해 그레이윈드라는 특이한 가문을 만들었다는 건 타인머스 사람이라면 누구나 아는 이야기다.

"그러고 보니 우리나라 2대 왕비가 그 딸이었지?"

두 용사의 딸이 왕이 된 용사의 아들과 결혼해 왕비가 되었다. 세 사람의 머릿속에 동시에 비슷한 생각이 떠올랐다.

애쉬와 세이레나의 딸이 다음 왕비가 될 수도 있겠는데?

가문만이면 충분히 가능하다. 애쉬는 왕의 조카고 공작이다. 공작 부인이 될 세이레나까지 부부 슈발리에.

만약 일 왕자비가 아들을 낳는다면 그레이윈드 공작 부부의 딸과 육촌 관계가 되니 혈통이 너무 가깝지도 않다.

"두 사람이 딸을 낳으면 왕비가 될지도 모르겠는데."

차마 로렌과 데니스는 입 밖에 내지 못한 소리를 티커가 겁 없이 내뱉었다. 그 순간 데니스가 티커의 복부를 팔꿈치로 쿡 찔렀다.

"윽!"

이어서 로렌이 티커의 등을 팔꿈치로 찍었다. 연달아 가해진 공격에 티커가 어리둥절해서 소리쳤다.

"아, 왜!"

"너 어디 가서 그런 소리 함부로 하지 마라."

로렌이 낮게 말했다.

뭐? 난데없는 공격에 이은 협박에 티커의 눈이 커졌다. 데니스는 쓰게 웃으며 속삭였다.

"뭐, 폐하께서 살아 계신 동안은 어려울 거야."

"어? 어, 잠깐."

현 왕이 애쉬를 그리 좋아하지 않는다는 이야기는 티커도 들었다. 사실 그건 일 분단 기사들은 어느 정도 눈치채고 있는 이야기기는 하다.

하지만 그 이야기를 믿는 사람은 그리 많지 않았다. 애쉬가 티를 내지 않았기 때문이다.

"그거 사실이었어?"

티커가 깜짝 놀라서 물었다. 그가 말하는 '그거'가 뭘 말하는지 확인하지 않아도 안다. 데니스는 입을 다물었고 로렌은 눈을 부라리며 말했다.

"둘 다 인정하지 않았으니까 너도 어디 가서 말하지 마."

"둘 다 인정한 게 아닌데 어떻게 알아?"

"넌 바보냐?"

느닷없이 애쉬가 몰락해 가는 백작 영애인 세이레나와 약혼한 게 그 증거다. 하지만 애쉬는 세이레나를 위해 그 사실을 숨겼다. 그러니 로렌이 말할 수는 없었다.

대신 로렌은 다른 것을 이야기했다.

"왕궁에서 열린 신년 파티 때 말이야."

티커는 고개를 끄덕였다. 그도 신년 파티에 참석했다. 로렌은 계속해서 말했다.

"폐하께서 덕담하시기 전에 애쉬를 불렀어?"

"어? 아니, 아니었던 것 같은데."

왕의 곁에는 두 왕자만 있었다. 왕은 다른 귀족들과 인사를 하고 떠났다. 그가 인사한 귀족에 애쉬는 없었다.

"조카이자 공작이고 기사단 단장인 애쉬를 부르지 않았다는 건 폐하께서 애쉬를 경계하고 있다는 거나 마찬가지지."

이번에는 데니스가 끼어들었다.

그래? 전혀 생각도 못 했다. 눈을 깜빡이는 티커에게 데니스는 쓰게 웃으며 말했다.

"상급 귀족과 왕족만의 고오상한 표현 방식이야."

데니스는 왕족과 상급 귀족의 그런 태도가 마음에 들지 않았지만 어쩔 수 없다. 그는 슈발리에이긴 하지만 하급 귀족이다. 그가 이러쿵저러쿵할 만한 상황이 아니다.

"근데 폐하께서 우리 단장을 싫어한다면."

"'싫어'가 아니지."

로렌은 티커의 말을 재빨리 수정했다.

"그냥 좀 마음에 안 드시는 것뿐이지."

그게 그거 아니야? 티커는 어이없는 표정을 지었지만, 자신의 말을 수정했다.

"음. 폐하께서 우리 단장을 마음에 들어 하지 않는다면, 헌터 경도 마음에 들어 하지 않으시겠네."

"글쎄."

"그건 모르지."

놀랍게도 티커의 말에 로렌과 데니스는 회의적인 반응을 보였다.

세이레나는 애쉬의 약혼녀일 뿐이다. 애쉬는 왕위를 노릴 수 있으니 멀리하지만 세이레나까지 그런 이유로 멀리하지는 않을 거다.

"정확히 말하면 관심이 없다는 쪽에 가깝지 않을까?"

데니스의 말에 티커는 그런가 하고 고개를 갸웃했다. 관심이 없을 거라고? 그의 시선이 세이레나에게 다가가는 애쉬를 향했다.

"하지만 헌터 경도 슈발리에가 되는 거잖아. 다섯 기사 이후로 최초의 슈발리에 부부인데."

그렇게 생각하면 그럴 수도 있겠다. 로렌과 데니스의 시선이 부딪쳤다.

그때 세이레나가 티커 쪽으로 다가왔다. 어? 눈을 크게 뜨는 티커에게 세이레나가 정중하게 말했다.

"그레이브스 경. 아까 축하해 줘서 고마워요."

응? 티커는 당황해서 볼을 긁적였다. 그는 그냥 재미있어 했을 뿐이다. 그걸 축하했다고 말하니까 민망했다.

하지만 세이레나는 진심으로 티커에게 감사하고 있었다. 말이 좀 험한 사람이지만 나쁜 사람은 아니다.

아까 전에도 티커가 먼저 나선 덕분에 다른 기사들도 움직일 수 있었다. 세이레나는 그 사실에 감사하며 말했다.

"사실 전, 그레이브스 경이 다음 슈발리에가 될 거라고 생각했어요."

"응? 네? 뭐라고요?"

느닷없는 말에 티커뿐 아니라 데니스와 로렌도 놀랐다. 확실히 일 분단에서 데니스와 로렌 다음으로 실력 있는 사람을 고르라면 티커이긴 하다. 하지만 대놓고 다음 슈발리에는 너라고 말하는 사람은 없었다.

"그레이브스 경이 다음 슈발리에가 될 거라고 생각했다고요. 그레이브스 경은 실력이 워낙 출중하니까요."

세이레나의 칭찬 아닌 칭찬에 티커의 얼굴이 붉어졌다. 그는 그녀가 농담하나 싶어서 세이레나의 얼굴을 쳐다봤다.

하지만 세이레나는 순수하게 티커의 실력을 칭찬하고 있었다. 그리고 자신이 먼저 슈발리에가 됐다는 사실에 약간의 죄책감을 느끼고 있었다.

그녀가 살고 온 미래에서 기사단에 있는 슈발리에는 모두 다섯 명. 애쉬, 데니스, 로렌을 이어 네 번째 슈발리에는 티커였다.

세이레나는 자신이 네 번째 슈발리에가 된 것에 약간의 죄책감을 느꼈다. 슈발리에가 되는 순서에 이점이 있는 건 아니다. 먼저 됐다고 상을 받고 늦게 됐다고 혼나는 것도 아니다. 하지만 원래대로라면 세이레나는 이 자리에 없었을 존재다. 그래서 그녀는 자신의 것이 아닌 자리에 앉은 듯한 느낌이 들었다.

"어, 음. 고, 고맙습니다. 헌터 경."

티커 역시 어쩔 줄 몰랐다. 그는 세이레나에게 이런 칭찬을 받을 줄 몰랐다.

허둥지둥 인사하는 티커를 보며 로렌이 킬킬댔다.

"쟤 저렇게 당황하는 거 처음 봤는데?"

로렌의 속삭임에 데니스도 킬킬거리며 고개를 끄덕였다.

"그러게."

그때 애쉬가 세이레나를 불렀다. 세이레나 헌터가 소드 마스터라는 확인서를 작성해야 한다.

"레나!"

자신을 부르는 소리에 세이레나가 고개를 꾸벅하고 애쉬에게로 달려갔다. 그녀의 금발이 햇빛에 받아 반짝였다.

티커는 멍하니 애쉬 쪽으로 달려가는 세이레나의 뒷모습을 바라보고 있었다.

이튿날, 세이레나 헌터가 소드 마스터라는 소문이 기사단뿐 아니라 왕궁 안에도 퍼졌다. 이런 소문은 빠르기 마련이다. 가장 먼저 퍼진 건 자작 클럽이었다.

"세이레나 헌터? 헌터 백작 영애를 말하는 건가?"

사람들은 재빨리 세이레나를 떠올리지 못하고 되물었다. 외모만 봐서는 가장 기사답지 않은 아가씨다. 반짝이는 화사한 금발을 단발로 잘라 얼마 전 사교계에 단발 유행을 불러왔다.

자그마하고 가녀린 체구에 눈에 확 띄는 미모. 나이에 맞지 않게 원숙하고 우아한 태도. 공주님이라는 칭호가 더 어울릴 법한 아가씨가 소드 마스터라니.

"검술 실력이 뛰어나다는 말은 들었는데."

다들 그게 어느 정도 부풀려진 말인 줄 알았다. 기사단 소속이니 당연히 검술은 뛰어날 것이다. 하지만 타인머스의 귀족들에게 검술은 기본 소양이다. 그들의 기준은 다른 나라 귀족이나 자국 평민보다 훨씬 기준이 높다.

"저택을 습격한 사람들을 물리쳤다고 하더군요."

최연소 소드 마스터인 그레이윈드 공작의 약혼자라 약간 부풀린 소문인 줄 알았다. 사람들의 머릿속에 곧바로 게일 헌터의 사망 사실이 떠올랐다.

"그럼 그것도 그레이윈드 공작이 물리쳐 준 게 아닐 수도 있겠네요."

"침입자가 몇 명이었죠? 열 명이랬나?"

게일까지 포함해서 여덟 명이다. 역시 이번에도 소문이 부풀려졌다. 사람들은 열 명이나 되는 용병을 세이레나 혼자 물리쳤다는 사실에 깜짝 놀랐다.

"진짜 실력 있는 기사였군요."

"얼마 전에는 혼자서 트롤을 물리쳤다던데요."

사람들의 관심이 세이레나의 실력으로 옮겨 갔다.

"제 아버지께서 헌터 경이 어릴 때 검술을 가르치셨거든요."

실력 있는 기사는 기사단에서 퇴직하면 귀족 자제들을 가르친다. 상급 귀족이라 해도 친하게 지내는 집안의 아이들을 가르쳐 준다.

사람들의 시선이 입을 연 귀족에게로 향했다. 그는 약간 자랑스러운 표정을 지으며 말했다.

"어릴 때였는데도 재능이 있는 학생이었다고 하더군요."

물론 그의 아버지는 세이레나가 재능을 전혀 갈고닦지 않아서 안타깝다는 말도 했다. 하지만 남자는 그 부분은 쏙 빼고 말했다.

"아버님께서 헌터 경을 가르치셨다고요?"

사람들이 남자에게 몰려들었다. 여기 있는 자들은 하급이긴 하지만 전부 귀족이다. 자식이나 손주가 작위를 이어받으려면 반드시 기사단에 들어가야 한다. 다들 소드 마스터를 가르친 남자의 아버지와 헌터 경의 어릴 적 이야기를 듣고 싶어 했다.

어떤 사람들은 자기 자식이나 손주를 위해 남자의 아버지를 검술 스승으로 모시고 싶어 하기도 했다.

남자는 씩 웃으며 아버지에게 들은 세이레나의 어린 시절 이야기를 조각조각 맞추기 시작했다. 그때 누군가 클럽 안으로 뛰어들며 소리쳤다.

"도, 독! 독살입니다!"

애쉬는 깜짝 놀라서 벌떡 일어났다. 그의 앞에도 왕궁에서 뛰어온 기사가 서 있었다.

왕이 쓰러졌다. 느닷없는 소식에 애쉬는 아연해서 물었다.

"원인은?"

"독살 시도 같다고 합니다."

왕은 지병 같은 게 없었다. 나이는 먹었지만 육체적으로는 건강했다. 그러니 애쉬도 살해 시도일 거라고는 예상했다.

하지만 독이라고? 그는 어이가 없어서 물었다.

"근위대는 어떻게 됐지?"

라고말리 기사단은 왕이 아니라 나라를 지킨다. 설사 왕이라 해도 나라에 잘못된 판단을 저지르면 기사단의 검 끝은 왕을 향할 수 있다.

그렇기 때문에 타인머스의 왕은 열 명 이하의 근위대를 소유할 수 있다.

"아직 상황을 확인하는 중이라고 합니다."

기사의 말에 애쉬는 다시 자리에 앉았다. 대체 누가 왕을 죽이려 한 거지? 그의 머릿속이 복잡해졌다.

왕은 나이를 먹었다. 아직 육체적으로 건강한 편이긴 하지만 노인이다. 젊은 왕이면 모를까 굳이 그를 죽일 이유가 없다.

어차피 몇 년 뒤면 왕위는 일 왕자에게 넘어간다. 왕이 죽지 않더라도 현재 왕궁에서 일어나는 일을 생각하면 더 그렇다.

"왕궁에 무슨 일이 있었나?"

애쉬의 질문에 기사는 고개를 저었다. 왕이 왕궁에서 일하는 여귀족들에게 손을 댄다는 소문이 있긴 했다. 하지만 정작 피해를 당한 것처럼 보이는 여자들은 모두 부인했다.

결국 왕궁에서는 왕의 곁에 접근할 만한 사람들을 조용히 교체했다. 괜한 분란을 만들지 않기 위해서.

"독살이라는 확실한 증거가 없다는 말이군."

"아직은요."

기사의 말에 애쉬는 고개를 끄덕였다. 기사는 왕이 쓰러졌다는 말을 듣자마자 애쉬에게 달려왔다. 누군가에게 공격을 받았다면 공격을 받아 쓰러졌다는 말이 들려왔을 것이다.

게다가 왕은 앓고 있던 지병도 없었다. 최근 갑자기 약해졌다면 그 역시 왕궁 안에서는 이야기가 흘러나왔을 것이다.

왕비가 죽기 전에 신경증을 앓고 있는 게 아니냐는 소문이 돌 았던 것처럼.

결국, 다시 애쉬의 생각은 누가 범인인지로 향했다. 일 왕자 도, 이 왕자도 가능성이 있다.

왕의 근처에서 일하던 여자들이 겁을 집어먹었다는 소문은 왕이 뭔가 이상한 짓을 한 게 아니냐는 소문으로 이어진다. 그건 왕의 정신이 온전하지 않다는 소문이 퍼질 수 있다.

일 왕자라면 그런 소문이 퍼지기 전에 왕과 왕궁의 명예를 위 해 왕을 죽이고 자신이 왕이 되려 할 수 있다.

"알겠네."

애쉬는 다시 자리에서 일어나며 말했다. 그는 기사가 나갈 수 있도록 문을 열어 주며 말했다.

"두 왕자님들의 반응도 알게 되면 알려 주게."

왕이 죽을 경우, 애쉬는 두 왕자 다음으로 왕이 될 순위를 가 지고 있다. 그 말은 단순히 애쉬에게 왕위 계승권이 있다는 뜻만 을 가진 게 아니다. 그만큼 애쉬가 영향력을 가지고 있다는 뜻이 다.

왕의 조카이자 소드 마스터. 기사단의 단장. 이런 것들을 모 두 합치면 애쉬의 영향력은 왕이라 해도 절대 무시할 수 없다. 그렇기 때문에 왕 역시 애쉬를 껄끄러워 한 것이다.

애쉬는 그런 자신의 위치를 잘 알고 있었기 때문에 정치적으로 어느 쪽도 지지하지 않았다. 그가 만약 이 왕자를 지지한다면 아무리 장자가 왕위를 이어받는 게 타인머스의 법이라 해도 이 왕자가 왕이 될 수도 있다.

기사가 문을 나가며 고개를 끄덕였다.

"알겠습니다."

애쉬는 자신의 위치가 얼마나 복잡한지 잘 알고 있었다. 그렇기 때문에 그는 실수라도 일 왕자나 이 왕자를 지지하는 듯한 모습을 보이지 않도록 조심하고 있었다.

그러기 위해서는 이렇게 정보를 알려 주는 사람의 도움이 필요하다. 그는 기사를 향해 고개를 끄덕이며 말했다.

"알려 줘서 고맙네."

만약 왕이 사망한다면 그의 행동도 달라져야 할지 모른다. 지금까지처럼 왕위에 관심 없는 척하는 게 가장 좋지만.

거기까지 생각한 애쉬는 자기 사무실을 나와 행정 기사에게 물었다.

"오늘 헌터 경 출근했나?"

"헌터 경이요?"

행정 기사는 출근표를 확인하더니 고개를 끄덕였다.

"네. 했습니다."

세이레나에게 이걸 이야기해 줘야 하나. 잠시 망설이던 애쉬는 그대로 단장실을 나왔다. 세이레나가 소드 마스터가 됐다는 소문은 왕궁 안에 이미 퍼졌을 것이다. 그렇다면 두 왕자 중 한

쪽이 그녀에게 접근할 수도 있다.

왕이 그냥 쓰러진 것과 독에 쓰러졌다는 차이는 애쉬와 세이
레나가 어떤 태도를 취해야 할지 고민해야 할 정도의 차이다.

그리고…….

그의 머릿속에 왕을 두려워하던 세이레나가 떠올랐다.

어째서 왕을 두려워하는지는 모르지만 이 사실을 알려 주면
조금 안심하지 않을까.

그랬으면 좋겠다. 애쉬는 그녀가 근무하는 근무지로 향했다.

"어?"

하지만 애쉬는 세이레나의 근무지에 도착하기도 전에 그녀를
발견했다. 물론 세이레나만 발견한 건 아니다. 그녀의 양옆에 익
숙한 얼굴이 있었다.

"어디가?"

로렌은 애쉬가 세이레나를 찾아왔다는 걸 다 알면서 모르는
척 물었다. 모아나의 얼굴에도 미소가 떠올랐다.

모르는 건 세이레나뿐인 모양이었다. 애쉬는 어리둥절한 세
이레나의 얼굴을 보고 턱을 쓰다듬으며 말했다.

"레나와 이야기 좀 하려고. 점심시간이야?"

"네."

세이레나는 고개를 끄덕였다. 오늘 로렌, 모아나와 점심을 먹
기로 했다.

그녀는 친구들을 한 번 쳐다보고 애쉬에게 조심스럽게 물었

다.

"급한 이야기예요?"

급하다면 급하고 아니면 아니다. 애쉬가 잠시 망설이자 모아나가 나섰다.

"둘이 드세요. 저랑 로렌은 따로 먹을 테니까요."

그럴 수 없다. 세이레나는 저도 모르게 모아나를 쳐다봤다. 점심을 같이 먹자고 친구들이 여기까지 와 줬는데 그러면 너무 미안하다.

그때 애쉬가 나섰다.

"아니야, 괜찮으면 나도 끼워 줘. 다 같이 듣는 게 좋은 이야기니까."

다 같이 듣는 게 좋은 이야기라고? 모아나와 세이레나의 얼굴에 의문이 떠올랐다. 그때 로렌이 불쑥 나섰다.

"단장님이 쏘시는 겁니까?"

이럴 때만 존댓말이다. 애쉬는 못마땅한 표정으로 로렌을 쳐다보고 말했다.

"그래."

좋아. 로렌은 두 팔을 들어 올렸다. 오늘 가려고 한 집은 간단한 샌드위치와 차를 파는 곳이었다. 하지만 그레이윈드 공작이라는 물주가 있으니 더 비싼 곳으로 가도 된다.

로렌은 재빨리 모아나와 얼마 전에 가고 싶다고 이야기한 식당 정보를 교환했다. 앞서가기 시작한 두 사람 뒤로 애쉬와 세이레나가 따랐다.

"진짜로 괜찮은 거예요?"

세이레나의 걱정스러운 표정에 애쉬의 얼굴에 저도 모르게 미소가 떠올랐다. 그는 양옆으로 벌어지는 입술을 억지로 막으며 물었다.

"설마 내가 세 사람 점심도 못 사 준다고 생각하는 건 아니지?"

그건 아니다. 하지만 저도 모르게 걱정했다. 세이레나는 달아오른 얼굴을 가리기 위해 고개를 숙이며 말했다.

"그게 아니라요. 바쁜데 점심까지 먹으러 가도 되나 해서요."

"바쁠 게 뭐 있어."

그렇게 말하는 애쉬의 머릿속에 책상에 쌓인 서류가 떠올랐다. 이번 달 기사단 지출 내역도 확인해야 하고 훈련 계획도 검토해야 한다.

그것 말고도 많다. 세이레나 헌터가 소드 마스터라는 확인 서류는 제출했지만 그녀가 슈발리에가 될 경우 기사단에서 나가는 금액에 대한 지출 계획서는 아직 검토 중이다.

그리고 그녀가 오 분단에서 일 분단으로 올라오는 만큼 훈련이나 근무 계획서도 다시 만들어야 한다.

"그럼 다행이지만요."

세이레나는 그렇게 말하며 애쉬를 향해 빙그레 웃었다. 이 미소면 충분하지.

그는 그렇게 생각했다.

"독?"

식당을 찾은 네 사람은 따로 마련된 방으로 들어왔다. 왕이 독에 당해 쓰러졌다는 말을 들은 세 기사의 눈이 동그래졌다.

"위독하셔?"

로렌의 말에 애쉬는 고개를 저었다.

"모르겠어. 방금 들은 이야기라."

"범인은요?"

그것도 모른다. 애쉬는 덤덤하게 말했다.

"아는 건 폐하께서 갑자기 쓰러지셨다는 것뿐이야. 그래서 독살이 아닌가 하는 거고."

"그러네. 평소 병을 앓던 분도 아니니까."

로렌의 맞장구에 세이레나의 표정이 어두워졌다. 왕은 지병 같은 게 없었다. 그녀의 머릿속에 왕비였을 때가 떠올랐다. 그때 왕은 지금보다 몇 년 더 살았다. 당연히 암살 시도도 없었다.

그때와 지금 달라진 건 세이레나가 왕비가 되지 않았다는 것뿐이다. 그녀가 왕비가 되지 않은 것과 암살 시도에 어떤 관련이 있는 걸까.

"우리한테 불똥 튀는 건 아니겠지?"

로렌의 말에 기사들의 시선이 그녀를 향했다. 로렌은 자기 음식을 포크로 찍으며 말했다.

"그렇잖아. 독이든 무기든 암살 시도니까. 궁을 경비하는 건 기사단 임무잖아."

"그러려면 그 전에 근위대 먼저 박살 나지 않을까."

근위대. 세이레나의 머릿속에 잊고 있던 근위대가 떠올랐다. 근위대가 보호하는 건 왕뿐이다. 왕비와 왕자들은 근위대의 보호를 받지 못한다.

타인머스는 개인이 사병을 보유할 수 없다. 군사력은 왕을 위협할 수 있기 때문이다.

하지만 왕자들은 자기 자신을 보호할 수 있어야 한다. 아무리 타인머스의 모든 귀족과 왕족이 어릴 때부터 검술 훈련을 받는다 해도 언제든지 위험할 수 있다.

그래서 왕자들은 실력 있는 기사를 자기 측근으로 삼고 싶어 한다. 그게 소드 마스터라면 더더욱 좋다.

세이레나는 로렌에게 조심스럽게 물었다.

"로렌, 왕자님들이 스카우트하려 한 적 없어?"

"아, 으음."

세이레나의 질문에 로렌은 머리를 쓸어 넘겼다. 받았었다. 그녀는 애쉬를 힐끔 쳐다보고 말했다.

"거절했지."

"응? 어째서?"

모아나의 질문에 로렌은 쓰게 웃었다. 그녀가 왜 거절했는지 아는 애쉬는 입을 다물었다.

세이레나가 조심스럽게 말했다.

"봉급 때문에?"

왕자의 측근은 비서 같은 거로 들어가는 게 아닌 한 봉급이 없다. 하지만 왕자들이 스카우트하려 하는 건 최소한 일 분단 기사다. 슈발리에가 아니더라도 일 분단은 꽤 많은 봉급을 받고 있는데 왕자의 측근으로 가면 그걸 다 포기해야 한다는 말이다.

그럼에도 기사들이 일 왕자의 측근으로 가는 이유는 왕자가 왕이 되면 근위대로 들어갈 수 있기 때문이다.

근위대의 봉급은 라고말리 기사단의 일 분단 기사보다 약간 높은 수준이다. 하지만 왕의 곁에서 왕을 지킨다는 건 돈 이상의 것을 가져다준다.

그걸 노리는 사람들은 스카우트 제의를 받아들일 것이다. 하지만 왕이 정정한 이상 언제 자신이 모시는 왕자가 왕이 될지 모른다. 집안이 부유한 귀족 집 자제라면 가능한 선택지다.

"뭐 그것도 있지."

로렌은 그렇게 말하고 웃었다. 그녀에게는 일 왕자와 이 왕자 둘 다에게 스카우트 제의가 왔다. 아마 데니스도 마찬가지일 거라고 생각하며 로렌이 말을 이었다.

"아버지가 반대하시기도 했고."

세이레나는 로렌의 아버지도 슈발리에라는 것을 떠올렸다. 라고말리 기사단은 나라를 지킨다. 왕이 잘못된 선택을 하면 왕에게도 검 끝을 겨눌 수 있다는 것을 긍지로 삼는다.

그런 긍지를 가진 사람은 근위대에 들어간 기사들이 긍지를 잃었다고 생각하기도 한다.

"왕자들 측근은 많아 봐야 두세 명이잖아. 난 사람 적은 게 싫더라."

그렇게 말하는 로렌을 보고 애쉬가 쓰게 웃었다. 그는 로렌이 왕자들의 측근으로 가지 않은 이유가 그것 말고도 또 있다는 것을 알았다. 돈이나 사람 수도 큰 이유기는 하지만 로렌이나 데니스가 왕자들의 측근이 되면 애쉬의 입장이 곤란해질 수 있기 때문이다.

"흠. 그러면 이 왕자의 측근들은 충성이 엄청난 거네."

모아나가 입을 열었다. 왕이 될 가능성이 큰 일 왕자에 비하면 이 왕자는 아주 적다. 이 왕자인 브리츠의 측근들은 당장 봉급은 물론 앞으로 대가를 받을 가능성이 적은데도 브리츠의 곁에 있다는 말이 된다.

"그렇겠지?"

로렌은 고개를 끄덕이며 말했다. 그래서 왕이 될 가능성이 적은 왕자들은 실력 있는 기사 한 명만 비서로 고용한다. 아니면 아주 성격이 좋아서 친구로 만들거나.

물론 로렌 말대로 충성 때문이 아닌 경우가 더 많다. 사업적으로 힘을 써 주거나 약점을 잡은 경우도 많다. 하지만 애쉬는 그런 이야기는 하지 않았다. 그는 대신 자신의 이야기로 주제를 돌렸다.

"어쨌든, 이대로 폐하께서 정신을 차리신다면 다행이지만 혹시라도 아닐 경우가 있으니까."

애쉬는 거기까지 말하고 잠시 세이레나를 쳐다봤다. 왕이 죽는다면 그녀가 안도할지 아니면 슬퍼할지 궁금했다.

하지만 세이레나는 무표정한 얼굴로 앉아 있었다. 왕이 죽는다. 그녀의 가장 끔찍한 악몽이 죽는다. 머릿속이 빙글빙글 돌아서 다른 생각을 할 여력이 없었다.

"혹시라도 폐하께서 일어나지 못하신다면 내 입장이 바뀔 수도 있어서 여기 있는 사람들에게 미리 말을 해 주고 싶었어."

"입장이라니, 무슨 입장이요?"

모아나가 불쑥 물었다. 설마 왕위를 노리는 건가? 그녀의 얼굴에 떠오른 그런 표정에 애쉬는 쓰게 웃었다.

"왕위를 말하는 거라면 틀렸어, 쿨린 경."

애쉬는 그렇게 말하며 잔을 들었다. 아직 점심시간이라 음료는 모두 물로 통일했다. 그는 물을 한 모금 마시고 다시 입을 열었다.

"이번 사건이 왕위를 노린 범행이라면 조만간 내가 누군가를 지지해야 할 수도 있다는 말이지."

별로 달갑지 않다. 애쉬는 일 왕자와 이 왕자, 둘 다 그리 좋아하지 않는다. 하지만 그는 자신의 위치상 누군가를 지지해야 할 상황이 올 수도 있다는 것을 알았다. 그때 아무 말도 하지 않고 조용히 있던 세이레나가 불쑥 입을 열었다.

"당신은, 두 왕자 중 한 명이 이런 짓을 저질렀다고 생각하는 거예요?"

순식간에 방 안에 정적이 내려앉았다. 로렌과 모아나는 그제 야 애쉬가 한 말이 그런 의미를 품고 있다는 사실을 깨달았다.

애쉬는 식기를 내려놓고 세이레나를 쳐다봤다. 음식을 반쯤 먹은 다른 사람과 달리 세이레나는 거의 먹지 않은 상태였다.

"그래."

왕이 죽어서 이득을 얻을 사람은 두 왕자뿐이다. 애쉬는 어느 쪽이 범인일지 생각하며 고개를 끄덕였다.

그때 모아나가 물었다.

"일 왕자님이 그런 위험을 무릅쓰려 할까요?"

어차피 왕이 죽으면 일 왕자가 왕이 된다. 몇 년 더 빨리 왕이 되기 위해 왕을 죽인다는 건 너무 위험하다는 게 모아나의 생각 이었다.

하지만 그때 로렌이 조심스럽게 입을 열었다.

"음. 나 별로 안 좋은 소문을 들었거든."

모아나와 세이레나의 시선이 로렌을 향했다. 애쉬는 그녀가 할 이야기가 뭔지 예상이 가서 아무 말도 하지 않았다.

"폐하께서, 왕궁에서 일하는 여자들에게 손을 대는 게 아니냐 는 소문이 있어."

"뭐?"

모아나의 눈이 커졌다. 애쉬는 저도 모르게 세이레나를 쳐다봤다. 그녀의 얼굴을 새하얗게 질려 있었다.

"손을 댄다고? 그러니까, 음, 그런 걸 말하는 거야?"

"사실 정확하지 않아. 일하던 사람들이 겁에 질려서 그만뒀거든. 폐하와 단둘이 있었던 시간이 짧아서 추행을 당한 게 아니냐는 말이 나오는 거고."

"누가."

세이레나의 입에서 쉰 목소리가 흘러나왔다. 그녀는 헛기침을 한 번 하고 애써 아무렇지 않은 척 다시 물었다.

"누가 당했는데?"

"폐하의 침실 정리를 담당했던 로메로 자작이라던데."

누군지 모른다. 세이레나의 머릿속에 왕의 침실 정리를 담당한 여자들의 얼굴이 떠올랐다. 그중 우두머리가 금발이었다.

"로메로 자작, 금발이야?"

애쉬는 눈을 가늘게 뜨고 세이레나를 쳐다보고 있었다. 그도 데니스에게 같은 이야기를 들었다. 하지만 그는 피해자의 외모는 생각하지도 않았다.

"어?"

세이레나의 질문에 로렌이 의외라는 표정을 지었다. 그녀는 눈을 한번 굴리더니 고개를 끄덕였다.

"아, 맞아. 어떻게 알았어?"

세이레나의 표정이 굳었다. 그녀는 손을 테이블 아래로 내리며 말했다.

"그냥, 찍어 봤어."

"레나."

거짓말이다. 애쉬는 세이레나가 거짓말을 한다는 것을 알았다. 그건 로렌과 모아나도 마찬가지였다.

애쉬는 세이레나 쪽으로 손을 뻗으며 말을 이었다.

"로메로 자작을 만난 적 있어?"

"어, 없어요."

거짓말이다. 하지만 진실이기도 하다. 세이레나는 눈을 내리깔았다. 그녀가 왕비였을 때는 만났었다. 하지만 지금은 만난 적이 없다.

"그럼 로메로 자작이 금발인지 어떻게 알았어?"

"찍었다니까요."

분위기가 이상해지자 로렌과 모아나는 서로를 쳐다봤다. 모아나가 조심스럽게 입을 열었다.

"세이레나, 왜 로메로 자작이 금발이라고 생각했어?"

젠장. 세이레나는 입술을 깨물었다. 울컥하고 울음이 터질 것 같았다. 그녀는 말없이 고개를 숙였다. 뭐라도 말해야 한다. 그렇지 않으면 다들 이상하게 생각할 거다. 결국, 그녀는 자신이 아는 것의 반만 말하기로 결심했다.

"와, 왕비님이."

목이 잠겨서 쉰 목소리가 흘러나왔다. 세이레나는 다시 헛기침을 한 번 하고 말을 이었다.

"전부 금발, 이셨잖아."

그러네. 모아나와 로렌의 시선이 부딪쳤다. 애쉬는 눈을 가늘게 뜨고 세이레나를 쳐다보고 있었다. 여기 있는 사람 중 아무도 생각을 못 했던 부분이었다.

"그럼 폐하께서 금발 페티시라도 있다는 건가?"

"모아나!"

모아나의 말에 로렌이 깜짝 놀라서 소리쳤다. 어떻게 그런 불경한 말을 하냐는 핀잔이었지만 모아나는 깔깔대고 웃었다.

애쉬는 세이레나를 지켜보고 있었다. 새하얗게 변한 그녀의 얼굴은 제 색으로 돌아올 줄 몰랐다. 예상하지 못한 세이레나의 반응에 애쉬는 당황했다.

그는 그녀가 왕을 두려워한다고 생각했다. 그래서 왕이 위독하다는 말을 들으면 좋아하지는 않더라도 안도는 할 줄 알았다.

"레나, 괜찮아?"

결국, 애쉬는 세이레나를 향해 손을 뻗으며 물었다. 새하얗게 변한 얼굴로 굳어 있던 그녀는 애쉬의 물음에 깜짝 놀라 고개를 돌렸다.

"네? 네, 네. 괜찮아요."

그렇게 말했지만 괜찮지 않았다. 세이레나는 애쉬의 시선을 의식해서 음식을 입에 넣었다.

무슨 맛인지도 모르겠다. 이게 야채인지 고기인지조차도 모르겠다. 하지만 세이레나는 억지로 씹어 넘겼다.

왕이 쓰러졌다. 누군가의 살해 시도로.

그녀의 끔찍한 악몽이 쓰러졌다.

기분이 이상해서 세이레나는 멍하니 앉아 있었다. 그녀가 왕비였을 때 왕이 죽었으면 좋겠다고 몇 번이나 바랬었다. 그리고 죽었을 때 분한 마음과 허탈한 마음에 눈물이 나왔었다. 그때와 똑같은 기분이 폭풍처럼 세이레나의 마음에 휘몰아쳤다가 사그라졌다.

어차피 이제는 그녀와 상관없는 사람이다. 세이레나는 애쉬와 약혼했고 왕과 관계없는 인생을 살 거였다. 왕비님도 무사히 구출해 냈다. 그러니 왕은 죽어도 상관없고 살아도 상관없다, 그렇게 생각했다. 하지만 마음은 그렇게 단순하지는 않았던 모양이다.

*   *   *

"애쉬, 그거 들었어?"

세 사람이 식사를 마치고 돌아오자 데니스가 기다리고 있었다. 낮 근무가 아닌 모아나는 가 봐야 할 곳이 있다며 진작 헤어졌다.

"뭐?"

애쉬는 세이레나의 얼굴을 살피며 걷다가 물었다. 식사할 때부터 세이레나의 상태가 좋지 않았다. 반찬를 내고 들어가라고 권했지만 그럴 필요 없다는 대답이 돌아왔다.

"폐하께서."

데니스는 거기까지 말하고 주변을 살폈다. 그때 세이레나가 입을 열었다.

"전 그만 가 볼게요."

그녀는 근무를 하러 가야 한다. 먼저 몸을 돌리는 세이레나의 등을 바라보며 데니스가 아쉽다는 듯 말했다.

"어, 이거 엄청난 소식인데."

"왜? 폐하께서 쓰러지셨대?"

장난스러운 로렌의 말에 데니스의 눈이 커졌다. 그는 깜짝 놀라서 속삭였다.

"어, 어떻게 알았어?"

어떻게 알긴. 킬킬대는 로렌 옆에서 애쉬가 쓰게 웃으며 말했다.

"내가 말했어."

"넌 어떻게 알았어?"

"아까 누가 알려 주고 갔어."

"에이."

제일 먼저 알려 주고 싶었는데. 데니스는 아쉽다는 표정을 지으며 다시 말했다.

"폐하께서 쓰러지셨대. 독으로."

"독인 게 확실해진 거야?"

애쉬가 들었을 때는 아직 정확한 사유는 몰랐다. 왕은 병이 있는 것도 아니고 공격당한 것도 아니니 독일 거라고 예상했던 거고.

데니스는 팔짱을 끼며 말했다.

"응. 왕궁 의사가 확인했다네."

"해독은 가능하고?"

"글쎄."

왕궁 의사는 아무 말도 하지 않았다고 했다. 그 말은 자신이 없다는 뜻이다.

애쉬는 데니스의 표정에서 왕의 죽음을 직감했다. 그렇다면 문제는 누가 그랬을까. 두 왕자 모두 굳이 왕을 죽일 이유가 없다. 일 왕자라면 어차피 왕이 죽으면 자신이 왕이 될 거다. 조금 더 빨리 왕이 되겠다고 아버지를 죽이는 건 너무 위험하다.

이 왕자 쪽은 좀 더 가능성이 있긴 하다.

"이 왕자 쪽에서 손을 쓴 건가?"

애쉬의 질문에 데니스와 로렌의 표정이 심각해졌다. 일 왕자 보다는 이 왕자가 그랬다는 게 더 말이 되긴 한다.

"근데 그럼 그거 너무 위험 부담이 크지 않아?"

로렌의 말에 애쉬는 고개를 끄덕였다. 왕이 죽으면 일 왕자가 왕이 된다. 이 왕자가 왕이 되고 싶어서 왕을 죽인 거라면 너무 급하게 움직인 거다.

"이 왕자 쪽은 그동안 별다른 행동도 없었고 말이야."

데니스의 말에 애쉬는 고개를 끄덕였다. 이 왕자가 왕이 되고 싶었다면 어떤 행동을 했을 거다. 상급 귀족들에게 지지를 부탁하러 다니거나 일 왕자의 지지를 하락시킬 만한 행동을. 하지만 이 왕자는 아직까지는 조용했다.

"모르겠군."

애쉬는 머리를 쓸며 거칠게 말했다. 일 왕자와 이 왕자 중 어느 쪽인 걸까. 만약 둘 중 하나가 왕을 죽이려 한 거라면 애쉬도 알아야 한다. 향후 그가 왕자 중 한 명을 지지해야 할 수도 있기 때문이다.

애쉬는 데니스와 로렌을 향해 목소리를 낮춰 말했다.

"정보가 들리면 들리는 대로 알려 줘."

그건 어렵지 않다. 데니스가 알겠다고 어깨를 으쓱한 순간 애쉬가 다시 입을 열었다.

"그리고, 헌터 경의 소속을 일 분단으로 옮겨."

"응? 그거 헌터 경이 슈발리에 칭호 받은 다음에 한다고 안 했어?"

그러려고 했다. 세이레아가 왕궁에서 슈발리에 칭호를 받으면 그때 일 분단으로 데려오려고 했었다. 하지만 오늘 그녀의 상태를 보니 안 되겠다. 애쉬는 고개를 저으며 말했다.

"폐하께서 승하하신다면 왕궁 일 처리는 더 늦어질 거 아니야."

왕이 죽으면 나라는 일시적으로 국상 상태에 들어간다. 그 상태는 최소 일주일에서 최대 두 달까지 이어진다. 그 동안 왕궁에서는 어떤 작위나 칭호도 내리지 않는다. 세이레나가 슈발리에가 되는 것은 두 왕자 중 한 명이 왕이 된 다음의 일이 될 것이다.

"어, 그러네. 그럼 왕궁에도 빨리 처리해 달라고 요청 넣어 놓을 게."

"그럴 수 있으면 더 좋고."

애쉬는 데니스의 요청으로도 어려울 거라고 생각했지만 굳이 말하지는 않았다. 이미 그가 요청을 해 놨기 때문이다.

"그럼 제이콥하고도 이야기해야겠네."

제이콥은 오 분단 분단장이다. 분단이 바뀌면 근무 스케줄이 바뀐다. 당연히 제이콥과도 의논을 해야 한다.

데니스는 제이콥에게 알리고 스케줄을 확인하기 위해 움직였다. 로렌이 돕겠다며 따라가자 애쉬도 발걸음을 옮겼다.

이걸 세이레나에게도 말해 줘야 한다. 물론 점심을 먹을 때 보인 그녀의 태도가 신경 쓰였기 때문이기도 했다.

세이레나는 새하얗게 질린 채 음식을 먹는 둥 마는 둥 했었다. 그가 세이레나를 잘 몰랐다면 왕을 아주 많이 걱정한다고 생각했을 것이다. 하지만 애쉬는 세이레나가 왕을 두려워한다는 것을 알았다. 그녀는 식당에서 모아나와 로렌이 왕의 몸 상태에 대해 대화하자 불편한 것처럼 보였다.

설마.

애쉬의 머릿속에 불길한 생각이 떠올랐다. 하지만 그는 곧 그 생각을 털어 냈다. 그는 세이레나를 믿었다.

"검을 쥐고."

애쉬가 세이레나의 근무지에 도착했을 때 세이레나는 유진과 나란히 서 있었다. 그 모습을 본 애쉬의 눈이 가늘어졌다.

"집중하면."

세이레나의 말과 동시에 그녀의 검이 빛나기 시작했다. 유진이 입을 딱 벌렸다.

"와."

"느낌이 오거든."

"그게 검기라는 걸 바로 알아차렸어?"

"처음엔 아니었던 거 같아. 거의 못 알아차렸거든."

그렇구나. 유진은 고개를 끄덕였다. 세이레나가 소드 마스터라는 것을 알고 나서 그는 더 훈련에 매진했다. 옆에서 세이레나가 훈련을 얼마나 하는지 봤기 때문이다.

지금까지 소드 마스터는 대부분 일 분단에서 나타났다. 때문에 다른 분단의 기사들은 소드 마스터가 되기 위한 훈련이나 과정을 볼 기회가 없었다.

굳이 말하면 그것도 특혜라고 할 수 있을 것이다. 동료 기사가 소드 마스터가 되는 과정을 보는 것도. 하지만 그걸 특혜라고 하면 일 분단 기사들은 너도 일 분단으로 올라오면 되지 않느냐고 대꾸할 게 뻔하다. 결국, 일 분단이 된다는 건 소드 마스터가 되는 과정을 볼 수 있는 특등석에 앉는다는 거나 다름이 없었다.

운이 좋았다고 유진은 생각했다. 바로 곁에 있는 기사가 소드마스터가 되는 과정을 봤고 같이 근무하고 있다. 그는 이 기회에 세이레나에게 훈련 방법이나 검기를 느끼는 것에 대해 자세히 묻고 있었다.

"헌터 경, 램버트 경."

애쉬는 소리 없이 다가가 두 사람 뒤에 서서 말을 걸었다. 세이레나를 따라 검을 들고 있던 유진이 화들짝 놀라 그를 돌아봤다.

"다, 단장님."

유진의 인사에 애쉬는 고개를 까딱해 보이고 말했다.

"잠깐 헌터 경을 데려가도 괜찮을까?"

"네. 여긴 저 혼자 있어도 충분합니다."

"고맙네."

애쉬는 그렇게 말하고 세이레나를 쳐다봤다. 유진에게 검기를 보여 주고 있던 세이레나는 재빨리 검을 검집에 꽂아 넣고 그의 뒤를 따랐다.

"아까."

점심 먹을 때 세이레나의 표정이 심상치 않은 게 신경 쓰였다. 하지만 애쉬가 그렇게 말하려 한 순간 세이레나가 재빨리 말했다.

"죄송합니다."

"응?"

애쉬는 이게 무슨 소린가 하고 세이레나를 쳐다봤다. 손을 맞잡은 세이레나가 물었다.

"남들 앞에서 함부로 검기를 보이면 안 되는 거죠?"

그녀는 유진에게 검기를 보여 주는 것 때문에 혼나는 줄 알고 있었다. 아니, 그게 아닌데. 애쉬는 허리에 손을 얹은 채 말했다.

"아니야, 그건. 네 검이고 네 검기잖아. 누구에게 보여 줘도 상관없지."

그럼 왜 부른 거야? 어리둥절해 하는 세이레나를 보고 애쉬는 한숨을 내쉬었다. 그는 세이레나에게 허리를 숙이고 나직하게 말했다.

"미리 말하지만 나는 너를 믿어."

"네?"

점점 더 모르겠다. 세이레나는 가만히 서서 애쉬의 얼굴을 쳐다보고 있었다. 그는 조금 머뭇거리더니 다시 입을 열었다.

"혹시, 폐하의 독살 사건에 대해 아는 게 있어?"

뭐? 세이레나의 입이 딱 벌어졌다. 그녀는 애쉬가 자신에게 그런 질문을 한다는 사실을 믿을 수 없어서 그를 멍하니 쳐다보고 있었다.

그 표정에 애쉬의 얼굴이 일그러졌다. 그가 아주 나쁜 놈이 된 것 같다. 애쉬는 손을 들어 보이며 다시 말했다.

"난 너를 믿는다고 했잖아."

"그럼 왜 그런 질문을 한 건데요?"

식당에서 새하얗게 질리는 그녀를 보고 이상한 생각이 들었다. 혹시 왕의 독살 사건에 그녀가 연관된 게 아닌가 하는…….

애쉬는 한숨을 내쉬고 말했다.

"식당에서 네 태도가……."

겁에 질린 것 같았다. 아니면 충격받았거나. 어느 쪽이든 심상치 않았다.

애쉬의 말에 세이레나는 아 하고 고개를 끄덕였다. 그녀의 태도가 이상했다는 말이다. 그렇게 보일 수도 있었겠다는 생각이 들었다.

"아니에요. 전 그 사건과 아무 관련 없어요."

"그럼 왜 그렇게 이상하게 군 건데?"

그건 말할 수 없다. 세이레나는 입을 다물었다. 그 태도에 애쉬는 다시 한숨을 내쉬었다.

속이 타는 것 같다. 왜 항상 세이레나는 그에게 말해 주지 않을까.

하지만 정작 세이레나도 말할 수가 없었다. 그녀가 왕비였다고 하면 애쉬가 믿을까? 그녀가 살고 온 시간에서 왕은 몇 년 더 살았다고 하면 믿을까?

복잡한 생각이 꼬리에 꼬리를 물다 보면 결국 말할 수 없다는 결론에 도달하는 것이다.

"나쁜 짓은 하나도 한 게 없어요."

결국 세이레나는 그렇게 말하고 말았다. 애쉬는 가만히 세이레나의 눈을 쳐다보다가 낮은 목소리로 물었다.

"나한테는 절대로 말해 주지 않을 거야?"

"모, 모르겠어요."

모르겠다. 애쉬를 믿지만 이런 이야기를 해도 될지.

애쉬는 조금 화가 나 있었다. 그녀가 자신에게 말하지 않는다는 사실에. 식당에서의 표정을 보면 세이레나는 엄청난 것을 숨기고 있는 게 분명했다. 하지만 그걸 그와 나누려 하지는 않았다.

애쉬는 세이레나에게 화가 나는 것을 눌러 참았다. 마음 같아서는 허리를 잡고 끌어당겨서 무슨 일이냐고 화를 내고 싶었다. 그리고 왜 자신을 믿지 않느냐고 소리치고 싶었다.

하지만 여긴 기사단이고 그는 꿈에서라도 세이레나에게 그런 짓을 할 생각이 없었다.

"알았어."

그는 곧이어 세이레나를 일 분단으로 옮길 예정이라고 주제를 바꿨다. 목소리는 담담했지만 기분이 좋지 않은 게 확실했다.

울고 싶은 마음에 세이레나는 입술을 깨물었다. 애쉬에게 다 말하고 싶다. 말할 수 있으면 좋겠다.

하지만 아직은 겁이 나서 말할 수 없었다. 그녀가 왕비였다는 것을. 그리고 시간을 되돌려 돌아왔다는 것을.

그녀 때문에 드래곤이 깨어나고 강력한 몬스터가 습격한다는 것을.

폭풍 전

왕이 죽는 날은 비가 내렸다. 그리고 세이레나는 전투 중이었다.

"오 분단!"

애쉬의 고함에 오 분단 기사들이 말에서 내려 뛰어갔다. 비 때문에 땅이 젖어 질척했다. 외곽 경비를 맡았던 십일 분단 기사들은 고전하고 있었다.

"막아! 막아!"

"그쪽으로 간다!"

트롤이 수도를 향해 이동하는 게 보였다. 세이레나는 반사적으로 방향을 꺾었다. 몬스터가 수도로 들어가게 해선 안 된다. 라고말리 기사단은 수도를 지켜야 한다.

세이레나는 젖은 땅을 밟으며 뛰기 시작했다.

"비켜요!"

그녀의 외침에 트롤을 막으려 애쓰던 기사가 재빨리 몸을 굴러 피했다. 그 사이로 세이레나의 몸이 뛰쳐나갔다.

이슬비로 시작한 비는 소나기로 변했다.

세이레나는 트롤의 무릎을 베고 뒤로 물러났다.

"크아아아!"

괴로운 비명과 함께 트롤이 앞으로 비틀거리자 그 뒤로 데니스가 뛰어올랐다. 세이레나는 데니스가 트롤의 목을 치는 것을 보지도 않고 몸을 돌렸다. 조금 떨어진 곳에서 십일 분단 기사가 세이레나를 불렀다.

"헌터 경!"

트롤을 죽이려면 목을 한 번에 잘라 내야 한다. 그리고 그렇게 할 수 있는 기사는 일 분단을 제외하면 세이레나뿐이었다.

그녀는 자신을 부르는 소리에 그쪽을 향해 뛰어갔다. 대여섯 명의 기사들이 트롤 한 마리를 붙잡고 있었다. 두 명이 트롤의 주의를 끄는 사이 세 명이 달려 나가서 트롤의 다리를 찔렀다.

"크아아아!"

"악!"

트롤이 휘두른 몽둥이에 가장 가까이에 있던 기사가 맞아 튕겨 나갔다.

젠장. 세이레나는 입술을 깨물고 트롤의 몸 위로 뛰어올랐다.

실수하면 안 된다. 그녀는 그대로 검을 들었다. 빗속에서 그녀의 검이 빛났다. 다음 순간 트롤의 머리가 떨어져 바닥을 구르고 있었다.

"우와아아!"

덕분에 기사들의 사기가 떨어지지 않았다. 하지만 세이레나는 트롤의 몸이 무너지기도 전에 뛰어내려 다음 트롤을 향해 뛰어갔다.

기사들의 함성을 들은 애쉬의 시선이 반사적으로 세이레나를 향했다. 아까 전에는 반대편에 있더니 이번에는 저쪽에서 싸우고 있다.

저래서야 쓰러질 것 같다. 애쉬는 이맛살을 찌푸린 채 세이레나를 지켜보고 있었다. 세이레나의 성격을 몰랐다면 전투에 미쳤다고 생각했을 것이다.

그 정도로 그녀는 미친 듯이 뛰어다니고 있었다. 트롤의 목을 베고 트롤이 쓰러지기도 전에 다음 트롤을 향해 뛰어간다. 다른 기사들이 싸우기 전에 먼저 트롤을 베고 물러났다가 트롤의 몸 위로 뛰어오른다.

"혼자 다 처리할 생각인가 본데?"

비에 젖은 머리카락을 쓸어 넘기며 데니스가 중얼거렸다. 머리카락뿐 만이 아니다. 옷도 비에 젖어 몸에 찰싹 달라붙었다. 덕분에 움직이기 조금 불편해졌다.

하지만 세이레나는 전혀 그렇지 않다는 듯 뛰어다녔다. 그녀가 세 번째 트롤을 향해 뛰어오르는 순간 로렌이 애쉬에게 다가왔다.

"무슨 일 있어?"

"뭐?"

무슨 일은 무슨 일? 로렌의 질문에 애쉬의 미간에 다시 주름이 생겼다. 로렌은 검을 흔들어 빗방울을 털어 내고 말했다.

"세이가 저러는 이유 말이야. 전보다 더 심해졌잖아."

원래 세이레나가 전투에 열심히긴 했다. 다른 기사보다 더 많이 뛰고 더 많이 검을 휘둘렀다. 하지만 오늘은 그게 더 심해졌다.

"혼자 다 처리할 기세지?"

데니스의 말에 로렌은 고개를 끄덕였다. 저러다 몬스터가 아니라 제풀에 지쳐 나가떨어지겠다.

물론 기사에 소드 마스터니 저렇게 여리여리한 몸이어도 세이레나의 체력만큼은 일반인의 몇 배긴 하다. 하지만 몸이 무쇠로 만들어진 게 아닌 이상 이 빗속에 저렇게 싸우면 아무리 세이레나라 해도 쓰러진다.

"너희 진짜 무슨 일 있는 거 아니야?"

로렌의 질문에 애쉬는 울컥 화를 내려다 참았다. 그건 그가 묻고 싶은 말이다. 대체 뭐냐고. 말을 해 줘야 알 것 아닌가. 그는 화를 눌러 참으며 돌아섰다. 그리고 몬스터를 향해 뛰어가며 소리쳤다.

"페이지! 누가 몇 마리 처리하는지 기억해 놔라!"

웅? 데니스는 애쉬의 뒤를 따르며 물었다.

"그걸 왜 세라고 해?"

지금까지 애쉬는 누가 더 많이 몬스터를 처리하는지는 세라고 한 적이 없다. 자기 실력대로 싸우면 된 거다, 그것이 애쉬의 평소 모습이었다. 하지만 이번에는 달랐다.

애쉬는 데니스를 한 번 힐끔 쳐다보고 다시 소리쳤다.

"일 분단! 제일 적게 처리하는 녀석은 내가 직접 훈련시켜 준다!"

그 말을 들은 순간 일 분단 기사들의 움직임이 달라졌다.

"뭘 어쩐다고?"

제대로 듣지 못한 티커가 다른 기사에게 물었다. 트롤을 향해 달려가던 기사가 귀찮다는 듯 소리쳤다.

"제일 적게 잡는 놈은 단장이 훈련 시켜 준대."

대련이 아니라 훈련이라고 했다. 애쉬의 훈련은 가차 없다. 그게 대상이 일 분단이 되면 더 가차 없다.

갑자기 뭔데? 일 분단 전체가 진저리를 치며 전투에 가담했다.

뭐? 데니스는 어이가 없어서 애쉬를 쳐다보다가 몸을 돌렸다. 그는 이제 한 마리. 세이레나는 방금 두 마리를 처리했다.

다른 일 분단 기사들과 달리 그는 애쉬가 직접 훈련 시켜 주는 게 두렵지는 않지만, 부단장의 자존심이 허락하질 않는다.

"진짜 무슨 일이 있나 본데?"

애쉬의 훈련을 받는 게 두렵지 않고 부단장도 아닌 로렌이 다가와서 물었다. 그녀는 애쉬의 말이 끝나자마자 정신없이 몬스터를 공격하는 일 분단을 쳐다봤다.

"으아아아아!"

티커는 정신없이 검을 휘두르고 있었다. 그는 눈앞의 트롤의 팔을 잘라 낸 뒤 펄쩍 뛰어 물러났다. 다음 순간 일 분단 기사 중 하나가 티커가 팔을 잘라 낸 트롤에게 접근했다.

"어, 야!"

티커의 외침에도 상관없이 제임스는 검을 크게 휘둘러 트롤의 목을 그었다.

이 자식이!

티커는 욱해서 소리쳤다.

"야! 치사하게 뺏기냐?"

"반씩 나누면 되지."

한 마리분이 아니라 반 마리분으로 세라는 말이다. 티커는 그게 말이 되냐고 소리치려다 트롤을 쳐다봤다. 검에 목이 그어져 뿜어져 나오던 트롤의 피가 줄어들고 있었다.

"어?"

천천히 상처가 작아졌다. 제임스의 눈이 커졌다. 그 틈을 놓치지 않고 티커가 뛰어들었다. 그는 트롤의 복부를 찔러 트롤이 고통에 몸을 숙이는 순간 목을 베어 냈다.

"반은 무슨!"

"아, 반은 나 줘. 내가 반 죽여 놨잖아."

"꺼져라."

제임스와 티커의 말싸움을 지켜보며 로렌은 혀를 찼다.

"멍청이들."

그사이 세이레나는 다섯 마리째 트롤을 상대하고 있었다. 그녀는 이제는 익숙한 방법대로 트롤의 다리를 찔러 트롤이 몸을 숙이도록 유도했다.

하지만 세이레나가 몸을 숙인 트롤에게 접근했을 때 트롤이 들고 있던 몽둥이를 휘둘렀다.

"헌터 경!"

"레나!"

유진과 애쉬의 외침이 동시에 터져 나왔다. 트롤이 휘두른 몽둥이 굵기가 거의 세이레나 허리만 하다.

애쉬는 반사적으로 달려가 맞아서 나가떨어지는 세이레나의 몸을 받아 냈다.

"세이!"

뒤이어 로렌도 달려왔다. 맙소사. 그녀는 세이레나가 입었을 내상을 생각하고 있었다. 최악의 상황은 갈비뼈가 부러져서 내장을 찌르는 거다.

세이레나는 새하얗게 질린 얼굴로 눈을 떴다. 그녀의 보라색 눈동자가 보인 순간 애쉬는 저도 모르게 안도의 한숨을 내쉬었다.

세이레나의 의식이 있다. 다행이었다. 이건 좋은 징조다. 뇌진탕일 가능성이 줄어드니까. 그리고 더 좋은 징조가 나타났다. 세이레나는 애쉬의 팔을 잡고 몸을 세우려 했다.

"잠깐, 누워 있어."

"괜찮아요."

세이레나는 비틀거리며 일어났다. 좀 놀랐을 뿐이다. 몽둥이에 맞아 날아가는 경험은 그리 흔하게 겪을 수 있는 게 아니니까. 그녀는 아직도 손에 꽉 쥐고 있는 검을 들며 말했다.

"검으로 막았어요."

로렌과 애쉬를 포함한 주변에 있던 기사들의 시선이 세이레나의 검을 향했다. 그녀의 검은 여전히 황금색 빛에 휩싸여 있었다. 아슬한 순간에 자신의 검에 검기를 불어넣고 그걸로 몽둥이를 막았다는 말이다.

지켜보고 있던 기사들은 세이레나의 순발력에 놀라 입을 딱 벌렸고 애쉬는 한숨을 내쉬었다.

"잘했어, 진짜 잘했어, 세이!"

신이 나서 세이레나의 어깨를 두드리는 로렌과 달리 애쉬의 표정은 심각했다. 그는 세이레나를 안아 들며 페이지를 향해 소리쳤다.

"페이지! 들것 가져와!"

"잠깐, 애쉬. 저 괜찮다니까요?"

"안 돼. 쉬고 있어."

"다친 곳도 없어요."

"명령이야. 쉬어."

애쉬는 그렇게 말하고 페이지들이 가져온 들것에 세이레나를 내려놓았다. 그의 반밖에 안 되는 그녀가 몽둥이에 맞아 튕겨 나갈 때는 그의 심장도 같이 튕겨 나가는 줄 알았다.

"싸울 수 있어요!"

격하게 반박하는 세이레나를 눌러 앉히며 애쉬는 진지한 표정으로 경고했다.

"명령이라고 했어."

이번에는 다행히 막았지만 그렇다고 이대로 계속 싸우게 할 수는 없다. 애쉬는 페이지들에게 말했다.

"헌터 경이 총 몇 마리를 잡았지?"

들것을 가져온 페이지 중 한 명이 재빨리 대답했다.

"트롤은 세 마리, 오거는 두 마리를 잡았습니다."

"알았어. 데려가서 뼈가 부러지지 않았나 확인해 줘."

몸통은 검기를 두른 검으로 보호했을지 몰라도 검을 쥔 팔은 어떤지 모른다.

애쉬의 명령에 페이지들이 세이레나를 들것에 싣고 달려 나갔다. 그것을 지켜보던 기사들 사이에 소동이 일었다.

"봤어? 검으로 보호했대."

"그게 되는 거였어?"

기사들의 시선이 데니스를 향했다. 그게 되는 거였냐는 무언의 질문에 데니스는 오거를 잡던 것을 멈추고 머리를 쓸어 넘겼다.

"어, 음. 될걸? 난 안 해 봐서 모르지만."

애초에 데니스라면 세이레나처럼 급하게 덤비다가 트롤의 몽둥이에 맞지도 않았을 거다.

웃기는 녀석이야. 데니스는 씩 웃으며 생각했다. 그를 비롯한 다른 사람들은 방패가 없으면 막기보다는 피하려 한다. 검기를 이용해 검으로 막는다는 생각 자체를 해 본 적이 없다. 그만큼 무모한 짓이기도 했다.

세이레나에게는 그 순간 선택의 여지가 없었겠지만.

애쉬는 그녀가 들것에 실려 완전히 전투 지역 밖으로 나가는 것을 지켜보고 돌아섰다.

후우. 피곤함에 다시 한숨이 흘러나왔다. 육체적인 피곤이 아니라 정신적인 피곤함이 몰려왔다.

"심장에 좋지 않아."

애쉬는 그렇게 투덜거리며 여러 명의 기사들이 상대하는 트롤을 향해 다가갔다.

세이레나가 일 분단으로 올라오면 이런 일이 더 잦을 것이다. 그는 그녀를 최대한 빨리 일 분단으로 데려오는 게 잘한 선택인지 잠시 의심했다. 하지만 곧 그는 검을 들어 올리며 소리쳤다.

"일 분단! 다섯 마리 미만으로 잡은 녀석은 다 훈련 대상이다!"

그 말에 일 분단 기사들의 움직임이 빨라졌다. 데니스를 비롯한 일 분단 기사들의 엄청난 활약 끝에 전투는 곧 끝이 났다.

"돌아간다!"

애쉬의 명령에 몬스터를 전부 쓰러트리고 지쳐 앉아 있던 기사들이 일어섰다. 멀리서 페이지들이 몬스터의 사체를 처리하기 위해 달려왔다.

세이레나는 알 수 없는 표정을 짓고 서 있었다. 화가 난 것도 같고 죄책감 같기도 하다. 한편으로는 안도하는 것처럼 보인다.

애쉬는 세이레나에게 다가가지 않고 그녀를 쳐다봤다. 이번에는 절대로 그냥 화를 풀지 않을 생각이었다.

그녀는 정말로 무모했고 위험했다. 목숨이 두 개쯤 되는 것처럼 굴었다. 애쉬의 심장이 세이레나에게 달려 있다는 것을 생각하면 그건 전혀 좋지 않았다.

"단장님!"

기사단으로 돌아가는 애쉬를 기다리고 있던 것은 행정 기사인 미카엘이었다. 그는 기사단으로 들어가는 큰길까지 나와 서 있다가 달려왔다.

미카엘이 달려오는 것을 보는 순간 애쉬는 이상한 기분에 저도 모르게 세이레나를 돌아봤다.

그의 앞에 도착한 미카엘이 헐떡이며 말했다.

"폐하께서 승하하셨습니다."

왕의 장례식이 열리는 날은 오히려 맑았다. 아이러니하게도 전날까지 세차게 내리던 비가 장례식이 시작되자 언제 그랬냐는 듯 그쳤다.

애쉬는 무표정한 얼굴로 시신을 안치한 장례식장 안으로 들어서고 있었다. 시신이 준비된 가장 안쪽 방은 근위대들이 지키고 서 있었다.

"오랜만입니다."

애쉬를 발견한 근위대장이 덤덤하게 인사를 건넸다. 근위대장과 기사단장. 별로 사이좋을 관계가 아니다. 하지만 경호 측면에서 의견 교환이 있어야 하기 때문에 애쉬는 니콜라스와 몇 번 이야기를 나눈 적이 있었다.

니콜라스의 주름진 눈은 가까이에서 보니 피곤이 한가득이었다. 애쉬는 지금 그가 어떤 압력을 받고 있는지 이해했다.

사실 왕궁 내에서 니콜라스의 상황을 가장 잘 이해하는 사람을 고르라면 애쉬일 것이다.

두 사람은 똑같이 뭔가를 지키는 단체의 수장이었고 자신의 일을 하는데 철저했다.

비록 니콜라스는 왕을, 애쉬는 나라를 지킨다는 점에서 목표가 다르기는 했지만 서로 지켜야 할 것을 지키지 못했을 때 겪을 것들을 어느 정도 이해하고 있었다. 외부에서 가해지는 압력뿐 아니라 자신의 부족함에 대한 참담함까지.

이 남자라면 자신을 이해해 줄 것이다. 니콜라스는 업무적으로만 대했던 이 젊은 기사단장에게 순식간에 친밀감을 느꼈다.

"범인은 잡았습니까?"

다른 사람이 물었다면 말할 수 없다고 퉁명스럽게 답했을 것이다. 하지만 니콜라스는 상대가 애쉬이기 때문에 고개를 저었다.

애쉬는 그가 왕을 지키지 못한 죄로 끌려간다면 끌고 갈 입장에 선 사람이다. 잘 보이고 싶다는 마음도 한몫했다.

"지난 며칠간 왕궁을 샅샅이 뒤졌지만 폐하께 다가간 사람은 아무도 없습니다."

자신이 억울하다는 것을 어필하기 위해 니콜라스가 말했다. 애쉬는 한쪽 눈썹을 들어 올리며 물었다.

"독이라고 들었습니다만. 음식에 섞인 게 아니었습니까?"

"아닙니다."

근위대장은 무거운 한숨을 내쉬었다. 차라리 음식에 섞인 거면 낫겠다. 그의 근무 태만이지만 그러면 범인을 찾을 수 있을 테니까.

"폐하께서 드신 모든 음식에는 미리 검식을 합니다. 하지만 아무 흔적도 없었습니다."

"모든 음식을 말입니까?"

놀랍다는 애쉬의 말에 니콜라스는 고개를 끄덕였다. 모든 음식을 미리 마법사가 준 도구를 이용해서 확인해 본다.

어떤 종류라도 몸에 해가 갈 만한 게 들어 있다면 반응하는 마법 도구였다. 죽은 왕은 모든 음식은 물론, 마시는 물까지 마법 도구를 이용해 확인한 뒤 마셨다. 역대 왕 중에 이 정도로 의심 많고, 조심성 많은 왕은 없었다.

죽은 왕의 아버지인 선왕은 특별히 바쳐진 음식이 있으면 마법 도구를 이용해 확인하긴 했다. 자신의 위치가 흔들린다고 생각한 왕이 향과 맛이 강한 음식은 시식 시종을 이용해 미리 먹여 보게 한 적도 있었다.

하지만 모든 음식을 마법 도구를 이용해 확인하도록 한 왕은 죽은 왕이 처음이었다. 그럼에도 독살당했다. 애쉬는 이 상황에서 뭐라고 말해야 할지 몰라 입을 다물었다.

니콜라스는 억울한 마음 반, 황당한 마음 반이었다. 그 정도로 조심하던 사람이 독살이라니. 그는 주변을 살피고 목소리를 낮춰 말했다.

"대체 내가 뭘 놓친 건지 모르겠습니다."

"몰래 드신 건 아닙니까?"

"그분이 뭔가를 몰래 드신다고요?"

니콜라스의 말이 맞다. 애쉬는 허탈한 표정으로 다시 입을 다물었다.

니콜라스의 말대로 그가 아는 왕이 뭔가를 몰래 먹을 리가 없다. 애쉬는 잠시 생각하다가 물었다.

"쓰러지실 때 폐하께서 뭘 하고 계셨습니까?"

"평소와 똑같았습니다. 일을 하시다가 침실에서 잠시 쉬시다가 나오셨습니다."

침실에 누가 숨어 있을 리가 없다. 하지만 애쉬는 문득 침실 청소를 담당한 로메로 자작이 떠올랐다.

왕이 뭔가 이상한 짓을 하려 했고, 그래서 그만뒀다고 들었다. 뭔지는 모르지만 자작이 복수를 하려 한 건 아닐까.

"폐하의 침실 청소 담당 이야기를 들었습니다만."

애쉬는 나직하게 말했다. 그의 말에 니콜라스의 표정이 변했다. 니콜라스는 눈동자만으로 주변을 살펴보고 목소리를 낮췄다.

"로메로 자작을 의심하시는 거라면 아닙니다. 그날 다른 사람과 함께 있었으니까요."

"독이면 사람을 시킬 수도 있지 않습니까."

"아무것도 안……."

니콜라스는 왕이 아무것도 먹지 않았다고 말하려 했다. 하지만 애쉬가 재빨리 그의 말을 가로막으며 말했다.

"상처는 없었습니까? 무기에 바를 수도 있지 않습니까?"

상처도 없었다. 니콜라스는 한숨을 내쉬었다. 그도 모든 가능성을 염두에 두고 확인했다. 하지만 왕은 검은커녕 바늘에 찔리지도 않았다.

"차라리 자진이라고 생각하고 싶을 정도입니다."

니콜라스의 말에 애쉬의 눈이 커졌다. 자진이라고? 어리둥절해 하는 그에게 니콜라스가 말을 이었다.

"폐하께서 혼자 계신 시간은 침실에 들어가신 때뿐입니다. 그것도 미리 제가 위험이 없는지 확인했고요. 왕비님의 방까지 샅샅이 살펴보았으나 위험인물은커녕 위험한 물건조차 없었습니다."

왕의 침실과 왕비의 침실은 이어져 있다. 문 하나로 막혀 있을 뿐이다. 하지만 왕비의 침실과 이어진 문이 잠긴 적은 한 번도 없다.

애쉬는 왕비의 침실까지 확인했다는 사실에 놀라 물었다.

"폐하께서 왕비님의 침실에 자주 가셨습니까?"

니콜라스는 애쉬가 왜 놀라는지 알 것 같아 쓴웃음을 지었다. 왕궁 밖에는 왕이 왕비의 미모에 반해 하급 귀족임에도 불구하고 결혼했다고 알려져 있다.

물론 거짓말은 아니다. 왕은 왕비의 미모에 반해 결혼한 게 맞다. 하지만 그게 사랑이 아니라는 것을 왕궁 안의 사람들은 다 알고 있다. 그건 사랑이 아니었다. 하지만 그래도 상관없었다. 어차피 왕과 왕비는 사랑으로 맺어지는 부부가 아니다.

죽은 왕비도 왕의 사랑을 기대하지는 않았을 거라고 니콜라스는 생각했다. 고작 아름다운 외모로 왕비가 될 수 있다면 운이 좋은 것 아닌가.

"하루에도 몇 번씩 왕비님의 침실에서 시간을 보냈을 겁니다."

니콜라스의 대답은 마치 왕이 왕비를 그리워했다는 것처럼 들린다. 아마 그것도 사실일 것이다.

니콜라스는 왕이 죽은 왕비를 그리워했을 거라고 생각했다. 아끼는 장난감을 잃어버린 어린아이도 장난감을 그리워하지 않던가. 그는 왕을 꽤 오래 모셨다. 그래서 정확히는 몰라도 왕의 성벽이 보통과는 다르다는 것을 예측하고 있었다.

타인머스는 첩이나 정부를 둘 수 없다. 그건 왕이라 해도 마찬가지다. 죽은 왕에게 죽은 왕비는 자신의 성벽을 드러낼 수 있는 유일한 사람이었을 것이다.

그래서 니콜라스는 그만둔 로메로 자작이 무슨 일을 당했을지 대강 예상하고 있었다.

왕은 금발을 좋아한다. 일 왕자를 낳고 죽은 첫 번째 왕비가 그랬고 얼마 전에 자진한 이 두 번째 왕비도 그랬다.

그리고 약혼했다가 파혼한 애쉬의 어머니도 금발이었다.

"그렇군요."

애쉬는 왕이 특이한 성벽을 가지고 있으리라고는 꿈에도 생각하지 못했다. 그는 단순히 왕이 왕비를 그리워했다고 생각했다.

"경께서는 그럼……."

애쉬는 잠시 망설이다가 목소리를 낮춰 말을 이었다.

"폐하께서 돌아가신 왕비 전하를 그리워하시다 자진하셨다고 생각하시는 겁니까?"

애쉬의 말에 이번에는 니콜라스의 입이 벌어졌다. 그는 애쉬가 말하기 전까지 그런 생각은 꿈에도 하지 않았다.

왕이 왕비를 너무 그리워서 따라 죽었다고? 웃기지도 않는 말이다. 왕은 자기 자신을 가장 소중하게 여겼다. 두 왕자보다 자기 자신이 더 소중한 사람이었다.

그런 사람이 소유물이라 여긴 여자가 죽었다고 따라 죽는다?

말도 안 되는 소리에 니콜라스는 비웃지 않으려 애쓰며 말했다.

"글쎄요. 그건 폐하께서만 아시겠죠."

마음 같아서는 말도 안 된다고 하고 싶지만 당장 왕이 어떻게 독을 먹었는지 모르는 상황에서 자진으로 결정되는 게 니콜라스에게 나을 수도 있다.

정말 누군가 침입해 왕을 독살한 거라면 니콜라스는 그 죄를 절대 벗을 수 없을 것이다.

차라리 왕비를 그리워하다가 자진한 거라면 좋겠군. 속으로 조소하는 니콜라스의 얼굴을 애쉬가 물끄러미 쳐다보고 있었다.

왕이 자살했을 리 없다. 애쉬도 그걸 믿고 그런 말을 한 건 아니었다. 그는 니콜라스의 의중을 떠보려는 것에 불과했다. 하지만 니콜라스가 그럴지도 모른다고 말하는 순간 애쉬는 그를 의심하기 시작했다.

니콜라스가 왕을 죽인 왕자의 편에 붙은 게 아닐까. 여러 가지

의심이 애쉬의 머릿속에 떠올랐다.

같은 시간, 세이레나는 모아나와 함께 어딘가를 가고 있었다. 두 사람의 뒤에서 로렌이 따라오고 있었다.

"멀어?"

번화가를 벗어나자 세이레나가 물었다. 모아나는 어깨를 으쓱하며 말했다.

"조금만 가면 돼."

대체 어딜 가는 걸까. 세이레나와 로렌의 시선이 부딪쳤다. 모아나가 대뜸 보여 줄 게 있다고 해서 따라나섰다.

두 사람 다, 모아나가 뭘 보여 주려 하는지는 모르고 있었다.

"자작 클럽에 가려는 건 아니지?"

바로 근처에 자작 클럽이 있다는 것을 깨달은 로렌이 물었다. 그녀의 아버지가 거의 매일 출입하는 곳이다.

기사단을 그만둔 기사들은 한동안 출근할 곳을 잃었다는 허탈함에 시달린다고 한다. 짧게는 몇 년, 길게는 몇십 년을 매일 규칙적으로 생활하던 사람들이다.

갑자기 갈 곳도, 계획도 사라지면 허탈해질 수밖에 없다. 그런 이유에서 자작 클럽은 매우 좋은 대안이 되어 주었다. 가면 언제든지 익숙한 사람들이 있다. 클럽은 친구뿐 아니라 식사와 간단한 놀이도 제공해 주었다. 심지어 단기적인 숙박 시설이 되어 주기도 한다.

"그 비슷한 거."

모아나의 대답에 로렌과 세이레나의 시선이 부딪쳤다. 자작
클럽과 비슷한 게 뭐지? 어리둥절해 하는 두 사람 앞에서 모아나
가 빙그레 웃었다.

"짜잔."

이윽고 도착한 곳은 빈 건물이었다. 요란한 소리까지 내며 건
물을 가리키는 모아나의 태도에 세이레나와 로렌은 멍하니 서
있었다.

"짜잔?"

"짜잔."

"뭐가 짜잔인데?"

아이참. 친구들이 이해하지 못하자 모아나는 뾰로통한 표정
을 지으며 말했다.

"여기야. 새로운 클럽."

"새로운 클럽이라니, 잠깐."

그제야 세이레나와 로렌의 표정이 달라졌다. 두 사람은 모아
나가 전에 했던 말을 떠올렸다.

"여기사들 전용 클럽을 만든다고 했던 그거?"

"응. 그거."

모아나는 뿌듯한 표정으로 품에서 열쇠를 꺼냈다. 언젠가 본
열쇠다. 세이레나는 그게 모아나가 아버지에게 받았다며 자랑
한 열쇠라는 것을 알아차렸다.

"여기가 새로운 우리의 클럽이 될 거야."

허. 로렌은 모아나의 뒤를 따라 건물 안으로 들어가서 신음을 내뱉었다. 자작 클럽보다는 작다. 하지만 적당했다. 지하와 온실을 포함한 일 층. 그리고 이 층까지.

모아나는 건물을 돌며 세이레나와 로렌에게 안내했다.

"언제부터 여는 거야?"

세이레나의 질문에 모아나는 팔짱을 끼며 웃었다. 마음 같아서는 당장 열고 싶다. 하지만 아직 준비가 덜 되었다.

"조만간. 그리고 나 고백할 게 있어."

고백? 건물을 구경하던 세이레나와 로렌의 시선이 모아나를 향했다. 모아나는 조금 망설이다가 말했다.

"나, 곧 기사단을 그만둘 거야."

"뭐?"

"뭐?"

로렌과 세이레나의 입에서 동시에 말이 흘러나왔다. 모아나는 씩 웃으며 다시 말했다.

"곧 기사단을 그만둔다고."

"어, 어째서?"

"알잖아. 내가 기사단에 들어간 건 아버지 때문인 거."

모아나의 말에 세이레나의 얼굴이 어두워졌다. 모아나는 아버지 때문에 기사단에 들어갔다. 귀족의 반열에 오르고 싶었던 쿨린 씨는 어린 딸에게 검술을 가르쳐 기사단에 입단시켰다.

그 직후 자작 클럽을 세운 공로로 자작이 됐지만 어차피 자작은 단승 작위. 자식에게는 물려줄 수 없다.

"사실 이 년만 있다가 그만두려고 했거든."

모아나는 그렇게 말하며 세이레나를 처다봤다. 모든 귀족 자식들이 그렇듯 부모님의 극성으로 배운 검이었다. 그걸로 기사단에 들어왔고 페이지 기간 후 기사가 되었다. 처음엔 딱 이 년만 있을 생각이었다. 이 년만 있어도 충분하니까. 하지만 세이레나를 만났다.

"별로 하고 싶은 일도 없고. 세이레나랑 노는 것도 좋아서 남아 있었는데 지금은 하고 싶은 일이 생겼으니까."

모아나의 말에 세이레나는 깜짝 놀란 표정을 지었다. 그녀가 기사단에 남아 있던 이유가 자신 때문인 줄은 몰랐다.

"하고 싶은 일?"

로렌이 끼어들었다. 모아나가 기사단을 그만둔다는 건 섭섭하지만 기사단을 그만두면서까지 하고 싶다는 일이 뭔지 궁금했다.

"이거. 여기사들 전용 클럽 말이야."

아버지처럼 사업을 하겠다는 말이다. 세이레나는 망설이다가 말했다.

"하지만 모아나. 굳이 기사단을 그만둬야 하는 거야?"

기사단에서 모아나를 만나지 못하는 건 서운하다. 그런 표정에 모아나는 빙그레 웃었다. 고개를 돌려보니 로렌도 똑같은 표정을 짓고 있었다.

"난 너희처럼 검에는 재능이 없잖아."

비싼 교사가 붙어서 어찌어찌 기사단에 들어오긴 했지만 그녀는 자신의 능력을 잘 알고 있었다. 그녀의 실력으로는 십이 분단이 최고일 것이다.

당연히 소드 마스터 같은 건 꿈도 꾸지 않았다.

세이레나와 노는 게 좋아서 기사단에 남아 있었다는 건 솔직한 고백이었다. 그녀도 과거의 세이레나와 똑같았다. 부유한 집안의 하고 싶은 건 없고 노는 게 좋은 아가씨.

그래서 아버지가 시키는 대로 기사단에 들어왔다. 그것도 나쁘진 않았다. 딱히 하고 싶은 건 없었고 집은 부유했다. 세이레나와 놀다가 어딘가 적당한 귀족 남자와 결혼하지 않을까 하고 생각했었다.

모아나는 세이레나를 향해 고개를 돌리며 물었다.

"기억나? 작년 말에, 네가 그랬잖아. 슈발리에가 될 거라고."

내가? 세이레나는 눈을 동그랗게 떴다. 그런 다짐을 하긴 했다. 하지만 그걸 모아나에게 말했었나?

세이레나의 반응에 모아나는 씩 웃었다. 헌터 백작 부부가 사망한 지 얼마 안 돼서 기사단에 찾아온 세이레나가 그랬다.

기사가 될 거라고. 정확하게는 슈발리에였지만.

그날 이후로 세이레나는 다른 사람이 된 것처럼 훈련에 매진했다. 늘 같이 어울리던 모아나가 깜짝 놀랄 정도로 세이레나는 맹훈련을 했다. 그리고 진짜로 슈발리에가 되었다.

"아직 슈발리에가 된 건 아니야."

세이레나는 얼굴을 붉히며 말했다. 아직 왕궁에서는 정식으로 그녀에게 슈발리에 칭호를 내리지 않았다. 왕의 장례식이 시작됐으니 곧 추모식이 열릴 거다.

왕의 추모식은 지방에 있는 사람들도 찾아올 수 있도록 길면 두 달까지 이어진다. 세이레나가 슈발리에의 칭호를 받는 것도 최소한 두 달은 지나야 한다는 말이다.

"아직 칭호만 받지 않은 거지."

모아나는 그렇게 말하며 로렌을 쳐다봤다. 로렌 역시 동의한다는 듯 고개를 끄덕였다.

세이레나는 소드 마스터가 되었다. 그녀가 다짐했던 대로.

"그래서 나도 뭔가 하고 싶은 게 있을까 하고 생각했거든."

모아나는 기사가 되고 싶었던 게 아니었다. 집에서 시키니까 기사단에 들어왔고 어영부영 시간을 보냈을 뿐이다.

함께 어영부영 시간을 보내는 친구가 있었기 때문에 지금까지 적당히 아버지의 일을 도우면서 살아왔다. 그 친구가 갑자기 다른 사람이 된 것처럼 목표를 향해 달리기 시작한 것이 작년 말.

"그게 이거야?"

조심스러운 로렌의 질문에 모아나는 씩 웃으며 말했다.

"지금 당장은."

당장 기사단을 그만둘 생각은 없다. 모아나는 한동안은 클럽을 만들면서 기사단을 다닐 생각이었다. 여기사 클럽이 성공하려면 현 기사들의 출입이 필요하다.

현 기사들에게 홍보하고 이곳으로 데려오기 위해서라도 모아나는 계속 기사단을 다닐 생각이었다.

"언제 그만둘 건데?"

세이레나는 불안한 표정으로 조심스럽게 물었다. 모아나가 기사단을 그만둔다는 게 충격적이었다.

그녀가 기사들과 많이 어울리게 되긴 했지만 마음을 터놓고 지낼 정도로 가까운 친구는 로렌과 모아나, 둘뿐이다.

"글쎄. 빠르면 올해 안에?"

"그렇게 빨리?"

이번에는 로렌도 놀랐다. 놀란 두 친구의 표정에 모아나는 어깨를 으쓱해 보이며 말했다.

"물론 클럽이 완성된다면 말이야."

클럽이 완성되면 그 일에 열중해야 하니 기사단을 다니기 어렵다. 지금처럼 오전 오후로 일을 하면서 클럽 일을 볼 수가 없기 때문이다.

모아나는 세이레나와 로렌의 팔을 각각 끌어안고 건물 밖으로 나가며 말했다.

"난 너희처럼 기사단에 오래 있을 수가 없잖아. 소드 마스터가 될 가능성도 없고, 생각도 없고. 하지만 여기사 클럽이 성공하면 언제든지 여기에 오면 만날 수 있지."

그건 그렇다. 세이레나는 고개를 끄덕였다. 그렇지 않아도 모아나와 분단이 달라진 뒤로 그녀와 만나기 힘들어졌다.

같은 십이 분단일 때는 하고 싶은 이야기가 있으면 출근해서 하면 됐다. 별달리 만나자는 약속이 없어도 언제든지 기사단에서 만날 수 있었다.

하지만 고작 분단이 달라졌다는 이유만으로 이제는 모아나를 만나려면 약속을 해야 한다. 그게 좀 서글프던 차였다.

"성공할 거야."

로렌의 자신만만한 말에 모아나와 세이레나의 웃음이 터져 나왔다. 하지만 로렌은 개의치 않고 계속해서 말했다.

"느낌이 팍! 하고 온다니까? 성공할 거야."

모아나는 킬킬거리며 고개를 끄덕였다. 옛날부터 이런 게 하나쯤 있으면 좋을 거라고 생각했었다.

"솔직히 말하면, 이거 내 욕심 채우려고 만드는 거야."

곧 클럽으로 단장될 건물을 나서며 모아나가 목소리를 낮춰 말했다. 욕심? 세이레나와 로렌은 모아나가 문을 잠그는 것을 지켜보다가 물었다.

"무슨 욕심?"

"난 어머니가 돌아가셨잖아."

모아나가 열 살 때 돌아가셨다. 어떤 표정을 지어야 할지 몰라 하는 로렌과 세이레나 앞에서 모아나는 손을 저으며 말을 이었다.

"그런 심각한 표정 할 필요 없어. 어쨌든 난 엄마가 없으니까 엄마한테 들어야 할 것들을 다른 누군가한테 들어야 하거든."

"엄마한테 들어야 할 게 뭔데?"

로렌의 질문에 모아나의 표정이 짓궂어졌다. 그녀는 주변을 둘러보고 두 사람에게 가까이 다가오라고 손짓한 다음 말했다.

"첫날밤 같은 거."

"모아나!"

깜짝 놀라서 소리 지르는 세이레나와 달리 로렌은 고개를 끄덕이고 있었다. 그녀는 모아나와 세이레나를 향해 심각한 표정으로 말했다.

"그래. 그거 중요하지."

"로렌!"

너마저! 어이없다는 세이레나의 표정에 로렌과 모아나는 킬킬대고 웃었다.

"아니면 세이, 네가 알려 줘도 돼."

로렌의 농담에 세이레나의 얼굴이 새빨개졌다가 다시 새하얗게 변했다.

"나, 난 그런 거 못 해."

세이레나에게는 너무 과한 농담이었던 모양이다. 로렌과 모아나의 시선이 부딪쳤다. 두 사람은 세이레나를 데리고 거리를 걸으며 말했다.

"하긴, 생각해 보니까 우리보다 세이레나한테 더 빨리 필요하긴 할 거야."

"그렇지. 우리 중에서 가장 먼저 결혼할 테니까."

아직 약혼자가 없는 두 사람과 달리 세이레나는 애쉬라는 약혼자가 있다. 모아나와 로렌은 애쉬와 세이레나가 결혼하지 않는 이유가 세이레나의 스물한 살까지 기다리기 위해서라는 것을 알고 있었다.

세이레나의 스물한 살 생일까지 이제 반년. 반년이 지나면 세이레나와 애쉬는 결혼할 것이다.

"내년 되자마자 결혼하는 거 아닌가 몰라."

로렌의 농담 섞인 말에 세이레나의 얼굴이 다시 달아올랐다. 하지만 그녀는 고개를 저으며 말했다.

"아니야. 아직 결혼 이야기는 전혀 하고 있지 않은걸."

"그래? 지금쯤 계획을 세우고 있을 줄 알았는데."

그럴 시간이 없었다. 세이레나는 고개를 저었다. 서로 상대방과의 결혼을 원한다는 것을 확인한 게 지난 바이트 백작의 파티에서였다. 그 후, 게일이 그녀를 습격하다 반격을 당했고 죽었다. 결혼에 대해 이야기할 기회가 없었다.

"그럼 이렇게 하자."

모아나가 손뼉을 짝하고 치며 말했다. 뭘? 로렌과 세이레나가 고개를 돌리자 모아나의 얼굴에 짓궂은 미소가 떠올랐다.

"그걸 여기사 클럽의 첫 번째 모임 주제로 하는 거야."

"그걸?"

"그게 뭔데?"

"첫날밤 말이야."

그 순간 로렌의 "괜찮은데?"라는 말과 세이레나의 "모아나!"라는 소리가 겹쳤다. 모아나는 낄낄대고 웃으며 말을 이었다.

"나나 세이레나나 그걸 누군가에게 들어야 하잖아. 기사단에도 우리 같은 사람이 있지 않겠어? 걔네들 모아 놓고 결혼한 여기사한테 이야기 좀 해 달라고 초빙을 하는 거지."

"어, 진짜 괜찮은데? 그거 정말 좋은 생각 같아."

"그렇지?"

첫날밤은 어머니가 딸에게 이야기해 주기 마련이다. 때로는 이미 결혼한 친구나 여자 형제가 해 주기도 한다. 하지만 어머니도, 여자 형제도, 결혼한 친구도 없는 세이레나와 모아나에게는 그런 걸 알려 줄 사람이 없었다.

"뭐, 굳이 첫날밤 이야기가 아니더라도. 결혼할 때 뭘 준비해야 하는지. 뭐, 이런 걸 듣는 것도 괜찮지."

로렌의 말에 모아나가 뿌듯한 표정으로 고개를 끄덕였다. 귀족의 결혼은 서로 다른 가문끼리의 결합이다. 최대한 많은 정보를 가지고 있는 게 좋다.

하지만 세이레나는 다른 생각 중이었다. 그녀는 최근 부부 관계에 대해 그녀가 잘못 알고 있을지도 모른다는 생각을 하고 있었다.

게일과 왕은 그녀를 속였다. 왕은 예리한 칼로 그녀의 몸을 찌르거나 그었고 그 피를 보며 즐거워했다. 그게 부부 관계라고 말했다.

하지만 최근 그녀는 어쩌면 그게 거짓말일지도 모른다는 생각을 하고 있었다. 왕이 그녀를 속인 게 아닐까. 게일이 부와 명예를 얻기 위해 그녀를 속인 게 아닐까.

그렇다면 알아두는 게 좋을 것이다. 그것이 아니라면, 아무것도 모른 채 애쉬와 첫날밤에 검으로 자신을 찌르라고 하고 싶지는 않았다.

"좋아."

세이레나는 웃으며 농담하는 모아나와 로렌 사이에 끼어들며 말했다.

"응? 뭐가 좋아?"

로렌의 질문에 세이레나는 심각한 표정으로 말했다.

"첫날밤 교육 말이야. 나, 필요해. 그거 받고 싶어."

29

왕위 계승자

국왕의 장례식이 끝이 나고 곧바로 추모식이 이어졌다. 추모식을 위해 두 개의 공간이 준비된다.

귀족들을 위한 왕궁 안의 장소와 평민을 위한 왕궁 바로 앞의 공원. 두 곳 다 추모식이 두 달가량 이어진다.

왕궁 안의 장소는 건물 안이라 괜찮았지만 공원은 비를 피하기 위해 천막이 설치되었다. 그리고 밤을 밝히기 위해 램프와 화로가 준비되었다.

당연히 공원에서 불상사가 일어나는 것을 막기 위해 라고말리 기사단이 투입되었다. 오 분단이 일주일간 공원에서 경비를 서야 하는 것을 본 세이레나는 자신이 일 분단이라 다행이라고 생각했다.

"무슨 생각을 그렇게 해?"

나란히 걷던 애쉬가 세이레나의 얼굴을 보고 물었다. 그녀는 바로 오늘, 일 분단이 되었다.

슈발리에 칭호가 내려온 것은 아니지만 자격은 충분하다. 그 덕에 봉급도 조정되었다. 원래 그녀가 받던 봉급의 몇 배나 되는 금액에 세이레나는 두 번째 좋은 일이라고 한숨을 쉬던 차였다.

"일 분단의 장점이요."

솔직한 세이레나의 대답에 애쉬는 빙그레 웃었다. 일 분단은 경비를 서지 않는다. 전투가 벌어지면 언제든지 지원을 나가야 하기 때문이다. 그만큼 근무가 탄력적이지만 반대로 말하면 상시 대기 상태라는 말이다.

"별로 좋은 점은 없을 것 같은데."

애쉬의 말에 세이레나도 씩 웃었다. 그렇지 않아도 방금 퇴근해도 부르면 달려와야 한다는 말을 들은 참이다.

십이 분단이나 오 분단일 때는 근무 시간이 아닐 때의 전투는 거의 투입되지 않았다. 퇴근하고도 투입되는 전투라면 어마어마하게 격렬하다는 뜻이니 투입됐다는 것에 불평을 가질 수도 없다.

하지만 일 분단은 제일 먼저 투입된 분단이 확실하게 처리할 수 있다는 판단이 없으면 무조건 투입된다.

"당신과 함께 있을 수 있는 것도 장점이잖아요."

세이레나의 말에 애쉬의 눈이 커졌다가 곧 원래대로 돌아왔다. 그녀가 그런 말을 할 줄은 몰랐다.

애쉬는 저도 모르게 미소를 지었다가 억지로 참으며 물었다.

"나랑 함께 있는 게 장점이란 말이지?"

세이레나의 시선이 애쉬를 향했다. 그녀는 어리둥절한 표정으로 물었다.

"당신은 아니에요?"

"아니. 장점이지."

당연히 장점이다. 하지만 세이레나도 그렇게 생각할 줄은 몰랐다. 애쉬는 입꼬리가 자꾸만 위로 당겨지는 것 같아서 손을 들어 입을 가렸다.

그때 세이레나가 재빨리 말했다.

"아, 그렇다고 업무를 게을리할 거라는 말이 아니에요. 내 말은 그냥 당신과 같은 분단에 있는 게 좋다는 뜻이었어요."

맙소사. 애쉬는 세이레나의 말에 웃음을 터트렸다. 그가 그런 걸 걱정하는 것처럼 보였나 보다. 애쉬는 슬쩍 주변을 살피고 세이레나의 허리를 끌어안았다.

"난 널 못 믿는 게 아니야."

그럼? 세이레나의 눈이 의문을 품었다. 애쉬는 고개를 숙이며 말했다.

"날 못 믿는 거지."

그게 무슨 소리냐는 세이레나의 물음은 입 밖으로 나오지 못하고 갇혔다.

애쉬는 천천히 세이레나의 입술에 자신의 흔적을 남겼다. 그녀의 허리를 잡고 있던 그의 손이 세이레나의 가는 목과 뺨을 감쌌다.

애쉬가 고개를 들었을 때 세이레나는 놀란 표정을 짓고 있었다. 이런. 그는 쓰게 웃으며 사과했다.

"내가 못 참아서 그러는 거야. 앞으론 안 그러도록 할 테니까……."

"애쉬."

세이레나는 애쉬의 말을 자르며 끼어들었다. 그녀는 손을 뻗어 그의 뺨을 감싸며 물었다.

"이거 근무 태만이죠?"

묻는 것과 태도가 정반대라 애쉬는 어리둥절한 표정을 지었다. 그녀의 말대로 근무 태만이다. 하지만 약혼한 사이에 키스 좀 했다고 근무 태만으로 처벌받지는 않는다. 애쉬는 떨떠름하게 말했다.

"굳이 따지면 그렇지."

"그렇군요."

세이레나가 빙그레 웃으며 팔을 그의 목에 둘렀다. 그녀는 까치발을 하며 속삭였다.

"나 근무 태만은 처음이에요."

근무 중에 약혼자와 키스라니. 세이레나로서는 처음인 경험이다. 어쩐지 심장이 두근두근해졌다.

그녀는 그게 여기가 기사단이고 근무 중이라는 것 때문인지 아니면 애쉬와 함께 있으면 늘 심장이 뛰는 것 때문인지 궁금해졌지만 넘어가기로 했다.

"사실 나도 그래."

애쉬는 빙그레 웃으며 고개를 숙였다. 그는 한 손으로 세이레나의 허리를 끌어안고 들어 올렸다.

다시 입술이 부딪쳤다. 세이레나는 애쉬에게 바짝 매달려서 그의 입술을 빨았다. 커다란 몸이 기분 좋은 체온을 품고 있어서 순식간에 주변이 훈훈해졌다.

애쉬의 몸은 세이레나가 매달려도 끄떡하지 않는 강인하고 단단함이 있었다. 그녀는 애쉬의 머리카락을 움켜쥐고 키스하다가 고개를 들었다.

세이레나가 움켜쥔 탓에 애쉬의 머리카락이 헝클어져 있었다. 그게 평소의 단정하고 금욕적인 남자가 아닌 매혹적이고 위험한 남자처럼 보이게 했다.

"나 징계받을까요?"

세이레나의 질문에 애쉬는 웃음을 터트렸다. 그는 쿡쿡거리며 물었다.

"근무 태만으로?"

"그것도 있지만 상사와 근무 중에 키스했잖아요. 풍기 문란 이런 거 있지 않을까요?"

"맙소사."

애쉬는 세이레나의 입술에 한 번 더 키스하고 그녀를 조심스럽게 내려놓았다. 그럴 생각도 없지만 그러려면 먼저 그가 징계를 받아야 한다. 애쉬는 세이레나의 입술을 엄지로 슬쩍 문지르며 말했다.

"부하 직원을 끌어안고 키스한 내가 먼저 징계를 받아야 할 거 같은데."

그의 말에 세이레나도 웃음을 터트렸다. 그녀는 애쉬와 나란히 걸으며 말했다.

"당신이 먼저 징계받고 그다음에 내가 받으면 되겠네요."

"둘이 나란히 징계받으면 안 되고?"

"나란히 받으면 사람들이 뭐라고 생각하겠어요?"

"근무 중에 풍기 문란을 저질렀다고 생각하겠지."

맙소사. 세이레나는 다시 웃음을 터트렸다. 그녀는 애쉬의 손을 잡으며 말했다.

"다시는 안 하도록 노력할게요."

"정말로?"

애쉬는 그렇게 물으며 자신의 손을 잡은 세이레나의 손을 내려다봤다. 세이레나는 웃음을 참으며 말했다.

"풍기 문란으로 징계받으면 안 되잖아요."

애쉬는 한쪽 눈썹을 들어 올렸다. 이대로 손을 잡아당겨서 끌어안고 싶다.

"둘이 나란히 징계를 받는 것도 장점이 있어."

"뭔데요?"

"다른 방해 없이 둘이 있을 수 있잖아."

애쉬의 말에 세이레나의 얼굴이 달아올랐다. 그녀도 애쉬와 둘이 있는 게 좋았다. 같이 근무를 하는 것도 좋지만 식사를 하거나 춤을 추는 것도 좋았다.

세이레나는 애쉬의 손을 놓으며 말했다.

"난 당신 저택의 정원이 참 좋더라고요."

이맘때면 꽃이 피어서 아주 아름다울 것이다.

애쉬와 둘이 정원을 산책하고 싶다는 완곡한 표현에 애쉬는 빙그레 웃었다.

"조만간 집사에게 준비하라고 하지."

세이레나의 얼굴에 미소가 떠올랐다. 애쉬는 기사단을 돌며 세이레나에게 일 분단으로서의 임무나 자세를 설명해 주다가 단장실로 돌아왔다.

"단장님."

돌아오는 두 사람을 보고 미카엘이 긴장한 표정으로 벌떡 일어났다. 열어 놓고 나간 단장실의 문이 닫혀 있다는 것을 깨달은 애쉬가 물었다.

"누가 오셨지?"

약속하지 않은 손님이 왔다는 뜻이다. 애쉬의 질문에 미카엘이 세이레나의 눈치를 살피며 말했다.

"그게……."

세이레나에게 알려지면 곤란한 사람인 모양이다. 세이레나는 슬쩍 물러나며 말했다.

"전 로렌한테 가 볼게요."

"그래."

애쉬는 아쉽다는 표정으로 세이레나를 쳐다보고 돌아섰다. 미카엘은 곤란한 표정으로 기다렸다가 세이레나가 떠나자 입을 열었다.

"왕자님께서 오셨습니다."

"왕자님?"

애쉬의 한쪽 눈썹이 올라갔다. 왕자들이 여기에 온 적은 한 번도 없다. 그는 닫힌 문을 쳐다보다가 물었다.

"누가 오신 거지?"

왕자는 둘이 있다. 첫 번째 왕비의 태생이자 왕위 계승 1위인 일 왕자와, 최근 절벽에서 몸을 던져 죽은 두 번째 왕비의 태생인 이 왕자.

애쉬는 이 왕자일 거라고 생각했다. 왕비가 절벽에서 몸을 던질 때 라고말리 기사단이 함께 있었다. 하지만 이 왕자는 왕비의 장례식과 추모식이 끝날 때까지 그를 만나러 오거나 부른 적이 없다.

좀 늦었지만 이제라도 애쉬와 어머니의 죽음에 대해 이야기하고 싶은 건지도 모른다.

하지만 미카엘의 입에서 나온 이름은 전혀 다른 사람이었다.

"일 왕자님이신 데이비드 타인머스 전하이십니다."

예상하지 못한 이름에 애쉬의 얼굴에 놀라움이 스쳤다. 그는 재빨리 표정을 정리하고 단장실 문을 열었다.

"전하."

데이비드는 애쉬의 책상 맞은편에 앉아 있었다. 그는 문을 열고 들어오는 애쉬를 보고 자리에서 일어나며 말했다.

"갑자기 찾아와서 미안하군."

"아닙니다. 미리 말씀하셨으면 기다리고 있었을 텐데 오래 기다리시게 해서 죄송합니다."

"아닐세."

애쉬는 자신의 자리를 데이비드에게 양보하고 자신이 손님용 의자에 앉았다. 그런 대접이 익숙한 데이비드는 애쉬의 자리에 앉아 단장실을 한번 둘러봤다.

왕의 조카이자 공작인 기사단장의 단장실이라고 하기엔 검소하다고 할 수 있을 것이다.

흔한 장식품 하나 없었다. 장식된 거라곤 검과 방패뿐. 그것도 어딘가 부서지거나 손때가 묻은, 사용감이 있는 것들이었다.

그레이윈드 공작이 사용했던 것들인가 보군. 데이비드는 그렇게 생각하며 애쉬를 향해 고개를 돌렸다.

기가 막히게 잘생긴 얼굴이 데이비드를 응시하고 있었다. 애쉬는 일 왕자가 자신에게 무슨 말을 할지 몰라 긴장하고 있었지만 그걸 티 내지는 않았다.

"폐하께서 승하하신 이유가 뭔지 혹시 들었나?"

"혹자는 독살이라고 하더군요."

맞다. 데이비드는 고개를 끄덕였다. 그때 미카엘이 차를 가지고 들어왔다. 행정 기사는 슬쩍 애쉬와 데이비드의 눈치를 살피고 찻잔을 내려놓은 뒤 재빨리 단장실을 빠져나갔다.

"공작. 공작은 누가 폐하를 독살했다고 생각하나?"

미카엘이 나가고 한참이 지난 다음에야 데이비드는 무거운 어조로 물었다.

누가 왕을 독살했다고 생각하냐고? 애쉬는 어리둥절했지만 이번에도 티 내지 않았다. 그는 왕이 자살했다고 생각하고 싶을 정도라던 근위대장의 말을 떠올렸다. 하지만 곧 그럴 리 없다고 생각했다. 왕은 자살을 선택할 사람이 아니다. 그리고 그건 왕자들이 더 잘 알고 있을 것이다. 그들의 아버지였으니까.

"그건 근위대장이 알아내야 할 문제 아닙니까?"

"그건 그렇지."

데이비드는 쓰게 웃었다. 원칙적으로는 그렇다. 왕에게 사건이 일어나거나 암살 시도가 일어나면 근위대장이 범인을 색출해야 한다. 그리고 지금처럼 왕이 죽었을 때도 근위대장은 필사적으로 범인을 잡으려 한다. 그래야 왕을 지키지 못했던 잘못에서 참작 받을 수 있기 때문이다.

무슨 말을 하려고 이러는 걸까. 애쉬는 데이비드의 얼굴을 물끄러미 쳐다보고 있었다.

금발 머리를 가진 나름 준수한 얼굴이 거기 있었다. 죽은 왕은 젊었을 때 꽤 잘생겼었다고 들었다. 하지만 일 왕자인 데이비드는 왕을 닮지 않았다.

그렇기 때문에 아주 잠깐 왕자의 아버지가 왕이 아닐 수도 있다는 말이 돌았다. 물론 그런 소문을 낸 자를 잡아 엄중히 문책한 덕에 그 소문은 금세 들어갔다.

"자네는 나를 어떻게 생각하나?"

느닷없는 질문에 애쉬는 잠시 멈칫했다. 데이비드를 어떻게 생각하냐고? 솔직히 말하면 별로 좋게 생각하지는 않는다.

데이비드와 브리츠는 왕자로 태어나 왕자로 자란 사람답게 이기적이었고 거만했다.

무례하지는 않았다. 그들은 왕족으로서 긍지와 자만심을 가지고 있었기 때문이다.

"곧 왕이 되실 분이라 생각합니다."

두 왕자를 좋아하지 않았지만 애쉬는 이번에도 티 내지 않았다. 데이비드는 그의 대답에 약간 만족한 표정을 짓더니 씁쓸한 표정으로 물었다.

"내가 아버지를 죽였다고 생각하나?"

애쉬는 다시 입을 다물었다. 일 왕자가 왕을 죽인 건지도 모른다. 하지만 반대로 이 왕자가 왕을 죽였을 수도 있다. 그런 이유에서 애쉬는 어느 쪽도 신뢰하지 않았다.

"그건 제 생각과 상관없는 문제라고 생각합니다."

"그 말은 내가 패륜을 저질렀다 해도 왕으로 인정하겠다는 말인가?"

그건 아니다. 하지만 애쉬는 바로 대답하지 않았다. 그는 데이비드가 왕을 죽였다면 왕이 되어서는 안 된다고 생각했다.

하지만 곧 왕이 될 남자 앞에서 너는 왕이 될 자격이 없다고 말할 정도로 멍청하지는 않았다.

"전하께서 왕이 되시는 데 제 인정이 필요하십니까?"

애쉬의 대답에 데이비드의 표정이 멍해졌다. 그는 잠시 자신보다 몇 살 어린 공작을 쳐다봤다.

다른 때라면 데이비드는 애쉬의 인정은 필요하지 않았을 것이다. 물론 애쉬와 친하게 지내면 좋겠지. 그는 자신의 사촌이고 최연소 소드 마스터이며 라고말리 기사단의 단장이니까.

하지만 지금처럼 찾아와서 애쉬의 인정을 바라지는 않았을 것이다.

"우스운 상황이군."

데이비드는 찻잔을 들어 올리며 중얼거렸다. 어쩌다 이렇게 됐을까. 그는 자신이 애쉬에게 인정을 구걸해야 한다는 게 자존심 상했다. 하지만 그가 왕이 되기 위해서 반드시 필요한 게 그레이윈드 공작의 인정이었다.

"친애하는 내 동생이 왕위를 노리고 있는 것 같다네."

애쉬는 데이비드의 말에 아무 반응도 보이지 않았다. 이 왕자인 브리츠가 왕위를 노리는 게 아닐까 하는 생각을 그는 이미 올해 초부터 해 왔었다.

데이비드는 애쉬가 아무 반응도 보이지 않자 쓰게 웃으며 물었다.

"동생이 먼저 찾아왔나 보군?"

"아닙니다."

브리츠는 애쉬를 찾아오지 않았다. 애쉬는 데이비드가 왜 그렇게 생각하는지 알아차리고 말을 이었다.

"폐하께서 독살당하셨다는 소식을 들었을 때 어쩌면 그럴지도 모른다고 생각했을 뿐입니다."

"공작은 범인을 내 동생이라고 생각하는 모양이군."

"아닙니다."

애쉬는 재빨리 부인했다. 비공식적인 회담이지만 이런 자리에서 그의 생각을 명확하게 나타내는 것은 위험하다. 그는 침착하게 말했다.

"여러 가지 가설을 생각해 봤을 뿐입니다."

애쉬의 대답에 데이비드는 못마땅한 표정을 지었다. 전혀 틈을 내주지 않는다. 그는 슬슬 애쉬가 그의 편이 될지 아니면 적이 될지 궁금했다.

그가 만난 사람들은 세 부류였다. 자신의 편이 되거나 적이 되거나 아니면 기회를 봐서 유리한 쪽에 붙으려 했다.

하지만 애쉬는 어느 쪽도 아니었다. 그의 편도, 이 왕자 브리츠의 편도 들지 않으면서 그렇다고 기회를 보는 것도 아닌 것처럼 보였다.

"단도직입적으로 말하지."

결국 먼저 백기를 든 건 데이비드였다. 그는 미동도 없이 앉아 있는 애쉬를 향해 몸을 내밀며 말했다.

"브리츠가 왕위를 노리고 있다네. 그 증거로 아버지를 죽인 게 나라고 주장하고 있지."

애쉬의 한쪽 눈썹이 올라갔다. 일 왕자와 이 왕자가 서로를 비난하고 있다는 소식은 들었다. 하지만 이 왕자가 왕을 독살한 게 일 왕자라고 주장한다는 것은 처음 들었다.

"증거라도 있습니까?"

왕위 계승 1위인 형을 아버지를 죽인 패륜아로 몰아가는 것은 용기 이상의 것이 필요하다. 애쉬는 순수한 호기심에 물었다.

하지만 그 질문은 데이비드가 왕을 죽였는지를 묻는 것과 다름이 없다. 데이비드는 못마땅한 표정으로 말했다.

"난 아버지를 죽이지 않았네. 솔직히 말하면 나는 브리츠가 아버지를 독살하고 내게 뒤집어씌우려 하는 게 아닐까 하고 생각하고 있다네."

"그렇군요."

애쉬는 부정도 긍정도 하지 않았다. 그의 태도에 데이비드는 한숨을 내쉬며 말했다.

"내가 여기 온 건 공작이 나를 도와줬으면 해서라네."

그럴 거라 예상했다. 이번에도 애쉬는 아무 말도 하지 않았다.

뭐 이런 남자가 다 있지? 데이비드는 애쉬의 반응에 가볍게 당황했다. 그는 어릴 때 애쉬를 만난 이후로 답답한 녀석이라고 생각해 왔다. 융통성도 없고 꽉 막힌 녀석이라고. 하지만 이렇게 안 잡히는 녀석일 줄은 몰랐다.

데이비드 타인머스는 일 왕자고 당연한 왕위 계승자다. 그는 자신이 찾아오면 애쉬가 재빨리 그의 사람이 되겠다고 할 줄 알았다. 하지만 결과는 그가 먼저 무릎을 꿇었다.

데이비드는 모멸감에 입술을 깨물었다. 자신이 먼저 도와 달라고 말을 해야 한다는 게 자존심이 상했다.

이윽고 애쉬가 입을 열었다.

"전하. 전하께서는 왕이 되실 텐데 제 도움까지 필요하십니까?"

애쉬는 그레이윈드 공작으로서도 라고말리 기사단의 단장으로서도 왕위와 관계없이 살기 위해 노력해 왔다. 특히나 기사단 단장이 왕자 한 명을 지지하게 되면 기사단에도 영향을 끼친다.

그가 공작인 자신의 운신만 생각한다면 일 왕자를 지지하는 것이 편할 것이다. 하지만 기사단의 기사들을 생각하면 어느 쪽도 지지하지 않아야 한다.

"내가 왕이 된다면 자네에게도 나쁜 이야기는 아니지 않나."

왕자의 말에도 애쉬의 표정은 풀어지지 않았다. 그는 무표정한 얼굴로 덤덤하게 말했다.

"전하께서 왕이 되시면 저는 공작으로서 지지를 보낼 것입니다."

"아직 왕이 아닌 나는 지지할 수 없다는 말인가?"

그렇게까지 말하면 할 수 없다. 애쉬는 속으로 한숨을 내쉬었다. 지금 데이비드는 자기를 지지하라고 떼를 쓰는 거나 다름이 없다.

"전하께서 필요하신 건 공작인 저뿐 아니라 기사단 단장인 저도겠지요. 그렇다면 잠시 생각할 시간을 주시겠습니까?"

라고말리 기사단은 왕을 섬기지 않는다. 왕자 역시 마찬가지다. 데이비드는 애쉬의 입장을 이해했다. 그렇다고 해서 불쾌하지 않은 것은 아니다. 그는 자리에서 일어나며 말했다.

"알겠네."

"이해해 주셔서 감사합니다."

애쉬 역시 자리에서 일어나 인사했다. 그는 일 왕자가 방을 나갈 때까지 가만히 서 있었다.

일 왕자가 나가고 열린 문을 통해 미카엘이 걱정스러운 표정으로 안쪽을 들여다보고 있었다.

그날 저녁, 같은 일이 반복됐다. 이번에는 기사단이 아니라 그레이윈드 공작 저택이었고 일 왕자가 아니라 이 왕자라는 점이 달랐다.

"이 왕자가 찾아왔었다고요?"

이튿날, 애쉬에게 이야기를 들은 세이레나가 놀라서 물었다. 애쉬는 쓰게 웃으며 말했다.

"그전에 일 왕자가 찾아왔다는 걸 잊지 말라고."

왕자 둘이 애쉬를 찾아왔다. 세이레나의 표정이 굳었다.

"당신을 자기 쪽으로 데려가려는 거군요."

지금까지 애쉬가 어느 쪽도 지지하지 않았던 건 그가 기사단장이었기 때문이다. 자신의 임무에 충실한 이 융통성 없는 기사는, 기사단장은 정치적으로 중립이어야 한다고 생각했다.

물론 왕이 그를 못마땅해했기 때문에 최대한 멀리한 것도 그 이유기는 하다. 하지만 왕이 죽은 지금, 두 왕자가 애쉬를 자기 편으로 만들려 하는 건 당연했다.

"독살이 아니었다면 굳이 나를 영입할 필요도 없었겠지만."

애쉬의 말에 세이레나는 고개를 끄덕였다. 왕이 자연사했다면 왕위는 자동적으로 일 왕자에게로 넘겨진다. 하지만 왕은 독살당했고 두 왕자는 서로 독살을 저지른 범인이라고 비난하고 있다는 것이다.

"만약 일 왕자가 범인이면 어떻게 해요?"

"그럼 이 왕자가 왕이 되는 거지."

존속 살해를 저지른 자는 모든 자격이 박탈된다. 그건 평민과 귀족뿐 아니라 왕족에게도 해당된다.

그렇기 때문에 애쉬와 세이레나는 이상하다고 생각하는 것이다.

굳이 일 왕자가 존속 살해를 저질러 자격이 박탈당할 위험을 무릅쓰는 게 이상하다.

하지만 그렇다고 이 왕자가 일 왕자에게 죄를 뒤집어씌우기 위해 존속 살해를 저질렀다면 준비가 부족해서 이상한 것이다.

"당신은 누가 범인이라고 생각해요?"

"모르겠어."

애쉬는 솔직하게 말했다.

가능성을 따지자면 이 왕자 쪽이 더 왕을 죽였을 가능성이 크다. 위험을 무릅쓰고 얻을 것이 더 많기 때문이다.

"이 왕자가 일 왕자에게 뒤집어씌우려 독살했다고 하면 말이 맞지만 그러기엔 너무 어설프죠."

세이레나의 말에 애쉬는 고개를 끄덕였다. 그도 그녀의 말에 동의한다. 그럴 리 없지만 만약 그가 누군가에게 죄를 뒤집어씌울 거라면 상대를 가리키는 증거 한두 개쯤은 일부러 흘렸을 것이다.

하지만 왕의 독살에는 깔끔할 정도로 아무 증거가 없었다.

왕은 죽기 전에 의심스러운 것은 아무것도 먹지 않았다. 위험한 장소에도 가지 않았다. 그가 죽기 전에 간 곳은 자신의 침실과 왕비의 침실뿐이다. 심지어 두 곳 다 위험한 인물은 없었다고 근위대장이 증언했다.

"근위대장의 증언은 사실일 거야."

"그렇겠죠. 근위대장이 독살에 얽혀 있다면 의심스러운 인물이 있었다고 하는 편이 그에게 더 유리할 테니까요."

만약 근위대장이 일 왕자나 이 왕자의 편이 되어 왕을 독살하는 것을 도왔다면, 의심스러운 사람이 있었다고 말하는 게 사람들의 의혹을 한쪽으로 모으는 데 도움이 됐을 거라는 말이다.

"그래서, 당신은 어떻게 할 생각이에요?"

세이레나가 물었다. 일 왕자와 이 왕자 모두 애쉬에게 자신을 도와달라고 찾아왔다면 그는 선택을 해야 할 것이다.

사람을 보낸 것도 아니고 왕자들이 직접 찾아왔다. 이런 경우, 어느 쪽과도 싸우기 싫다는 이유로 둘 다 선택하지 않으면 둘 다에게 미움을 받는다.

"글쎄."

애쉬는 세이레나와 함께 천막 모퉁이를 돌았다. 경비를 서고 있던 유진이 두 사람의 등장에 인사를 건넸다.

"좋은 아침입니다."

"좋은 아침이네."

세이레나 역시 유진을 향해 가볍게 목례해 보였다. 타인머스 공원의 국왕 추모식장을 지키는 기사들이 천막 곳곳에 보였다.

그녀는 복잡한 표정으로 추모식을 위해 찾아온 사람들을 쳐다봤다. 이번 생에 그녀는 왕과 연관되지 않기 위해 애썼다. 검술 훈련에 매진했고 애쉬와 약혼했다. 그러니 이번에는 왕과 상관없는 인생을 살 거라 생각했다.

하지만 지난 생에서의 공포가 왕이 살아 있는 동안은 그녀를 놔주지 않을 것이라는 것도 알았다. 왕과 상관없는 인생을 살게 됐어도 세이레나는 여전히 그가 무서웠다.

그녀가 아무리 강해졌다고 해도 그 공포는 여전했다. 왕에 대한 공포는 힘과는 상관이 없는 공포였으니까.

우연히 왕을 만나게 되면 그가 늘 그녀를 찌르던 작고 날카로운 단검을 꺼내며 웃을 것 같았다.

하지만 그렇게 무섭던 왕이 죽어 버렸다. 기분이 묘했다. 홀가분하기보다는 얼떨떨했다.

"이상한 사람이 찾아오지는 않았나?"

애쉬의 질문에 유진이 물었다.

"이상한 사람이요?"

"위험한 짓을 할 것 같다거나 행패를 부린 사람 말이야."

그런 사람은 없다. 여긴 국왕의 추모식이 열리는 곳이다. 기사단이 지키는 곳에서 그런 짓을 저지를 멍청이가 있을 리 없다.

하지만 없다고 대답하려던 유진은 멈칫했다. 그것을 애쉬가 포착하고 물었다.

"뭐지?"

"이상한 사람은 아니고 추모객 중 한 명이 이야기한 겁니다."

무슨 소리야? 세이레나가 끼어들었다.

"추모객이 이상한 사람을 만났다는 거야?"

"이상한 사람이라고 해야 하나……. 어떤 남자가 공원 근처에서 누가 죽었는지 물어봤대."

누가 죽었냐고? 세이레나와 애쉬는 어리둥절한 표정을 지었다.

타인머스의 국왕이 죽었다. 그건 포워스 족에서도 알고 있을 것이다. 드럼란리그라면 아직 모를 것이다. 드럼란리그 왕은 마법 전보로 소식을 들었을 테지만 일반인들은 모르겠지.

애쉬는 덤덤하게 말했다.

"드럼란리그 사람이었나 보지?"

유진은 고개를 갸웃하며 말했다.

"그것까진 모르겠습니다. 추모객도 오다가 우연히 만난 사람이라 그냥 국왕 폐하의 추모식이라고만 알려 줬다고 합니다."

그렇군. 애쉬는 수고하라는 말과 함께 발걸음을 옮겼다. 그의 곁에서 세이레나가 물었다.

"스파이 같은 건 아니겠죠?"

"스파이라면 이미 그 정도 정보는 꿰고 있겠지."

그냥 정신없는 사람인 모양이다. 아니면 급하게 오느라 정보를 듣지 못했거나. 세이레나는 고개를 끄덕이며 애쉬의 뒤를 따랐다.

"그래서 어떻게 할 거냐고 물었지?"

공원을 벗어나며 애쉬가 물었다. 세이레나는 '응?' 하고 눈을 동그랗게 떴다가 그게 유진을 만나기 전에 하던 대화라는 것을 깨달았다.

"네. 당신은 어느 쪽을 택할 생각이에요?"

"네 생각은 어때?"

"내 생각이요?"

여기서 내 생각이 왜 중요해? 어리둥절해 하는 세이레나에게 애쉬가 말했다.

"나 혼자 선택할 일이 아니잖아. 너와 의논해야지."

"의, 의논이요?"

"나만의 일이 아니잖아."

애쉬는 걸음을 멈추고 세이레나에게로 몸을 돌렸다. 자동적으로 그와 나란히 걷고 있던 세이레나의 걸음도 멈췄다.

"무슨 일이 일어나도 우리가 같이 겪어야 할 일이잖아. 그럼 당연히 선택도 같이해야지."

세이레나의 표정이 멍해졌다. 생각도 못 했다. 애쉬가 같이 선택하자고 할 줄은.

애쉬는 세이레나의 표정에 재빨리 덧붙였다.

"아, 물론 너도 슈발리에고 에즈라가 스물한 살이 되기 전에는 백작이니까 너는 다른 입장으로 움직인다고 해도 이해해."

점점 더 놀라운 말에 세이레나의 입이 딱 벌어졌다. 그녀의 표정 변화에 애쉬의 표정이 어두워졌다.

"혹시 나와의 결혼을 무르고 싶은 건……."

"아니에요!"

세이레나는 그의 말에 당황해서 재빨리 말했다. 애쉬와의 결혼을 무르고 싶은 건 아니다. 절대로. 그녀는 애쉬와 결혼하고 싶었다. 두 사람을 닮은 아이를 갖지 못한다는 게 가장 안타까울 뿐이다.

세이레나는 서둘러 말했다.

"그게 아니라, 나한테 같이 선택하자고 할 줄은 몰랐어요."

어째서? 애쉬는 고개를 기울이며 세이레나의 허리를 잡았다.

"우리가 결혼한다면 네 미래가 내 미래가 되는 거잖아. 내 선택을 너도 같이 겪어야 하는 거고. 당연히 의논해야지."

그건 그렇다. 하지만 지금까지 그녀에게 어떤 문제를 놓고 의논하자고 한 사람은 없었다.

그녀의 시선이 공원을 향했다.

기분이 또다시 이상해졌다. 왕은 한 번도 그녀에게 뭔가를 같이 의논하자고 한 적이 없었다.

생각해 보면 왕과 그녀의 관계는 평범한 부부 관계가 아니었다. 죽은 헌터 백작 부부를 떠올리면 전혀 달랐다. 하지만 세이레나는 그게 왕과 왕비이기 때문에 그렇다고 생각했다. 왕과 왕비니까 부부라기보다는 주종 관계에 가까운 모양이라고.

"레나?"

세이레나가 멍하니 추모식을 쳐다보자 애쉬가 그녀를 불렀다.

대체 뭘 보는 거지? 그의 시선이 그녀의 시선을 따라갔지만 보이는 것은 공원뿐이었다. 늘 이렇게 어딘가 그가 모르는 것을 보고 모르는 것을 생각하는 것 같다.

애쉬는 그게 안타까웠다.

"네? 아, 네. 그래요. 같이 의논하자고요."

마치 먼 곳에 있는 것처럼 느껴졌던 세이레나가 그의 곁으로 돌아왔다. 애쉬는 한숨을 내쉬며 말했다.

"그래."

"어느 쪽이 범인인지는 아직 밝혀진 게 없고요?"

애쉬는 세이레나의 허리를 한 번 끌어안았다가 놓았다. 공원 밖으로 벗어나 있지만 아직 오가는 사람이 많다. 그는 그녀를 놓고 몸을 돌리며 말했다.

"둘 다 상대방이 폐하를 살해했다고 주장하고 있어. 솔직히 난 누가 폐하를 죽였는지 모르겠고."

세이레나가 애쉬를 따라 걸으며 물었다.

"아무 증거도 안 나왔대요?"

"음. 여기저기 이야기해 봤는데 평소와 다른 걸 먹거나 하지 않았다더군. 음식에서도 독이 검출되지 않았고."

"드럼란리그의 소행은 아니겠죠."

타국에서 타인머스를 침략하기 위해 왕을 죽이려 할 수는 있다. 하지만 그런 기미는 없다. 애쉬는 고개를 저었다.

"두 왕자가 왕을 죽였다기엔 둘 다 너무 무모하죠."

"그렇지."

"만약 당신이 선택했는데 그 왕자가 왕을 죽인 게 밝혀지면……."

끔찍한 상상에 세이레나의 표정이 일그러졌다.

애쉬는 기사단의 단장이다. 단장이 아버지를 죽인 패륜범을 왕으로 지지하면 기사단이 웃음거리가 될 수 있다. 하지만 애쉬는 그런 세이레나의 뺨을 감싸 쥐며 말했다.

"지지 철회를 하면 되지."

"일이 그렇게 쉬우면 좋지만요."

이런 계승 다툼은 피를 부를 수밖에 없다. 누군가는 반드시 피해를 입는다. 최악의 상황은 두 왕자 중 하나가 죽을 수도 있다는 거다.

"한 명만 남았는데 그 한 명이 왕을 죽인 게 밝혀지면요?"

세이레나의 질문에 애쉬의 표정이 어두워졌다. 그는 나직하게 물었다.

"내게 왕이 될 생각이 있는지 묻는 거야?"

세이레나의 눈이 커졌다. 그녀는 그걸 물어본 게 아니었다. 하지만 애쉬의 질문에서 세이레나는 그가 두 왕자가 사라지면 왕이 된다는 것을 떠올렸다.

"아뇨, 난 그냥……."

선택한 것이 돌아보니 최악이었다는 걸 알게 되면 어떻게 할지 궁금했다. 그녀는 한 번, 최악의 선택만 하고 돌아왔다. 그래서 그녀는 그때라면 선택하지 않았을 가장 유리한 것만 선택했다.

물론 지금까지 그녀가 한 것은 선택이라고 하기 어렵다. 슈발리에가 된다는 한 가지 목표를 향해 달렸으니까.

"얼마 전에 모아나가 클럽을 만들 거라고 하더라고요."

"그래?"

애쉬의 한쪽 눈썹이 올라갔다. 세이레나는 모아나가 기사단을 그만둘 거라고 한 말은 일부러 하지 않았다. 그건 모아나가 할 이야기니까.

"여기사용 클럽을 만들겠대요."

"괜찮은 생각이네."

그는 세이레나가 계속 이야기할 수 있도록 맞장구를 쳤다. 여기사용 클럽이라니 괜찮은 생각이다. 기사단의 기사들은 남녀가 아니라 분단으로 나뉜다.

게다가 남자보다 여자의 수가 적으니 여기사들이 모여 이야기를 나눌 장소가 생기는 것은 단장으로서도 환영할 일이다.

"그래서 나도 좀 생각하게 됐거든요."

"뭘? 쿨린 경처럼 클럽이 만들고 싶어?"

애쉬의 놀랍다는 표정에 세이레나는 웃음을 터트렸다. 그럴 리가. 그녀는 슬쩍 애쉬의 손을 잡으며 말했다.

"내 미래요. 내 계획은 에즈라가 스물한 살이 되면 작위를 물려주고 혼자 살 생각이었거든요. 기사단 봉급으로 혼자 살 정도의 돈은 마련이 될 테고요. 하지만 지금은 달라졌죠."

세이레나의 말에 애쉬의 얼굴에도 미소가 떠올랐다. 그는 세이레나의 손을 마주 잡으며 말했다.

"달라졌지."

"내가 당신과 결혼한다면 공작 부인이 되겠죠."

"그래."

"그건 그냥 기사보다는 훨씬 많은 의무가 주어질 테고요."

애쉬는 세이레나의 이런 점이 좋았다. 권리보다 의무를 먼저 생각한다는 점이. 많은 권리는 의무를 이행한 뒤에 주어진다. 하지만 많은 사람들은 반대로 생각한다.

"만약 당신의 아니, 우리의 선택이 잘못된다면요."

세이레나는 애쉬의 선택이라고 말했다가 재빨리 고쳤다. 애쉬가 두 왕자 중 어느 쪽을 지지하더라도 그건 애쉬만의 지지가 아닐 것이다.

"그때는 어떻게 할 생각이에요?"

애쉬는 세이레나의 얼굴을 물끄러미 내려다봤다. 가끔 보면 세이레나가 생각하는 게 깜짝 놀랄 정도로 어른스러울 때가 있다. 어른스럽다기보다는 융통성 없는 노인에 가깝지만.

그는 그런 점도 좋다고 생각하며 입을 열었다.

"고치기 위해 최선을 다할 거야."

"만약 고칠 수 없다면요?"

애쉬의 미간에 주름이 생겼다. 그는 세이레나가 왜 이런 질문을 하는지 몰라 잠시 생각하다가 말했다.

"그런 상황까지 되지 않도록 노력하겠지."

"그렇겠죠."

세이레나는 고개를 숙이며 한숨을 내쉬었다. 애쉬는 그녀보다 똑똑하니까 그런 상황까지 가지는 않을 것이다.

"걱정돼?"

애쉬는 그런 세이레나의 뺨을 감싸며 물었다.

그는 약간 걱정하고 있었다. 두 왕자의 왕좌 싸움에 그가 얽히는 건 어쩔 수 없지만 세이레나까지 얽히게 하고 싶지는 않았다. 하지만 그렇다고 그녀를 놓아줄 생각도 없었다. 그는 고개를 젓는 세이레나를 내려다보며 한숨 쉬듯 말했다.

"내가 이기적인 거 알아."

"당신이요?"

생각하지 못한 말에 세이레나의 표정이 어리둥절해졌다. 애쉬는 고개를 기울이며 쓰게 웃었다.

"이런 상황에서 널 끌어들인다는 게 이기적이지. 내가 정말 좋은 사람이었다면 이 싸움에 널 끌어들이지 않았을 거야."

세이레나는 그가 말하는 싸움이 두 왕자의 왕좌를 둔 싸움이라는 것을 알아차렸다. 애쉬는 공작이니 잘못 선택한다고 해도 죽음까지 가지는 않을 것이다.

좀 미움받을 수는 있겠지. 그리고 그건 세이레나도 마찬가지겠지만 그녀는 피해가 좀 더 클 거다.

세이레나는 저도 모르게 애쉬를 끌어안았다. 그가 자신을 놓지 않는다는 게 좋았다. 하지만 한편으로는 모든 것을 털어놓고 함께 의논하자고 하는 애쉬와 달리 자신은 그러지 못한다는 사

236 금빛 슈발리에

실에 죄책감이 들었다.

"나는 당신과 함께 있는 게 좋아요."

그러니 그런 일로 죄책감을 가질 필요가 없다는 뜻이다.

애쉬의 얼굴에 미소가 떠올랐다. 그는 세이레나의 등을 감싸 안으며 말했다.

"나도 그래."

그가 원하는 건 좀 더 깊은 관계지만 그건 말하지 않기로 했다. 애쉬는 순진한 세이레나에게 그런 이야기를 해서 겁먹게 하고 싶지 않았다.

애쉬는 세이레나의 등을 한 번 쓸고 손을 떼며 물었다.

"오늘 저녁에 뭐 해? 요리사가 네 안부를 묻던데."

그는 세이레나가 너무 어린 거 아니냐고 걱정하던 요리사를 떠올리며 웃었다. 멀리서 세이레나를 본 요리사는 그녀가 열여섯 살쯤 된다고 생각한 모양이다.

애쉬에 비하면 좀 작긴 하다. 사교계에 나가면 평균 키지만, 그녀의 가는 체구 때문에 더 어려 보이는 모양이었다. 그 어린 아가씨가 기사단에서 무쌍을 찍는 천재 기사라는 것을 알면 요리사는 기절할 게 분명하다. 하지만 애쉬는 일부러 그런 이야기는 하지 않았다.

대신 집사가 재빨리 세이레나는 내년이면 스물한 살이 되는 나이라고 알려 줬다고 들었다.

"오늘 저녁은 약속이 있어요."

세이레나는 애쉬와 함께 나란히 걷기 시작하며 말했다. 밤은
아직 쌀쌀하지만 낮은 천천히 더워지고 있었다. 여름용 제복으
로 갈아입어야 할 때가 왔다.

"무슨 약속?"

"음, 모아나가 만든다고 했던 여기사 클럽이요. 그게 오늘 시
범 모임이라고 해야 하나. 그런 걸 하거든요."

"시범 모임?"

모아나에게 여기사 클럽의 필요성을 알리기 위한 모임이라고
들었다. 세이레나는 잠시 생각하다가 말했다.

"저한테 도움이 될 거예요."

애쉬는 무슨 소린지 몰라 고개를 기울였다. 그는 세이레나가
위험해 지는 것만 아니면 뭐든 그녀에게 도움이 된다고 생각했
다.

"동료들과 이야기하는 건 뭐든 도움이 되겠지."

"결혼한 여기사들에게 결혼 생활과 기사단 생활을 양립하는
것에 대한 고충을 듣기로 했거든요."

아. 애쉬의 입이 벌어졌다가 닫혔다. 그거라면 그가 참견할 문
제가 아니다. 그는 여기사가 아니니까.

애쉬는 고개를 끄덕이며 말했다.

"잘 다녀와."

그날 저녁, 세이레나는 모아나가 알려 준 건물 앞에 서 있었

다. 어디선가 달콤하고 고소한 냄새가 풍기고 있었다.

빵과 쿠키 냄새 같은데? 세이레나는 고개를 갸웃하며 문을 두드렸다. 지난번에 본 건물은 청소조차 제대로 되지 않았고 가구조차 없어 휑했다. 그런 곳에서 빵과 쿠키를 구울 수 있을 리가 없다.

"성함을 알려 주시겠습니까?"

문을 연 것은 정장을 한 여자였다.

어? 세이레나의 눈이 커졌다. 그녀보다 머리 하나 정도는 큰 키에 자세가 검을 잡아 본 자의 자세였다.

세이레나는 여자의 뒤를 훔쳐보며 물었다.

"세이레나 헌터라고 합니다. 쿨린 경을 찾아왔는데요."

"아, 헌터 경이시군요."

여자의 얼굴이 환해졌다. 그녀는 문을 활짝 열어 세이레나가 들어오기 쉽도록 하며 말을 이었다.

"그렇지 않아도 기다리고 계십니다."

이 여자는 누구지? 세이레나는 어리둥절한 표정으로 그녀의 옆을 지났다. 여자는 굳이 따지면 집사 같은 차림이었다. 검을 잡아 본 게 분명한데 기사단에서는 본 적이 없다.

그때 안쪽에서 모아나가 나왔다. 그녀는 세이레나를 발견하고 소리쳤다.

"세이레나! 늦었어!"

"아, 미안."

에즈라가 퇴근하는 것을 보고 오느라 늦었다. 허둥지둥 모아나에게 다가가는 세이레나를 여자가 지켜보고 있었다.

"아 참, 이쪽은 메르세데스 알리슨. 클럽의 지배인이야."

저택에 집사가 있다면 클럽에는 지배인이 있다.

그렇군. 세이레나는 그제야 메르세데스의 옷차림을 이해했다. 바지 정장 차림.

"전부터 만나 뵙고 싶었습니다. 머시라고 불러 주세요, 헌터 경."

메르세데스의 인사에 세이레나는 어리둥절한 표정으로 고개를 끄덕였다. 돌아서는 그녀를 끌고 안으로 들어가며 모아나가 말했다.

"원래 아버지가 거래하던 용병단 용병이었는데 힘들게 모셔 왔지."

"유명한 사람이야?"

"엄청 비싼 사람이야. 일시적으로 고용한 거긴 한데, 여기가 마음에 들면 오래 일할 수도 있겠지."

그렇군. 세이레나는 한 번 더 메르세데스를 돌아봤다. 자세가 좋다. 검을 잡아 봤을 거라던 그녀의 예상이 맞았다.

모아나는 그런 세이레나의 시선을 깨닫고 씩 웃었다. 메르세데스가 이 일을 수락한 데는 세이레나가 모아나의 친구라는 이야기를 들었기 때문이다.

검을 잡는 사람답게 메르세데스는 같은 무인이자 소드 마스터인 세이레나에게 호감을 가지고 있었다.

안쪽 방으로 들어가자 밖에서 나던, 달콤하고 고소한 냄새가 더 강해졌다. 세이레나는 어느새 단장한 방을 보고 눈을 크게 떴다.

모아나가 얼마나 열심히 준비했는지 알 수 있었다. 모든 곳에 벽지를 다시 바르고 편안한 소파와 테이블을 가져다 놓았다. 벽쪽에 커피와 차를 직접 따라 마실 수 있도록 준비되어 있었다.

"아직 서빙 할 직원을 못 구해서."

모아나는 그렇게 말하며 세이레나를 위해 차를 한 잔 따라 주었다. 그 옆에 쿠키와 빵이 든 바구니도 놓여 있었다.

"쿠키랑 빵도 여기서 구운 거야?"

"우리 집 요리사한테 부탁했지."

과연. 모아나는 고개를 끄덕이는 세이레나를 끌고 사람들에게 향했다.

이미 소파 여기저기에 사람들이 앉아 있었다. 세이레나처럼 제복을 입고 온 사람도 있었고 드레스를 입은 사람도 있었다.

대부분 아는 얼굴이라 세이레나의 긴장이 많이 누그러졌다. 그녀는 모아나가 가리키는 대로 한쪽 소파에 앉다가 아는 얼굴을 발견했다.

"헤이스 경?"

필리 헤이스가 거기 있었다. 세이레나는 반사적으로 필리의 배를 확인했다. 하지만 필리는 지난달에 이미 출산했다. 출산했다는 소식에 작은 선물까지 보냈었다.

"오랜만이야, 헌터 경."

필리는 찻잔을 든 채 자리를 옮겨 세이레나에게 다가왔다. 그녀는 출산하고 처음으로 하는 긴 외출이라 꽤 흥분해 있었다.

"선물도 고맙고."

필리의 출산 소식에 세이레나는 꽃다발과 화장품을 보냈었다. 별거 아니라는 세이레나의 말에 필리는 쓰게 웃었다. 그것 말고도 고마운 게 많았다. 그녀는 주변을 살피고 슬쩍 목소리를 낮춰 말했다.

"저스틴한테 들었어. 덕분에 살았다고."

필리의 남편인 저스틴은 바이트 백작의 도박에 끼어 있었다. 그가 거기서 빠져나올 수 있었던 건 세이레나의 충고 덕분이었다.

저스틴이 필리에게 그 사실을 고백한 건 그녀가 아이를 낳고 난 다음이었다. 그러니 필리는 알게 된 지 이제 채 한 달도 되지 않는다.

하지만 필리는 세이레나에게 꼭 고맙다는 말을 하고 싶었다. 그녀는 세이레나를 쳐다보며 다시 말했다.

"고마워. 헌터 경."

"아니야. 난 그냥 위험하니까 그만두라고 말했을 뿐인걸."

"헌터 경이 충고하지 않았다면 저스틴은 계속하다가 지금쯤 감옥에 가 있었을지도 몰라. 그럼 우리 딸이 태어나는 것도 못

봤겠지."

그렇군. 세이레나는 필리가 딸을 낳았다는 것을 떠올렸다. 그녀가 살고 온 인생에서도 필리는 딸을 낳았다. 최소한 그녀가 회귀한 것이 필리가 자신의 딸을 잃게 만들지는 않은 모양이다.

"바이트 백작한테는 연락이 없고?"

세이레나의 질문에 필리는 피식 웃었다. 있을 리가 없다. 그녀는 다시 목소리를 낮춰 말했다.

"지금 바이트 백작은 죽을 맛이라던데?"

"그래?"

"도박 때문에 벌을 크게 받을 거라는 소문이야. 게다가 자식들도 다 감옥에 가 있잖아."

그렇구나. 세이레나는 고개를 끄덕였다. 그동안 정신이 없어서 바이트 백작의 상황이 좋지 않다는 이야기만 들었다. 아들들은 감옥형이 확정이고 벌금이 꽤 크게 나올 거라는 것도. 하지만 이미 감옥에 가 있는 줄은 몰랐다.

"사람 꼬여 내서 돈을 그렇게 뜯어냈으니 당해도 싸지."

필리의 말에 세이레나는 다시 고개를 끄덕였다. 죽은 게일이 도박으로 잃은 돈은 엄청났다. 그 정도로 잃으면 대부분의 사람들은 정신이 번쩍 들 것 같은데 게일은 그렇지 않았다.

"넌 어때, 헌터 경?"

필리의 질문에 세이레나의 정신이 돌아왔다. 그녀는 필리를 쳐다보며 물었다.

"응? 뭐가?"

"물론 지금 그레이윈드 공작과 약혼했으니 행복하겠지만, 네 숙부 말이야. 많이 힘들었겠다 싶더라고."

아. 세이레나는 뭐라고 말해야 할지 몰라 입을 다물었다. 게일 때문에 힘들긴 했다. 하지만 그렇다고 게일이 죽어서 기쁘기만 한 건 아니었다.

어쨌거나 게일은 그녀의 가족이었고 아버지의 동생이었다. 살면서 그가 그녀에게 많은 피해를 끼쳤고 종래에는 에즈라와 세이레나의 목숨을 위협했지만 아주 예전부터 그런 건 아니었다.

아니, 오히려 그녀와 사이가 좋았던 시간이 그녀에게 피해를 끼친 시간보다 길었다. 그녀가 왕비였던 시간까지 더하면 그제야 그 두 시간이 좀 비슷해질 것이다.

"괜찮아?"

세이레나가 아무 말도 하지 않자 필리가 조심스럽게 물었다. 숙부가 자신과 동생을 죽이려 하는 경험은 흔한 게 아니다.

필리는 세이레나가 겪어야 했던 것들을 걱정하고 있었다.

"모르겠어."

세이레나는 한숨을 내쉬고 말했다. 숙부가 죽어서 한시름 놓은 것은 사실이다. 하지만 마냥 숙부의 죽음을 기뻐하기는 어딘지 모르게 죄책감이 들었다.

그녀는 찻잔을 감싸 쥐며 말을 이었다.

"어쨌든 가족이었잖아. 내가 어릴 때, 아주 많이 친했거든."

그게 그녀를 이용하려는 건지, 아니면 그때는 정말 친했던 건지는 모르겠다. 하지만 어릴 때는 친했다. 다정한 숙부였다. 그러니 왕비가 됐을 때도 그녀가 게일을 믿고 따랐던 거다.

아무리 못 볼 꼴 다 보고 적의와 분노만 남았다 해도 상대방이 죽은 다음까지 그 적의를 불태울 수는 없다.

간혹 세이레나의 머릿속에 어째서 이렇게 됐을까, 라는 생각이 떠오르곤 했다.

"그건 그렇지."

필리는 세이레나의 손을 잡고 다독였다. 철천지원수라 해도 한때 친했던 사람이라면 씁쓸한 감정이 들기 마련이다. 심지어 상대가 죽었다면 더더욱 그렇다.

"나도 저스틴이 고백했을 때 생각해 봤거든."

바이트 백작을 비롯한 연루된 사람들이 잡혀가고 나서 며칠 뒤에 저스틴이 필리에게 자신도 엮일 뻔했다고 말했다. 그리고 바이트 백작의 도박에 얼마나 많은 것을 잃었는지도.

당연히 필리는 저스틴의 등을 때리며 화냈었다. 그녀는 제정신이냐고 소리쳤던 것을 떠올리며 피식 웃었다.

어쩐지 아버지가 아끼던 술이 몇 개 사라져서 이상하다고 생각했다. 저스틴이 몰래 마셨다고 생각했지 도박에 썼을 줄은 몰랐다.

그리고 그녀의 팔찌도 몇 개.

"누군가 날 배신하면 당장은 엄청나게 화가 나는데 좀 지나면 기분이 참 그렇더라고."

그래서 걱정됐다. 술병과 팔찌를 몇 개 훔친 남편의 배신도 이렇게 화가 나고 지난 다음엔 기분이 이상해지는데 헌터 경은 어떨까 하고.

필리의 걱정에 세이레나는 빙그레 웃었다. 누군가 자신을 걱정해 준다는 게 좋았다.

"고마워."

세이레나의 말에 필리는 쓰게 웃었다. 헌터 백작 부부가 사망한 이후 세이레나가 많이 변했다는 소식은 들었다.

처음 헌터 경이 소드 마스터라는 소문을 들었을 때는 농담이라고 생각했을 정도다.

하지만 세이레나와 조용한 곳에서 마주 앉아 이야기해 보니 알겠다. 세이레나 헌터는 굉장히 많이 변해 있었다. 부모님의 사망이 큰 충격이었던 모양이라고 생각하며 필리는 자신의 딸을 생각했다.

"나, 사실 여기 온 거 헌터 경 때문에 온 거야."

"나 때문에? 왜?"

필리의 말에 세이레나가 어리둥절한 표정을 지었다. 필리는 최대한 단어를 골라 조심스럽게 말했다.

"뭔가 도움이 되고 싶어서."

딸을 낳고 나자 필리는 부모님을 모두 잃은 세이레나가 생각났다. 그래서 뭐라도 해 주고 싶었다. 그녀가 필리의 남편을 도와주지 않았더라도 그녀가 부탁하면 뭐든 해 주고 싶었을 거다.

필리는 세이레나의 손을 잡으며 속삭였다.

"쿨린 경한테 그, 그 정보가 필요하다고 했다면서?"

"그 정보?"

"그거, 그, 첫날밤 말이야."

그 순간 세이레나의 얼굴이 달아올랐다. 똑같이 달아오른 얼굴로 필리가 세이레나의 손을 잡은 손에 힘을 주며 결연하게 말했다.

"나, 최선을 다할 테니까!"

그때 모아나가 늦게 온 여기사를 자리에 앉히며 말했다.

"시작해 볼까요?"

여기사 클럽 시범 모임이 시작됐다. 세이레나는 필리가 이 모임에 초대된 이유를 깨달았다. 필리뿐만이 아니라 사교적인 성격이지만 결혼하면서 기사단을 그만둔 사람이 몇 명 더 초대돼 있었다. 그 외에는 전부 결혼 전인 현직 기사들. 세이레나가 살펴보니 전부 그녀처럼 어머니가 없거나 본가가 멀리 떨어져 있는 사람들이었다.

"아직 안 늦었지?"

로렌이 도착한 것은 가장 중요한 이야기를 하고 있을 때였다. 세이레나는 하얗게 질린 얼굴로 고개를 들었다.

응? 로렌은 필리에게 고개를 돌렸다가 씩 웃었다.

"안 늦었네."

다들 눈을 휘둥그레하게 뜨고 필리의 이야기를 듣고 있었다. 세이레나처럼 전혀 몰랐던 사람도 있었고 모아나처럼 약간 아는 사람도 있었다. 하지만 얼굴이 새하얗게 질린 사람은 세이레나 뿐이었다.

"세이, 괜찮아?"

로렌은 필리의 이야기가 끝나자 세이레나에게 고개를 숙이며 물었다. 세이레나는 두 손에 얼굴을 묻고 있었다.

너무 충격이 과했나? 모아나와 로렌의 시선이 부딪쳤다. 로렌은 세이레나의 팔을 잡으며 말했다.

"잠깐 바람이라도 쐬고 올래?"

"으응. 부탁해."

세이레나는 숨을 헐떡이며 로렌의 부축을 받아 일어났다. 필리의 이야기보다 거기서 알게 된 사실이 너무 충격적이어서 숨을 쉴 수가 없었다.

그렇게 충격적이었나? 로렌은 세이레나를 부축해서 베란다로 나간 뒤 그녀의 얼굴을 들여다보려 했다. 아무것도 모르는 사람들에게는 충격적인 이야기일 수는 있다.

하지만 새하얗게 질릴 정도냐고 묻는다면 누구도 그렇지 않다고 할 것이다.

로렌은 걱정스러운 마음에 세이레나의 손을 잡으며 물었다.

"괜찮아?"

"응. 아니, 응. 모르겠어."

모르겠다. 세이레나는 고개를 들며 숨을 내쉬었다. 왕은 그녀를 속였다. 게일도 같이. 그녀가 왕과 했던 건 부부 관계 같은 게 아니었다.

그럼 그건 뭐였던 거지? 세이레나의 머릿속이 복잡해졌다. 왕비였을 때 아이를 갖지 못해서 몇 번이나 의사의 진료를 받았었다. 그럴 때마다 의사는 세이레나에게 아무 문제가 없다고 말했다.

하지만 왕에게는 이미 두 아들이 있다. 그러니 세이레나는 그녀에게 문제가 있다고 생각했다.

"그럼 그건 뭐지?"

세이레나의 미간에 주름이 생겼다. 그녀와 왕이 했던 부부 관계라는 게 진짜 부부 관계가 아니라면, 대체 왜 그런 짓을 했던 걸까.

왜 왕은 그녀와 부부 관계를 하지 않았던 걸까.

더 이상 자식을 보고 싶지 않아서?

가능성이 있다. 왕에게는 이미 두 아들이 있으니 세이레나에게서 또 다른 자식을 보고 싶지 않았을 수도 있다.

그래서 게일과 함께 말을 맞추고 세이레나에게 거짓말을 한 것일 수도 있다.

"헌터 경, 괜찮아?"

세이레나가 하얗게 질린 얼굴로 로렌과 나가자 걱정된 필리가 따라 나왔다. 세이레나는 충격받은 얼굴로 필리를 쳐다봤다.

"내가 너무 거칠게 말했어? 그래서 놀란 거야?"

로렌은 그렇지 않다고 말하려다 세이레나를 쳐다봤다. 그녀의 기준에서 필리의 이야기는 이야기책에 나오는 수준에 가까웠다. 그 기준이 음란한 책이라는 게 문제지만. 하지만 세이레나에게는 상당한 충격일 수도 있다.

세이레나는 멍하니 필리를 쳐다보다가 입을 열었다. 이런 걸 물어봐도 되나? 그녀는 망설이며 물었다.

"나, 뭐 좀 물어봐도 돼?"

"응? 응. 뭐든지. 내가 아는 거라면."

"그, 그거. 그 부부 관계 말이야."

로렌의 눈동자가 반짝이기 시작했다. 그녀는 세이레나가 필리에게 질문하는 것을 숨죽이고 지켜보고 시작했다.

"옷을 꼭 다 벗어야 해?"

"어? 으음, 취향에 따라 다 안 벗는 경우도 있긴 해."

필리의 얼굴이 달아올랐다. 그녀는 로렌을 한 번 쳐다보고 목소리를 낮춰 세이레나에게 말했다.

"하지만 기본적으로 아래는 다 벗어야 하지."

"그, 그게 그러니까, 그거, 그거가……."

"들어가야 하니까."

불쑥 로렌이 끼어들었다. 세이레나는 화들짝 놀라서 로렌을 쳐다보더니 다시 필리를 쳐다봤다. 맞는 말이지. 필리는 덤덤하게 고개를 끄덕였다. 여기서 말하는 사람이 부끄러워하면 안 된다. 그녀의 얼굴은 어느새 원래 색으로 돌아와 있었다.

"그럼 그게, 그, 아이를 낳지 않을 때도 그렇게 해? 그러니까, 아이가 필요 없이 두 사람이 즐기기만 할 때도 말이야."

이건 필리가 나오기 전에 다른 여기사가 물어본 거다. 그녀는 훨씬 침착하게 말했다.

"즐기기만 할 때는 그렇지 않을 때도 있어. 이것도 결국은 커플의 취향 차이지만."

그렇다면. 세이레나는 마지막 질문을 하기 전에 다시 망설였다. 새로 배운 정보로 세이레나는 그녀가 왕비일 때 왕과의 부부 관계가 제대로 된 게 아니라는 것은 깨달았다. 하지만 그게 얼마나 제대로 된 게 아닌지 알 수가 없었다.

세이레나는 로렌을 한 번 쳐다보고 필리를 향해 나직하게 물었다.

"그, 즐기기만 할 때, 그, 방법 말이야."

대답하는 필리뿐 아니라 로렌도 숨을 죽이고 세이레나의 질문을 기다렸다. 뭘 물어보려고 이러는 걸까. 로렌은 세이레나가 성적인 부분은 거의 모른다고 알고 있었다. 하지만 궁금한 게 있다는 건 뭔가를 알고 있다는 뜻이다.

뭐가 알고 싶은 거지? 두 사람의 기다림 속에서 세이레나가 조심스럽게 말을 이었다.

"상대방의 몸에 피를 내기도 해?"

"응?"

"피?"

로렌과 필리의 얼굴에 그게 무슨 소리냐는 표정이 떠올랐다. 베란다로 나간 세 사람이 돌아오지 않자 걱정이 된 모아나도 따라 나왔다.

"잠깐, 세이. 그냥 몸에서 피가 왜 나온다고 생각하는 건데?"

로렌의 질문에 세이레나의 눈동자가 흔들렸다. 그 정도로 이상한 일이었던 걸까. 그때 모아나가 끼어들었다.

"손톱으로 긁혀서 피가 나는 걸 말하는 건가?"

세이레나의 얼굴이 펴졌다. 그녀는 안도하며 물었다.

"손톱이나 검이나, 그런 거로 몸에 피를 내기도 해?"

"검?"

이번에는 로렌과 필리뿐 아니라 모아나에게서도 무슨 소리냐는 반응이 돌아왔다. 검은 아니었던 모양이다. 당황하는 세이레나를 두고 모아나와 로렌이 시선을 부딪쳤다.

"뭐, 도구 같은 걸 쓰는 사람도 있다고는 하던데."

"로렌!"

"필립스 경!"

로렌의 말에 모아나와 필리가 기겁해서 소리쳤다. 킬킬거리는 로렌 덕분에 분위기가 풀어졌다.

그걸로 충분했다. 세이레나는 자신이 겪은 게 완전히 완벽하게 제대로 된 게 아니라는 것을 깨달았다.

"하지만 검은 전혀 아니지."

로렌은 여전히 세이레나의 표정이 심각한 것을 보고 덧붙였다. 모아나와 필리의 표정도 다시 심상치 않아졌다. 세 사람은 세이레나가 왜 이런 걸 묻는지 궁금해하기 시작했다.

"그런데 왜? 검을 쓴다는 건 듣도 보도 못했는데."

모아나의 질문에 로렌이 지적했다.

"당연히 보지는 못했겠지."

덕분에 세이레나가 거짓말을 떠올릴 시간이 생겼다. 그녀는 재빨리 자신이 알고 있던 사실을 말했다.

"그냥. 그런 말이 있잖아. 남자의 검으로 찌른다는."

그게 비유라는 것을 애쉬에게 들어 알고 있다. 이제는 그게 비유일 뿐이라는 것을 알지만 세 사람은 그녀가 그걸 안다는 걸 몰랐다.

무슨 소린지 알겠네. 모아나는 고개를 끄덕였다. 옛날 소설 같은 데서 그런 식으로 우회적으로 표현하기는 했다.

"아니야, 아니야. 검은 절대 아니야."

필리는 손을 저으며 한 번 더 확인했다. 그 뒤에서 모아나가 농담을 던졌다.

"로렌 말대로 기구를 사용하는 경우도 있긴 하지만 그게 검은 아니지."

"얼씨구?"

로렌은 모아나를 보며 혀를 찼다. 나한테는 뭐라고 하더니?

그런 표정에 모아나도 킬킬대며 웃었다.

하지만 세이레나는 다른 생각 중이었다. 그렇다면 왕은 왜 그랬던 걸까. 그게 무슨 의식 같은 거였던 걸까.

차라리 그렇게 생각하고 싶었다. 그게 왕이 미쳐서가 아니라 어떤 의식이었으면 좋겠다는 생각이 들었다. 하지만 그건 어렵다. 의식이라는 건 신성해야 한다.

세이레나는 아주 어릴 때 신전에 가 본 적이 있다. 의식을 치르기 전 모든 방문객은 깨끗한 물로 목욕을 하고 깨끗한 옷을 입고 방문해야 했다.

왕이 칼로 세이레나를 찌르거나 긋는 건 아주 잦았고 그가 화가 나거나 기분이 우울하면 더 심해졌다. 게다가 그걸 의식이라고 생각해도 정상적인 부부 관계가 없다는 건 아무리 생각해도 이상하다.

"도구는."

골똘히 생각하던 세이레나가 저도 모르게 툭 내뱉었다. 응? 농담을 던지며 킬킬대던 세 사람이 무슨 일인가 하고 세이레나를 쳐다봤다.

"그건 왜 써?"

"응?"

로렌과 모아나의 시선이 부딪쳤다. 무슨 일이지? 두 사람은 갑자기 샘솟는 세이레나의 호기심을 기뻐해야 할지 걱정해야 할지 고민하고 있었다.

세이레나는 애쉬와 곧 결혼할 테니 이런 게 궁금할 수는 있다. 하지만 그게 대부분 정상적인 방법이 아니라는 게 걱정됐다. 반면 필리는 별생각 없이 말했다.

"가끔 재미로 쓰는 사람도 있다고는 들었는데."

"가끔?"

"응. 가끔. 그런 걸 파는 가게도 있어."

"오, 헤이스 경. 가 봤나 봐?"

로렌의 농담에 필리의 얼굴이 붉어졌다. 그녀는 재빨리 손을 저으며 말했다.

"가 본 건 아니고. 그런 가게가 있다고 들었어."

"아, 나도 들었어."

모아나의 말에 로렌이 놀랍다는 표정을 지었다. 모아나는 그런 로렌에게 짓궂은 표정으로 물었다.

"왜 모르는 척하실까?"

"아니, 나야 그런 데가 있는 걸 알지. 그런데 여기 두 분이 아시는 줄은 몰랐거든요."

로렌의 반응에 모아나와 필리가 웃음을 터트렸다. 결혼한 여자들 사이에서 알음알음 알려져 있다. 야한 속옷이나 기구 같은 것을 파는 가게가 있다는 것을.

때때로 그런 가게에서 배우자의 사랑을 되돌리는 약 같은 아무리 봐도 출처가 의심스러운 약이 팔리기도 한다.

그때 세이레나가 물었다.

"도구만 쓰는 사람은 문제가 있는 거겠지?"

"그렇겠지?"

모아나의 대답에 로렌이 뭔가를 말하려 하다가 말았다. 그걸 본 필리가 그녀를 쿡 찌르며 물었다.

"필립스 경, 왜?"

"아, 아니. 음. 그런 사람도 있잖아. 이상 성욕자 같은 거."

"으웩."

모아나와 필리의 얼굴에 동시에 역겹다는 표정이 떠올랐다. 세이레나는 어리둥절한 표정으로 물었다.

"이상 성욕자가 뭔데?"

"뭐 쉽게 말하면 보통과는 다르다고 해야 하나. 용병 중에 가끔 그런 놈들이 있다고 들었거든."

"어떤데?"

"뭐, 여러 가지지. 상대방을 때리면서 흥분하는 변태도 있고. 반대도 있대."

"용병뿐 아니라 귀족 중에도 가끔 있을걸?"

모아나가 의미심장한 표정으로 말했다. 세이레나는 움찔해서 모아나를 쳐다봤다.

"그걸 어떻게 알아?"

"모르지. 배우자만 아는 거지."

"배우자만 입 다물면 아무도 모르는 건가?"

"그렇긴 하겠지만 보통 입 다물고 있나?"

맞으면서 흥분하는 거라면 모르지만 때리면서 흥분하는 거라면 배우자가 공포에 질릴 게 분명하다. 로렌이 심드렁하게 말했다.

"그래서 그런 놈들하고 결혼하면 바로 이혼하더라고."

세이레나의 표정이 굳었다.

왕비였을 때 게일과 왕의 주변에 있던 사람들이 왜 그렇게 그녀를 철저하게 속였는지 알겠다. 왕과의 결혼이 결정되고 게일이 그녀가 친구와도 만나지 못하게 했던 이유도 깨달았다.

세이레나는 자신이 제물이었다는 것을 다시 한 번 확인했다. 게일은 왕에게 세이레나를 바쳤던 거다.

어라. 세이레나의 표정을 본 로렌이 재빨리 모아나를 툭 쳤다. 그리고 세이레나에게 말했다.

"어, 혹시 애쉬를 걱정하는 거라면 그건 아닐 거야."

"어?"

세이레나는 로렌을 돌아보고 그녀가 뭘 걱정하는지 깨달았다. 로렌은 세이레나가 애쉬를 의심해서 꼬치꼬치 캐묻는다고 걱정하고 있었다.

세이레나는 재빨리 고개를 흔들며 말했다.

"아, 아니야. 애쉬는 그러니까, 그런 거 아니야."

애쉬가 그런 사람이 아니라는 건 세이레나가 더 잘 안다. 그 순간 세이레나의 얼굴이 달아올랐다.

왕은 그녀에게 키스하지 않았다. 사람들 앞에서 형식적으로 뺨에 입을 맞추긴 했다. 하지만 그 이상의 신체적인 접촉은 없었다.

필리에게 이야기를 듣고 난 다음이라 세이레나는 마치 머릿속의 안개가 걷힌 것처럼 느껴졌다. 그동안 뭔가 아귀가 맞지 않아 답답하던 것이 딱 맞아 떨어졌다.

어째서 왕은 그렇게 차갑고 무서웠는지. 그에 반해 애쉬는 어떻게 그렇게 뜨겁고 그녀의 심장을 뛰게 했는지.

왕과 단둘이 있는 시간이 고통스럽고 빨리 지나가기만을 기도했던 시간이라면 애쉬는 전혀 달랐다. 주변까지 뜨겁게 느껴졌고 가슴이 터질 것 같았다. 정신을 차려 보면 깜짝 놀랄 정도로 시간이 지나가 있곤 했다.

"그럼 뭘 걱정하는 거야?"

모아나가 물었다. 세이레나는 달아오른 두 뺨을 감싸며 웅얼거리듯 말했다.

"보통 부부 사이에 아이가 안 생기면 부인 탓이라고 하잖아. 혹시 남편 탓일 수도 있나 싶어서."

"음, 그거 사실 반반이라고 하더라고."

"그래?"

필리의 말에 세이레나뿐 아니라 모아나와 로렌의 시선도 그녀를 향했다. 필리는 덤덤하게 말했다.

"임신했을 때 의사한테 이것저것 물어봤는데 불임의 경우 남자 문제도 많대. 아예 부부 관계가 안 되는 남자도 있고 그게 돼도 생식 능력이 없는 식으로."

"어, 그것도 아까 이야기할 걸 그랬다. 좋은 이야기인데."

모아나의 말에 필리가 픽 웃었다. 로렌이 고개를 끄덕이며 맞장구 쳤다.

"하긴. 부부라면 남자와 여자가 만난 건데 여자만 문제일 리가 없지."

좋은 이야기다. 모아나가 두 번째 모임에서 이 이야기도 꼭 해야겠다고 말하는 사이 세이레나는 하얗게 질린 표정으로 서 있었다.

만약 그녀의 문제가 아니었다면?

세이레나가 왕비였을 때 아이를 갖지 못하는 게 그녀의 문제가 아니었다면?

왕이 문제였다면?

엄청난 사실이 세이레나의 머릿속에 떠올랐다. 이건 왕이 변태적인 성향을 가지고 있는 것과 또 다른 별개의 문제였다.

만약 왕이 생식 능력이 없다면, 두 왕자는 어떻게 되는 거지?

"세이"

세이레나의 표정을 본 로렌이 깜짝 놀라서 그녀를 불렀다. 어느새 세이레나는 또다시 하얗게 질린 얼굴로 굳어 있었다.

"어머, 헌터 경?"

필리 역시 놀라서 세이레나의 팔을 잡았다. 두 사람은 양쪽에서 세이레나의 등을 쓸어내리기 시작했다.

세이레나는 충격적인 사실에 다리가 후들거려 로렌의 팔을 잡았다.

왕비는 도망치기 전에 누군가를 두려워하고 있었다. 그리고 그게 왕은 아니었다.

이 왕자는 왕비를 죽이려 했다.

애쉬와 세이레나는 이 두 가지 정보가 어떻게 이어지는지 몰랐다. 하지만 방금 세이레나의 머릿속에 믿을 수 없는 의문 하나가 떠올랐다.

만약, 왕이 생식 능력이 없다면?

두 왕자가 전부 왕의 친자식이 아니라면?

그걸, 이 왕자인 브리츠가 알았다면?

브리츠는 자신에게도 왕이 될 자격이 있다고 생각했을 것이다.

어차피 일 왕자와 이 왕자 모두 왕이 될 자격은 없다. 왕의 장자라는 왕이 될 가장 중요한 조건이 사라진 것이다.

"애쉬."

세이레나는 헐떡이며 애쉬를 떠올렸다. 만약 두 왕자가 왕의 친자식이 아니라면 자동으로 애쉬의 왕위 계승 순위가 올라간다. 왕이 죽은 지금, 다음 왕이 될 것은 두 왕자가 아니라 애쉬가 된다.

"맙소사."

그녀는 그대로 주르륵 쓰러졌다. 다리가 후들거려서 견딜 수가 없었다.

"세이!"

"세이레나!"

로렌과 모아나가 놀라서 세이레나를 불렀지만, 그녀의 귀에
는 들리지 않았다. 세이레나는 로렌의 팔을 잡은 채 차가운 바닥
에 주저앉아 애쉬를 생각했다.

그녀의 가설이 맞다면, 다음 왕은 애쉬가 되어야 한다.

30

두 왕자

기사들을 훈련시킨 애쉬는 단장실로 들어가려다 멈칫했다. 단장실 앞에 낯익은 남자가 서 있는 게 보였다.

"단장님."

뒤이어 미카엘이 다가왔다. 그는 애쉬가 남자를 알아차린 것을 보고 목소리를 낮춰 말했다.

"방금 오셨습니다."

오래 기다리지는 않았다는 말이다. 애쉬가 단장실로 다가가지 문 앞을 지키고 있던 남자가 고개를 까딱하며 말했다.

"왕자님께서 기다리고 계십니다."

이 왕자의 수하인 로웰 딕슨 경이다. 애쉬는 잠시 로웰을 쳐다봤다. 재작년까지만 해도 기사단 소속이었다. 하지만 딕슨 백작가는 왕비의 친정인 유스 백작가와 친하다.

유스 백작은 누이인 미카엘라 왕비를 위해 딕슨 백작가의 차남인 로웰에게 이 왕자 브리츠를 호위해 달라고 부탁했다. 하지만 말이 호위지 제대로 된 직위는 아니다.

물론 브리츠가 왕이 된다면 로웰은 근위대가 되겠지. 잘하면 근위대장이 될 수도 있다.

애쉬는 복잡한 표정으로 로웰에게 말했다.

"차라도 달라고 하지 그랬나."

"괜찮습니다."

문제는 로웰이 근위대장 자리를 노리고 브리츠의 호위를 할 사람이 아니라는 점이다.

애쉬는 그런 점이 안타까웠다. 특히나 앞으로 일 왕자와 이 왕자의 싸움이 시작된다면 로웰 같은 사람들은 자기 생각이나 의지가 아닌 집안의 뜻대로 움직이게 될 것이다.

"그래."

애쉬는 로웰의 어깨를 두어 번 툭툭 친 뒤 그가 열어 주는 문을 통해 단장실로 들어갔다.

이 왕자는 애쉬의 의자에 앉아 있었다.

"바쁜가 보군."

브리츠가 웃으며 말했다. 마치 자신이 당연히 앉아야 할 곳에 앉아 있다는 듯한 태도에 애쉬는 말없이 맞은편 손님용 의자를 잡아당기며 말했다.

"기다리고 계신 줄 몰랐습니다."

"갑자기 오게 됐네. 일이 급박하게 돌아가고 있어."

"그렇습니까."

애쉬는 무표정한 얼굴로 브리츠를 쳐다봤다. 아직 세이레나가 어떻게 했으면 좋겠다고 말하지 않았다. 그는 세이레나의 의견을 최대한 따를 생각이었다.

"전에 물어본 것은 생각해 봤나?"

브리츠의 질문에 애쉬는 잠시 입을 다물었다. 브리츠가 말하는 '전'이라는 건 고작 이틀 전이다. 애쉬는 어제 세이레나에게 물어봤고 세이레나는 아직 생각할 시간이 충분하지 않았을 것이다.

"생각 중입니다."

그렇군. 브리츠는 애쉬의 대답에 못마땅하다는 표정을 짓더니 입을 열었다.

"공작이 결정하기 쉽게 도와주려고 왔네."

어떻게 도와준다는 거지? 애쉬는 어리둥절했지만 티 내지는 않았다. 그사이 미카엘이 차를 가지고 들어왔다.

브리츠는 미카엘이 차를 내려놓고 나갈 때까지 기다렸다가 다시 입을 열었다.

"아버님께서 돌아가시기 전에 기행을 일삼으셨던 것, 알고 있나?"

애쉬의 머릿속에 왕의 침실을 청소하던 여귀족이 도망쳤다는 이야기가 떠올랐다. 하지만 그는 이번에도 모른 척했다.

"어떤 기행 말입니까?"

"자식으로서 이런 말 하기 좀 그렇지만 어머님이 돌아가시고 아버님의 행동이 조금 달라졌었다네."

"어떻게 말입니까?"

"약간 거칠어지셨다고 해야 하나."

거친 행동이라고 하면 너무 완곡한 표현이지만 브리츠는 그렇게 말하고 찻잔을 들어 올렸다. 정확히 말하면 죽은 왕은 로메로 자작의 팔을 찔렀다.

찔린 순간 로메로 자작이 비명을 지르며 도망쳤지만, 그 사실은 왕궁의 비밀로 숨겨졌다.

아무에게도 알리지 않았다. 아는 사람은 근위대장뿐. 근위대장은 로메로 자작과 그 이야기를 들은 여귀족 두 명을 찾아가 협박함으로써 입을 막았다.

"그게 이번 일과 무슨 상관입니까?"

애쉬는 브리츠가 찻잔을 내려놓는 것을 기다렸다가 말했다. 왕이 죽기 전에 기행을 저질렀다고 해서 범인이 누구인지는 알 수 없다. 하지만 브리츠의 생각은 달랐다. 그는 씩 웃으며 말했다.

"아버님께서 말년에 이상해지셨다는 소문이 돌면 누가 가장 피해를 보겠나?"

왕궁에서 피해를 보겠지. 그렇게 말하려던 애쉬는 멈칫했다.

가장 먼저 다음 왕이 될 일 왕자가 곤란해질 것이다. 왕이 말년에 정신적으로 이상을 일으키면 정치적으로 문제가 생긴다.

왕이 결정한 모든 일에 사람들이 의문을 품기 시작하기 때문이다. 추후 왕이 될 일 왕자로서는 곤란한 일이 아닐 수 없다.

뿐만 아니라 역사적으로 말년에 왕위에서 내려오지 않으려한 왕들은 많다. 문제는 계속 일으키는데 왕이 왕위를 내놓지 않으면 나라가 흔들릴 수 있다.

"그렇지?"

브리츠는 애쉬의 표정을 보고 씩 웃었다. 그가 보기에 이번 일은 누가 봐도 참다못한 일 왕자가 왕을 암살한 것으로 보였다. 하지만 애쉬의 생각은 달랐다. 그는 무표정한 얼굴로 말했다.

"확실하게 증거가 나온 건 아니잖습니까."

이 자식이? 브리츠의 얼굴이 일그러졌다가 다시 돌아왔다. 그는 전부터 애쉬가 그리 마음에 들지 않았다. 반반한 얼굴부터 최연소 소드 마스터라는 점까지. 그럼에도 그와 애쉬가 부딪치지 않았던 건, 애쉬가 자신의 위치를 정확하게 알고 행동했기 때문이다.

애쉬는 현명하게도 두 왕자와 부딪치는 일을 피했다. 그는 어릴 때는 사람들과 어울리기보다는 조용히 검술에 매진했고 나이가 들어서는 기사단에 집중했다.

아이러니하게도 그런 애쉬의 태도와 성격이 사람들의 인망을 얻었지만.

그래서 두 왕자에게 애쉬는 가장 마음에 들지 않는 자였다. 왕자들에게 굽신거리지도, 친하게 지내려 하지 않는다. 묵묵하게 자신의 길을 가기 때문에 꼬투리를 잡기 어려운데 심지어 그걸로 인망을 얻고 있다.

그나마 왕이 될 가능성이 큰 일 왕자는 괜찮았지만, 이 왕자는 애쉬에게 약간의 열등감마저 품고 있었다.

브리츠가 애쉬에게 시비를 걸지 않은 이유는 단 하나, 선왕 역시 애쉬를 좋아하지 않았다는 게 보였기 때문이다.

"솔직하게 말해 보지. 그럼 누가 그런 짓을 했겠나? 공작도 알지 않나. 나는 아무 이익이 없어."

글쎄. 애쉬는 그게 사실이 아니라고 생각했지만 데이비드 때와 마찬가지로 굳이 말하지는 않았다.

왕의 사망으로 브리츠가 이익을 얻긴 했다. 그전까지는 견고했던 일 왕자의 입지가 흔들렸기 때문이다.

당연히 다음 왕으로 생각되던 데이비드가 어쩌면 자신의 아버지를 죽였을지도 모른다는 일말의 의심을 받는다는 것만으로도 브리츠는 이득이다.

"형님의 입지가 흔들린다고 그게 내게 기회로 돌아오는 게 아니잖나."

브리츠 역시 애쉬가 생각하는 것을 알고 있었다. 그는 단도직입적으로 그렇게 말하고 찻잔을 들어 올렸다.

여기서 애쉬를 잡아야 한다. 데이비드보다 브리츠가 더 애쉬의 힘이 필요했다. 데이비드는 이미 그를 지지하는 귀족들이 있지만 브리츠는 거의 없기 때문이다.

그레이윈드 공작은 어느 쪽도 지지하지 않고 중립을 지키는 귀족 중 가장 영향력이 강한 사람이었다. 만약 그가 브리츠 쪽으로 간다면 애쉬의 뒤를 따라 그를 지지할 사람이 많았다. 그 정도로 그레이윈드 공작을 믿고 따르는 사람이 많았다.

브리츠는 선왕이 애쉬를 경계했던 이유를 새삼 깨달았다. 애쉬는 쉽게 흔들리지 않는다. 속내를 보이지도 않는다. 그리고 인망이 있다. 그 말은 애쉬가 왕위를 노린다면 충분히 가능하다는 말이다.

브리츠는 그와 데이비드가 왕의 친자가 아니라는 것을 애쉬가 모른다는 사실에 속으로 안도했다. 이런 자가 자신의 편이 되면 든든하지만 그렇지 않다면 어쩌면 최악의 악몽이 될지도 모른다.

일 왕자인 데이비드는 애쉬의 힘이 필요해서가 아니라 그가 브리츠의 편에 설까 봐 영입하려는 거다. 하지만 브리츠는 왕이 되려면 애쉬의 지지가 반드시 필요했다.

"아버님의 비밀을 알려 주지."

그래서 브리츠는 가장 위험한 비밀을 하나 내놓기로 결심했다. 그레이윈드 공작을 그의 편으로 두기 위해서 이 정도 도박은 해야 한다.

"아버지는 가학적인 분이었네. 그것 때문에 자네 어머니와 파혼했지."

애쉬의 한쪽 눈썹이 올라갔다. 그의 어머니와 왕이 한때 약혼했었다는 것은 알고 있다. 그리고 파혼하고 죽은 그의 아버지와 결혼했다는 것도.

잠시 생각하던 애쉬가 입을 열었다.

"어머니께서 폐하와 파혼을 하신 건 제 아버지를 위해 폐하께서 양보해 주신 거라고 알고 있습니다만."

모두 그렇게 알고 있다. 왕의 동생인 그레이윈드 공작이 자신의 약혼녀를 짝사랑하는 것을 알자 왕이 양보해 줬다고. 하지만 브리츠는 씩 웃었다. 말도 안 된다. 왕은 자기 것을 남에게 양보해 줄 사람이 아니다. 그는 찻잔을 들어 올리며 말했다.

"정말 그렇게 생각하나? 내 아버님이 누군가에게 양보를 할 거라고?"

브리츠의 지적에 애쉬의 표정이 굳었다. 젊었을 때의 왕은 좀 달랐던 건지도 모른다고 생각했다. 하지만 브리츠가 말하는 것을 보니 아닌 모양이다.

"나는 형님이 아버지를 닮았다고 생각하네. 부자 관계니까 말이야."

브리츠는 그렇게 말하며 자리에서 일어났다. 떠나려는 건가? 따라서 일어나는 애쉬를 향해 책상을 돌아 나온 브리츠가 씩 웃으며 말했다.

"내 말이 믿기 힘들거든 자네 어머님께 여쭤보게. 그분이 첫 번째 피해자니까."

믿을 수 없는 말에 애쉬의 표정이 멍해졌다. 그의 어머니가 첫 번째 피해자라고?

브리츠는 놀란 애쉬를 두고 단장실 문을 열었다. 문을 지키고 있던 로웰이 그가 나올 수 있도록 슬쩍 뒤로 물러났다.

괜찮은 기사다. 브리츠는 로웰을 보고 출발하자는 의미로 고개를 끄덕였다. 융통성 없지만 순종적이다. 이런 녀석은 다루기 쉽다.

그레이윈드 공작의 지위가 조금만 낮았다면 좋았을 텐데. 브리츠는 안타까워하며 기사단 복도로 나갔다. 그때, 세이레나도 애쉬를 찾아 단장실로 오고 있었다.

주변이 밝아질 정도로 눈에 확 띄는 미인이 점점 가까워졌다. 브리츠는 저도 모르게 세이레나를 쳐다봤다.

"헌터 경."

제일 먼저 로웰이 고개를 끄덕이며 인사를 건넸다. 세이레나는 로웰과 브리츠를 보고 잠시 당황하다가 재빨리 고개를 숙였다.

"전하."

"헌터 경."

브리츠는 세이레나를 향해 고개를 까딱해 보였다. 머리카락이 짧아져 있는 게 제일 먼저 눈에 들어왔다. 저 머리카락을 그레이윈드 공작이 잘랐다고 했던가.

몇 가지 부풀린 소문이 브리츠의 머릿속에 떠올랐다. 애쉬와 세이레나에 대한 소문이었다.

아깝군. 브리츠는 기사단을 떠나며 생각했다.

"헌터 경이 왕자비가 될 수도 있었지."

브리츠는 로웰을 향해 과시하듯 말했다. 그의 뒤를 다르던 로웰이 무슨 소리냐는 표정을 지어보였다.

"헌터 백작이 내게 딸을 받아 달라고 사정을 해서 말이야."

그렇게 말하며 브리츠는 우쭐하게 웃어 보였다.

"그렇습니까."

로웰은 무표정하게 대꾸했다. 이 왕자지만 자기 딸을 브리츠와 결혼시키고 싶어 하는 사람은 많았다.

브리츠는 턱을 쓰다듬으며 말했다.

"얼굴만은 미인이잖나. 타인머스 최고의 미인이라고 하던가? 그래서 잠시 혹했지."

하지만 헌터 백작이 사망하고 백작가의 가세가 기울면서 마음이 식었다. 아무리 미인이라고 해도 집안이 보잘것없으면 소용없다.

그는 자신의 어머니인 미카엘라 왕비를 떠올렸다. 그가 왕이 된다면 부인의 집안은 보잘것없는 게 더 나을 수도 있다. 하지만 그는 현재 왕이 아니고 왕이 되기 위해서는 강력한 집안의 영애와 결혼을 해야 한다.

그는 데이비드가 왕의 친자가 아닐 수도 있다는 사실을 죽을 때까지 숨길 생각이었다. 그 정보를 밝히면 자신이 왕이 될 가능성이 커질 수는 있다.

하지만 결국은 브리츠 자신에게도 왕의 친자가 아닐 수 있다는 의혹이 생길 것이다. 그런 의혹을 피하기 위해 그는 자신의 가장 큰 약점인 어머니마저 처리했다. 그가 직접 죽인 건 아니고 상심한 미카엘라 왕비가 자결한 것이지만.

어머니가 조금만 강한 집안이었다면 좋았을 텐데. 브리츠는 가장 안타까운 사실을 떠올리며 인상을 썼다. 어차피 데이비드나 브리츠나 외가의 힘이 약하기는 마찬가지다. 하지만 브리츠는 둘째라는 가장 큰 약점을 가지고 있었다. 하다못해 그의 어머니가 힘이 있는 집안사람이었다면 일이 좀 더 쉬웠을 것이다. 그러니 그의 부인은 반드시 강력한 집안의 여자여야 한다.

어쩌면 애쉬가 그의 편을 들지 않으면 애쉬를 죽여 버리고 세이레나를 정부로 둘 수도 있을 거라는 생각이 들었다.

"그것도 나쁘지 않군."

원래 부인은 그를 도울 수 있는 강력한 힘을 가진 여자로, 정부는 예쁘장한 여자로 둬야 하는 법이다. 여차하면 부인에게서 자식을 보지 않고 정부에게서 봄으로써 부인의 집안을 경계할 수도 있겠지.

브리츠의 머릿속에 그에게 유리한 몇 가지 계획이 떠올랐다. 로웰은 마차 안에서 브리츠의 맞은편에 앉아 침묵을 지켰다.

로웰은 브리츠가 무슨 생각을 하는지 대충 예상하고 있었다.

그가 작년까지만 해도 헌터 경에게 관심을 두고 있었다는 것도.

작년까지만 해도 브리츠가 가지고 있던 세이레나를 향한 관심이 사그라진 것은 헌터 백작 부부가 사망하기 직전이었다.

헌터 백작은 브리츠가 왕이 되는 것을 돕는 대신 자신의 딸을 왕비로 만들어 달라고 요구했다. 브리츠 역시 동의했었다. 하지만 작년 말, 브리츠와 헌터 백작의 사이에 의견이 갈리기 시작했다. 헌터 백작이 자신의 어머니를 죽이라는 브리츠의 명령을 거절했기 때문이다. 헌터 백작이 브리츠의 명령에 따르지 않는다면 세이레나는 그저 예쁘장한 아가씨일 뿐이다.

브리츠는 쉽게 세이레나에 대한 관심을 놓아 버렸고 부모를 잃은 아름다운 여기사는 엉뚱하게도 그레이윈드 공작과 약혼했다.

로웰은 세이레나를 위해 애쉬와 약혼한 것이 다행이라고 생각했다. 그렇기 때문에 그는 세이레나가 소드 마스터라는 소문을 들었지만 브리츠에게 말하지 않았다.

이 왕자는 그레이윈드 공작을 좋아하지 않는다. 그리고 세이레나를 그저 아름다운 아가씨로만 여겼기 때문에 관심을 버렸다. 만약 세이레나가 소드 마스터라는 것을 브리츠가 알게 된다면, 로웰은 브리츠가 다시 세이레나를 향한 관심을 불태우기 시작할 것이라고 생각했다.

"다녀오셨습니까?"

마차가 왕자의 궁 앞에서 멈췄다. 기다리고 있던 로브를 입은 여자가 재빨리 다가와 마차 밖으로 나오는 브리츠에게 인사를 건넸다.

"음."

"어떻던가요?"

여자의 질문에 브리츠는 고개를 저었다.

"모르지. 그 녀석의 속을 누가 알겠나."

"하지만 도덕적이고 융통성이 없다면 그런 이야기를 듣고도 일 왕자님의 편에 서지는 않겠죠."

왕이 가학적이고 피에 미쳐 있었다는 것을 안다면 애쉬는 왕을 부정적으로 생각할 것이다. 그리고 일 왕자가 그런 왕을 닮았다는 뉘앙스를 던진다면 일 왕자를 지지하는 것을 망설일 것이다.

"일이 잘 풀리길 기도하자고."

브리츠의 말에 여자가 뒤집어쓰고 있던 후드를 벗었다.

"기도는 아무것도 들어주지 않아요. 왕자님. 대가를 건 소원만이 무언가를 들어주죠."

"그레이윈드 공작을 내 편으로 데려오기 위해 내가 무슨 대가라도 치러야 한다는 건가?"

칼리스타의 입술이 미소를 띠었다. 그녀는 초승달처럼 눈을 휘며 말했다.

"그럼요. 뭐든 대가가 필요한 법이니까요."

　　　　　　*　　　*　　　　*

　"레나, 무슨 일이야?"

　브리츠가 떠나자 애쉬는 피곤함 반, 반가움 반으로 세이레나의 손을 잡았다. 세이레나는 떠나는 이 왕자와 로웰을 한 번 쳐다보고 돌아섰다.

　이상한 기분이 들었다.

　그녀가 왕비일 때 세이레나는 브리츠와 그다지 접점이 없었다. 왕비가 됐으니 브리츠는 그녀의 양아들이 된다. 하지만 자신보다 나이가 많은 양아들은 불편하기 마련이고 무엇보다 아드리아나의 배우자라 더 그랬다.

　아드리아나는 세이레나가 브리츠와 만나는 것을 그리 좋아하지 않았다. 그때는 그녀도 그게 당연하다고 생각했다. 누가 자신보다 어린 새어머니를 좋아하겠는가. 하지만 지금 세이레나는 브리츠의 양어머니가 아니다. 그 관계의 차이 때문에 이런 이상한 기분이 든 걸까.

　그녀는 고개를 갸웃하며 애쉬에게 말했다.

　"할 말이 있어요."

　애쉬는 단장실을 한 번 쳐다보고 복도를 향해 몸을 돌리며 물었다.

　"걸으면서 이야기해도 돼?"

　단장실은 방금 전까지 브리츠가 있었다. 애쉬는 그런 곳에 바로 세이레나를 데리고 들어가고 싶지 않았다.

"걸으면서요?"

세이레나는 당황해서 물었다. 걸으면서 이야기하면 지나가는 사람들에게 그녀가 하는 말이 들릴 수도 있다. 그러면 안 될 텐데.

애쉬는 세이레나의 표정에 우뚝 멈춰 서 물었다.

"그럼 회의실로 갈까?"

아무래도 애쉬는 단장실에 당장은 들어가고 싶지 않은 모양이다. 그 사실을 깨달은 세이레나는 고개를 저으며 말했다.

"걷는 것도 상관없어요. 사람들에게 들리지만 않는다면."

그거라면 자신 있다. 애쉬는 씩 웃으며 말했다.

"조용한 산책로라면 잘 알고 있지. 그렇지 않아도 나도 이야기할 게 있었어."

두 사람은 나란히 복도로 걸어 나갔다. 그 뒷모습을 지켜보던 미카엘이 저도 모르게 한숨을 내쉬었다.

역시 잘 어울린다. 처음 두 사람의 약혼 소식을 들었을 때는 단장이 아깝다고 생각했던 게 먼 옛날처럼 느껴질 만큼 지금 두 사람은 참 잘 어울렸다.

"어제 편지가 왔거든."

애쉬는 세이레나와 함께 사람이 적은 후원 쪽으로 향하며 입을 열었다. 그렇지 않아도 그가 할 이야기가 뭔지 궁금해하던 세이레나는 고개를 들었다.

"어머니께서 오고 계시대."

"공작 부인이요?"

무슨 일로?

그렇게 물어보려던 세이레나는 곧 깨닫고 고개를 끄덕였다.

"추모식 때문이군요."

"음."

애쉬는 무표정한 얼굴로 고개를 끄덕였다. 모든 귀족은 추모식에 참석해야 한다. 그건 일종의 의무다. 그러니 애쉬의 어머니인 그레이윈드 공작 부인도 수도로 오고 있는 것이다.

그렇다면.

세이레나는 주변에 아무도 없는 것을 확인하고 물었다.

"왕비님은요?"

"그건 모르겠어. 편지에는 적혀 있지 않았거든."

왕비가 살아 있다는 것을 숨기기 위해서라도 카시아는 왕비와 함께 온다는 말을 적지 않았을 것이다.

세이레나는 고개를 끄덕였다. 왕비가 어떻게 지내는지 궁금했지만 그녀는 한 번도 애쉬에게 알아봐 달라고 하지 않았다. 왕비는 죽었다고 알려지는 게 가장 좋다. 괜히 그녀가 궁금하다는 이유로 왕비의 안전을 위험하게 할 수는 없었다.

"하지만 오실 수도 있지. 왕이 죽었으니까."

왕비가 자신의 죽음을 숨기고 달아난 건 왕이 그녀를 학대했기 때문이다. 그 왕이 죽었으니 이제 왕비는 안전하다는 게 애쉬의 생각이었다. 하지만 그 말을 들은 세이레나는 자신이 무슨 이야기를 하러 왔는지 떠올렸다.

왕비를 위험하게 하는 건 왕뿐만이 아니었다. 슬픈 생각에 세이레나는 입술을 깨물었다. 그녀의 가설이 맞다면 이 왕자 브리츠는 왕비가 살아 있다는 것을 앎과 동시에 자신의 어머니 마저 죽이려 할 거다.

"애쉬."

세이레나는 걸음을 멈추고 애쉬를 불렀다. 그녀와 속도를 맞춰 걷고 있던 그는 무슨 일인가 하고 세이레나를 내려다봤다.

"만약."

세이레나는 반사적으로 입을 열었다가 닫았다. 그가 왕이 되어야 한다고? 어젯밤 머릿속에 맴돌던 여러 가지 생각이 아직도 제대로 정리되지 않은 채 떠올랐다.

애쉬가 왕이 되면 그녀는 어떻게 되는 거지? 두 사람은 약혼 관계고 결혼하기로 약속했다. 그가 왕이 된다면 세이레나는 왕비가 된다는 말이다.

또다시 왕비가 된다. 그게 차마 세이레나가 말을 꺼내기 힘들게 만들었다.

문제는 또 있다. 만약 그녀의 가설이 틀렸다면? 왕이 젊었을 때는 생식 능력이 있었다면?

나이를 먹어서 생식 능력이 떨어진 거라면 젊어서 낳은 두 왕자는 그의 친아들일 것이다. 하지만 물어보지 않을 수 없었다.

왕이 처음 그녀의 가설대로 생식 능력이 없다면. 그래서 두 왕자가 왕위를 계승할 자격이 없다면. 그걸 두 왕자가 알고 있다면…… 애쉬를 죽이려 할 수도 있다.

세이레나는 차마 떨어지지 않는 입을 열었다. 최악의 최악을 가정해서 이야기한다는 게 싫었다. 하지만 그녀는 이미 한 번 최악의 최악만을 겪고 돌아왔다.

"만약, 당신이 왕이 될 수 있다면. 그러면 어떻게 할 거예요?"

예상하지 못한 질문에 애쉬는 저도 모르게 고개를 기울였다. 그는 이미 알고 있는 이야기다. 두 왕자가 죽으면 자신이 왕이 된다.

좀 더 어렸을 때는 그에게 슬쩍 의사를 묻는 사람도 있었다. 만약 애쉬에게 왕위를 차지할 욕심이 있다면 지지하겠다는 사람들.

혹은 그에게 덫을 치려는 사람들. 그 사람들 뒤에는 아마 왕이나 두 왕자가 있었을 것이다.

두 왕자가 아니더라도 두 왕자를 지지하는 자가 있었겠지.

그들은 그렇게 어릴 때부터 애쉬의 약점을 잡으려 했다.

그때마다 애쉬는 왕위와 자신은 관계가 없음을 확실히 했다. 왕에게는 왕위를 이을 수 있는 자식이 둘이나 있다. 그리고 둘 다 건강하게 살아 있다. 그러니 왕위는 애쉬와 관계가 없는 게 맞다.

물론 애쉬는 두 왕자가 불의의 사고를 당할 가능성에 대비해 어느 정도의 교육을 받기는 했다. 하지만 불의의 사고를 그가 일으키고 싶지는 않았다.

애쉬는 세이레나의 눈동자를 바라봤다. 그녀가 대체 무슨 생각으로 그런 걸 묻는지 궁금했다.

"나보고 왕이 되라고 하는 건 아니겠지?"

애쉬의 질문에 세이레나는 대답하기를 망설였다. 솔직히 말하면 모르겠다. 그녀의 가설이 맞다면 애쉬가 왕이 되어야 한다. 하지만 애쉬가 왕이 된다면 그녀는 왕비가 된다.

세이레나는 자신이 그 자리를 감당할 수 있는지 자신이 없었다. 왕비였을 때 그녀는 최선을 다하긴 했다. 하지만 왕비 자리라는 건 그때의 세이레나에게는 너무 버거웠다. 뒤돌아보면 주변은 전부 적이었고 그렇지 않은 사람이 있다 해도 세이레나를 못마땅해했다. 해야 할 일은 많았고 살펴봐야 할 것들도 많았다. 그걸 의논할 사람도, 위로해 주거나 다독여 줄 사람도 없었다.

물론 지금은 애쉬가 있고 친구가 생겼다. 하지만 명검이 생겼다고 해서 일부러 전쟁터로 달려갈 사람이 어디 있겠는가.

그렇다고 애쉬와 파혼하고 싶지도 않았다. 하지만 세이레나는 애쉬에게 그녀를 위해 왕이 되지 말라고 할 정도로 이기적이지도 못했다.

"만약에요. 당신은 세 번째잖아요. 첫 번째와 두 번째가 사라지면, 그럼 어떻게 할 거예요?"

이건 진짜 이상하다. 애쉬는 미간에 주름을 만들었다. 세이레나가 하는 말은 굉장히 위험하게 들렸다.

그는 주변의 기척을 확인했다. 아무도 없다. 세이레나가 느낀 것처럼 그에게도 아무도 느껴지지 않았다.

"레나."

세이레나의 몸이 그를 향해 다가왔다. 애쉬는 세이레나의 허리를 잡으며 목소리를 낮춰 조심스럽게 물었다.

"설마 네게도 누가 접근했어?"

"네?"

"누가 네게 날 설득하라고 한 거야?"

그에게 의사를 물은 자들도 그랬다. 그들은 불의의 사고를 만들 생각인 것처럼 보였다.

그래서 애쉬는 세이레나에게 그런 자들이 접근한 게 아닌가 하고 의심했다. 두 왕자를 죽여 줄 테니 애쉬를 설득해 달라고 세이레나에게 찾아온 게 아닐까.

하지만 세이레나는 그런 걸 생각도 못 하고 있었다. 그녀는 잠시 뒤에야 그가 무슨 말을 하는지 이해하고 손을 내저었다.

"아니에요. 가설이랄까. 그런 게 떠올라서요."

"가설?"

세이레나는 잠시 망설였다. 솔직히 말하면 모든 것을 다 말하고 싶었다. 그녀가 스물아홉 살까지 살다 왔다는 것부터 전부. 하지만 애쉬가 그녀를 미쳤다고 생각할까 봐 두려웠다.

미쳤다고 생각하지 않아도 그녀의 이야기를 망상 같은 걸로 그냥 넘길까 봐 걱정이 됐다.

"왕비님을 공격한 사람 말이에요. 이 왕자인 것 같다고 이야기 했었잖아요."

"그런 의견도 있었지."

애쉬는 최대한 중립적으로 말했다. 그 역시 이 왕자가 가장 가능성이 높다고 생각했지만 친아들이 어머니를 죽이려 한다는 건 역시 좀 충격적인 이야기다.

"만약, 이 왕자가 왕의 친자식이 아니라면요?"

말도 안 되는 소리라고, 애쉬는 생각했다. 하지만 그는 그렇게 말하기 전에 그는 세이레나의 뺨을 감싸고 물었다.

"그렇게 생각하는 이유는?"

세이레나의 입이 벌어졌다가 멈췄다. 확실하지 않다. 그녀는 왕비로 살았고 왕과 정상적인 관계가 단 한 번도 없었다. 하지만 그게 왕이 생식 능력이 없다고 단언할 수 있는 건 아니다.

"어제."

그녀는 결국 안전한 이야기로 돌아갔다.

"여기사 모임이 있었잖아요?"

"아, 그래. 재미있었는지 물어보려고 했는데."

브리츠가 오는 바람에 잊어버렸다. 애쉬의 말에 세이레나는 고개를 끄덕였다.

"재미있었어요. 좋은 이야기도 들었고요."

"설마 거기서 이 왕자가 왕의 친자가 아니라는 이야기를 한 건 아니겠지?"

"그럴 리가요."

세이레나는 피식 웃었다. 덕분에 두 사람 사이의 분위기가 많이 누그러졌다. 다시 애쉬는 세이레나의 손을 잡고 걷기 시작했다.

"그, 부부 관계에 대한 이야기를 들었거든요."

움찔하고 애쉬의 몸이 잠시 멈췄다가 원래대로 돌아갔다. 하지만 그는 믿기 어렵다는 표정으로 세이레나를 쳐다봤다.

뭘 들었다고? 다시 묻고 싶지만 차마 묻기 어려운 주제다. 다행히 세이레나는 애쉬의 반응을 깨닫지 못하고 계속해서 말했다.

"정상적인 반응을 보이지 못하는 남자일수록 가학적이라는 말을 들었어요."

애쉬의 눈동자가 한 바퀴 돌았다. 그런가? 솔직히 말하면 그는 모른다. 어떤 남자가 잠자리에서 어떤 반응을 보이는지 같은 남자가 어떻게 안단 말인가.

"그, 그래?"

애쉬의 목소리가 탁하게 흘러나왔다. 그는 바로 며칠 전까지만 해도 순진하다 못해 백지에 가까웠던 약혼자의 이야기에 어떤 반응을 보여야 할지 몰라 곤란해하고 있었다.

"그런데 왕비님이 도망가신 건……."

"왕 때문이지."

자신이 아는 이야기가 나오자 애쉬는 약간 안도하면 말을 받았다가 움찔했다. 세이레나가 왕비를 도주시킨 건 왕이 왕비를 학대하기 때문이라고 했다. 칼로 몸을 긋거나 찌르는 등의 가학적인 행위였다.

설마. 애쉬는 반사적으로 세이레나를 쳐다봤다. 그녀가 지금 말하는 게 그가 생각하는 것과 같은지 알 수 없었다.

"내, 내 생각이지만요."

세이레나는 이게 그녀의 생각일 뿐이라고 강조했다. 왕이 가학적인 건 사실이고 그녀도 겪은 거지만 생식 능력에 대해서는 다르다. 그녀는 왕이 생식 능력이 있는지 없는지 알 수 없다. 아예 그 행위조차 안 했으니까.

"왕이, 그, 생식 능력이 없었다면……."

"레나."

애쉬는 재빨리 세이레나의 말을 잘랐다. 그는 그녀를 끌어안고 주변을 살폈다. 너무 위험한 이야기라 그럴 수밖에 없었다. 그는 주변에 아무도 없는지 눈으로 확인하고 기척이 느껴지는지까지 체크한 다음에야 팔에 힘을 빼고 세이레나를 내려다봤다.

"지금 무슨 말을 하는지 알고 있는 거야?"

"알아요."

흔들리던 세이레나의 눈동자가 멈췄다. 그녀는 자신이 무슨

두 왕자 285

말을 하는지 확실히 알고 있었다. 왕이 생식 능력이 없다면 왕의 피를 이은 자식은 없는 것이다. 그렇다면 왕위 계승권은 왕의 형제에게로 간다. 형제가 죽었다면 형제의 자식에게로 간다.

애쉬 그레이윈드. 그에게 간다.

"가설일 뿐이잖아."

애쉬는 한숨처럼 말했다. 가설일 뿐이다. 확실하지 않은. 어디 가서 크게 말할 수 없는. 심지어 그는 생각조차 해선 안 된다고 생각하지만 그걸 남에게까지 강요할 생각은 없었다. 대신 애쉬는 세이레나를 끌어안은 채 한숨을 내쉬었다.

"하지만 가설이 맞다면 당신이 왕이 돼야 하죠."

세이레나의 말에 애쉬는 물끄러미 그녀를 쳐다봤다. 문득 이상하다는 생각이 들었다.

세이레나는 마치 두 왕자가 왕의 친자가 아닌 것을 확신하는 것처럼 말하고 있었다.

어떻게 그걸 확신하고 있지? 그는 세이레나를 향해 물었다.

"레나, 혹시 왕비가 되고 싶어?"

그 순간 세이레나의 얼굴이 일그러졌다. 그녀는 애쉬를 밀어내며 소리쳤다.

"절대 아니에요!"

왕비가 되고 싶은 마음은 없다. 그녀는 그 자리가 끔찍했다. 끊임없는 직무와 사람들의 숨 막히는 감시 때문에 매일매일 메말라 갔다. 그래도 왕과 게일이 그녀를 사랑한다고 착각했을 때는 그래도 괜찮았다. 가끔 허전함을 느끼긴 했지만 착각 속에서 견딜 수 있었다.

하지만 아무도 그녀를 사랑하지 않는다는 것을 알았을 때, 모든 사람이 그녀를 이용하려 하고 그녀의 약점만 찾아내고 있다는 것을 알았을 때부터 진짜 지옥이 시작됐다.

화려하지만 딱딱하고 차가운 왕궁이 싫었다. 거긴 그녀의 집이 아니었다. 감옥에 가까웠다.

왕비가 된다면 다시 왕궁에서 살아야 한다. 피를 흘렸고 괴로워했고 차차 메말라 갔던 그 장소에서 다시 한 번 살아야 한다. 그녀가 무엇을 겪었는지 기억하는 건 그녀 자신뿐이다.

세이레나는 자신이 왕궁에 거부감을 보여도 아무도 이해해 주지 못한다는 것을 깨달았다.

애쉬는 세이레나의 격한 반응에 깜짝 놀라 멈췄다. 곧이어 그녀도 자신이 필요 이상으로 격하게 반응했다는 것을 깨닫고 얼굴을 붉혔다.

"아니, 내 말은 그러니까, 그런 자리는 관심 없다고요."

알고 있다. 애쉬는 고개를 끄덕였다. 세이레나는 부나 명예에는 크게 관심이 없어 보였다. 그녀가 부와 명예에 관심이 있었다면 소드 마스터가 되는 게 아니라 그레이윈드 공작 부인이 됐겠지.

"뭐, 왕도 나쁘진 않지."

애쉬는 분위기를 바꾸기 위해 세이레나를 끌어당기며 농담처럼 말했다.

진심인가? 세이레나는 깜짝 놀라서 애쉬를 쳐다봤다.

"난 내가 왕이 되어야 한다면 거부할 생각은 없어. 하지만 지금 네 이야기는 가설이잖아."

가설이다. 하지만 꽤 신빙성이 있는 가설이다. 세이레나는 힘없이 고개를 끄덕였다.

"그럼 그냥 두자고. 반역을 저지르는 건 좀 그렇잖아."

그건 그렇다. 세이레나는 한숨을 내쉬며 애쉬의 가슴에 뺨을 댔다. 만약 그녀의 가설이 가설일 뿐이라면 애쉬는 반역을 저지르게 된다. 그리고 가설이 아니라 진실이라면 애쉬는 왕이 된다. 그 말은 세이레나가 왕비가 된다는 말이다. 애쉬와 파혼하지 않는 한은.

그녀는 우울한 감정으로 자신의 가설을 묻기로 결심했다. 애쉬가 반역을 저지르는 것도, 그녀가 왕비가 되는 것도 싫었다.

"그럼 이제 둘 중 하나만 선택하면 되겠지?"

애쉬는 세이레나의 등을 끌어안은 채 물었다. 둘 중 하나? 그의 품 안에서 한숨을 내쉬던 세이레나가 고개를 드는 게 느껴졌다. 그는 세이레나의 이마에 키스한 뒤 말했다.

"일 왕자와 이 왕자 말이야. 너는 어느 쪽이 좋아? 네가 마음에 드는 쪽을 지지할게."

"내 마음이라니, 그렇게 쉽게 선택해도 되는 거예요?"

"솔직히 말해도 돼?"

애쉬의 짐짓 심각한 듯한 말투에 세이레나 역시 심각한 표정으로 고개를 끄덕였다. 그는 세이레나에게만 말해 준다는 듯 그녀의 귀에 대고 속삭였다.

"둘 다 싫어."

세이레나의 눈이 동그래졌다. 그녀는 믿을 수 없다는 표정으로 애쉬를 쳐다보다가 웃음을 터트렸다. 어쩐지 안심이 됐다. 애쉬가 두 왕자를 다 싫어한다는 게. 그녀만 둘 다 찝찝하게 생각하는 게 아니라는 점에서 애쉬와 공통점이 느껴졌다.

"나도요."

세이레나는 키득거리며 애쉬의 가슴에 뺨을 대고 말했다.

일 왕자도 이 왕자도 그녀는 별로 좋아하지 않았다. 둘 다 너무 이기적이었고 건방졌다. 심지어 그녀는 왕비일 때 두 사람을 알고 지냈는데도 그랬다. 양어머니이자 왕비에게도 그랬으니 백작 영애인 지금의 세이레나에게는 더 이기적일 것이다.

이기적이라 해도 왕으로서 나라를 생각해서 이기적인 거라면 괜찮다. 주변의 다른 민족이나 나라에 이기적이라는 말을 들어도 타인머스 백성을 위해 이기적일 수 있다면 좋은 왕이 될 것이다.

왕이 되면 나라의 안전을 위해 고개를 숙일 수 있어야 한다. 하지만 두 왕자가 그럴 수 있을까.

세이레나는 왕비로 살았던 경험으로 두 왕자 모두 그럴 수 없을 거라고 생각했다. 특히 이 왕자는 더더욱 그랬다. 그래서 세이레나는 그녀와 같은 생각인 애쉬가 훨씬 가깝게 느껴졌다.

"하지만 둘 중 하나를 선택하긴 해야겠지."

한참을 웃고 난 뒤 애쉬가 말했다. 둘 다 싫지만 선택해야 한다. 그렇다면 차악을 선택하는 게 낫겠지.

세이레나는 고개를 끄덕이며 생각했다. 이 왕자는 안 된다. 그는 그녀의 지난번 인생에서 그녀와 일 왕자에게 누명을 씌워 왕이 되려 했다. 왕비였을 때 게일이 그녀를 죽이려 했다. 그리고 이번에도 그랬다. 그렇다면 이 왕자 역시 그럴 수 있다.

세이레나는 진지한 표정으로 애쉬를 쳐다보며 말했다.

"일 왕자요. 일 왕자를 지지해요."

애쉬의 검정색 눈동자가 세이레나를 내려다보고 있었다. 그는 작은 세이레나의 몸을 끌어안고 물끄러미 그녀를 쳐다보다가 쐐기를 박듯 말했다.

"그래. 일 왕자를 지지할게."

애쉬 역시 이 왕자보다는 일 왕자가 낫다고 생각했다. 둘 다 좋아하지 않지만, 반드시 선택해야 한다면 차악이 낫겠지.

그는 그렇게 생각하고 한숨을 내쉬었다.

세이레나와 마음이 맞아서 다행이다. 하지만 한편으로 그는 그녀가 자신과 같은 생각을 할 거라는 어떤 믿음 같은 것이 있었다.

"이 왕자를 조심해요."

세이레나를 애쉬의 가슴을 끌어안으며 말했다. 애쉬가 자신이 아닌 일 왕자를 지지한다는 것을 알면 이 왕자가 무슨 짓을 할지 모른다. 왕이 되기 위해 자기 어머니도 죽이려 한 자다.

세이레나의 머릿속에 어쩌면 왕을 죽인 것도 이 왕자일지 모른다는 생각이 떠올랐다.

독을 먹고 죽은 왕.

세이레나가 왕비일 때도 이 왕자는 왕이 되기 위해 그녀와 일왕자에게 누명을 씌웠다. 게일이 왕비였던 그녀를 죽이려 했던 것처럼 이 왕자도 그럴 수 있다.

"걱정 마."

애쉬는 세이레나가 생각하는 것과는 다른 쪽으로 생각하고 말했다. 그가 일 왕자를 지지한다는 말에 화가 난 이 왕자가 왕궁 안에서 그를 배척할 수는 있다. 어쩌면 모욕을 주려 할 수도 있겠지.

"설마 날 죽이려 하겠어?"

나직한 웃음을 품은 애쉬의 말에 세이레나의 표정이 어두워졌다. 이 왕자라면 그럴 수 있다.

"그럴지도 모르죠."

어두운 세이레나의 말에 애쉬는 고개를 기울였다. 그럴 수도 있다. 하지만 그건 이 왕자가 왕이 된 다음의 일이다.

애쉬는 그렇게 말하려다 말았다. 이 왕자가 왕이 되면 그가 자신을 죽이려 할 수도 있다고 말하는 건 세이레나를 겁먹게 할 것 같았다. 물론 애쉬가 호락호락하게 죽지도 않을 테지만. 대신 그는 세이레나의 몸을 끌어안고 고개를 숙였다.

　지금의 이 왕자는 애쉬를 죽일 명분이 없다. 그에게 누명을 뒤집어씌운다 해도 일 왕자가 가만히 있지는 않을 것이다.

　그런 점에서 애쉬는 일 왕자를 믿고 있었다. 그가 왕이 될 때까지 이 왕자가 자신을 공격하게 두지 않을 것이라고.

31

준비

일 왕자와 이 왕자가 자신을 지지하는 귀족들을 식사에 초대하기 시작했다. 어느 쪽을 지지할지 결정한 귀족들은 한쪽은 거절하고 한쪽은 참여함으로써 의사를 밝혔다.

물론 둘 다 거절하는 귀족도 있었다.

대놓고 지지하는 것이 불편한 귀족은 비밀리에 만나 지지하겠다고 하기도 했고 아예 아무도 지지하지 않기도 했다.

"아버지는 아무도 지지 안 하실 거야."

모아나는 그렇게 말하며 찻잔을 들어 올렸다. 로렌과 세이레나는 여기사 클럽에 모여 차를 마시고 있었다.

여기사 클럽의 시범 모임이 성공리에 끝난 뒤 모아나에게 다음 모임에 참석하고 싶다는 연락이 쏟아졌다. 첫 모임의 주제를 좀 자극적으로 잡은 게 좋은 홍보가 됐다.

사람들의 대화는 친한 사람에서 친한 사람으로 옮겨 가기 마련이다. 깊이 친해질수록 나누는 이야기도 깊어지고 은밀해진다.

반대로 말하면 깊이 사귀는 친구가 없다면 이런 은밀한 이야기를 듣기 어렵다는 말도 된다. 당연히 은밀한 정보를 나눌 수 있다는 소문이 퍼지자 하급 귀족뿐 아니라 상급 귀족까지 초대해 달라는 요청을 하기 시작했다.

"이 케이크 맛있다."

로렌은 케이크를 먹으며 감탄했다. 크림이 부드럽고 시트가 폭신폭신했다. 시트와 시트 사이에 바른 잼도 잘 어울린다.

"그렇지? 이 사람으로 고용할까 봐."

괜찮네. 세이레나 역시 고개를 끄덕였다.

클럽은 간단한 다과뿐 아니라 식사, 더 나아가서는 숙박을 제공하기도 한다. 사람이 모이는 데 음식이 빠질 수 없기 때문이다.

모아나는 클럽에서 요리할 요리사를 고용하기 위해 로렌과 세이레나를 초대했다. 어느 요리사의 요리가 더 괜찮은지 봐달라는 모아나의 요청에 두 사람은 흔쾌히 클럽을 방문했다.

"너희 집은 어때? 네 아버지도 연락을 받으셨을 것 같은데."

모아나의 말에 로렌은 케이크를 먹다 말고 고개를 끄덕였다. 하지만 모아나의 아버지와 달리 로렌의 아버지는 아직 결정하지 않았다.

"아무래도 고민이 되시겠지."

로렌의 말에 세이레나는 고개를 갸웃하며 물었다.

"왜?"

"두 왕자 중 한 명이 왕을 독살한 거라는 소문이 있잖아."

"쉿."

모아나는 차를 마시다 말고 로렌에게 목소리를 낮추라는 신호를 보냈다. 여긴 세 사람뿐이지만 저 안에 있는 요리사에게 들릴 수도 있다.

"뭐 어때? 이미 다 퍼진 이야기인데."

정작 로렌은 아무렇지 않은 표정으로 찻잔을 들어 올렸다. 그녀의 말대로 이미 다 퍼진 이야기다. 왕궁뿐 아니라 사교계와 평민들에게까지 퍼졌다는 말이다.

"다 퍼졌어?"

세이레나는 깜짝 놀라서 물었다. 그거 비밀 아니었나? 그런 그녀의 표정을 본 모아나가 쓰게 웃으며 말했다.

"누군가 소문을 낸 거겠지."

"누가?"

"글쎄. 굳이 말하면 둘 다?"

둘 다? 세이레나는 모아나가 말하는 게 두 왕자라는 것을 깨달았다. 둘 다 서로가 왕을 독살했다는 소문을 퍼트렸다는 말이다.

세상에. 세이레나는 할 말을 잃었다. 왜 그런 짓을 했는지 이해가 되는 한편 이해가 되지 않기도 했다.

"그런데 왜 퍼트리는 거지?"

사이에서 차를 마시던 로렌이 물었다. 모아나는 찻잔을 들어 올리며 새침한 표정으로 말했다.

"서로의 지지 기반을 흔들려는 거지. 아무래도 아버지를 독살했다는 소문이 퍼지면 지지자들이 떨어져 나갈 테니까."

"그럼 둘 다 소문이 났다는 건?"

"둘 다 낸 거지."

모아나는 그렇게 말하고 킬킬거렸다. 허. 로렌은 어이가 없어서 의자 등받이에 몸을 기댔다. 누가 왕을 죽였는지는 모르지만 연기 한번 대단하다는 생각이 들었다. 그 덕에 그녀의 아버지는 아직도 누굴 지지해야 할지 망설이고 있으니까.

로렌의 아버지인 필립스 자작은 쉽게 말하면 보수파였다. 기사단은 왕을 섬기지 않고 여차하면 왕에게도 검을 겨눈다는 사실에 긍지를 가지고 있었다.

그런 그가 선택한 왕자가 아버지를 죽인 패륜아라면 그 긍지는 상처를 입을 것이다. 그렇기 때문에 어느 쪽도 지지하지 못하는 것이다.

"장기적으로 가면 이 왕자한테 안 좋을걸?"

모아나가 말했다.

"어째서?"

어리둥절해 하는 로렌에게 세이레나가 대신 설명했다.

"이 왕자는 한 명, 한 명이 소중한 상황이잖아. 이런 소문으로 그를 지지할 생각이었던 사람이 지지를 망설인다면 아무래도 불리하겠지."

"흠. 그건 그러네."

로렌은 고개를 끄덕였다. 세이레나의 설명대로 지금 이 상황은 이 왕자에게 불리한 게 맞다. 그녀는 케이크를 한 조각 더 자르며 물었다.

"그럼 누가 죽인 걸까?"

"모르지 뭐."

누가 왕을 죽이긴 했다. 하지만 누가 죽였는지는 여전히 모른다. 세이레나는 고개를 기울이며 말했다.

"가장 가능성이 높은 건 이 왕자겠지?"

"그렇긴 하지."

모아나 역시 고개를 기울이며 말했다. 일 왕자보다는 이 왕자가 가능성이 높다. 하지만 그렇다고 하기엔 지금 이 왕자의 행보를 보면 왕을 죽인 자라고 믿기 어렵다.

이 왕자가 왕을 죽이지 못했을 거라는 말이 아니다.

"왕을 죽였다는 소문이 나면 자기를 지지할 사람이 줄어들 거라는 걸 몰랐던 건가?"

로렌의 물음에 모아나와 세이레나가 다시 쓰게 웃었다. 그게 문제다.

"그래서 다들 누가 범인인지 모르는 거지."

"이 왕자가 정말 왕위를 노렸다면 이런 식으로 일을 처리하지는 않았을 거 아니야. 미리 자기 지지 기반을 만들어 놓고 왕을 죽이거나 했겠지."

로렌은 모아나와 세이레나의 설명에 고개를 끄덕였다. 그래서 그녀의 아버지가 누구를 지지할지 망설이고 있었던 거다.

엄청 복잡한 문제였네. 로렌은 그렇게 생각하며 찻잔을 들어 올렸다.

안전한 선택을 하는 자들은 일 왕자를 택할 것이다. 하지만 로렌의 아버지 같이 긍지를 중요하게 여기는 사람은 그렇지 않다.

문득 로렌은 애쉬가 일 왕자와 함께 식사를 하고 있다는 것을 떠올렸다. 오늘 점심때 애쉬는 일 왕자가 초대한 오찬에 참석한다고 했다.

"그럼 애쉬는 일 왕자를 지지하는 거야?"

로렌의 질문에 세이레나는 고개를 끄덕였다. 모아나가 눈을 동그랗게 뜨고 물었다.

"너는?"

세이레나도 애쉬의 일 왕자 지지에 동의하냐는 뜻이다.

"내가 일 왕자를 지지하자고 했어."

"허."

어이없다는 모아나의 반응과 달리 로렌은 눈을 반짝이며 물었다.

"두 사람은 이 왕자가 범인이라고 생각한 거야?"

만약 그렇다면 로렌은 이 사실을 아버지께 알려야겠다고 생각했다. 애쉬의 행보는 어느 쪽을 선택해야 할지 몰라 갈등하는 사람들의 안내판이 될 것이기 때문이다. 그는 공작이고 왕의 조카다. 사람들은 애쉬의 선택에 그럴듯한 이유가 있을 거라 생각할 것이다. 그리고 로렌은 실제로 그럴듯한 이유가 있을 거라고 생각했다.

아버지의 선택에 도움이 되겠지. 로렌은 그렇게 생각했다. 하지만 그녀의 기대에 반하듯 세이레나가 말했다.

"솔직히 우리도 잘 몰라."

"엥? 그럼 왜 일 왕자를 지지하는 건데?"

이건 모아나도 궁금했다. 모아나도 로렌 곁에서 몸을 내밀었다. 세이레나는 찻잔을 내려놓고 말했다.

"이 왕자가 더 싫거든."

"맙소사! 세이레나!"

모아나의 외침과 동시에 로렌의 웃음이 터졌다.

이 왕자가 더 싫대. 로렌은 그렇게 중얼거리며 배를 잡고 웃었다. 두 사람은 한참 웃은 다음에 세이레나에게 물었다.

"그런데 왜? 이 왕자와 무슨 일이라도 있었어?"

있었던 건 아니다. 세이레나의 미간에 주름이 생겼다. 그녀는 이 왕자와 제대로 인사를 한 적도 없다. 이번 생에서는.

하지만 지난 생에서는 있었다. 두 왕자는 불편한 양아들들이었고 이 왕자가 더 했다.

왕비인 세이레나가 양아들들과 친하게 지내기 위해 식사를 초대하면 일 왕자는 오기라도 했다. 하지만 이 왕자는 아예 오지도 않았다. 하지만 사람들 앞에서 이 왕자는 일 왕자보다 먼저 인사를 하고 친한 척했다. 세이레나는 이 왕자의 그런 차이가 싫었다.

사람들이 세이레나가 왕자들과 친하지 않은 것을 이야기하면 일 왕자는 양어머니와 양아들이니 어쩔 수 없는 것 아니냐고 말했다. 하지만 이 왕자는 자신은 노력하고 있지만 세이레나가 마음을 열어 주지 않는다는 식으로 말하곤 했다.

생각해 보니 떨떠름하게 느껴졌던 부분이 구체적으로 다가왔다. 그때는 삶에 부딪혀 제대로 되새기지 못했던 부분이 확연하게 다가왔다.

"음, 그냥."

그녀가 살고 돌아온 인생에서 그랬다는 말을 할 수가 없어서 세이레나는 우물거렸다. 뭐라고 설명해야 하지. 그녀는 어리둥절한 표정의 친구들을 마주한 채 머리를 굴렸다.

"왕비님 말이야."

모아나와 로렌은 애쉬와 세이레나가 이유 없이 두 왕자 중 한쪽이 더 마음에 안 들었다는 게 이상하다고 생각하고 있었다. 그때 세이레나가 입을 열었다.

"왕비님께 암살 시도가 있었잖아."

"아, 두 번이나 있었지."

"그것 때문에 왕비님이……."

자살한 거라고 말하려던 로렌은 입을 다물었다. 왕비의 자살에 세이레나가 휘말렸기 때문이다. 그녀는 세이레나의 눈치를 살폈다. 누군가 자살하면서 자신을 끌고 가려 했다면 심한 충격을 받았을 것이다.

로렌은 세이레나가 그 충격에서 벗어났는지 걱정스러웠다. 하지만 세이레나는 왕비의 자살이 아니라 암살을 이야기하고 있었다. 그녀는 목소리를 낮춰 말했다.

"사실 나는 암살을 지시한 배후에 이 왕자가 있는 게 아닐까 하고 의심 중이거든."

무슨 소린지 알겠다. 모아나는 고개를 끄덕였다. 로렌 역시 그런 생각을 하긴 했다. 하지만 누가 왕비를 죽이려 한 건지는 증거가 없다.

당시 왕비를 암살하려던 사람들은 모두 도망치거나 죽었기 때문이다.

"증거를 찾았어?"

모아나의 질문에 세이레나는 그녀가 아는 것을 말해야 할지 망설였다. 두 사람은 믿을 수 있다. 하지만 이 일에 엮이게 해도 될지 두려웠다.

"그건 아니야. 그런데 왕비님이 공격을 당했을 때 말실수를 하셨거든."

왕도 알고 있냐고 했다. 그때 세이레나는 단순히 왕이 공격한 게 아니라는 의미로만 생각했다. 하지만 지금 생각해 보면 그것만이 아니었던 거다.

세이레나는 침착하게 당시 상황과 왕비와 그녀의 대화를 두 친구에게 이야기했다. 모아나는 눈을 깜빡이며 세이레나가 생각한 것과 똑같은 말을 했다.

"왕이 공격한 게 아니라는 말 아니야?"

세이레나는 일어나서 문을 닫고 돌아왔다. 그녀의 태도를 모아나와 로렌이 무슨 일인가 하고 쳐다보고 있었다.

"지금부터 하는 말은 여길 나가면 잊어버려."

심각한 세이레나의 표정에 로렌이 입을 열었다.

"무슨 말인데?"

"약속해 줘. 지금 여기서 내가 하는 말은 잊는 거야. 너희와 아무 상관 없는 거고 못 들은 이야기로 하겠다고."

"하지만……."

뭐라고 말하려는 로렌은 모아나가 막았다. 그녀는 세이레나가 비밀을 고백하려 한다는 것을 느끼고 있었다. 그 전부터 모아나는 세이레나가 자신에게 말하지 않은 비밀이 많다는 것을 알고 있었다.

그건 작년 말, 올해 초부터 시작된 비밀이었다.

"약속할게."

모아나의 말에 세이레나는 로렌을 쳐다봤다. 모아나까지 로렌을 쳐다보자 로렌은 어쩔 수 없다는 표정으로 말했다.

"약속해."

좋아. 세이레나는 숨을 들이쉬었다가 내쉬었다. 그녀는 목소리를 낮춰서 말했다.

"왕비님은 죽지 않았어."

"뭐?"

깜짝 놀라 소리를 지른 건 모아나였다. 로렌은 눈을 부릅뜨긴했지만 소리를 지르지는 않았다. 그녀는 눈동자를 빛내며 세이레나에게 물었다.

"역시 그거 너였구나?"

"역시라니, 뭐가?"

어리둥절한 건 모아나뿐이었다. 세이레나는 로렌이 어렴풋이눈치채고 있었다는 사실에 쓰게 웃었다.

왕비와 세이레나는 체형도, 행동거지도 비슷했다. 옷을 바꿔입었다는 것을 알아차리기 어려울 것이다. 하지만 애쉬처럼 로렌도 어렴풋이 이상하다고 여기고 있었다.

세이레나는 훈련된 기사다. 왕비도 기사단에 있었지만, 그녀는 검을 손에서 놓은 지 몇십 년이나 지났다. 그럼에도 불구하고자살 시도를 할 때 왕비는 너무 쉽게 세이레나를 절벽으로 던져버렸다.

왕비의 시체를 찾지 못했고 피해자인 세이레나를 위해서 데니스와 로렌은 따로 이야기하지 않았다. 하지만 묻어 놨던 생각이 세이레나의 말 때문에 튀어나온 것이다.

"내가 왕비님과 짜고 옷을 바꿔 입었어. 그리고 왕비님인 척 뛰어내렸지."

"세이레나!"

모아나는 깜짝 놀라서 소리를 질렀다. 그녀는 거기서 멈추지 않고 자리에서 벌떡 일어나 세이레나를 때리기 시작했다.

"미쳤어! 미쳤어! 아주 미쳤어!"

"잠깐, 잠깐, 모아나."

로렌이 당황해서 두 사람을 떼어 놓았다. 모아나는 한숨을 내쉬며 두 손에 얼굴을 묻었다.

모아나는 세이레나가 이 정도로 겁을 상실한 사람인 줄은 꿈에도 몰랐다. 눈이 한참 내리고 난 다음이었고 얼어붙었던 강물이 녹아 흐르면서 물살이 빨랐다. 거기서 세이레나가 무사히 살아난 건 반은 그녀의 실력이었고 반은 행운이었다. 그녀는 세이레나가 살아난 뒤 심지어 신전에 가서 감사의 기도까지 올렸었다.

"나중에 화낼게. 지금은 이야기해."

모아나는 그렇게 말하고 찻잔을 들어 올려 남은 차를 홀짝 마셔 버렸다. 로렌은 그런 모아나를 보다가 세이레나에게 고개를 돌렸다.

"왕비님을 구하기 위해서는 그럴 수밖에 없었어. 그냥 사라질 수는 없으니까."

"왕비님이 왜 사라졌어야 하는데? 잠깐, 이거 왕비님을 납치한 게 아닌 거 확실해?"

로렌의 질문에 세이레나는 고개를 끄덕였다. 그녀는 목소리를 낮춰 말했다.

"왕비님은 자의로 사라지신 거야. 정확히 말하면 도망치신 거고. 내가 도와드렸어."

왕비가 도망치고 싶어 했다고? 어째서? 놀란 로렌이 묻기 전에 모아나가 욱해서 말했다.

"네가 그렇게 위험한 짓까지 한 이유는 뭔데?"

"왕비님이 그냥 사라질 순 없으니까."

이야기는 다시 도돌이표로 되돌아왔다. 로렌과 모아나는 한숨을 내쉬었다. 뭐가 뭔지 모르겠다.

로렌이 말했다.

"일단 세이레나가 말하게 두자."

"하나만 묻고."

모아나는 그렇게 말하고 세이레나를 향해 물었다.

"이거 단장도 알아?"

"지금은."

지금은? 이번에는 로렌의 눈도 동그래졌다. 모아나는 어이가 없어서 가슴을 치다가 물었다.

"지금은? 지금은?"

"어, 으음. 왕비님인 척하고 뛰어내릴 때까지는 애쉬도 몰랐어."

"잠깐, 그럼 왕비님이 안 돌아가신 건 애쉬도 알아?"

로렌의 말에 세이레나는 고개를 끄덕였다. 와. 로렌은 어이가 없어서 입을 딱 벌렸다.

"애쉬는 어떻게 알았는데?"

"내가 뛰어내리는 걸 보고 나라는 걸 알았대."

과연. 로렌은 왕비가 자살하던 날 자기 혼자 강 상류를 뒤지던 애쉬를 떠올렸다. 그때 이미 그는 왕비의 옷을 입은 게 세이레나라는 것을 알았다는 거다.

어휴. 모아나는 한숨을 내쉬고 말했다.

"계속 말해 봐. 무슨 이야긴지 자세하게."

세이레나는 어쩐지 화가 난 듯한 두 친구의 눈치를 살피며 이야기를 시작했다. 처음 왕비가 공격당했을 때 그녀가 들은 것부터 왕비와 짜고 강에 몸을 던질 때까지 전부 다.

"백보 양보해서 왕비님이 불쌍해서 구해 주고 싶었던 건 알겠어."

세이레나의 이야기가 끝나자 화가 한풀 가라앉은 모아나가 입을 열었다. 세 사람의 앞에는 빈 찻잔이 놓여 있었다. 로렌은 찻주전자를 들어 올리다가 그곳도 마찬가지로 비었다는 것을 깨달았다.

"그걸 왜 너 혼자 한 건데? 우리한테 말도 안 하고."

"너희를 못 믿은 게 아니야."

세이레나는 재빨리 말했다. 그녀는 로렌과 모아나를 못 믿은 게 아니다. 애쉬 역시 마찬가지다.

그녀는 모아나의 화를 가라앉히기 위해 말을 이었다.

"왕비를 죽이려는 사람 뒤에 두 왕자 중 한 명이 있어. 일 왕자였다면 왕에게 도움을 요청했겠지. 그렇지 못했다는 건 이 왕자기 때문이라고 생각했어."

타당한 생각이다. 로렌은 고개를 끄덕였다. 그러네. 모아나도 화난 것을 참고 세이레나의 생각에 동의했다.

"그리고 그때는 몰랐는데 지난번 모임에서 그런 이야기를 들었잖아."

"그런 이야기?"

"그, 가학적인 사람은 제대로 된 부부 관계를 맺지 못한다는 거 말이야."

아. 모아나와 로렌이 동시에 알았다는 듯 신음했다. 둘 다 세이레나가 무슨 소리를 하는지 알아차렸다. 덕분에 세이레나는 자세히 설명하지 않아도 된다는 안도의 한숨을 내뱉었다.

"왕이 왕비에게 가학적으로 대했다는 말이지?"

"내 가설은 그래."

"흠."

로렌과 모아나는 세이레나가 봤다는 상처를 떠올렸다. 그때 로렌이 이상하다는 듯 말했다.

"난 배우자를 때리는 남자 이야기는 들었거든? 칼로 찌른다는 건 처음 들었어."

"때리는 게 흔해?"

세이레나는 깜짝 놀라서 물었다. 귀족의 결혼은 집안끼리의 결합이다. 비즈니스에 가깝기 때문에 배우자를 함부로 때린다는 건 말이 되지 않는다.

하지만 어디까지나 그건 이상론이다. 가난한 집의 여자가 부자인 남자와 결혼하면 동등한 부부가 아니라 남편의 소유물쯤으로 인식되는 일도 왕왕 있다.

마치 세이레나가 왕비였을 때 왕의 소유물과 비슷했던 것처럼.

"흔하지는 않은데, 어디나 있잖아. 자기보다 약한 사람을 때려서 자존심 채우는 찌질한 새끼들이."

로렌의 이 가는 듯한 말에 모아나가 고개를 끄덕였다. 놀랍게도 어디나 있다. 믿고 싶지 않지만, 심지어 기사단에도 있다.

벤 머피 같은 녀석. 로렌은 기사단에 입단할 때 실력뿐 아니라 인성도 봐야 한다고 생각했다. 애쉬가 올려놓은 기사단의 인성을 벤 같은 녀석이 다 깎아 먹고 있는 거나 다름없으니까.

그런가. 세이레나는 비슷하면서도 다르다고 생각했다. 그녀를 찌르며 왕은 자존심을 채운다기보다는 쾌감을 느끼는 것처럼 보였다. 정확히 말하면 피에 미쳤다는 느낌이 들었다.

하지만 이런 이야기까지는 할 수 없다. 그녀는 다시 이야기를 왕비에게로 옮겼다.

"그래서 말이야. 왕에게 학대당하던 왕비가 이 왕자에게 도움을 요청했던 게 아닐까 싶어. 친정도 도움을 거절했으니 아들이라도 자길 도망시켜 주길 바란 게 아닐까."

"그럴 수 있네. 근데 자기 아버지가 어머니를 학대한다고 어머니를 죽이려 한다는 게 말이 되나?"

모아나가 당연한 질문을 던졌다. 말도 안 된다. 반대라면 모를까. 거기서 세이레나는 잠시 망설였다. 위험한 가설이다. 그녀가 망설이는 것을 깨달은 로렌과 모아나의 시선이 세이레나를 향했다.

"뭔데?"

로렌이 재촉했다. 세이레나는 입술을 깨물고 말했다.

"아까 약속한 거 기억하지?"

여기서 들은 이야기는 여기서 나가면 못 들은 걸로 해야 한다. 약속을 떠올린 로렌과 모아나가 고개를 끄덕였다.

세이레나는 다시 목소리를 낮춰 말했다.

"아까 말했잖아. 가학적인 사람은 제대로 된 부부 관계를 맺지 못한다고."

그게 무슨 의민지 깨달은 건 모아나였다. 그녀는 입을 딱 벌렸고 로렌은 무슨 소린지 몰라 모아나를 쳐다봤다.

"그게 왜?"

"세이레나, 너!"

"알아, 미친 소리 같다는 거."

뭔데? 어리둥절해 하는 로렌에게 모아나가 재빨리 설명했다.

"쟤 말은, 왕이 고자라는 거야."

"뭐?"

로렌의 입에서도 비명 같은 신음이 흘러나왔다. 뭐가 어쩌고 어째? 두 사람은 말도 안 된다는 듯 세이레나를 쳐다봤다. 하지만 세이레나는 모아나의 말을 부인하지 않았다. 그녀는 차근차근 이야기하기 시작했다.

"음모론이긴 하지만 생각해 봐. 이 왕자가 갑자기 왕비를 죽이려고 하고 자신이 왕이 될 생각을 했다는 게 이상하잖아."

여전히 모르겠다. 로렌이 미간을 찡그리며 물었다.

"자기가 왕의 친자식이 아닌 게 자기 어머니를 죽이려는 거와 무슨 상관인데?"

"아니지."

이번에는 세이레나 대신 모아나가 입을 열었다. 그녀는 로렌을 향해 속삭였다.

"이 왕자만 왕의 친자가 아닌 게 아니잖아. 세이레나 말은 왕이 고자고, 두 왕자 모두 왕의 친자식이 아니라는 말이지. 그럼 이 왕자는 억울하다고 생각하겠지."

억울? 로렌의 얼굴에 어리둥절한 표정이 떠올랐다.

세이레나가 모아나의 말을 이었다.

"왕의 후계자가 되는 조건은 혈통이잖아. 왕의 피를 잇는 첫 번째 자식. 그런데 왕이 고······."

세이레나는 모아나를 따라 고자라고 하려다가 얼굴을 붉히고 말을 고쳤다. 그녀는 차마 그 단어를 입에 올릴 수가 없었다.

"왕이 생식 능력이 없다면 이 왕자는 자기가 왕이 되지 못할 이유가 뭐냐고 생각하겠지."

"젠장."

세이레나의 로렌은 저도 모르게 욕을 내뱉었다.

세이레나의 말이 맞다면 이 왕자의 행보가 설명이 된다. 갑작스러운 왕비를 향한 공격. 왕의 사망. 그리고 사람을 모으려는 행동들.

문득 모아나의 머릿속에 이상한 생각이 떠올랐다. 그녀는 누구에게랄 것도 없이 말했다.

"근데 그럼 왕이 두 왕비의 부정을 전부 눈감아 준 거라는 말인가?"

그게 말이 되나? 배우자의 부정을 눈감아 준다는 게?

모아나의 말에 로렌은 저도 모르게 세이레나를 쳐다봤다. 세이레나는 새하얀 얼굴로 앉아 있었다. 얼굴에 아무 표정도 담겨 있지 않았지만 그게 더 걱정이 됐다.

"세이?"

로렌은 걱정스럽게 세이레나를 부르자 그녀가 입을 열었다.

"나는 그랬다고 생각해."

왕은 여자를 임신시킬 능력이 없었다. 만약 있었다면, 왕비일 때 세이레나에게 아이를 갖게 했을 것이다. 하지만 그녀가 왕비였을 때 왕은 죽을 때까지 그런 행위를 시도조차 한 적이 없었다.

"세이레나 말이 맞다고 치고 생각해 보자고."

모아나가 말을 이었다. 그녀는 세이레나의 말이 전부 가설이라는 것을 인지하고 이야기를 시작했다. 물론 꽤 그럴듯한 가설이라고 판단했기 때문에 이야기를 하는 것이기도 했다. 만약 그럴듯한 가설이라고 생각하지 않았다면 애초에 이야기할 가치도 없다고 일축했을 것이다. 입 밖에 꺼내는 것만으로도 엄청난 이야기이기 때문이다.

"만약 그랬다면 말이야. 왜 눈감아 준거지? 자기가 고자인 게 부끄러워서? 그게 피를 잇지 않은 아들이 왕이 되어도 될 정도로 부끄러운 건가?"

그건 너무 멍청한 행동이다. 로렌은 그렇게 생각했다. 죽은 왕이 자신의 부끄러움 때문에 왕족의 혈통을 바꿔 버린 거다.

모아나와 로렌은 생각조차 할 수 없는 일이다. 하기야 두 사람은 자신이 낳은 첫 번째 아이가 가문을 잇는 것이니 생각할 필요가 없는 일이기도 하다.

"왕과 왕비 사이에 자식이 없으면 어떻게 됐지?"

로렌의 질문에 세이레나가 답했다.

"계승권대로 가지. 왕의 동생. 동생이 죽거나 없으면 조카나 사촌에게 가지."

"어?"

그제야 로렌은 깜짝 놀라서 신음을 내뱉었다. 그 모습에 세이레나가 쓰게 웃었다.

"잠깐, 잠깐."

로렌은 손을 내저으며 눈을 깜빡였다. 방금 엄청난 이야기를 들은 것 같은데? 그녀는 입을 벙긋거리다가 멈추더니 말했다.

"케이크가 필요해!"

"뭐?"

"당분이 필요하다고! 머리를 쓰기 위해선 당분이 필요하댔어!"

그렇게 말한 로렌은 벌떡 일어나 주방으로 향하는 문을 열고 안쪽으로 달려갔다. 모아나는 빈 찻주전자를 들어 올리며 소리쳤다.

"차도 가져와!"

약간의 소란이 일어났다. 모아나는 어리둥절해서 케이크를 더 가져온 요리사를 채용하고 내보냈다. 그사이 로렌이 뜨거운 물을 가져와서 차를 우렸다.

세이레나는 어이가 없어서 피식피식 웃고 있었다. 덕분에 분위기가 많이 풀어졌다.

"좋아. 이제 다시 이야기해 보자고."

로렌이 찻잔에 차를 따르며 말했다. 테이블이 다시 세팅됐다. 세 사람 앞에 각각 차와 케이크가 놓였다.

"그러니까, 애쉬가 다음 왕이 되어야 한다고?"

"세이레나의 가설이 사실이라면 그렇겠지."

로렌의 말에 모아나가 가볍게 타박했다. 너무 위험한 말이다. 혹시라도 이 이야기가 두 왕자의 귀에 들어간다면 애쉬뿐 아니라 세이레나도 위험하다.

"아니야, 난 그 가설이 점점 더 맞는 것 같아."

로렌은 모아나의 타박에 방어하듯 말했다. 그녀는 찻잔을 들어 올리며 다시 입을 열었다.

"왕이 애쉬를 싫어하잖아. 왜 싫어하는지 궁금했는데 이것도 이유일 수 있겠네."

"아, 그런 말도 있었지."

모아나는 곧 왕이 그레이윈드 공작을 좋아하지 않는다던 소문을 떠올렸다. 암암리에 이야기되던 것이고 당연히 왕과 애쉬, 둘 다 긍정도 부정도 하지 않았다.

왕이 애쉬를 좋아하지 않을 이유는 많았다. 두 왕자를 제외하면 왕이 될 계승권을 가지고 있었고 최연소 소드 마스터이며 기사단의 단장이다. 혈통을 제외하면 어느 곳에서도 두각을 보이지 않는 두 왕자를 보면 왕이 애쉬를 경계할 이유는 당연했다.

하지만 그럼에도 애쉬는 자만하거나 경거망동하지 않았다. 쉽게 말하면 애쉬를 못마땅하게 보는 사람들이 꼬투리 잡을 만한 일을 하지 않았다는 뜻이다.

털어서 먼지가 나오지 않는 사람은 없다. 그런 의미에서 모아나는 애쉬가 대단하다고 생각했다.

"자기 아들들이 친자식이 아니라서 단장을 경계했단 말이지? 흠. 그런데 그 정도로 왕이 자기 아들들을 아꼈을까?"

부끄러움에 자기 혈통이 아닌 아들이 왕이 되는 것도 눈 감은 왕이다. 그런 자가 애쉬가 왕이 될까 봐 경계할 수 있을까.

복잡한 문제였다. 왕은 그다지 자식들에게 애정을 품는 사람이 아니었다. 하지만 자식들에 대한 애정과 왕위에 대한 건 생각이 다를 수 있다.

뭔가 부족하다. 세이레나는 그렇게 생각했다. 왕이 애쉬를 싫어하는 이유는 많지만 그게 전부 결정적이진 않다. 하나하나를 모아서 싫어한다면 이해는 되지만. 뭔가가 머릿속에서 가물가물하게 떠올랐다가 잡으려 하면 가라앉기를 반복했다.

결국, 세이레나를 떠올리기를 포기하고 입을 열었다.

"어쨌든, 나와 애쉬가 일 왕자를 지지하기로 결정한 이유가 그거야."

"그런데 말이야."

로렌이 케이크를 먹으며 입을 열었다.

"좀 신기하네. 세이의 가설대로라면 두 왕비가 다 부정을 저지른 거잖아? 왕비들이 부정을 저지른 건 그렇다 쳐도 보통 그러면 임신하지 않으려 노력하지 않나? 둘 다 아들을 낳았다는 것도 그렇고 그걸 왕이 용인했다는 것도 신기하네."

"세이레나의 말이 사실이라면 반대겠지."

모아나가 반박했다. 반대? 로렌의 눈이 동그래졌다.

"왕비들이 부정을 저지르고 싶어서 저질렀고 운 나쁘게 다른 남자의 아이를 낳았다고 볼 게 아니라, 아이를 낳기 위해 부정을 저질렀다고 봐야겠지."

"아이를 낳기 위해?"

"왕비잖아. 후계자를 낳을 의무가 있어. 그런데 왕은 아이를 만들 능력이 안 되는데 그걸 밝힐 수는 없잖아. 그러니 다른 남자의 아이를 낳은 거겠지."

"그럼 왕도 그래서 용인해 준 거라고 생각할 수 있겠네."

두 왕비의 친정은 모두 힘이 없는 하급 귀족이었다. 어쩌면 왕비의 친정이 협조한 것일 수도 있다. 가문을 살리기 위해 피에 미친 왕에게 왕비로 바쳤으니 아들도 낳으라고 했을 것이다.

왕비였던 세이레나만 아무것도 몰랐던 건 게일의 딸인 아드리아나가 이 왕자와 결혼했기 때문이다. 다른 왕비들의 친정과 달리 세이레나의 친정이었던 게일은 오히려 세이레나가 아이를 낳으면 곤란했을 것이다. 세 번째 자식이 태어나면 이 왕자가 왕이 되는 데 걸림돌이 될 수 있으니까.

"잠깐, 그럼 미카엘라 왕비님은 이 왕자를 왜 낳은 거야?"

로렌이 어리둥절해서 물었다. 왕이 생식 능력이 없다는 가설을 몰랐을 때라면 모르지만 세이레나의 가설이 맞다면 굳이 부정을 저질러서까지 왕자를 낳았다는 게 이해가 되지 않는다. 그러자 모아나가 손가락을 흔들며 말했다.

"미래를 위한 보장으로 낳았겠지. 왕이 죽으면 왕비의 힘이 돼

줄 수 있는 건 자식 아니면 친정뿐인데 친정은 왕비 도움을 받아야 할 정도니까."

만약 미카엘라 왕비가 브리츠를 낳지 않았다면, 왕이 죽었을 때 데이비드 왕자와 미카엘라 왕비만 남는다. 왕이 된 데이비드가 친어머니도 아닌 미카엘라 왕비를 제대로 대우해 준다는 보장이 없다.

"세상에. 왕비님 불쌍하다."

로렌은 한숨처럼 말했다. 왕이 죽은 뒤 자길 지켜 달라고 낳은 아들인데 그런 아들이 자신을 죽이려 한다니. 심정이 어떨까.

세이레나는 씁쓸한 표정으로 말했다.

"자기가 낳은 아들이 왕이 되고 싶어서 자길 죽이려 할 줄은 꿈에도 몰랐겠지."

어디까지나 가설이지만 세 사람은 그 가설이 거의 맞다고 생각하고 있었다. 그때 모아나가 말했다.

"그럼, 이 왕자는 어떻게 왕이 되려는 거지?"

지금으로써는 일 왕자의 지지 기반이 더 크고 탄탄하다. 두 왕자 중 누가 왕을 죽였는지도 모르는 상황이라 로렌의 아버지 같은 사람들이 망설이는 데도 그렇다. 그런데 그레이윈드 공작이 일 왕자를 지지한다는 게 알려지면 애쉬를 따라 일 왕자를 지지하는 사람들이 늘어날 것이다.

이건 이 왕자에게 큰 난관이 될 게 분명하다. 그만큼 왕이 되기엔 준비가 부족했다는 말이 된다.

"내 생각엔."

세이레나는 잠시 멈칫했다. 이 왕자는 그녀가 왕비였을 때 왕이 됐다. 일 왕자와 왕비인 세이레나가 짜고 자신을 죽이려 했다고 누명을 씌워서.

이번에도 그럴까?

바로 몇 달 전까지의 그녀였다면 그렇다고 말하기를 망설였을 것이다. 게일이 왕비였을 때 그녀를 죽이려 했지만 이번은 다르다고 생각했으니까. 하지만 게일은 같은 짓을 했다. 이 왕자 역시 그러지 않을 거란 보장이 없다. 아니, 결국 사람은 변하지 않으니 같은 짓을 할 거다.

"일 왕자에게 누명을 씌우려 하겠지."

"무슨 누명?"

세이레나의 말에 모아나가 호기심을 드러냈다. 누구에게, 어떤 누명을 씌울지가 관건이다.

"왕을 죽였다는 누명을 씌울 수도 있고."

거기까지 말한 세이레나는 그녀가 왕비였을 때 어떤 누명을 썼는지 떠올렸다. 일 왕자와 짜고 그녀가 이 왕자를 죽이려 했다는 누명이었다. 하지만 지금 여기에 세이레나는 없다. 아니, 세이레나는 있지만 이 왕자가 제물로 바칠 만한 존재가 없다.

"애쉬가 있지."

"뭐?"

세이레나의 말에 모아나와 로렌이 무슨 소리냐는 표정을 지었다. 하지만 세이레나의 표정은 단호했다.

이 왕자가 누군가와 일 왕자를 엮어서 누명을 씌우려 한다면 그건 애쉬가 될 것이다. 지금 이 왕자가 왕이 되는 데 가장 방해가 되는 건 일 왕자와 애쉬일 테니까.

"애쉬가 있다는 게 무슨 소리야?"

모아나의 질문에 세이레나는 생각을 정리했다. 지금 이 왕자는 일 왕자를 치워야 한다. 일 왕자가 죽거나, 왕이 될 수 없을 정도로 도덕적으로 큰 문제를 일으켜야 한다.

"일 왕자가 애쉬를 죽이거나."

세이레나는 그렇게 말하다가 멈췄다. 일 왕자가 애쉬를 죽였다고 뒤집어씌울 수는 있다. 하지만 애쉬를 죽일 수 있을까.

지금 타인머스에서 가장 죽이기 힘든 사람을 고르라면 첫 번째가 일 왕자 데이비드고 두 번째가 애쉬일 것이다. 대상자의 실력만을 본다면 첫 번째는 애쉬가 되겠지만 주변에서 보호하는 정도는 일 왕자가 더 높다.

물론 일 왕자가 곁에 실력 있는 호위를 둔 것처럼 애쉬 역시 주변에 실력 있는 기사들이 많다. 데니스나 로렌. 그리고 세이레나가 있다. 무엇보다 애쉬 자체가 소드 마스터다.

"애쉬가 일 왕자를 죽였다고 뒤집어씌우겠지."

세이레나의 말에 모아나와 로렌의 눈이 커졌다.

"말도 안 돼!"

반사적으로 로렌이 말했다. 하지만 모아나는 그럴 수 있다고 생각하고 있었다.

이 왕자가 왕이 되고 싶다면 반드시 일 왕자가 사라지거나 추락해야 한다. 애쉬가 일 왕자를 지지한 이상 애쉬도 이 왕자의 눈 밖에 난 것이나 다름이 없다.

"가능성 있지."

모아나까지 고개를 끄덕이며 동조하자 로렌의 시선이 그녀를 향했다. 정말?

믿을 수 없어 하는 로렌에게 세이레나가 담담하게 말했다.

"애쉬가 일 왕자를 지지하면 이 왕자는 승산이 없어."

"그건 그렇지만……."

누군가를 죽이면서까지 왕이 되고 싶어 할까? 그런 의문을 떠올린 로렌은 곧 고개를 끄덕였다. 그럴 수 있다. 누군가를 다치게 하면서까지 일 분단이 되고 싶어 한 기사도 있었다. 노리는 게 일 분단이 아니라 왕좌라면 죽이는 것도 당연하겠지.

"이 왕자를 지켜봐야겠네."

로렌이 말했다. 이야기가 빠르다. 세이레나는 그렇게 생각하며 웃었다.

모아나가 진지한 표정으로 끼어들었다.

"자작 클럽에서 동향을 살필게."

이 왕자가 일 왕자를 죽이고 애쉬에게 뒤집어씌우려 한다면 실력 있는 검사가 필요할 것이다. 왕년에 한 실력 했던 사람들만 모여 있는 곳이 바로 자작 클럽이다.

로렌은 모아나의 말에 고개를 끄덕이고 세이레나를 쳐다봤다. 세이레나는 자신이 뭘 할 수 있는지 생각하고 있었다. 아버지의 친구들에게 이상한 조짐이 보이지 않는지 물어볼 수도 있다.

하지만 무엇보다 중요한 건.

"애쉬와 이야기해 볼게."

일 왕자를 지켜볼 사람도 필요하다. 세이레나의 말에 모아나가 미소 지었다.

"궁금한 게 있는데."

그때 로렌이 입을 열었다. 뭔데? 고개를 돌리는 모아나와 세이레나를 향해 그녀가 말했다.

"근데 애쉬가 왕이 되어야 하는 거 아니야?"

애쉬가 왕이 된다는 말에 세이레나의 얼굴이 일그러졌다. 그가 왕이 되어야 한다. 나라를 생각하면, 애쉬를 생각하면 그렇다. 하지만 세이레나는 두려웠다.

"애쉬는 확실하지 않으니 이야기하지 말재."

"단장님이 그래?"

모아나의 질문에 세이레나는 말없이 고개를 끄덕였다. 하긴, 애쉬라면 그럴 수도 있겠네.

로렌과 모아나의 시선이 부딪쳤다. 확실하기 전에는 움직이지 않는 남자다. 두 사람은 다시 한 번 세이레나의 가설이 그저 가설이라는 것을 떠올렸다. 가설일 수도 있다. 하지만 너무 앞뒤가 맞는 가설이다. 하지만 음모론이란 다 그렇다. 앞뒤가 맞는다.

"왕비님이 살아 있다며? 왕비님한테 부탁하면 안 되나?"

다시 로렌이 물었다. 뭘? 모아나가 어리둥절한 표정을 짓는 사이 세이레나가 말했다.

"왕비님이 거기까지 엮이고 싶어 할지 모르겠어. 만약 왕비님이 이 왕자가 선왕의 친자가 아니라 증언한다면……."

"왕비님이 벌을 받겠지."

모아나가 끼어들었다. 이건 이 왕자를 끌어내리는 것만이 아니다. 왕비 역시 부정을 저지르고 왕의 자식이 아닌 자를 왕의 자식으로 키운 죄를 물어 벌을 받을 것이다.

왕비가 과연 자기가 벌을 받을 위험을 무릅쓰고 증언을 해 줄까?

"일단 우리도 지켜보자."

모아나는 그렇게 말하며 자리에서 일어났다. 아무리 그럴듯하다고 해도 두 왕자가 왕의 친자가 아니라는 증거가 없다면 소용이 없다.

증거 없이 움직일 수는 없다. 애쉬와 세이레나는 물론이고 연루된 모아나와 로렌, 더 나아가서 기사단의 기사들에게까지 불똥이 튄다.

*　　*　　*

"어머니."

애쉬는 저택에 돌아오자 그레이윈드 공작 부인이 도착해 있다는 것을 듣고 어머니를 찾았다.

카시아는 개인 응접실에 앉아 있었다. 그녀를 위해 집사가 미리 장식되어 있던 검과 화살촉 등을 빼놓았다.

"자주 보는구나."

카시아는 그렇게 말하며 웃었다. 그녀는 책상 앞에 앉아 수도에 있는 지인들에게 자신이 도착했음을 알리는 편지를 쓰고 있었다.

이번에는 조금 오래 머물 생각이라 지인들에게 알리고 있었다. 내일 아침 일찍 집사가 사용인들에게 이 편지를 전달하도록 할 것이다.

그녀는 쓰고 있던 편지를 마무리하고 자리에서 일어나 거실 의자에 앉았다. 그녀의 아들은 여전히 문 앞에 서서 그녀를 쳐다보고 있었다.

"그동안 잘 지냈니?"

늘 지방의 저택에만 있다 보니 카시아가 애쉬를 보는 것은 일 년에 한두 번 정도다. 만날 때마다 훌쩍 자라 있는 아들을 보며 신기해했는데 이번에는 크게 변한 게 없었다. 마지막으로 본 게 지난 기사단 연회였으니 당연하다.

"보시다시피요."

"헌터 경은?"

어김없이 세이레나의 안부를 묻는 질문에 애쉬는 피식 웃었다. 카시아는 편지에도 세이레나가 잘 지내는지 묻곤 했다.

"네. 요즘 좀 바쁘지만 잘 지내고 있어요."

"헌터 경은 어디 다치거나 아픈 데는 없고?"

맙소사. 애쉬는 웃음을 터트렸다. 어째 아들인 그보다 세이레나를 더 걱정하는 것 같다. 그는 그제야 카시아의 맞은편에 앉으며 말했다.

"네. 다치지도, 아프지도 않아요."

"그럼 다행이지."

곧이어 집사가 애쉬를 위한 차를 가지고 들어왔다. 카시아는 집사에게 고맙다고 눈인사를 한 뒤 애쉬에게 물었다.

"숙부가 그렇게 돼서 헌터 경이 많이 상심했겠구나."

"벌써 거기까지 소문이 퍼졌나요?"

"내 정보력을 무시하지 말렴."

애쉬는 모르지만 지금 카시아가 입고 있는 의상은 모두 수도에서 현재 유행 중인 디자인이었다. 시골에 살면서도 그녀는 수도의 최신 유행을 놓지 않고 있었다. 딱 하나, 단발머리는 역시 무리였지만.

"충격받긴 했는데, 지금은 괜찮아요."

"겉보기엔 그럴지 몰라도 속은 말이 아닐 거다."

하나뿐인 숙부가 자기를 죽이려 사람을 끌고 집에 쳐들어왔는데 괜찮을 리가 없다. 카시아의 말에 애쉬는 고개를 끄덕였다.

카시아는 그런 애쉬를 보며 물었다.

"잘 위로해 주렴. 지금 헌터 경과 가장 가까운 사람은 너잖니."

"네."

어쩐지 대화가 점점 훈계가 되어 가고 있다. 그 사실을 깨달은 애쉬는 쓰게 웃었다. 하지만 카시아는 찻잔을 들어 올리며 다시 말했다.

"드레스와 보석으로 달래려 하지 말고."

"아버지는 드레스와 보석으로 어머니를 달래셨잖아요?"

설마. 카시아는 애쉬를 노려봤다. 이 녀석, 헌터 경에게 아버지처럼 선물 공세만 하는 건 아니겠지?

하지만 곧 그녀는 애쉬가 그럴 리 없다는 것을 떠올리고 한숨을 내쉬었다.

"그 사람이 준 건 그것만이 아니었으니까 괜찮아."

애쉬의 아버지에게 카시아는 운 좋게 얻은 사랑이었다. 카시아에게 그는 그녀를 구해 준 은인이자 좋은 연인이었고.

카시아는 죽은 남편을 생각하며 한숨을 내쉬었다. 남편이 죽었을 때 그녀는 자신도 죽을 거라 생각했다. 그녀가 죽지 않은 건 아들 애쉬 때문이었다.

"그런데."

가벼운 이야기를 나누던 애쉬는 찻잔을 들어 올리며 가장 궁금하던 것을 입에 올렸다. 집사는 공작 부인이 누군가와 함께 왔다고는 말하지 않았다.

누군가와 함께 왔다면 집사는 당연히 애쉬에게 말했을 것이다. 그러지 않았다는 건 카시아가 혼자 이 저택에 왔다는 말이다.

하지만 애쉬는 카시아가 혼자 수도로 왔다는 게 믿기 어려웠다.

"혼자 오셨습니까?"

아들의 질문에 카시아는 빙그레 웃었다.

"내가 같이 올 사람이 있는 것처럼 말하는구나."

"있잖습니까."

애쉬의 목소리가 작아졌다. 그의 시선이 반사적으로 문을 향했다. 이미 문은 집사가 차를 내려놓고 나가면서 닫았다. 하지만 그럼에도 확인한 것은 불안했기 때문이다.

"거기에 그분만 두고 오지는 않으셨을 것 같아서 여쭤보는 겁니다."

시골이라 주인이 없는 저택에 손님이 혼자 남아 있으면 소문이 나게 마련이다. 그런 면으로는 차라리 수도가 나았다.

하지만 애쉬는 왕비를 어머니께 부탁했다. 죽은 왕비가 수도에 숨어 있는 것은 위험했기 때문이다.

"그래. 혼자 두고 오진 않았지."

어딘지 모르게 씁쓸한 듯한 말투였다. 어라. 애쉬는 그제야 어머니와 왕비가 맞지 않았을 수도 있다는 것을 떠올렸다. 왕비의 죽음을 꾸몄을 때는 선택의 여지가 없었다. 그래서 공작 부인에게 부탁했다. 하지만 공작 부인은 한때 왕의 약혼녀였던 사람이다. 두 사람이 불편할 수도 있다. 그는 조심스럽게 말했다.

"두 분이 어쩔 수 없는 상황에 같은 집에 살게 되셔서 불편하셨을 것 같습니다."

뭐? 카시아는 느닷없는 애쉬의 말에 놀라 눈을 크게 떴다가 곧 미소를 지었다. 그의 아들은 그런 섬세한 부분까지 신경 쓰는 사람이 아니었다.

기사단에서도 그는 서로 맞지 않는다면 가능한 떨어트려 주지만 어쩔 수 없는 상황이라면 참는 게 맞다고 생각하고 행동하는 사람이다.

"그건, 헌터 경이 말한 거니?"

세이레나라면 그런 생각을 하는 것도 가능하다. 카시아의 생각에 애쉬는 턱을 쓸며 말했다.

"아니요. 그저, 최근에 함께 사는 것을 생각하다 보니까 문득 생각이 나서 여쭤봤습니다."

"함께 산다고? 헌터 경과?"

결혼한 다음에 같이 사는 건 당연한 거 아닌가? 의아해하는 어머니에게 애쉬가 부드럽게 덧붙였다.

"네. 그 동생도요."

아. 그제야 카시아는 헌터 경에게 아직 성인이 되지 않은 동생

이 있다는 것을 떠올렸다. 게일이 헌터 저택을 공격했다. 애쉬는 세이레나, 에즈라와 함께 사는 게 어떨까 하고 생각하고 있었다.

예전에도 한번 이야기 한 거기는 하다. 세이레나와 애쉬가 결혼하면 에즈라가 남게 되니까.

하지만 헌터 저녁을 습격한 멍청이가 있었으니 애쉬는 후견인이라는 핑계로 둘을 자신의 저택으로 데려오거나 그가 헌터 저택으로 거처를 옮기면 어떨지 고민 중이었다.

형제자매를 건사하는 건 귀족의 의무다. 카시아는 고개를 끄덕이고 자신의 이야기로 돌아갔다.

"불편한 건, 그래. 처음엔 불편했지."

처음엔 그랬다.

두 사람은 카시아가 왕의 전 약혼자라는 사실을 불편해했다. 왕과 약혼을 파혼하지 않았다면 카시아가 왕비가 됐을 거고 미카엘라는 피해를 받지 않았을 거라고 생각했다. 하지만 다 부질없는 짓이다. 왕은 어쨌든 자신의 욕망을 풀 상대를 찾아냈을 테니까.

"하지만 우리는 곧 서로의 입장을 이해했지."

카시아의 이어진 말에 애쉬는 안도의 한숨을 내쉬었다. 그는 자신의 어머니가 이런 상황에서 억지를 부리는 사람이 아니라는 것을 알고 있었다. 하지만 왕비가 어떤 사람인지는 모른다. 그레이윈드 공작 부인이 불편하다고 억지를 부릴 수도 있다.

"두 분이 함께 지내시는 데 불편함이 없었다면 다행입니다."

"어머, 애쉬."

카시아는 애쉬의 말에 저도 모르게 웃음을 터트렸다. 당연히 불편하다. 서로 전혀 연관 없는 두 사람이 하룻밤 사이에 마차 여행을 하고 한 집에서 몇 달이나 지내야 했다. 하지만 두 사람은 적절하게 합의했다.

"우리 둘 다 지난 일은 어쩔 수 없다는 것을 알 정도로 나이를 먹었단다."

지난 일이라는 말에 애쉬의 머릿속에 세이레나의 말이 떠올랐다. 두 왕자가 모두 왕의 친자가 아닐 수 있다던가. 그는 심각한 표정으로 어머니를 쳐다봤다. 그레이윈드 공작 부인이 그 사실을 알고 있는지 궁금했다.

"여쭤보고 싶은 게 있습니다."

아들의 심각한 표정에 카시아의 눈이 동그래졌다. 그녀는 들어 올리던 찻잔을 다시 조심스럽게 내려놓고 말했다.

"뭔데 그러니?"

"아버지와 결혼 전에, 돌아가신 폐하와 약혼을 하셨다고 들었습니다."

그 순간 카시아의 얼굴이 새하얗게 질렸다. 그녀는 바들바들 떨리는 손끝을 아들에게 숨기기 위해 재빨리 손을 맞잡았다.

"그래."

새하얗던 카시아의 얼굴이 다시 원래대로 돌아왔다. 애쉬는 자신의 질문이 그렇게 당황스러운 질문이었는지 생각하며 조심스럽게 물었다.

"후회한 적은 없으신가요?"

만약 그대로 결혼했다면 카시아가 왕비가 됐을 것이다. 하지만 그녀는 피식 웃으며 물었다.

"지금 상황에서도 말이니?"

그건 아니다. 애쉬는 쓰게 웃었다. 왕비가 왕의 학대를 피해 도망쳤다. 그리고 그녀의 아들은 그녀를 죽이려 했다. 그러니 지금 시점에서 카시아의 선택은 상당히 현명했다고 볼 수 있다.

하지만 그럼에도 애쉬는 묻고 싶었다. 왕과의 파혼을 후회한 적은 없었는지.

"없었어."

애쉬의 생각을 읽은 것처럼 카시아가 말했다. 그녀는 홀가분한 얼굴로 말을 이었다.

"단 한 번도 없었어. 네 아버지는 날 구해 줬고 내 인생에 하나뿐인 사랑이었어. 지금 상황에서는 더더욱."

솔직한 고백에 애쉬는 쓰게 웃었다. 문득 그는 왕과 파혼할 때 왕이 여자를 때리는 개자식이라는 것을 알고 있었는지 궁금해졌다.

"어머니."

"응?"

카시아에게 그 사실을 알고 있었냐고 물어보려던 애쉬는 멈칫했다. 그게 무슨 의미가 있을까. 이미 왕비를 도피시키면서 사정을 설명했다.

카시아가 그 사실을 알고 있었든 모르고 있었든 그건 그녀에게 죄책감으로 남을 것이다. 그리고 지금 애쉬가 그걸 다시 묻는다는 건 왕비가 당한 것을 다시 이야기하게 될 것이다.

"그래서 그분은 어디 계십니까?"

애쉬가 질문을 바꾼 것을 모르는 카시아는 빙그레 웃으며 찻잔을 들어 올렸다. 그녀가 왕비를 저택에 두고 올 리가 없다.

"문밖에. 이번에도 시녀로 꾸밀 수는 없잖니."

문밖이라는 단순한 말에도 애쉬는 그게 어딘지 쉽게 알아들었다. 수도 내에서 문밖이라고 하면 수도로 들어오는 문을 말한다.

수도로 들어오는 문은 모두 네 개가 있다. 각각 동, 서, 남, 북을 향해 있지만 서문이 가장 먼저 생겼기 때문에 정문이라고 부른다.

모든 문에서는 수도를 드나드는 사람의 신분을 확인한다. 물론 나가는 사람보다 들어오는 사람의 신분을 더 철저하게 확인한다.

지난번에 왕비가 도망칠 때는 그레이윈드 공작 부인의 시녀로 꾸몄다. 그것만으로도 충분했다.

하지만 들어올 때는 제대로 된 신분이 필요할 것이다.

"그렇군요."

새 신분이 필요하다. 그렇지 않아도 필요하다고 생각하고 있었다. 왕이 살아 있는 동안은 돌아다니기 힘들 테지만 왕이 죽은 뒤에는 필요할 테니까. 하지만 세이레나와 애쉬는 왕이 이렇게 빨리 죽을 줄은 꿈에도 몰랐다.

"최대한 빨리 새 신분을 알아보겠습니다."

이미 생각해 둔 신분이 있다. 애쉬와 세이레나는 미카엘라를 드럼란리그 사람으로 꾸미면 어떠냐고 이미 이야기한 적이 있다.

타인머스에서 드럼란리그로 여행을 가거나 무역을 떠났다가 현지에서 병에 걸리거나 몬스터에 당해 죽은 사람이 몇 있다. 그들 중 한 명과 드럼란리그에서 만나 결혼했다고 꾸밀 생각이었다.

"엘라가 도착하면 헌터 경과 함께 차라도 마시자꾸나."

"엘라요?"

지금 왕비를 엘라라고 부른 건가? 스스럼없는 어머니의 행동에 애쉬는 아연해서 되물었다. 카시아는 재미있다는 듯 표정으로 말했다.

"언제까지 왕비님이라고 부를 수는 없는 노릇이잖니. 새 이름도 필요할 테고. 그래서 엘라라고 부르기로 했지."

맙소사. 애쉬는 고개를 절레절레 저었다. 그는 두 사람이 이렇게 친해져서 적극적으로 이름을 짓고 부를 줄은 몰랐다.

"엘라라고요?"

이튿날, 기사단을 퇴근하던 세이레나는 애쉬의 말에 눈을 동그랗게 떴다.

미카엘라의 애칭이긴 하다. 하지만 누구도 감히 왕비의 애칭이 엘라라고 떠올리지는 못할 것이다.

"두 분이 정하셨다는군."

"사이가 좋아지신 모양이네요."

기사단 마구간 앞에서 세이레나와 애쉬를 발견한 페이지가 재빨리 두 사람의 말을 꺼내 왔다. 세이레나는 페이지를 향해 눈인사를 하고 말고삐를 건네받았다.

"음. 그래서 엘라 부인이 도착하시면 한번 차를 마시자고 하시는데."

괜찮겠냐는 애쉬의 표정에 세이레나는 미소를 지었다.

"그럼요."

그렇게 말하며 세이레나가 말안장에 올라타자 애쉬도 안심한 표정으로 말안장에 올라탔다. 그녀가 불편해할까 봐 걱정됐다. 왕비와 그레이윈드 공작 부인 둘 다 젊은 귀족 영애가 만나기엔 어려운 사람이기 때문이다.

"그럼 엘라 부인은 언제 도착하시는데요?"

"글쎄. 어머니 말씀으론 하루 이틀 정도 뒤에 들어오기로 하셨다는데."

수도의 문은 이른 아침에 열어서 해가 지면 닫는다. 신분을 확인할 수 있는 허가증이 있다고 해도 그 시간 외에 도착하면 꼼짝

없이 문이 열리기만을 기다리는 수밖에 없다.

타인머스 사람이 아니라면 수도에 들어와도 된다는 허가증이 필요하다. 그 허가증을 받기 위해 신분을 확인하는 절차가 있다. 애쉬 같은 상급 귀족이 신원 보증인이 된다면 좀 빠르지만 그렇지 않다면 꼼짝없이 며칠에서 길게는 몇 달까지 기다려야 한다.

그런 사람들을 대상으로 문 바깥쪽에 여관이 있다. 며칠에서 길게는 몇 달을 밤이슬을 맞으며 노숙할 수도 없는 노릇 아닌가. 물론 수도로 들어가기 전까지만 버티는 용이라 대부분이 허름하다.

당연히 세이레나는 반평생을 왕비로 살아온 사람이 머물기에는 힘들 것이라고 생각했다.

"위험하지 않을까요?"

여관이 허름한 것과 별개로 아직도 수도에 접근하는 몬스터가 있다. 몬스터가 나타나면 일단 수도 안쪽으로 사람들을 들여보내고 문을 닫는다. 하지만 문이 닫혀 있는 밤이라면 피해가 크다.

세이레나는 그 점을 걱정하고 있었다. 당장 오늘 밤 몬스터가 습격해 온다면 위험하다.

애쉬의 표정도 어두워졌다. 그도 그걸 걱정하지 않은 건 아니다.

"허가증은 요청해 놨으니 내일 아침이면 나올 거야. 오늘 밤은 아무 일도 일어나지 않길 빌어 보자고."

그레이윈드 공작 부인이 신분을 보증했기 때문에 빨리 나오는 거다. 공작 부인이 아니라 평민이었다면 일주일은 걸린다.

이것도 엄청나게 빠르다는 것을 알지만 그래도 걱정스러웠다. 부디 아무 일 없으면 좋겠는데. 세이레나가 그렇게 생각했을 때였다.

댕! 댕! 댕!

어디선가 종소리가 들리기 시작했다. 세이레나와 애쉬의 고개가 번쩍 들어 올려졌다.

"북문이요!"

북문에 설치된 감시탑에서 종을 울리고 있었다. 몬스터가 나타났다는 뜻이다. 세이레나와 애쉬의 뒤로 퇴근하던 기사들의 움직임이 멈칫하더니 휙 하고 돌았다.

"일 분단 소집!"

애쉬의 말에 페이지들이 일 분단 기사에게 알리기 위해 달리기 시작했다. 이어서 그가 몇 가지 지시를 내렸다. 그사이에도 여전히 종이 울리고 있었다. 세이레나는 하늘을 바라보고 해가 진 것을 확인했다. 지금이라면 문을 닫았을 것이다.

"애쉬, 저 먼저 가 있을게요!"

"잠깐."

페이지들에게 지시를 내리던 애쉬가 세이레나를 잡았다. 그는 여전히 종을 치고 있는 북문을 쳐다보고 세이레나에게 말했다.

"기다렸다가 나랑 같이 가."

"가서 사람들이 대피하는 것만 도울게요. 지금 시간이면 문을 닫아서 쪽문만 열어야 할 거예요."

몬스터의 습격으로 아수라장일 것이다. 누군가 도와줄 사람이 필요할 거라고 세이레나는 생각했다. 게다가 여차하면 몬스터와 싸울 수도 있다.

"아니야. 나랑 같이 가."

"하지만 거기 왕, 엘라 부인도 있을 수 있잖아요."

애쉬의 표정이 일그러졌다. 그는 왕비보다 세이레나가 더 소중했다. 설령 왕비가 죽는다 해도 세이레나 혼자만 거기에 보낼 수는 없었다.

"거긴 거기를 지키고 있는 분단이 있어. 그러니 나름대로 잘 처리하고 있을 거야. 그러니까 기다려."

"나 못 믿어요?"

젠장. 애쉬의 입에서 욕설이 흘러나왔다. 못 믿는 게 아니다. 걱정하는 거다. 하지만 세이레나는 그게 뭐가 다르냐고 할 게 분명했다.

"못 믿는 게 아니야. 한 분단이 모두 모인 후에 출발해야 하잖아."

"하지만 상황을 발견하면 발견한 기사가 먼저 최대한 시간을 끌어야 하잖아요."

"네가 발견한 거 아니잖아."

"하지만 지금 당장 달려갈 수 있는 건 나잖아요."

"안 돼."

세이레나와 애쉬가 실랑이하는 사이 멀리서 기사가 달려왔다. 북문을 지키고 있던 십 분단 기사였다.

"트롤 한 분단 정도입니다!"

"성 밖의 사람들은요?"

세이레나의 질문에 기사가 머뭇거리며 말했다.

"가까운 곳에 있던 사람들은 들여보내고 있긴 한데……."

트롤의 접근이 너무 가까워지면 문을 닫겠다는 말이다. 어쩔 수 없다. 몇 사람을 구하자고 수도 전체를 위험에 빠트릴 수는 없다.

"애쉬!"

세이레나가 애쉬를 불렀다. 보내 달라는 표정에 애쉬의 얼굴이 다시 일그러졌다.

"사람들의 대피만 도와. 우리가 갈 때까지 절대 싸우지 마."

"하지만……."

"약속 안 하면 못 보내."

세이레나의 시선이 북문을 향했다. 마음이 급해졌다.

"알았어요."

마음 같아서는 보내고 싶지 않다. 그는 세이레나만 위험한 곳으로 보내고 싶지 않았다.

그깟 왕비가 뭐라고!

화도 내고 싶었다. 그는 모든 사람을 지킬 수 없다는 걸 알았다. 하지만 세이레나는 아니었다.

"젠장."

애쉬는 말을 달리는 세이레나의 뒷모습을 쳐다보다가 고개를 돌렸다. 빠른 속도로 기사단이 모여들고 있었다.

32

음모

"몬스터다!"

"피해!"

북문 밖은 아수라장이었다. 멀리서 트롤이 다가오는 것을 발견한 사람들이 비명을 지르며 문 쪽으로 달려들었다.

날이 저물기 시작해서 이미 문은 닫히고 있었다.

"어, 어떻게 하죠?"

문을 닫던 경비병들이 상사에게 물었다. 마차가 들어올 수 있을 정도로 큰 문이라 닫히는 데도 시간이 걸린다. 그 사이로 사람들이 몰려들었다.

"쪽문 열어! 그리고 너! 기사단에 연락해!"

상사의 명령에 경비병들이 부리나케 흩어졌다.

"이 자식들아! 문을 닫으면 어떻게 해!"

"다 죽으라는 거야?"

허가증이 없어 수도 안으로 들어오지 못한 상인들이 고함을 질러댔다. 하지만 어쩔 수 없다. 저들을 위해 문을 계속 열어 두면 트롤을 막을 수 없다.

수도 안으로 몬스터가 들어오면 피해는 더 커지게 된다. 경비병들은 창으로 상인들이 문에서 떨어지게 위협하며 소리쳤다.

"쪽문으로 들어와!"

사람들의 항의가 이어졌지만 경비병들은 재빨리 문을 닫았다. 문 바깥쪽에서 주먹으로 문을 치는 소리가 들려왔다.

하지만 곧이어 경비병들이 쪽문을 열자 언제 그랬냐는 듯 환호성이 이어졌다.

"서둘러!"

"한 명씩 들어와, 한 명씩!"

"짐은 어떻게 합니까?"

딱 성인 남자 한 명이 들어올 수 있는 쪽문이라 마차는 들어올 수 없다. 울상을 짓는 상인들에게 경비병은 냉정하게 말했다.

"목숨이야, 짐이야?"

"하지만 전 재산이라……."

"전 재산이 목숨보다 귀하진 않을 거 아니야?"

잠시 짐을 포기할 수 없다는 상인과 경비병의 실랑이가 이어졌다. 들어갈 순서를 기다리고 있던 다음 사람이 소리쳤다.

"아, 안 들어갈 거면 비켜! 뒷사람 다 죽일 일 있어?"

사람들의 욕설이 날아들자 상인은 결국 짐을 포기하고 쪽문으로 몸을 집어넣었다. 그 순간 어느새 가까워진 트롤의 고함 소리가 들려왔다.

"크와아아아아!"

"아아악!"

공포에 질린 사람들의 비명이 이어졌다. 한 사람이 간신히 통과할 수 있는 쪽문에 서로 들어가겠다고 덤비는 통에 병목 현상이 이어졌다.

그사이에 북문 쪽을 순찰 중이던 십삼 분단이 도착했다. 그들은 작년 말부터 이어진 몬스터의 습격 때문에 이런 일에 익숙했다.

십삼 분단 분단장이 침착하게 분단을 반으로 나눴다. 반은 트롤을 막고 반은 사람들을 지킨다.

"당겨!"

문에 낀 두 사람을 빼내기 위해 경비병들이 사람을 잡아당기고 있었다. 하지만 그래선 안 된다. 일을 나눈 기사단은 쪽문으로 달려갔다.

"비키세요!"

세이레나가 도착한 것은 기사들이 경비병들에게 물러나라고 한 뒤 문에 낀 사람을 바깥쪽으로 밀고 있을 때였다.

문에 낀 사람들이 밀려 나가자 문이 뚫렸다. 그 사이로 기사들이 수도 밖으로 빠져나갔다.

"아, 비켜요!"

성격 급한 기사가 문으로 들어오려는 사람을 막으며 소리쳤다. 일단 기사들이 나가야 문밖에 남은 사람을 보호할 수 있다. 하지만 당장 자기만 살면 된다는 생각에 사람들이 얽혔다.

"나 먼저 들어가고!"

"비키라니까!"

저기로 나가는 건 무리다. 세이레나는 들어오려는 사람들과 나가려는 기사들로 혼잡한 쪽문을 보고 눈살을 찌푸렸다. 이래서야 오늘 밤이 돼도 못 나가겠다.

세이레나는 자신이 말을 달려온 길을 돌아보고 기사단이 도착하려면 얼마나 남았는지 가늠했다.

기사단이 몰려오면 일시적으로 문을 연다. 하지만 공격보다 방어에 치중해야 하는 지금은 문을 열 수가 없다.

그녀의 시선이 이번에는 수도를 보호하는 벽을 향했다. 문마다 조금씩 다르지만 북문은 건물 이 층 정도 높이다.

이거라면 뛰어넘을 수 있을 것 같다. 세이레나는 높이를 가늠하며 생각했다.

"밧줄 있어요?"

세이레나의 물음에 경비병이 멍한 표정을 지었다. 엄청난 미인이다. 이런 미인은 처음이라 넋을 잃는 그에게 세이레나가 다시 물었다.

"밧줄! 밧줄 있냐고요."

"아, 네, 네! 여기."

문제를 일으킨 사람을 호송하기 위해 묶는 밧줄이 있다. 그것을 건네받은 세이레나는 말에서 내려 벽으로 올라가기 시작했다.

수도 밖에서 쳐들어오는 적을 막기 위해 벽과 문 위에 공간이 있다. 세이레나는 그 공간으로 향하는 계단을 이용해 재빨리 벽 위로 올라갔다.

"활도 없이 어쩌려고?"

경비병들이 올라가는 세이레나를 쳐다보며 혀를 찼다. 검만으로는 저 위에서 적을 공격할 방법이 없다. 검을 휘둘러 봤자 트롤의 팔과 몽둥이가 길이보다 짧기 때문이다.

하지만 세이레나의 목적은 벽 위가 아니라 벽 바깥이었다. 그녀는 위로 올라가 돌출된 흉벽에 밧줄을 묶었다.

벽 아래로 문으로 들어가려는 사람들이 보였다.

하지만 왕비의 모습은 보이지 않는다.

"여관인가?"

세이레나의 시선이 북문 바깥쪽에 위치한 여관을 향했다.

선택의 여지도 없이 단 한 개의 여관만이 있었다. 그리고 거기서 그리 멀지 않은 곳에 하룻밤을 때우려는 가난한 여행자들이 피워 둔 모닥불도.

"기사님! 활 가져다 드려요?"

아래에서 경비병이 소리쳤다. 세이레나는 벽 안쪽을 내려다보고 손을 흔들어 보였다.

"괜찮아요! 내려갈 거니까!"

내려가다니, 어디로? 어리둥절해 하는 사람들의 눈앞에서 세이레나의 모습이 사라졌다.

"어?"

다음 순간, 세이레나는 밧줄을 잡고 벽 바깥쪽으로 넘어갔다.

"뭐야? 어떻게 된 거야?"

벽 안쪽에서 무슨 일이 일어났는지 모르는 경비병들이 어리둥절해 하기 시작했다. 누군가 세이레나를 찾아 위로 올라왔다.

눈 깜짝할 사이에 세이레나는 벽 바깥쪽으로 넘어가 있었다. 그녀는 밧줄의 길이가 좀 부족하자 그대로 손을 놓고 뛰어내렸다.

탁 하고 세이레나가 바닥에 착지하는 소리가 들렸다. 문으로 들어가려던 사람들과 벽 위로 올라온 경비병이 그걸 보고 눈을 동그랗게 떴다.

"기사님들도 저 기사님처럼 벽을 뛰어넘으면 안 되는 겁니까?"

지켜보던 경비병이 문을 나가려는 십삼 분단 기사에게 물었다.

"이게 무슨 소리야?"

"저거, 헌터 경 아니야?"

아수라장인 문틈으로 세이레나가 보였다. 여관으로 달려가는 뒷모습뿐이었지만 저 작은 체구와 날렵한 몸놀림에 단발 금발은 한 사람밖에 없다.

"벽을 넘었다고?"

기사의 물음에 경비병이 고개를 끄덕였다.

맙소사. 십삼 분단 기사들은 고개를 절레절레 흔들었다. 세이레나는 오 분단으로 승급하기 전에도 십이 분단이었다. 여기 있는 기사들보다 원래 실력이 높았다.

누군가 빽 소리쳤다.

"아, 저 사람은 소드 마스터야!"

그 소리에 경비병들은 물론 문에 몰려 있던 사람들의 시선도 세이레나를 향했다.

"소드 마스터라고?"

"저 아가씨가?"

덕분에 문에 여유가 생겼다. 십삼 분단 기사들은 그 틈을 타서 재빨리 문밖으로 나가기 시작했다.

"누구 있어요?"

세이레나는 여관 안으로 들어가며 소리쳤다. 문 앞에 서 있던 사람들 중에 왕비는 없었다. 왕비가 북문으로 들어오려 했다면 여관에 숨어 있을 것이다.

북문은 다른 문보다 이용하는 사람이 적다. 그래서 그녀와 애쉬는 왕비가 북문으로 통과할 거라 생각했다.

"엘라 부인!"

여관은 작아서 일 층이 다였다. 세이레나는 가장 안쪽 방으로 제일 먼저 달려갔다. 사람들의 시선을 피하려 한다면 가장 안쪽을 선택할 거라 생각했기 때문이다.

"크와아아아!"

그때, 훨씬 가까운 곳에서 트롤의 고함 소리가 들려왔다.

"힉."

작게 신음을 삼키는 소리가 방 한쪽에서 흘러나왔다. 동시에 세이레나가 몸을 낮췄다.

"엘라 부인."

왕비는 침대 밑에 숨어 있었다. 그녀와 함께 온 하녀도 함께.

"허, 헌터 경?"

세이레나를 본 왕비의 눈이 커졌다. 세이레나가 올 줄은 몰랐다. 그 이전에 그녀가 여기 있는 걸 아는 줄 몰랐다.

"나오세요. 도와드리겠습니다."

세이레나는 벌떡 일어나 왕비를 향해 손을 내밀었다. 왕비는 어리둥절해 하면서도 그녀의 손을 잡고 침대 밑에서 빠져나왔다.

이어서 하녀가 빠져나오는 것을 도운 세이레나는 침대를 감싼 천을 잡아당겼다. 이거 설마 이불인가?

귀족 영애인 세이레나가 보기엔 너무 낡고 더러웠다. 어이없어 하면서도 그녀는 천을 왕비에게 내밀었다.

"더러운 것이라 정말 죄송합니다."

경비병뿐이라면 모르지만 기사단은 왕비의 얼굴을 알고 있다. 트롤에게서 왕비를 구하려면 쪽문을 통과해서 수도 안으로 들어가야 한다.

"고맙네."

왕비는 세이레나의 의도를 깨닫고 재빨리 천을 머리 위로 둘렀다. 세이레나는 왕비가 얼굴을 가리는 것을 도우며 하녀에게 말했다.

"트롤이 어디까지 왔는지 확인해 줘."

"제, 제가요?"

"어서."

새하얗게 질린 얼굴로 하녀가 복도로 나갔다. 트롤의 목소리가 들려왔다.

"인간! 인간!"

이어서 하녀의 비명도.

"꺄아아악!"

우당탕하고 하녀가 방 안으로 뛰어 들어왔다. 세이레나는 쿵쿵쿵 하고 트롤이 뛰어오는 소리를 듣고 침을 삼켰다. 트롤이 하녀를 발견한 모양이다.

"허, 헌터 경."

겁에 질린 왕비의 얼굴에 세이레나의 시야에 들어왔다. 하녀가 들킨 건 상관없다. 그녀는 빙그레 웃으며 말했다.

"괜찮습니다. 와, 엘라 부인."

쾅!

트롤이 벽을 여관 벽을 내리쳤다. 낡은 여관이 충격을 받아 흔들리면서 후두둑 먼지가 쏟아져 내렸다.

세이레나는 하녀의 손을 잡고 당부했다.

"신호하면 엘라 부인의 손을 잡고 문을 향해 뛰어가."

"하, 하지만……."

"기사단이 와 있으니 거기까지만 가면 돼."

기사단이 왕비와 하녀를 보호할 것이다. 세이레나는 두 사람을 등 뒤에 두고 슬쩍 방을 나갔다.

하녀를 발견한 트롤은 그녀를 찾기 위해 여관 주위를 걸어 다니고 있었다. 쿵쿵쿵 하고 트롤이 여관 주변을 걸어 다니는 소리가 들렸다.

"와, 아니, 엘라 부인."

세이레나는 문에 바짝 붙어서 왕비와 하녀를 불렀다. 트롤이 하녀를 찾아 돌아다니고 있었다.

트롤의 관심이 이쪽으로 몰린 덕분에 문에 몰려 있던 사람들이 수도 안으로 들어갔다. 세이레나는 슬쩍 밖을 내다보고 트롤 두 마리가 여관 반대편으로 돌았을 때 신호를 보냈다.

"가세요!"

왕비가 시키는 대로 문을 향해 뛰었다. 하지만 하녀는 아니었다. 겁에 질린 그녀는 트롤의 눈치를 보느라 제대로 뛰지 못했다.

"소피!"

하녀가 따라오지 않은 것을 알아차린 왕비가 하녀의 이름을 불렀다. 그제야 소피가 뛰기 시작했지만 트롤이 하녀와 왕비를 알아차린 다음이었다.

"인간!"

트롤이 하녀를 향해 달려오기 시작했다. 쿵쿵쿵 하는 소리가 따라붙자 겁에 질린 하녀의 몸이 둔해졌다.

젠장. 세이레나의 몸이 하녀를 향했다.

"악!"

"소피!"

다리가 꼬여 넘어진 소피를 보고 왕비가 멈췄다. 그러면 안 된다. 세이레나는 소피를 향해 뛰어가며 소리쳤다.

"가세요!"

어차피 왕비는 도움이 되지 않는다. 그 사실을 미카엘라도 그걸 알았다. 그녀가 여전히 왕비였다면 혼자라도 도망쳤을 것이다.

하지만 미카엘라는 더 이상 왕비가 아니다. 소피는 도망친 미카엘라가 가장 먼저 친해진 사람이었다. 차마 그녀를 두고 혼자 도망칠 수가 없었다.

엉거주춤 문을 향해 가면서도 미카엘라의 시선은 소피와 세이레나를 떠날 줄 몰랐다.

"크와아아아!"

소피를 발견한 트롤이 그녀를 공격하기 위해 몽둥이를 들어 올렸다. 그 순간 세이레나가 검을 빼 든 채 트롤에게 달려들었다.

"여기야!"

세이레나의 검이 트롤의 종아리를 베고 지나갔다.

"크와아아아!"

"일어나!"

트롤이 울부짖는 것과 동시에 세이레나가 소리쳤다. 그 소리에 정신이 번쩍 든 하녀가 허둥지둥 일어났다. 소피는 몬스터를 이렇게 가까이에서 본 건 처음이라 정신을 차릴 수가 없었다.

"소피!"

세이레나가 트롤을 상대하는 사이 미카엘라가 하녀에게 달려왔다. 그녀는 하녀의 손을 잡고 문 쪽으로 뛰기 시작했다.

쾅!

엄청난 소리와 함께 뭔가가 무너지는 소리가 들렸다. 트롤이 휘두른 몽둥이가 벽에 부딪힌 것이다. 세이레나는 트롤이 다시 몽둥이를 휘두르기 전에 트롤의 몸 안쪽으로 파고들었다.

"인간!"

트롤이 고함을 지르며 몽둥이를 들어 올렸지만 이미 늦었다. 세이레나의 검이 트롤의 가슴을 깊숙이 찌르고 나온 뒤였다.

"크아아악!"

고통스러운 트롤의 울음소리가 울려 퍼졌지만 세이레나는 멈추지 않았다. 트롤은 이 정도 상처는 재생된다. 머리를 잘라 내야 한다. 그녀는 트롤이 고통에 괴로워하며 몸을 낮춘 순간 트롤의 어깨 위로 뛰어올랐다.

세이레나의 검이 빛났다.

"어!"

벽 위에서 지켜보던 경비병들이 신음을 내뱉었다. 처음 봤다. 검기는. 그들의 눈앞에서 세이레나가 단번에 트롤의 목을 잘라 냈다. 세이레나는 트롤의 몸이 쓰러지기 전에 먼저 바닥으로 뛰어내렸다. 그사이 두 번째 트롤이 미카엘라와 소피를 추격하고 있었다.

"헌터 경!"

가까스로 문을 통과한 기사들이 세이레나에게 소리쳤다. 그 순간, 세이레나는 뒤에서 느껴지는 선뜩한 느낌에 재빨리 앞으로 굴렀다.

휙 하고 트롤이 휘두른 무기가 세이레나의 머리가 있던 자리를 지나갔다. 어느새 따라잡은 트롤이 그녀의 뒤를 쫓아오고 있었다.

"젠장!"

미카엘라와 미카엘라를 뒤쫓는 트롤 사이로 끼어들기엔 너무 멀었다. 그렇다고 기사들과 미카엘라의 사이에도 거리가 꽤 떨어져 있었다. 그때 다시 한 번 세이레나의 등 뒤로 트롤이 몽둥이를 휘둘렀다. 휙 하고 바람이 느껴지자 세이레나의 머릿속에 좋은 생각이 떠올랐다.

"덤벼!"

그녀는 멈춰 선 채 검을 들어 올렸다.

"크와아아!"

트롤의 몽둥이가 세이레나를 향해 위에서 아래로 날아 들어 왔다. 이건 안 된다. 세이레나는 재빨리 몸을 굴려 공격을 피했 다.

"뭘 하려는 거지?"

벽 위에서 구경하던 경비병들이 세이레나의 기행에 놀라 말했 다. 도망치는 것도 공격하는 것도 아니다. 바닥을 굴러 공격을 피한 세이레나가 다시 트롤 앞에 검을 들고 섰다.

"문 열어!"

그때 라고말리 기사단이 도착했다. 길을 트기 위해 앞서 달리 던 페이지가 소리치자 경비병들이 허둥지둥 북문을 열었다.

"인간! 죽인다!"

세이레나는 트롤이 그렇게 소리치며 몽둥이를 들어 올리자 재 빨리 검을 들었다. 이거다! 트롤의 팔이 세로가 아니라 가로로 움직였다.

"퍽!"

트롤의 몽둥이에 뭔가가 부딪치는 소리와 함께 세이레나의 몸이 튕겨져 나갔다.

"으악!"

"세상에!"

벽 위에서 구경하던 경비병들은 세이레나가 트롤의 몽둥이에 맞아 튕겨져 나가는 것을 보고 비명을 질렀다. 그와 동시에 애쉬의 말이 달리던 속도 그대로 북문을 통과했다.

"인간!"

한편 소피와 미카엘라는 또 다른 트롤에 쫓기고 있었다. 두 사람은 금세 커다란 트롤에 따라잡혔다.

바로 뒤에서 커다란 괴물이 쿵쿵거리며 따라오는 소리에 소피와 미카엘라는 이를 악물고 뛰었다. 그렇지 않으면 다리가 굳어 버릴 것 같았다. 그때 따라오던 트롤이 무기를 휘둘렀다. 커다란 몽둥이가 소피의 바로 옆을 스치고 바닥에 내리꽂혔다.

"쾅!" 하는 소리에 두 사람은 깜짝 놀라서 비명을 질렀다.

"꺄아악!"

끝이다! 미카엘라는 반사적으로 생각했다. 가까스로 도망쳤고 왕이 죽어서 새로운 삶을 살게 된다고 생각했는데!

억울하고 원통했다.

그때, 트롤의 몽둥이에 맞은 세이레나가 소피와 미카엘을 추격하는 트롤의 뒤로 튕겨져 날아왔다.

세이레나의 검은 황금색으로 빛나고 있었다. 그녀는 그대로 검을 휘둘렀다.

"크와아아아!"

검이 꽂힌 순간 트롤이 울부짖었다. 굳은 소피와 미카엘라 옆에서 트롤이 몸을 틀었다.

세이레나는 숨을 헐떡이며 물러났다.

"허."

이번에는 경비병들뿐 아니라 같은 기사들조차도 신음을 내뱉었다. 저건 묘기에 가깝다.

"내가 지금 뭘 본 거지?"

십삼 분단 기사가 입을 다물지 못하고 말했다. 문을 닫던 경비병이 물었다.

"소, 소드 마스터들은 다 저런 엄청난 걸 할 수 있는 겁니까?"

기사단과 경비병의 눈앞에서 트롤의 목을 길게 벤 세이레나가 바닥에 착지했다. 그녀는 머리 위로 트롤의 상처에서 뿜어져 나오는 피가 쏟아졌다.

"그, 그렇지!"

십삼 분단 기사가 엉겁결에 큰소리를 쳤다. 애쉬의 뒤를 따르던 데니스가 그 대화를 듣고 킬킬대며 말했다.

"애쉬, 들었어? 우리 다 저거 한 번씩 해 봐야겠어."

"시끄러워."

재미있어 하는 데니스와 달리 애쉬의 표정은 심각했다. 그는 일그러지는 표정을 간신히 바로잡으며 세이레나를 향해 달려갔다.

"으이구."

데니스를 타박한 로렌이 그 뒤를 따랐다. 아, 왜? 억울해하는 데니스만 남았다.

"와, 아니, 엘라 부인."

세이레나는 트롤의 목을 자른 뒤 미카엘라를 향해 다가갔다.

"힉!"

트롤의 피가 묻은 세이레나를 본 하녀가 저도 모르게 신음을 흘렸다. 얼굴의 반이 피로 얼룩져 있다.

아차. 세이레나는 그제야 자신의 상태를 깨달았다. 전투할 때는 늘 더러워진다. 이 정도 더러운 건 더러운 것도 아니라 이번에도 무심코 미카엘라에게 다가갔다.

"실례했습니다."

세이레나는 그렇게 말하며 소매로 피를 닦아 내려 했다. 하지만 그보다 먼저 미카엘라가 손을 뻗었다.

"고맙네."

미카엘라는 자기 손으로 세이레나의 얼굴에 묻은 피를 닦아 냈다. 갑작스러운 행동에 세이레나의 눈이 커졌다.

"왕……."

"날 네 번이나 살려 줬군."

미카엘라는 세이레나의 얼굴을 문지르며 나직하게 말했다. 자신의 목숨을 네 번이나 구해 준 기사다.

왕비였을 때 자신을 죽이려는 공격에서 두 번이나 구해 줬고 그녀를 도망치게 해 줬으며 지금 여기서 트롤에게서 구해 줬다.

이 은혜를 어떻게 갚을 수 있을까.

"자네에게 네 번의 목숨 빚을 졌어."

"아니, 아닙니다."

세이레나는 당황해서 말했다. 그녀는 해야 할 일을 한 것뿐이다. 하지만 미카엘라에게는 아니었다.

미카엘라는 자신의 소매로 세이레나의 얼굴을 깨끗이 닦아낸 뒤 말했다.

"이 은혜를 반드시 갚겠네."

"괜찮……."

세이레나가 괜찮다고 말하려 했을 때였다. 왕비의 뒤에 흑마를 탄 애쉬가 도착했다. 그는 무시무시한 표정을 지은 채 세이레나를 쳐다보기 시작했다.

"애쉬."

그렇게 싸우지 말고 대피만 돕기로 약속해 놓고. 애쉬는 화를 눌러 참으며 말에서 내렸다. 그는 미카엘라에게 돌아서며 물었다.

"괜찮으십니까?"

애쉬를 본 하녀의 눈이 휘둥그레졌다. 라고말리 기사단은 얼굴로 뽑나? 여자나 남자나 둘 다 엄청난 미인이다.

"괜찮네."

미카엘라는 그렇게 말하고 세이레나의 손을 한 번 잡았다. 목숨을 몇 번이나 빚졌다. 감사하다는 태도에 세이레나는 저도 모르게 고개를 숙였다.

"헌터 경."

애쉬는 미카엘라가 다친 곳이 없는지 확인한 다음에야 세이레나를 불렀다.

아차. 세이레나는 그제야 전투는 하지 않기로 약속하고 먼저 왔다는 사실을 떠올렸다. 하지만 이미 이렇게 된 거 어쩔 수 없다.

약간 죄책감이 어린 세이레나의 얼굴을 본 애쉬는 한숨을 내쉬었다. 싸우는 건 어쩔 수 없다고 해도 아까의 그 엄청난 묘기는 너무 위험하다. 그건 다시는 못 하게 주의를 줘야겠다고 생각하며 그는 말을 이었다.

"엘라 부인과 그 일행을 수도 안쪽으로 호위해 줘. 전투가 끝나기 전까지 엘라 부인을 보호하고."

사실상 전투에서 빠지라는 말이다. 당황한 세이레나가 소리쳤다.

"하, 하지만 전투는!"

"이 정도 몬스터를 헌터 경 하나 없다고 우리가 못 막을 거라고 생각하는 거 아니겠지?"

다정한 목소리였지만 어딘지 모르게 가시가 돋아나 있는 말투였다. 윽 하고 어깨를 움츠린 세이레나가 고개를 떨궜다.

애쉬의 말대로 라고말리 기사단이 도착하자 전투는 훨씬 쉽게 끝났다. 기사들이 이제는 트롤을 상대하는 데 능숙해졌기 때문이다.

어떻게 공격해야 할지 몰라 당황했던 얼마 전이 무색하게 기사들은 즉석에서 두세 명이 힘을 합쳐 트롤을 처리해 나갔다.

여러 명이 힘을 합쳐 처리해야 하는 몬스터이니만큼 타이밍이 아주 중요한 방법이다. 실력에 상관없이 누군가 한 명이 트롤의 주의를 끌면 다른 한 명이 트롤의 뒤로 돌아가서 공격한다.

그러면 실력 좋은 기사가 트롤의 몸이 무너진 틈을 타서 뛰어올라 트롤의 목을 베어 냈다.

예전의 기사단은 이런 전투 방법이 그리 많지 않았다. 타이밍을 맞추는 것도 어렵지만 다른 기사의 전투에 끼어들어도 될지 망설였기 때문이다.

하지만 최근 기사단에 훈련하는 기사들이 폭발적으로 늘어나면서 기사들은 같은 분단뿐 아니라 다른 분단과도 스스럼없이 대련했다.

훈련량이 늘어나면서 수준이 높아졌다. 함께 하는 시간만큼 기사들은 동료와 함께 싸우는 데 익숙해지고 있었다.

"아, 근데 이걸 일 분단 기사들은 혼자 하네."

전투를 끝낸 기사가 검을 털며 말했다. 두세 명이 달라붙어야 처리가 가능한 트롤을 일 분단 기사들은 혼자서 잘도 물리치고 있다.

동료의 말에 주위를 두리번거리던 또 다른 기사는 트롤의 목을 베어 내고 무심하게 검을 털어 내는 애쉬를 발견하고 신음을 내뱉었다.

"단장님, 왜 화났냐?"

"응? 단장님 화났어?"

"저거 봐."

평소와 분위기가 다르다. 저도 모르게 애쉬를 바라본 기사는 윽 하고 어깨를 움츠렸다. 어쩐지 애쉬 주변에 검은 연기가 보이는 것 같다.

"무슨 일 있었나?"

"무슨 일?"

자연스럽게 기사들의 시선이 북문을 향했다. 애쉬를 저렇게 화나게 만드는 사람은 딱 한 명밖에 없다. 세이레나 헌터 경.

다들 숨 쉬는 것도 잊고 애쉬가 세이레나를 찾으러 갈지 지켜보고 있었다. 하지만 그는 그러지 않았다.

"돌아간다!"

애쉬의 지시에 전투를 끝내고 쉬고 있던 기사들이 벌떡 일어났다. 경비병들이 북문을 활짝 열었다. 수도 안쪽에서 대기하고 있던 페이지들이 몰려나왔다.

"와, 역시 기사단이네."

경비병들은 북문을 통과하는 기사단을 쳐다보며 말했다. 트롤 한 분단과 싸우고도 다들 지친 기색이 없었다.

물론 트롤과 싸우고도 지치지 않았을 리가 없다. 사람들의 눈을 의식해서 티 내지 않는 것뿐이다.

"세이 어딨어?"

돌아가는 길에 선두를 달리던 로렌이 물었다. 그러고 보니 전투 중간부터 보이지 않았다. 데니스는 심드렁하게 말했다.

"피해자가 있어서 먼저 데리고 들어가라고 했어."

"누가?"

"애쉬가."

누가 시켰는지를 물어본 게 아니다. 로렌은 데니스의 팔뚝을 주먹으로 때리며 다시 물었다.

"누가 다쳤냐고."

"아! 아이, 씨."

갑작스러운 공격에 투덜대면서도 데니스는 성실하게 대답했다.

"뭐, 여관에 있던 사람이 다쳤다던데. 근데 신분증이 아직 안 나와서 헌터 경 관리하에 들어갔어."

신분증이 없어 수도로 들어올 수 없는 사람이 다치거나 병에 걸릴 경우 치료를 위해 수도에 들어오는 방법이 있다. 기사단의 기사가 관리의 명목으로 동행하는 거다.

애쉬와 세이레나는 그 방법을 이용해서 미카엘라와 그녀의 하녀를 수도 안으로 데리고 들어왔다.

물론 최소한의 치료가 끝난 뒤 다시 수도를 나가야 하지만 공작이 모든 책임을 지겠다고 하면 수도에 더 오래 머물 수 있다.

애쉬는 기사단으로 돌아오자마자 데니스에게 뒷일을 맡기고 저택으로 달려갔다.

"신분증은 내일 아침에 나올 겁니다."

그레이윈드 저택으로 돌아온 애쉬는 미카엘라와 세이레나 앞에서 그렇게 말했다. 그가 오기 전에 그레이윈드 저택의 집사가 미카엘라를 위해 의사를 불러 다친 곳은 없는지 살펴본 뒤였다.

"고맙네."

미카엘라는 애쉬에게 인사를 건넸다. 그리고 세이레나를 돌아보며 다시 말했다.

"헌터 경도. 고맙네. 내 이 은혜는 반드시 갚기로 하지."

"아닙니다."

그때 이 층에서 카시아가 내려왔다. 그녀는 미카엘라가 도착했다는 소식에 최대한 빨리 옷을 갈아입고 내려온 거였다.

"엘라 부인, 많이 힘드셨죠?"

"아니에요, 그레이윈드 공작 부인."

고작 이틀 만에 다시 만난 두 사람은 마치 오랜만에 만난 것처럼 반가워하며 이 층으로 올라갔다.

미카엘라에게 방을 안내해 주려던 집사는 자신의 역할을 카시아에게 빼앗기자 차를 준비하러 떠나 버렸다.

저택의 현관에 정적이 내려앉았다. 세이레나는 저도 모르게 애쉬의 눈치를 살피고 있었다. 그녀가 잘못한 게 너무 확실해서 뭐라 반박할 거리도 없다. 사람들 대피만 시키기로 하고 달려갔으니까.

미카엘라는 위험했고 세이레나가 없었다면 죽었을 수도 있지만 어쨌건 그녀는 애쉬와 약속했다. 트롤과 싸우지 않기로.

"레나."

무거운 목소리가 세이레나를 불렀다. 현관에 엉거주춤 서 있던 그녀는 애쉬를 돌아본 순간 그가 아직도 화가 나 있다는 것을 확신했다.

그렇다면 이럴 때 해야 할 건 단 한 가지뿐이다.

"잘못했어요."

"젠장."

애쉬는 세이레나가 먼저 사과를 해 오자 이를 악물었다. 이번에는 진짜 화내려고 했다. 약속도 안 지킬 거면 왜 혼자 위험하게 간 거냐고, 앞으로 그가 없이는 어느 전투도 참가 못 한다고 한마디 하려고 했단 말이다. 그런데 세이레나가 보라색 눈동자에 죄책감을 가득 담고 그를 올려다보자 차갑게 얼어붙었던 가슴이 순식간에 녹아내렸다.

애쉬는 억지로 미간에 주름을 만들었다.

"이번엔 그걸로 안 넘어가."

"네? 뭐가……."

애쉬가 무슨 말을 하는지 모르겠다. 당황하는 세이레나의 눈앞에 그의 손이 다가왔다. 애쉬는 자기 손으로 세이레나의 눈을 가리고 한숨을 내쉬었다.

"어, 애쉬?"

"내가 분명히 싸우지 말라고 했어."

이게 지금 뭐 하는 거지? 세이레나는 어리둥절해서 눈을 깜빡였다. 그 탓에 그녀의 속눈썹이 애쉬의 손바닥에 스쳤다.

애쉬는 다시 이를 악물었다.

"사람들 도피만 돕겠다고 약속하고 간 거였잖아."

"그렇긴 한데, 와, 아니, 엘라 부인이⋯⋯."

"엘라 부인은."

애쉬는 이를 악물고 말하다가 멈췄다. 복도 맞은편에서 차를 준비한 집사가 고개를 내밀었다가 상황을 보더니 떠나 버렸다.

젠장. 그는 세이레나를 끌어안아 자기 품에 가둔 다음 물었다.

"만약 거기 엘라 부인이 없었으면?"

세이레나는 이게 무슨 짓이냐고 말하려다가 멈췄다.

없었으면?

여관에 미카엘라가 있을 가능성은 반반이었다. 하지만 세이레나는 없을지도 모르는 미카엘라를 찾아서 달렸다.

"하지만⋯⋯."

세이레나는 여관에 미카엘라가 있었다고 말하려 입을 열었다. 하지만 그보다 먼저 애쉬가 그녀를 꽉 끌어안았다.

딱딱한 서로의 갑옷이 닿았다. 전투 지역에서 그대로 달려온 탓에 두 사람은 여전히 갑옷을 입고 있었다.

세이레나는 애쉬의 가슴에 뺨을 대고 있다가 고개를 들었다. 트롤의 피를 뒤집어쓴 세이레나의 한쪽 얼굴은 엉망이었다.

하지만 애쉬의 눈에는 그것마저도 예뻤다. 그는 슬쩍 고개를 들어 세이레나의 얼굴을 보지 않으려 했다.

"기사는 약한 자를 보호해야 하고……."

세이레나의 입에서 당연한 말이 흘러나왔다. 그래. 그럴 줄 알았다. 애쉬는 헛웃음을 지었다.

기사의 자세이긴 하다. 약한 자를 보호하는 것. 하지만 애쉬는 그걸 그렇게 중요하게 여기지 않았다. 다른 기사들도 비슷할 것이다.

애쉬와 다른 기사들에게 그 문구는 아주 오래전에 만들어진 귀족의 의무에 가까웠다. 하지만 융통성 없는 세이레나에겐 아니었다.

"나는 네가 더 소중해."

애쉬의 느닷없는 말에 세이레나의 눈이 동그래졌다. 그녀도 그렇다. 세이레나도 애쉬가 소중했다. 물론 에즈라도 소중하고 모아나도, 로렌도 소중하다.

"나도 당신이 소중해요."

세이레나의 말에 애쉬는 쓰게 웃었다. 그는 아니었다. 아니, 그도 다른 동료들이 소중하긴 했다. 데니스도 소중하고 로렌도 소중하다. 하지만 그는 세이레나가 가장 먼저였고 모든 일에서 우선했다.

"내 말은, 난 왕비님은 어떻게 되든 상관없다는 뜻이야."

애쉬의 말에 세이레나의 몸이 굳었다. 이게 무슨 소리야? 그녀
는 믿을 수 없다는 표정으로 속삭였다.

"어, 어떻게 그런 말을 할 수가 있어요?"

이래서 말하지 않으려 했다. 애쉬는 바둥거리는 세이레나가
움직이지 못하도록 꽉 끌어안았다. 그의 마음 같아서는 세이레
나를 집 안에 가두고 싶다. 하지만 그러지 않은 건 그가 그게 싫
은 것처럼 세이레나도 그걸 원하지 않는 걸 알기 때문이다.

애쉬는 세이레나가 안전하게 시들어 가는 것보다 위험하지만
바깥에서 생생하게 살아 있는 게 더 행복하다는 것을 알았다.

그의 시선이 저택의 안쪽으로 향하는 복도 끝을 향했다가 저
택 밖으로 나가는 현관으로 돌아왔다.

"나는 다른 모든 것보다 네가 가장 소중해. 나한테 가장 보호
해야 할 사람은 너야."

"난 약하지 않아요."

"약한 것과 상관없어. 네가 나보다 강해진다고 해도 나는 널
보호하려고 할 거야."

세이레나를 끌어안은 애쉬의 팔 힘이 조금 약해졌다. 덕분에
그녀는 약간 떨어져서 약혼자의 얼굴을 쳐다볼 수 있었다.

어딘지 모르게 겁에 질린 얼굴이 거기 있었다. 애쉬는 더 이상
화를 내지 않았다.

그는 세이레나를 걱정하고 있었다. 애쉬가 자신이 다칠까 봐 겁을 먹었다는 사실에 세이레나는 어이가 없어서 피식 웃었다.

"나, 그래도 소드 마스터인데요."

"그 소릴 지난번에 대련할 때 내가 했지."

아. 세이레나는 그제야 고개를 숙였다. 그녀도 애쉬와 대련할 때 그가 자신보다 훨씬 실력이 높다는 걸 알면서도 방어구를 착용해야 한다고 우겼다.

"미안해요."

세이레나의 사과에 애쉬는 한숨을 내쉬었다. 지금 사과해도 그녀는 같은 일이 또 일어나면 또 달려 나갈 거다.

"기사단 내 연애를 금지했어야 했어."

애쉬는 투덜거리는 말에 세이레나의 얼굴에 미소가 떠올랐다. 그녀는 애쉬의 목에 팔을 감으며 물었다.

"우리, 연애하는 거예요?"

예상치 못한 질문에 애쉬의 말이 막혔다. 그는 세이레나를 멍하니 쳐다보다가 갑자기 덤벼들었다.

"웃."

입술이 닿았다. 갑작스러운 공격에 세이레나는 반사적으로 애쉬의 목에 매달렸다.

그는 세이레나의 몸을 들어 올리고 정신없이 그녀의 입술을 빨았다. 정적이 내려앉은 현관 앞에서 두 사람의 갑옷이 부딪치는 소리가 들렸다.

"젠장."

애쉬는 세이레나의 이마에 자기 이마를 댄 채 작게 욕을 중얼 거렸다. 세이레나가 숨을 헐떡이는 소리가 들려왔다.

"미안."

저도 모르게 이성을 잃고 덤벼들었다. 세이레나가 놀랐을 것을 생각하니 두려워서 그녀의 얼굴을 쳐다볼 수가 없었다.

"어, 네?"

세이레나는 여전히 애쉬의 목을 꽉 끌어안고 있었다. 몸에 힘이 쭉 빠져서 그에게 안겨 있는 게 다행이라는 생각이 들 정도였다.

"말도 없이 갑자기 키스해서. 누가 지나갈지도 모르는데 이런 데서 그러는 거 싫어하잖아."

아. 그제야 세이레나는 여기가 현관 앞이고 언제든지 집사와 사용인들이 다가올 수 있다는 것을 떠올렸다.

머릿속이 순간적으로 완전히 하얗게 돼서 전혀 생각도 못 했다.

그러네. 그녀는 애쉬에게 그렇다고 말하려다가 멈췄다. 그의 말대로 그녀는 남자가 갑자기 그녀에게 다가오는 게, 필요 이상으로 가까운 게 불편했다. 누가 볼지도 모르는 곳에서 애정 행각을 벌이는 게 두려웠었다. 하지만 방금은 아무 생각도 못 했다. 그리고 그녀가 그랬던 건 방금만이 아니었다.

애쉬가 다가오는 건 괜찮은 걸 넘어섰다. 세이레나는 그의 얼굴을 빤히 쳐다봤다. 전투 때문에 세이레나만큼이나 애쉬의 얼굴도 먼지로 얼룩져 있었다.

"머리카락이 검은색이라 좋겠네요."

느닷없는 세이레나의 말에 애쉬는 한쪽 눈썹을 들어 올렸다. 갑자기 키스해서 미안하다니까 머리카락이 검은색이라 좋겠다는 대답이 돌아오면 누구라도 당황할 것이다.

하지만 세이레나는 아랑곳하지 않고 손을 들어 애쉬의 검정색 머리카락을 쓸었다. 그녀의 금발은 피에 젖으면 티가 나는데 그는 그다지 티가 나지 않는다.

오늘 출근하느라 적당히 뒤로 넘긴 그의 머리카락이 그녀의 손 안에서 부드럽게 흐트러졌다. 늘 신기할 정도로 단정한 남자다. 옷차림뿐 아니라 행동도. 그녀는 기사단에서 애쉬가 머리를 지금처럼 흐트려 놓은 것을 본 적이 없다. 옷도, 다른 기사들은 위의 단추를 한두 개 정도 풀어 놓을 때가 있지만 그는 그러지 않는다.

행동 역시 그랬다. 남기사들은 누구나 한 번쯤은 여기사들에게 치근덕거리기도 한다. 하지만 애쉬는 단 한 번도 그런 적이 없다. 그러니 여자에 관심이 없는 게 아니냐는 말이 나왔던 거다. 그런 사람이 그녀 앞에서는 이렇게 흐트러진다는 게 신기했다.

"레나?"

애쉬는 세이레나의 행동에 당황해서 그녀의 이름을 불렀다.

설마 화가 나서 머리카락을 잡아당기려는 건 아니겠지? 그는 그렇게 생각하며 세이레나의 얼굴을 쳐다보고 있었다.

피와 먼지로 약간 더러워졌지만 여전히 세이레나는 아름다웠다. 그녀는 어떤 차림을 하고 있어도 아름다웠다. 드레스를 입고 있어도, 먼지와 피를 뒤집어쓰고 검을 들고 있어도.

솔직히 말하면 애쉬는 후자가 좀 더 아름답다고 생각했다. 갑옷을 입고 검을 쥔 세이레나의 얼굴은 반짝반짝 빛나는 것처럼 보였다. 그는 그런 세이레나가 좋았다. 사실 어디에서 뭘 하고 있어도 애쉬는 세이레나를 사랑했을 테지만 반짝반짝 빛나는 세이레나를 보는 것이 더 좋았다.

그렇기 때문에 위험한 짓을 하는 세이레나를 기사단에서 쫓아내지 못하는 것이다. 그의 지위와 힘이라면 충분히 세이레나를 기사단에서 내보낼 수 있음에도.

"나는 당신이 좋아요."

세이레나는 애쉬의 머리카락을 쓸고 그의 뺨에 손바닥을 가져다 대며 속삭였다. 애쉬의 시선이 세이레나의 시선을 따라 움직였다.

"당신이 나한테 무슨 짓을 해도 좋아요."

"검으로 찔러도?"

애쉬의 농담 같은 말에 세이레나의 표정이 심각해졌다.

"검으로 찔러도."

애쉬라면 그래도 상관없다. 그에게라면 뭐든 줄 수 있다. 하지만 애쉬는 심각한 세이레나의 표정에 조금 당황했다. 그는 세이레나에게 그게 비유가 아니었다는 사실을 떠올리고 얼굴을 굳혔다. 어느 미친 사람이 사랑하는 사람을 칼로 찌른단 말인가.

"레나, 내가 방금 짐승처럼 굴긴 했지만 미친놈은 아니야."

애쉬의 말에 세이레나의 눈이 동그래졌다.

"당신이 어떻게 굴었다고요?"

"짐승처럼 굴었지. 네게 허락도 받지 않고 강제로 키스했잖아. 지금도."

그제야 애쉬는 자신이 세이레나를 여전히 안아 들고 있다는 사실을 깨닫고 조심스럽게 그녀를 내려놓았다. 그의 뺨에 대고 있던 세이레나의 손이 떨어져 나갔다.

아쉽다. 애쉬는 손을 뻗어 세이레나의 손을 잡았다. 문득문득 그는 세이레나를 안아 들고 어딘가 아무도 모르는 곳으로 가 버리고 싶어지곤 했다. 때때로 그녀가 싫어하더라도 무시하고 자기 품에 가두고 싶어지기도 했다. 하지만 그는 그렇게 하면 안된다고 배우며 자랐다.

그의 아버지는 부인인 카시아를 극진하게 모시듯 사랑했다. 카시아가 싫어하는 일은 절대 하지 않았고 모든 일에 카시아의 의견을 물어봤다.

그가 배운 부부 관계란, 연인이란 그런 것이다. 배려하고, 상대방의 의중을 묻고 친절하고 다정하게 행동하는 것.

그래서 애쉬는 가끔 세이레나에게 이성을 잃고 덤비는 자신이 낯설었다.

"나는, 짐승이 아니야."

애쉬는 세이레나의 손을 잡고 얌전한 개처럼 말했다. 그는 그런 남자가 아니다. 언제나 예의 바르게 신사적으로 연인을 대해야 한다고 배우고 생각하며 살았다.

지금까지 어떤 여자에게도 이런 감정이 든 적이 없었다. 애초에 끌리지도 않았지만, 이 정도로 자신이 이성을 잃고 덤벼드는 짐승이었나 하고 생각하면 당황스러울 정도다.

"알아요."

세이레나는 고개를 기울이며 말했다. 애쉬는 다정하고 친절한 연인이다. 그가 짐승이라니 당치도 않다. 그녀는 빙그레 웃으며 말했다.

"하지만 당신의 그런 점도 좋아요."

애쉬의 눈이 커졌다. 그는 세이레나의 손을 꽉 잡고 한 걸음 다가갔다. 순식간에 두 사람 사이의 틈이 사라졌다. 애쉬는 눈을 가늘게 뜨며 말했다.

"농담하는 거지?"

그럴 리가. 세이레나는 소리 내어 웃었다. 처음엔 좀 놀랐었다. 그때도 그녀는 놀랐을 뿐이지 무섭지는 않았다.

세이레나는 애쉬와 함께 있는 게 좋았다. 그와 끌어안고 있는 것도 좋았고 키스하는 것도 좋았다. 심장이 빠르게 쿵쿵 뛰면서 손발이 저릿해지는 감각이 좋았다.

"난 당신의 키스가 좋아요."

애쉬는 그대로 얼어붙었다. 그는 세이레나가 그런 말을 할 거라고는 꿈에도 생각하지 못했다.

아니, 어쩌면 꿈에서는 했을지도 모르지. 그가 그렇게 생각한 순간 세이레나가 다시 애쉬의 목을 끌어안았다. 자연스럽게 그는 세이레나가 끌어안을 수 있도록 허리를 숙였다.

이런 점도 좋다. 세이레나는 빙그레 웃었다. 그녀가 끌어안을 때 끌어안기 쉽도록 허리를 숙여 주는 게 좋았다. 몸에 밴 애쉬의 이런 다정함이 좋았다.

"그리고 나도 짐승이 될 수 있어요."

세이레나는 그렇게 말하며 애쉬의 입술에 입을 맞췄다. 그 순간 다시 그녀의 몸이 휙 들어 올려졌다.

세이레나의 등에 딱딱한 벽이 닿았다. 애쉬는 그녀를 들어 올려 벽에 밀어붙인 채 정신없이 세이레나의 입술을 빨았다. 젖은 혀가 그녀의 입 안을 마구 헤집었다. 세이레나는 애쉬의 목을 끌어안은 채 그에게 호응하려 했다. 하지만 어느샌가부터는 매달려 있는 게 고작이었다.

"짐승이라고?"

애쉬는 세이레나의 이마에 자기 이마를 댄 채 물었다. 검정색 눈동자가 위험하게 빛났다. 이대로 이 층 그의 침실로 올라가고 싶다. 그렇게 생각한 순간 그는 아직도 여기가 현관이라는 것을 떠올렸다.

"미안."

다시 세이레나의 발이 얌전히 바닥에 닿았다. 그는 세이레나의 입술을 엄지로 문지른 뒤 말했다.

"여기서 이러는 건 정말로 사과해야 할 짓이지."

발이 바닥에 닿자 세이레나의 정신이 돌아왔다. 그녀는 눈을 깜빡이며 물었다.

"여, 여기요?"

"그래. 이런, 사람들이 돌아다니는 곳에서는 하면 안 됐어."

아. 그제야 세이레나도 여기가 그레이윈드 저택의 현관이라는 것을 떠올렸다. 애쉬는 세이레나의 헝클어진 머리카락을 손가락으로 쓱쓱 빗어 정리한 뒤 말했다.

"그만 기사단으로 복귀하지."

다들 단장을 기다리고 있을 것이다. 애쉬는 억지로 기사단에서 그를 기다리고 있을 부하들을 떠올렸다. 마음 같아서는 다 무시하고 이대로 있고 싶지만 애쉬는 그러면 안 된다는 걸 알았다.

"그러네요."

현관문을 여는 애쉬의 뒤를 따르며 세이레나가 말했다. 응? 그가 무슨 소린가 하고 돌아보자 그녀가 활짝 웃으며 말했다.

"그럼 다음엔 현관이 아닌 곳에서 해요."

맙소사. 애쉬는 이런 곳 운운했던 자기 입을 때리고 싶어졌다. 이런 곳이니까 자제할 수 있었던 거다. 그의 침실 같은 곳에서 시작했다면 참지 못했을 수도 있다.

애쉬는 세이레나의 말에 대답하지 않고 자기 말에 올라탔다.

그의 예상과 달리 기사단은 단장을 기다리고 있지 않았다. 분
단장들만 남고 대부분의 인원은 돌아가고 있었다.

"어, 뭐야?"

행정실에 남아 보고서 작성을 위해 분단장들과 이야기하던
데니스가 애쉬를 발견하고 자세를 바로 했다. 그뿐만이 아니다.
남아 있던 기사들은 모두 애쉬가 돌아올 줄 몰랐다는 표정을 지
었다.

"뭐긴 뭐야? 다 돌아간 건가?"

애쉬의 질문에 데니스가 볼을 긁으며 말했다.

"안 돌아올 줄 알고 내가 정리했지."

단장이 없으면 부단장이 하는 게 맞다. 하지만 안 돌아올 줄
알았다고? 애쉬는 어리둥절해서 물었다.

"내가 안 돌아올 줄 알았다고? 왜?"

그 순간 데니스의 얼굴에 요상한 미소가 떠올랐다. 그는 허리
에 손을 얹고 거들먹거리며 말했다.

"왜긴 왜겠어? 헌터 경과 둘이 갔잖아."

얼씨구. 애쉬는 고개를 절레절레 흔들다가 다른 분단장들도
킬킬거리는 것을 발견했다.

이 자식들이? 그의 얼굴이 일그러졌다.

"쓸데없는 소리 마."

로렌 역시 아직 기사단에 남아 있었다. 부단장인 데니스와 달리 그녀는 분단장들과 회의할 필요가 없다. 그녀가 남아 있는 건 전투가 끝나고 바로 집으로 돌아가자니 아직 몸의 열기가 식지 않았기 때문이었다.

정원을 걸어 다니며 페이지들이 트롤의 사체를 정리하는 것을 구경하던 로렌의 눈에 세이레나가 들어왔다.

"세이!"

애쉬와 함께 기사단으로 돌아온 세이레나는 다시 집으로 돌아가려고 하고 있었다.

일 분단 대기실에 갔는데 아무도 없었기 때문이다. 그늘 아래에 서 있던 로렌이 세이레나를 불렀다.

"로렌, 다들 해산한 거야?"

"응. 데니스가 해산하라고 했거든."

부단장이 해산시켰구나. 세이레나는 머리를 쓸어 넘기다가 머리카락에 묻은 피가 말라 떨어지는 것을 깨닫고 인상을 썼다. 그 모습을 본 로렌이 허리에 손을 얹으며 물었다.

"그런데 넌 왜 돌아왔어?"

"응? 왜 돌아왔냐니? 아직 해산 명령을 못 들었잖아."

맙소사. 로렌은 어이가 없어서 고개를 절레절레 흔들었다. 이런 융통성 없는 친구 같으니.

"너 단장이랑 같이 간 거 아니었어?"

"응. 애쉬랑 함께 갔지."

"단장한테 현장에서 해산하겠다고 하면 되는 거잖아?"

그런 방법이 있었나? 세이레나 역시 어이가 없어서 로렌을 쳐다봤다. 하지만 곧 그녀는 고개를 저었다.

"아니야, 역시 기사단에 한 번 왔다 가는 게 마음 편해."

사서 고생한다더니 딱 그 짝이다. 로렌은 한숨처럼 말했다.

"둘이 똑같아, 아주."

"둘이?"

"너랑 애쉬 말이야. 어쩜 그렇게 똑같냐."

그런 생각은 안 해 봤다. 뭐라고 대답해야 할지 모르겠어서 세이레나는 아무 말도 하지 않았다. 로렌은 그런 그녀의 어깨를 툭 치고 말했다.

"이리 와."

기왕 간 거면 그냥 집으로 갈 것이지. 융통성 없기는. 로렌은 세이레나를 이끌고 수돗가로 향했다.

"병원에서 좀 씻지 그랬어."

로렌은 수도꼭지를 틀며 투덜거렸다. 세이레나의 얼굴이 피와 먼지로 엉망이었다. 그제야 세이레나는 자신의 모습이 꽤 엉망이라는 것을 떠올렸다. 머리카락에 달라붙은 피가 엉겨 붙어 있었다.

"아, 병원으로 간 거 아니야."

"다친 사람 있어서 호송한 거 아니었어?"

로렌은 손수건을 물에 적셔 세이레나의 얼굴을 닦아 냈다. 그리고 그녀의 머리카락도.

기사단에도 가벼운 샤워를 할 수 있는 샤워장이 있긴 하다. 하지만 귀족들은, 특히 여자들은 거의 쓰지 않았다. 기사단 샤워장에서 대충 씻고 집으로 가는 것보다 한시라도 빨리 집에 가서 목욕물에 몸을 담그는 게 낫기 때문이다.

"다친 건 아니고. 어제 그레이윈드 공작 부인이 도착하셨잖아?"

세이레나는 자신의 머리카락에 묻은 피를 닦아 내는 로렌에게 몸을 맡긴 채 서 있었다. 로렌의 손길 아래서 세이레나의 금발이 반짝반짝하게 빛나기 시작했다.

"어, 그래?"

어제 도착했으니 아는 사람이 적다. 세이레나도 애쉬에게 이야기를 들어서 알았다.

"응. 그런데, 그……."

세이레나의 눈동자가 주위를 살폈다. 그녀는 주변에 아무도 없는 것을 확인하고 목소리를 낮춰서 말을 이었다.

"왕비님도 같이 오셨거든."

"뭐?"

로렌의 눈이 커졌다. 그녀의 손이 멈추는 바람에 세이레나의 머리에 물이 뚝뚝 떨어졌다.

아차. 로렌은 세이레나가 어깨를 움츠리는 것을 보고 재빨리 손을 치우며 말했다.

"미안, 미안. 그런데 뭐라고? 그, 그분이 공작 부인과 함께 계셨어?"

"응. 공작 부인께 부탁드렸거든. 어쨌든 숨어 있으려면 누군가의 도움이 필요하니까. 공작 부인이라면 아무도 의심하지 않을 테고."

"그야, 그건, 그렇지만."

로렌은 어물어물 긍정했다. 왕비가 죽지 않았다는 게 알려졌다 해도 그레이윈드 공작 부인을 의심하는 사람은 적을 것이다.

그레이윈드 공작 부인이 공작과 결혼하기 전에 선왕과 약혼했다가 파혼했다는 것은 왕궁의 나이 든 사람이라면 누구나 알고 있는 이야기다. 그러니 왕비가 공작 부인의 집에 숨어 있으리라고는 생각하기 어렵다.

하지만.

로렌은 세이레나의 용감한 생각에 입을 다물었다. 일단 왕비가 살기 위해서라면 가장 좋은 선택지긴 하다.

"그런데 어제 공작 부인이 오셨잖아? 그러니까……."

세이레나는 손을 닦으며 말을 이었다. 그러고 보니 갑옷도 아직 그대로 착용하고 있다.

"아, 그러네."

왕비는 왕을 피해서 도망쳤다. 왕이 죽었으니 어떻게 생각하면 자유의 몸이 된 것이나 다름이 없다. 로렌은 더러워진 손수건을 대충 품 안에 넣었다.

세이레나는 소매를 걷어 팔까지 닦아 내며 설명했다. 왕비도 함께 왔으며 신분증이 준비되지 않아 북문 밖에서 하루 이틀 기다리는 상황이었다는 것을.

"아, 그럼 그 다친 사람이?"

"응. 엘라 부인이래."

엘라 부인. 잠시 그 이름을 중얼거리던 로렌은 그게 미카엘라의 애칭이라는 것을 깨닫고 눈을 크게 떴다.

"어, 잠깐. 그럼 와, 아니, 엘라 부인의 신분은 어떻게 되는 거야?"

"애쉬가 처리하겠다고 하던데."

허. 그렇다면 어떻게든 새로 만들어질 거다. 하지만 그런 문제가 아니다.

로렌은 세이레나와 함께 수돗가를 떠나며 물었다.

"근데 어차피 이젠 왕이 죽었으니 왕비로 돌아와도 되는 거 아니야?"

그건 아직 이야기 안 해 봤다. 세이레나는 고개를 기울였다. 미카엘라가 그걸 원하는 건 둘째치고서라도 거기에는 문제가 하나 있다.

"글쎄. 이야기를 해 봐야겠지만 이 왕자 때문에라도 아직은 조심해야 할 것 같아."

"아. 맞다."

로렌은 이 왕자를 떠올리고 고개를 끄덕였다. 왕비를 죽이려 한 게 이 왕자일 수도 있으니, 만약 왕비가 살아 있다는 것을 알면 그가 어떻게 나올지 모른다.

"아, 이 왕자 하니까 생각났는데."

때마침 분단장들과 회의를 마친 애쉬가 복도로 나오고 있었다. 정원과 복도. 그 사이에 있는 창문을 통해 애쉬와 세이레나의 시선이 부딪쳤다.

"애쉬는 뭐래?"

세이레나와 애쉬의 시선이 떨어질 줄 몰랐다. 그렇게 좋냐. 둘의 모습을 뒤늦게 본 로렌은 혀를 차며 고개를 돌렸다.

애쉬는 세이레나를 보고 빙그레 웃었다. 하마터면 손을 흔들 뻔했다. 그는 데니스가 집요하게 자신을 쳐다보는 것을 깨닫고 그제야 시선을 떼며 물었다.

"왜?"

"좋냐? 좋아?"

"무슨 헛소리야?"

똑같은 상황이 창문 건너편에서도 이뤄지고 있었다. 세이레나는 애쉬가 시선을 떼자 그제야 로렌을 돌아보며 물었다.

"어? 뭐라고?"

"너희 진짜……. 아니, 아니다. 그거 애쉬한테도 이야기했냐고."

"애쉬한테 뭘 이야기해?"

"지난번에 이 왕자가 음모를 꾸밀 것 같다고 한 거 말이야."

모아나의 여기사 클럽에서 세이레나가 왕비가 살아 있다는 것을 이야기했었다. 그때 이 왕자가 왕이 되기 위해서 일 왕자와 애쉬가 사라져야 한다는 것도 이야기했다.

아. 세이레나는 다시 한 번 애쉬를 쳐다봤다. 이 왕자는 일 왕자를 죽이고 애쉬에게 뒤집어씌우려 할 것이다.

"이 왕자를 조심하라고는 이야기했는데."

이미 이 왕자가 찝찝하다는 이야기는 일 왕자를 지지하기로 하면서 이야기했다.

"했는데?"

"확실한 증거가 없으니 일단 두고 보자고 하더라고."

애쉬라면 그럴 만도 하다. 로렌은 고개를 끄덕였다.

"이 왕자 쪽은 어때?"

세이레나가 로렌에게 물었다. 이 왕자 쪽 정황은 로렌이 지켜보기로 했었다. 그녀는 머리를 쓸어 넘기며 말했다.

"글쎄. 별다른 행동은 없는데."

여전히 이 왕자는 자기 쪽 세력을 키우기 위해 귀족들을 만나고 다니고 있다. 하지만 소득이 별로 없는지 이미 일 왕자를 지지하기로 결정한 귀족에게도 찾아가고 있었다.

"이상하다."

세이레나의 표정이 어두워졌다. 그녀의 생각이 틀린 걸까. 이 왕자라면 일 왕자를 죽이고 애쉬에게 뒤집어씌울거라 생각했다.

그녀가 왕비였을 때 그랬으니까. 게일은 변하지 않았다. 하지만 이 왕자는 다를 수도 있는 걸까.

어쩌면 그녀가 왕비였을 때 이 왕자가 세이레나에게 뒤집어씌운 게 이 왕자의 생각이 아니라 게일의 생각일지도 모른다는 생각이 들었다.

"아직 추모식이 지나려면 남았잖아. 좀 더 지켜볼게."

세이레나의 표정이 어두워지자 로렌이 재빨리 말했다. 이 왕자가 왕이 되려면 추모식이 지나기 전에 일을 벌여야 할 것이다. 추모식이 지나면 바로 다음 왕이 책봉된다. 지금으로써는 당연히 일 왕자가 우세하다.

"응."

이 왕자가 아무 일도 벌이지 않았으면 좋겠다는 마음 반, 할 거면 빨리 벌였으면 좋겠다는 마음 반이 세이레나의 가슴을 채웠다.

그래, 차라리 아무 일도 일어나지 않았으면 좋겠다. 문득 세이레나는 그동안 자신이 겪었던 일을 피하는 데에만 급급했다는 것을 깨달았다.

게일과 왕이 죽었으니 세이레나가 왕비였을 때 겪었던 일은 일어나지 않을 것이다. 그렇다면 마음에 홀가분해야 할 텐데 이상하게도 불안해졌다.

"별일 없을 거라니까."

로렌은 여전히 어두운 표정의 세이레나를 툭 치며 말했다. 하지만 세이레나는 그녀의 말에 쉽게 대답할 수가 없었다. 그동안은 쉽게 말할 수 있었다. 그녀가 한 번 겪은 일이었으니까. 그때는 몰랐던 것을 지금은 알고 나름대로 대처해 왔다.

하지만 더 이상은 아니다. 어쩌면 어떤 것들은 똑같이 흘러갈 수도 있겠지. 그렇지만 세이레나의 인생과 애쉬의 인생은 아니었다.

"아주 작은 일이라도, 뭔가 일이 생기면 나한테 꼭 알려 줘. 언제든지 좋아. 늦은 밤이어도 상관없어."

불안한 마음에 세이레나는 친구에게 그렇게 부탁했다. 이 왕자는 과연 애쉬를 공격하려 할까, 아니면 이대로 물러날까.

"걱정 말라니까. 모아나도 자작 클럽에서 이야기 듣고 있다고 하고. 우리 여기사 클럽에도 사람들이 점점 모이고 있잖아."

그렇군. 세이레나는 이번 생에서 지난번 생과 달라진 것을 또 하나 떠올렸다.

여기사 클럽. 그녀가 왕비였을 때는 여기사 클럽은 물론이고 여기사 자체가 없었다.

비록 모아나가 그만둘 거라고 하긴 했지만 타의로 그만둔 지난번과 하고 싶은 일을 찾아서 그만두는 지금은 어마어마하게 다르다.

"고마워."

세이레나는 왕비일 때도, 지금도 여전히 굳건하게 기사로 남아 있는 로렌을 돌아보며 웃었다. 사람은 크게 변하지 않는다. 한결같은 로렌과 애쉬가 그 증거였다.

33

암살

세이레나의 걱정과 달리 한동안은 이 왕자의 움직임이 없었다. 그사이 모아나의 여기사 클럽은 성황리에 오픈했다. 깨끗하게 단장한 건물에서 현직 여기사는 물론 퇴직한 여기사까지 모두 모인 개업식이 열렸다.

세이레나와 로렌은 당연히 참석했다. 아직 기사가 되지 못한 페이지들은 개업식에만 출입이 허가됐다.

"페이지들은 왜?"

로렌은 연어와 양파를 얹은 핑거푸드를 먹으며 물었다. 지난번에 고용한 요리사가 실력 발휘를 한 모양이다.

참석한 사람들도 이런 음식이라면 클럽에 와서 식사를 해야겠다고 말하고 있었다. 식사도 클럽의 매출이다. 역시 실력이 좋은 요리사를 고용한 게 옳았다고 생각하며 모아나가 말했다.

"한 번쯤은 보여 줘야 걔들도 기사가 되면 가입하고 싶어 할 거 아니야."

모아나의 말에 로렌의 입이 딱 벌어졌다. 미래의 고객까지 놓치지 않겠다는 그녀의 의지가 보였기 때문이다.

"괜찮은 거 같아."

세이레나는 모아나의 말에 고개를 끄덕이며 주위를 둘러봤다.

페이지의 나이는 열세네 살 정도. 자기가 다 컸다고 생각하고 어른 취급을 받고 싶어 할 나이다. 그런 페이지들에게 여기사 클럽은 자신이 꿈꾸던 어른들이 출입할 만한 장소가 될 거다.

"벌써 가입하겠다는 사람이 백 명이 넘었어. 그중 스무 명은 일 년 치 가입비를 이미 냈고."

우쭐한 모아나의 말에 세이레나가 웃음을 터트렸다. 로렌은 억울하다는 표정으로 말했다.

"가입을 이미 받았단 말이야? 나랑 세이가 첫 번째 가입자인 줄 알았는데!"

"너희는 가입비를 낼 필요가 없지! 사장 친구잖아."

모아나는 로렌과 세이레나에게는 가입비를 받을 생각이 없었다. 하지만 세이레나는 고개를 저으며 말했다.

"무슨 소리야. 시작하는 클럽인데 당연히 내야지."

아버지 쿨린 자작의 도움도 받지 않고 시작했다고 들었다. 지금 모아나는 한 푼이 아쉬울 것이다.

세이레나는 과일을 얹은 파이를 쳐다봤다. 요리사에게 줘야 하는 돈뿐 아니라 이걸 서빙 하는 직원들의 월급도 줘야 한다. 그럼에도 친구들에게는 돈을 받지 않겠다는 모아나의 마음만으로도 고마웠다.

세이레나는 자신이 일 분단이라는 것에 다시 한 번 안도했다. 일 년 치 가입비는 제법 비싸지만, 그녀의 일 분단 봉급으로 충분히 낼 수 있는 수준이다.

"쿨린 경!"

그때 페이지들이 모아나에게 다가왔다. 드레스를 입은 소녀들 사이에서 기사복을 입은 소녀 두 명이 보였다.

세이레나는 그 두 명이 낯익다는 것을 깨달았다. 한 명은 로렌이 후원하는 페이지, 헤이젤이고 다른 한 명은 에즈라와 함께 있던 페이지, 다이아나였다.

"질문이 있어요."

헤이젤과 다이아나는 가장 뒤에 있었다. 맨 앞에서 질문하는 페이지의 얼굴이 진지해서 모아나는 애써 웃음을 지우고 진지한 표정을 지었다.

"뭔데?"

"이 클럽에 들려면 기사이기만 하면 되나요?"

"자작 클럽은 남작과 자작이어야 하잖아요. 기사는 경이니까……."

"하지만 이름은 여기사 클럽이니까 여기사면 되는 거죠?"

페이지들이 앞다퉈 질문을 쏟아 냈다. 하도 여러 명이 입을 열어서 뭐라고 하는지도 모르겠다. 기사단에서도 이 소녀들이 이렇게 떠드는 건 본 적이 없다.

로렌과 세이레나의 눈이 당황으로 동그래졌다. 하지만 모아나는 침착하게 손을 들더니 손뼉을 쳤다.

"짝!" 하는 소리와 함께 주변의 소음이 잦아들었다. 모아나는 페이지 한 명, 한 명 눈을 맞춘 뒤 말했다.

"한 명씩 질문해 줄래?"

와. 로렌은 빙그레 웃으며 뒤로 돌았다. 세이레나 역시 킥킥거리며 로렌의 뒤를 따랐다.

"모아나가 사직한 걸 두고 애쉬는 뭐래?"

예쁘게 깎인 과일을 집어 들며 로렌이 물었다. 세이레나는 아무 말 없이 직원에게서 홍차를 받아 들었다.

애쉬는 이런 면으로는 냉정하다. 그는 재능 있는 사람만 검을 쥐어야 한다고 생각하지는 않는다. 하지만 검술에 관심이 없고 다른데 마음이 간 기사는 그만두는 게 옳다고 생각하는 사람이다. 그리고 모아나는 애쉬의 기준으로 검술에 관심이 없고 마음이 다른 데 간 기사였다.

물론 그녀가 다른 분야에 더 큰 능력을 발휘하고 있다는 것을 그도 알았다.

"됐다, 됐어. 뭐라고 했는지 뻔하지."

세이레나의 표정을 본 로렌이 손을 저으며 말했다. 애쉬는 모아나의 사직을 두고 아깝다거나 아쉽다는 말은 하지 않을 것이다. 그렇다고 잘됐다고 할 만한 사람도 아니다.

세이레나는 반사적으로 말했다.

"모아나가 진짜 하고 싶은 일을 찾아서 다행이라고 했어."

"그렇겠지."

로렌은 씩 웃었다. 원래 천재들은 자신이 가진 재능이 얼마나 대단한 건지 모르는 법이다.

같은 시간, 그 천재는 기사단을 나서고 있었다. 모아나의 개업식을 위해 로렌과 세이레나는 조금 일찍 퇴근했고, 데니스는 아까 정시 퇴근을 했다. 덕분에 애쉬는 오랜만에 늦게까지 일을 했다.

평소라면 세이레나가 어디서 뭘 하고 있는지 궁금한 애쉬가 그녀를 찾기 위해 먼저 일어났을 거다. 아니면 데니스나 로렌이 쫓아와서 수다를 떨었거나.

세이레나를 데리러 갈까. 애쉬가 그렇게 생각하며 기사단을 나섰을 때였다. 낯이 익은 남자가 그에게 말을 걸었다.

"오랜만입니다. 단장님."

애쉬는 약간의 뜸을 들인 후에야 남자의 이름을 기억해 낼 수 있었다.

"오랜만이군, 머피 경."

재작년에 그의 권유로 기사단을 그만둔 기사다. 라고말리 기사단의 실력은 수준급이다. 기사단에 입단하지 못한 자가 중하위급의 용병단에 들어갈 수 있을 정도다.

라고말리 기사단은 그런 면에서 자긍심을 가지고 있다. 대부분의 기사가 귀족이지만 실력으로 기사단에 들어와 있다는. 하지만 벤은 그런 자긍심에 기생하는 자였다.

"얼마 전에 약혼하셨다는 소식을 들었습니다. 축하드릴 일이죠."

벤은 애쉬의 눈치를 살피며 말했다. 그는 애쉬가 소드 마스터라는 점보다 그가 공작이라는 사실을 더 두려워하는 자다. 예전이라면 애쉬에게 말도 걸지 못했을 것이다.

무슨 일이지. 애쉬는 벤의 변화를 의심스러워하며 고개를 끄덕였다.

"축하해 줘서 고맙네."

"얼마 전에 헌터 경을 만난 적이 있거든요."

애쉬의 표정이 싸늘해졌다. 그는 벤 같은 자의 입에서 세이레나의 이름이 나왔다는 것 자체가 마음에 들지 않았다. 자연스럽게 애쉬의 머릿속에 세이레나가 야외 연회에 참석했던 것이 떠올랐다. 그게 벤이 연 연회였다는 것도.

거기서 아드리아나가 추태를 보였다. 기분이 나빠진 애쉬는 굳은 표정으로 말했다.

"그런데?"

벤은 애쉬의 표정에 침을 꿀꺽 삼켰다. 이래도 되는 거겠지.

그는 이 일을 명령한 이 왕자를 떠올렸다.

어제 이 왕자에게 명령을 들었을 때만 해도 아주 쉬운 일이라 생각했다. 애쉬를 죽이라는 것도 아니고 그를 사람이 없는 한적한 곳으로 끌어내 시간을 때우기만 하면 된다. 그것만 하면 이 왕자가 그에게 돈과 명예를 주겠다고 했다.

벤은 애쉬의 얼굴을 살피고 마음을 굳게 먹었다. 그를 기사단에서 쫓아낸 이 얄미운 공작이 한순간에 무너지는 것을 본다면 기분이 좋을 것이다.

"제가 단장님이 모르는 헌터 경의 비밀을 알고 있거든요."

"비밀이라고?"

애쉬의 눈이 가늘어졌다. 그의 머릿속에 뭔가를 숨기던 세이레나의 모습이 떠올랐다.

세이레나는 뭔가를 숨기고 있긴 하다. 하지만 그게 뭔지 애쉬는 물론 아무에게도 말하지 않는다.

그걸 벤이 안다고? 애쉬의 표정에 의심이 떠올랐다.

"그걸 자네가 어떻게 알지?"

애쉬의 공격적인 태도에 벤은 저도 모르고 뒤로 주춤 물러났다. 그러다가 아차 하고 서둘러 말했다.

"제가, 그, 헌터 백작님과 함께 일을 했거든요. 헌터 백작님께 무슨 이야기를 들었는지 아시면 아주 깜짝 놀랄 겁니다."

헌터 백작이라면 세이레나의 아버지다. 딸이 숨기는 비밀을 아버지는 알고 있을 수 있다. 애쉬의 표정이 심각해졌다.

"내게 헌터 경의 비밀을 알려 주겠다고?"

세이레나가 비밀을 가지고 있는 건 이미 알고 있다. 그는 그걸 그녀가 직접 말해 줄 때까지 기다릴 생각이었다. 굳이 벤의 입을 통해 들을 필요는 없다. 애쉬가 그렇게 거절하려는 순간 벤이 재빨리 말했다.

"단장님께서 꼭 아셔야 하는 이야기입니다."

"내가 꼭 알아야 한다고?"

"불법적인 이야기거든요."

젠장. 애쉬의 머릿속에 세이레나가 저지른 불법이 떠올랐다. 왕비님이 죽은 것으로 꾸미고 그녀가 도망치도록 도왔다. 다행히 거기에는 이미 애쉬가 엮여 있다.

그것 말고 뭐가 있는 거지?

애쉬의 표정을 본 벤이 좀 더 다가왔다.

"이 일을 왕자님들이 아시면 헌터 경은 물론 단장님도 아주 곤란해지실 겁니다."

자신이 곤란해지는 건 상관없다. 애쉬는 그가 곤란해진다는 것보다 세이레나가 곤란해진다는 말에 마음이 움직였다.

"집으로 가지."

"아니, 아닙니다."

자신의 집으로 가자는 애쉬의 말에 벤은 손을 저었다. 절대로 그레이윈드 저택으로 가면 안 된다.

애쉬는 벤의 말에 무슨 소리냐는 표정을 지었다. 벤이 재빨리 몸을 돌리며 말했다.

"제 집으로 가시죠. 조용한 곳에서 이야기하는 게 단장님께도 나을 테니까요."

애쉬는 그런 벤을 물끄러미 쳐다봤다. 자기 집으로 가자는 건 무슨 꿍꿍이가 있는 거다. 그는 이런 이야기에 익숙했다. 별의별 말도 안 되는 루머에 시달리며 살아왔기 때문이다. 돈을 주지 않으면 루머를 퍼트리겠다는 협박도 많이 받았다. 그렇기 때문에 애쉬는 그의 집으로 가는 편이 벤에게도 편하다는 것을 알았다.

애쉬의 집이라면 벤이 요구하는 돈을 바로 받을 수 있다. 하지만 벤의 집으로 가면 돈을 받기 위해 애쉬가 저택으로 가서 돈을 가지고 오는 시간이 필요하다.

원하는 게 돈이 아니라는 말인데……. 애쉬가 그렇게 생각했을 때 그의 시선을 깨달은 벤이 씩 웃으며 말했다.

"아무래도 단장님은 소드 마스터잖습니까. 저도 유리한 부분은 있어야지요."

그런 거라면 할 수 없다. 애쉬는 고개를 끄덕이고 말에서 내렸다. 벤이 앞서 걷기 시작했다.

아주 잠깐, 애쉬는 벤이 사람을 시켜 자신을 공격할 수도 있다는 생각을 했다. 하지만 그는 곧 고개를 저었다.

벤이 그럴 이유가 없다. 이 년 전이라면, 기사단을 그만두게 한 분풀이로 그럴 수도 있긴 하지만 이미 이 년이나 지난 지금 굳이 그럴 필요가 없다. 게다가 애쉬는 벤 같은 녀석들은 몇 명이 와도 따끔하게 혼내 줄 실력이 있다. 그는 벤이 아직 결혼하지 않았고 혼자 살고 있다는 것을 떠올리며 뒤를 따랐다.

"세이레나!"

로렌과 함께 클럽 이곳저곳을 돌아다니던 세이레나에게 모아나가 빠르게 다가왔다. 그녀가 막 샴페인을 받아 들던 참이었다.

"왜? 무슨 일 있어?"

이미 샴페인을 홀짝이던 로렌이 물었다. 모아나는 세이레나와 로렌을 번갈아 보고 두 사람 사이에 끼어들었다.

"잠깐 우리 소드 마스터들 좀 빌려 갈게요."

응? 모아나의 말에 어리둥절해 하는 두 사람과 달리 함께 이야기하던 기사들은 웃음을 터트리며 손을 흔들었다.

만면에 웃음을 띤 채로 모아나는 두 사람을 한 팔에 하나씩 끼고 사람이 적은 곳으로 향했다.

"뭔데?"

인적이 드문 곳에 도착하자 로렌이 물었다. 세 사람만 할 이야기가 있으면 늘 이래서 별로 이상하지도 않다.

로렌은 긴장감 없이 들고 온 샴페인을 홀짝이고 있었다.

"내가 일 왕자 쪽에서 일하는 애랑 좀 친해졌거든."

"응?"

느닷없이 이게 무슨 소리야? 어리둥절해 하는 로렌과 달리 세이레나의 표정은 심각해졌다. 얼마 전에 로렌과 모아나에게 아주 작은 거라도 이상한 일이 있으면 알려 달라고 했었다.

"일 왕자가 아까 공작님을 만나러 나갔대."

"애쉬를?"

모아나가 고개를 끄덕였다. 별거 아닐 수도 있다. 애쉬는 일 왕자를 지지하기로 했다. 그러니 두 사람이 만나는 건 특별한 일이 아니다.

"그레이윈드 저택에서 만나기로 했나? 아니면 기사단?"

"둘 다 아니래."

그래서 일 왕자의 집에서 일하는 사람이 혹시나 싶어서 알려준 거다. 애쉬와 일 왕자는 그리 자주 만나지도 않았지만 만나도 기사단이나 일 왕자의 집에서 만났다.

백보 양보해서 애쉬의 집에서는 만날 수 있다. 하지만 이번에 일 왕자가 애쉬를 만나기로 한 건 애쉬의 집도 아니다.

모아나는 세이레나의 부탁대로 일 왕자의 저택에서 일하는 사람에게 조금이라도 이상한 점이 있다면 알려 달라고 부탁했다. 이건 조금 이상으로 이상한 일이다.

"어디서 만나기로 했는지 알아?"

역시 이상하다. 애쉬가 만약 오늘 일 왕자를 만나려 했다면 세이레나에게 이야기했을 것이다.

하지만 그녀는 그런 이야기는 듣지 못했다. 어쩌면 갑자기 만나야 할 일이 생긴 건지도 모른다.

세이레나의 머릿속에 몇 가지 가설이 떠올랐다. 하지만 그 어떤 가설도 일 왕자가 느닷없이 새로운 장소에서 애쉬를 만나는 게 당연해지지 않았다.

그리고 애쉬가 세이레나에게 말하지 않고 일 왕자와 뭔가를 의논하는 것도.

"아니, 그건 모르는 거 같은데."

세이레나의 질문에 모아나는 고개를 저었다. 그녀에게 이 정보를 알려 준 사람도 거기까지는 듣지 못했다.

위험하다. 세이레나의 표정이 어두워졌다. 그때 로렌이 나섰다.

"애쉬는 지금 기사단에 있나?"

"응. 오늘 늦게까지 서류 보다가 간다고 했어."

"그럼 우리가 기사단에 가서 애쉬와 함께 있으면 되잖아? 우리가 함께 있으면 이 왕자도 애쉬에게 뒤집어씌우진 못할 거 아니야."

로렌의 말이 끝나자마자 모아나가 세이레나의 손을 잡으며 말했다.

"가자."

기사단으로 가자는 말이다. 깜짝 놀란 세이레나가 물었다.

"너, 여긴 어쩌고?"

"지금 이게 문제야? 애쉬가 문제지."

마음만으로도 고맙다. 세이레나는 모아나의 손을 잡았다.

"아니야. 넌 여기 있어. 오늘은 첫날이잖아."

"하지만."

로렌과 세이레나가 가는데 그녀만 빠질 수는 없다. 그리고 애쉬가 위험해지는 건 모아나도 바라지 않는다.

애쉬를 걱정해서가 아니다. 애쉬가 위험해진다면 세이레나가 슬퍼하기 때문이다. 친구가 슬퍼하는 걸 보고 싶지는 않았다.

"네가 나가면 여기 사람들은 어쩌고?"

로렌도 합세했다. 개업식을 열어 놓고 주인이 나가는 건 이상하다.

그래도 같이 가고 싶다. 친구들만 보내는 건 마음에 걸린다.

함께 가고 싶어 하는 모아나를 보고 세이레나가 말했다.

"넌 여기 있어 줘. 일 왕자도 찾아야 하니까 중간에 이야기를 전해 줄 사람이 필요해."

"뭐? 일 왕자를 찾게?"

세이레나의 말에 로렌이 놀라서 끼어들었다. 애쉬만 지키면 되는 거 아니었나?

하지만 세이레나는 일 왕자도 찾을 생각이었다.

애쉬만 무사하다고 그녀가 만족할 수 있을 리가 없다. 이 왕자가 애쉬에게 일 왕자의 암살을 뒤집어씌우려면 반드시 해야 하는 게 일 왕자의 암살이다. 그녀는 일 왕자의 암살도 막을 생각이었다.

"어떻게 찾게?"

로렌의 질문에 세이레나는 모아나에게 물었다.

"일 왕자는 혼자 가진 않았지?"

"하디 경과 함께 갔을걸?"

하디 경? 세이레나의 머릿속에 한 박자 늦게 그가 누군지 떠올랐다. 스펜서 하디. 일 왕자 밑에서 개인 호위로 일하고 있다. 하지만 몇 년 전까지만 해도 그는 라고말리 기사단에서 일 분단 기사였다.

그녀가 왕비였을 때, 스펜서는 늘 일 왕자 곁에 있었다. 일 왕자가 왕이 되면 근위대장이 될 거라 생각했던 남자였다. 그만큼 일 왕자에게 충성스러운 사람이다. 만일 누군가 일 왕자를 죽이려 한다면 우선 스펜서를 죽여야 할 것이다.

"그래도 하디 경이면 괜찮은데."

모아나의 말에 세이레나가 고개를 끄덕였다. 소드 마스터까지는 아니어도 스펜서라면 일 분단에서도 상위에 속하는 실력이다.

"그래도 겁이 없네. 집도 아니고 어딘지도 모르는 곳을 하디 경만 데리고 간다고?"

그때 로렌이 중얼거렸다. 그럴 리 없지만 만약 애쉬가 다른 마음을 먹고 일 왕자를 죽이려 한다면 스펜서는 절대 막을 수 없다.

"하디 경보다 실력이 좋은 사람들은 일 왕자를 노릴 이유가 없으니까?"

그럴듯하다. 하디 경보다 실력이 좋은 사람들로는 현재 애쉬와 데니스, 로렌, 그리고 세이레나가 있다. 그 외에 기사단 일 분단에 있는 자들도 물론 있다. 그리고 이들은 전부 애쉬의 뜻에 전폭적으로 따르고 있다. 그렇기 때문에 두 왕자가 애쉬를 자신의 편으로 만들려 그렇게 노력했던 거다.

하지만 세이레나는 어딘지 모르게 찝찝했다. 스펜서를 죽이려면 반드시 그보다 강한 사람이 있어야 하는 건 아니다. 스펜서가 상대하기 어려울 정도로 많은 수의 적이 나타나면 그도 속수무책으로 당할 수밖에 없다.

하지만 세이레나가 그렇게 말하려 했을 때 로렌이 그녀의 어깨를 툭 치며 말했다.

"우선 가자, 기사단으로."

애쉬의 신병을 확보해야 한다.

우씨. 모아나는 빠르게 뛰어 나가는 두 친구의 뒷모습을 바라보다가 재빨리 뒤로 돌아 사람들에게 다가갔다. 그녀도 그녀가할 수 있는 일을 해야 한다.

"단장님 말입니까?"

말을 달려 도착한 세이레나와 로렌은 기사단에 뛰어 들어가 애쉬를 찾았다. 하지만 당직을 서고 있던 기사가 어리둥절한 표정으로 말했다.

"아까 퇴근하셨는데요."

"아까요?"

"네. 한 이십 분쯤 됐을 겁니다."

이십 분이면 아직 집에는 도착하지 않았을 시간이다. 로렌과 세이레나의 시선이 부딪쳤다.

어디서 엇갈린 거지? 두 사람은 그대로 다시 말에 올라탔다.

그때 기사가 말했다.

"아, 이 앞에서 누구랑 이야기하시는 걸 봤어요."

"누구랑요?"

세이레나의 질문에 기사는 눈동자를 굴렸다. 누구더라. 얼굴은 아는데 이름은 빨리 생각이 안 난다.

"그, 그 녀석 있잖습니까? 재작년에 그만두고 나간 녀석이요."

"재작년?"

로렌의 머릿속에 삼 년 전부터 작년까지 그만두고 나간 기사단의 얼굴이 주르륵 떠올랐다. 그때 기사가 손가락을 들며 외쳤다.

"머피! 머피요! 벤 머피!"

"머피 경이요?"

세이레나의 눈이 동그래졌다. 여기서 벤의 이름이 나올 줄은 몰랐다. 로렌 역시 당황해서 세이레나를 돌아봤다.

"애쉬가 머피 경과 함께 갔나요?"

"그, 그것까진 저도……."

못 봤다. 그녀는 저녁을 먹고 들어오는 길에 애쉬가 퇴근하다 말고 벤과 이야기하는 것을 봤을 뿐이다.

"그 자식이 애쉬랑 할 이야기가 뭐가 있지?"

로렌의 질문에 세이레나의 머릿속에 벤의 협박이 떠올랐다. 왕비님의 암살에 그녀의 아버지가 연루돼 있다고 했다. 그리고 그걸로 세이레나를 협박하려 했지.

우스운 건 이미 그 사실을 애쉬도 알고 있다는 뜻이다. 애초에 그걸 그녀에게 알려 준 사람이 애쉬다.

그냥 인사를 한 걸 수도 있다. 하지만 그게 아니라면? 최악의 상황을 상상하고 싶지 않아도 상상할 수 밖에 없다.

"이리 와 봐."

세이레나는 로렌을 끌고 기사에게서 멀어졌다. 왜? 어리둥절해 하는 표정으로 그녀를 따라온 로렌은 얌전히 세이레나가 이야기하는 것을 기다렸다.

"왕비님의 암살 사건 알지?"

"응."

두 번이나 이뤄졌었다. 세이레나는 고개를 끄덕이는 로렌을 보고 숨을 크게 한 번 들이켰다 내쉰 뒤 말했다.

"거기 아버지가 연루돼 있거든."

"아버지? 네 아버지?"

지금은 놀랄 시간이 없다. 세이레나는 고개를 끄덕이고 계속해서 말했다.

"지난번 야외 연회 때 머피 경이 날 협박했어. 아버지가 그 사건에 연루돼 있다는 증거를 가지고 있다고."

"뭐? 그 새끼가!"

당연하게도 로렌은 화를 벌컥 냈다. 하지만 화를 낼 시간도 없다. 세이레나는 로렌의 손을 잡아 그녀의 화를 막으며 말했다.

"아마 그걸로 내가 애쉬와 결혼하면 돈을 뜯어낼 생각이었던 거 같아."

아오. 로렌은 주먹을 들고 부르르 떨었다.

"내가 진짜 그 녀석을 한 대 때리지 않으면 인간이 아니다."

세이레나는 로렌의 투덜거림에 피식 웃었다. 모아나도 그랬지만 그녀를 걱정해 주는 친구를 됐다는 건 역시 기분이 좋다.

"내 생각엔 애쉬에게 그걸 이야기하려고 하는 게 아닌가 싶어."

"지금? 너랑 아직 결혼도 안 했는데?"

세이레나가 애쉬와 결혼하지 않은 상황에서 그런 이야기를 했다가 두 사람이 파혼하면 벤은 아무것도 얻을 수 없다.

"진짜 목적은 그걸 미끼로 애쉬를 끌어내려는 거겠지."

흠. 세이레나의 이야기를 들은 로렌은 팔짱을 끼고 눈을 가늘게 떴다. 벤, 이 멍청한 녀석이 애쉬를 그 이야기를 미끼로 사람이 없는 곳으로 끌어내려 한다고?

"그거 위험한데."

로렌의 말에 세이레나는 눈을 깜빡였다. 그래? 그녀는 로렌과 다른 것을 생각하고 있었다.

"하지만 아버지가 왕비님의 암살에 연루된 걸 애쉬도 아는 걸?"

"뭐? 아니, 아니야. 내가 위험하다고 하는 건 애쉬가 아니라 멍청이 벤이야."

"머피 경이? 왜?"

으음. 로렌은 인상을 쓰며 말했다.

"애쉬가 그놈을 가만두지 않을 거 아니야."

그렇지 않아도 애쉬는 벤을 그리 좋아하지 않는다. 그래도 그전에는 그가 기사단 단장이고 벤이 기사였기 때문에 공과 사를 구분해서 아무 말도 하지 않았을 뿐이다.

게다가 벤이 기사단을 나간 다음에는 접점이 없었고. 하지만 멍청한 녀석이 세이레나에게 피해를 끼칠 수 있다는 것을 알게 된다면 어떻게 될까.

"가만두지 않는다니, 어떻게?"

세이레나의 말에 로렌은 고개를 기울였다. 솔직히 이건 그녀도 모르겠다. 그동안의 애쉬라면 자신을 협박한 벤을 고소할 것이다. 하지만 로렌과 데니스는 안다. 애쉬가 세이레나의 일이 되면 사람이 변한 것처럼 군다는 것을.

"글쎄."

차마 벤의 안전을 보장할 수 없다는 말은 할 수가 없어서 로렌은 그렇게 말하고 말았다.

설마 죽이진 않겠지. 로렌은 그렇게 생각하며 말에 올라탔다.

"가자. 만약 그 멍청이가 애쉬를 사람이 없는 곳으로 데려갔다면 그레이윈드 저택으로는 안 갔겠지."

"어디로 갔는지 알겠어?"

세이레나의 말에 로렌은 씩 웃었다.

애쉬가 벤을 죽여도 상관없다. 그녀가 아는 애쉬라면 시체를 아주 잘 숨길 거다. 아마 벤은 쥐도 새도 모르게 사라진 게 되겠지.

"일단 머피 경 집에 가 보자고."

"집을 알아?"

"다 아는 방법이 있지."

로렌은 자신만만한 표정으로 그렇게 말하며 말을 돌렸다. 세이레나 역시 재빨리 그녀의 뒤를 따랐다.

"오랜만이다?"

자신만만한 표정의 로렌이 향한 곳은 시내에 있는 술집이었다. 세이레나도 최근 기사들과 어울리면서 이런저런 식당을 다녀 보긴 했지만 이런 술집은 처음이었다.

척 보기에도 기사보다는 용병들이 갈 만한 곳으로 보인다. 하지만 로렌은 능숙하게 안으로 들어가 앉아서 술을 마시던 한 명의 어깨를 잡았다.

"피, 필립스 경?"

놀랍게도 로렌에게 어깨를 잡힌 남자는 그녀의 얼굴을 보자마자 겁을 집어먹은 표정을 지었다. 그제야 무슨 일인가 하고 뒤를 돌아본 남자들이 세이레나의 얼굴을 보고 눈을 동그랗게 떴다.

"어, 뭐야?"

"엄청난 미인인데?"

어디선가 휘익 하고 휘파람 부는 소리가 들렸다. 이 정도로 무례한 짓을 당하는 건 아무리 겪어도 익숙하지 않다. 심지어 세이레나는 귀족 영애라 그럴 기회가 적기도 했다.

세이레나는 반사적으로 어느 멍청이가 휘파람을 불었는지 확인하기 위해 시선을 돌렸다. 그사이 로렌이 남자의 어깨를 잡은 손에 힘을 주며 말했다.

"알지? 머피 경 집."

"어? 어어, 아, 아는데……."

눈치 없네. 로렌은 남자의 어깨를 더욱 세게 잡으며 물었다.

"아는데?"

"아, 아아, 아, 안내하겠습니다."

"그래, 눈치가 좀 있네."

그제야 남자의 어깨에서 로렌의 손이 떨어져 나갔다. 그사이 남자들이 세이레나에게 말을 걸었다.

"예쁘장하게 생겼는데? 저 빨간 마녀와 무슨 사이야?"

세이레나는 뭐라 말해야 할지 몰라 눈을 깜빡였다.

빨간 마녀? 로렌을 두고 말하는 건가? 그녀는 로렌을 한 번 쳐다보고 다시 남자에게 고개를 돌렸다.

"저런 마녀랑 어울리면 성격 더러워진다구."

남자의 말에 주변에 있던 다른 남자들이 웃음을 터트렸다. 뭐이런 놈들이 다 있어?

정작 로렌은 신경 쓰지 않는 눈치였다. 그녀는 익숙한 것처럼 남자를 앞세워 술집을 나가고 있었다.

"세이, 가자!"

세이레나는 검 손잡이에 손을 댄 채 로렌을 모욕한 남자를 쳐다봤다.

"왜? 그 예쁜 손으로 검이라도 휘두르게?"

그걸 원한다면.

세이레나는 씩 웃으며 검을 뽑았다. 그리고 검에 기를 불어넣었다.

"어?"

세이레나의 검이 빛나기 시작하자 남자들이 움찔하고 물러났다. 그들의 머릿속에 동시에 누군가의 이름이 떠올랐다.

최근에 소드 마스터가 됐다던 여기사. 세이레나 헌터.

예쁘다는 말은 들었지만 이 정도로 예쁜 줄은 몰랐다. 사복을 입은 세이레나는 절대 기사로 보이지 않는다.

그녀는 검을 들어 올리며 말했다.

"누가 빨간 마녀라고?"

"아, 아니, 아닙니다."

"나도 그렇게 불러. 괜찮네. 마녀."

로렌이 마녀라면 마녀라고 불리는 것도 괜찮다. 세이레나는 그렇게 말하고 검을 집어넣었다.

남자들은 어리둥절한 표정으로 그녀를 쳐다보고 있었다.

"로렌이 빨간 마녀면 난 노란 마녀야. 말해 봐."

"노, 노란 마녀님."

정작 로렌의 눈앞에서는 그렇게 말하지도 못할 놈들이다. 세이레나는 검집째로 남자의 어깨를 툭 쳤다. 그 순간 움찔한 남자가 뒤로 물러나다가 넘어졌다.

괜찮네. 세이레나는 그대로 돌아서서 로렌의 뒤를 따랐다. 그녀가 왕비였을 때 사람들은 세이레나를 음탕한 마녀라고 불렀다. 하지만 지금 마녀라고 불리는 건 나쁘지 않았다.

"뭐 하고 나왔어?"

남자와 함께 세이레나를 기다리던 로렌이 어리둥절해서 물었다. 세이레나는 픽 웃으며 말했다.

"난 노란 마녀야."

"응?"

"아니야, 아무것도. 가자."

굳이 로렌에게 마녀니 뭐니 하는 이야기를 할 필요는 없다.

세이레나는 로렌과 함께 남자를 쳐다봤다. 눈치 빠르게도 그는 로렌이 재촉하기 전에 재빨리 앞서 나갔다.

"머피 경은 혼자 사나요?"

세이레나는 남자에게 물었다. 혹시라도 벤이 혼자 사는 게 아니라면 그가 애쉬를 자기 집으로 데려갔을 리 없다고 생각했기 때문이다.

남자는 세이레나를 한 번 보고 로렌을 보며 고개를 끄덕였다.

"아, 네. 혼자 살죠."

그렇다면 집으로 데려갔을 가능성이 더 높아진다. 그때 남자가 물었다.

"저, 그런데 벤은 왜 찾는 거죠?"

"알아서 뭐하게?"

로렌이 윽박질렀다. 하지만 세이레나는 남자가 뭔가를 알고 있을지도 모른다고 생각했다.

"머피 경이 큰 범죄에 연루돼 있는 거 같거든요."

"크, 큰 범죄라면……?"

로렌과 세이레나의 시선이 부딪쳤다. 로렌은 어깨를 으쓱해 보이며 말했다.

"누군가를 죽이려 한다거나."

"허! 벤이요? 그럴 실력도 안 되고 주제도 안 될 텐데요?"

"그럴 실력이 되는 사람을 돕는 거일 수도 있죠."

그거면 말이 된다. 남자는 잠시 생각하다가 로렌과 세이레나의 눈치를 살폈다.

"아, 음…… 저, 이야기 들은 게 있는데 말입니다."

"뭔데?"

로렌의 재촉에도 남자는 망설였다. 어휴. 로렌은 한숨을 내쉬더니 품에서 동전을 꺼내 남자에게 튕겼다.

남자의 손이 재빠르게 공중에서 동전을 낚아챘다. 세상에. 처음 보는 광경에 세이레나의 눈이 동그래졌다.

"벤 녀석이 어제 술에 취해서 이야기한 게 있는데 말입니다."

"있는데?"

여기까지 이야기했으면 말하는 수밖에 없다. 남자는 동전을 품에 넣으며 말했다.

"헌터 하우스라고 아십니까?"

헌터 하우스? 세이레나와 로렌의 눈이 마주쳤다.

게일이 살던 집이다. 하지만 지금은 아무도 살지 않고 있고 게일이 살면서 워낙 이것저것 팔아 치운 탓에 거의 황폐해져 있었다.

세이레나는 그 집을 수리하려면 돈이 꽤 많이 들 거라고 판단했다. 원래라면 에즈라가 스물한 살이 되자마자 작위와 재산을 넘기고 헌터 하우스로 넘어갈 생각이었지만 애쉬와 약혼한 지금은 그럴 필요가 없다.

그녀는 헌터 하우스는 무너트리고 다시 지을지, 아니면 수리할지 고민하다가 문을 닫아걸고 잊어버렸다. 그것보다 더 중요한 일이 일어났기 때문이기도 했고 당장 쓸 일이 있는 것도 아니기 때문이었다.

그래서 당연히 여기서 그 집의 이름이 나올 줄은 몰랐다.

"아는데."

로렌이 침착하게 말했다. 남자는 주변을 둘러보더니 두 사람에게 말했다.

"벤 녀석이 술에 취해서 거기서 멀리 떨어져 있어야 한다느니 하더군요."

"헌터 하우스에서 멀리 떨어져 있어야 한다고 했다고요?"

"네. 엄청난 일이 생길 거라나. 너무 취해서 제대로 못 들었습니다만."

벤이 취중에 한 헛소리라고 생각했다. 거기 있던 사람들은 대부분 헌터 하우스가 어디인지 몰랐고 벤의 말을 제대로 듣지 않았기 때문이다.

하지만 남자는 지금 로렌과 세이레나가 벤을 찾는 이유가 범죄 때문이라고 하자 문득 그 이야기가 생각난 것이다.

"헌터 하우스면 여기서 먼가?"

로렌이 물었다. 세이레나는 주변을 둘러보고 고개를 흔들었다. 그리 멀지 않다.

"머피 경의 집은 어디지?"

로렌의 질문에 남자는 손가락을 들어 어딘가를 가리켰다.

"여기서 좀 더 가야 합니다. 걸어서 한 시간쯤 걸려요."

"헌터 하우스도 그쪽이야."

그럼 헌터 하우스로 먼저 가는 게 낫다. 로렌은 남자의 어깨를 잡으며 말했다.

"따라와."

만약 헌터 하우스에 아무도 없다면 그대로 벤의 집으로 가야 한다. 로렌은 투덜거리면서 남자를 자신의 말에 태웠다.

세이레나와 로렌의 말이 빠르게 헌터 하우스를 향해 달리기 시작했다.

벤의 집은 공동 주택이었다. 그리 부유하지 않은 젊은이들이 많이 사는 형태다. 애쉬도 기사단에서 공동 주택에 사는 기사들이 꽤 많다는 것을 알고 있었다.

하지만 실제로 공동 주택에 와 본 건 처음이다. 좁은 계단을 오르자 애쉬의 기준으로 너무 가까운 게 아닌가 싶은 문들이 나타났다.

벤은 그중 가장 안쪽의 문을 열쇠로 열고 애쉬를 돌아봤다.

"누추하지만 들어오시죠."

빈정거리는 말이었지만 사실이기도 했다. 부유한 공작에게는 누추한 곳이긴 했다. 하지만 그렇다고 보통 사람의 기준으로 누추한 곳은 아니었다. 거실은 애쉬의 침실보다 약간 작았고 안쪽에 침대가 하나 들어갈 만한 침실이 있었다. 거실 한쪽에 요리를 할 수 있는 화로와 조리대도 있었다.

무엇보다 화장실과 욕실이 안에 있었다. 많은 공동 주택은 화장실과 욕실은 공용으로 사용한다. 그런 곳을 생각하면 벤이 사는 곳은 상당히 괜찮은 독신자용 집이다.

"차를 내와야겠지만 워낙 누추한 곳이라."

벤은 그렇게 말하며 애쉬에게 의자를 권했다. 그의 집까지 왔으면 그가 할 일은 다 끝난 거나 다름이 없다. 여기서 몇십 분 정도만 붙잡아 두면 된다.

덕분에 벤의 태도는 약간 건방져졌다. 애쉬는 신경 쓰지 않고 집을 둘러본 뒤 그가 권하는 의자에 앉았다.

"헌터 경의 비밀을 알고 있다고?"

"정확히 말하면 헌터 백작님의 비밀이죠."

벤은 그렇게 말하며 씩 웃었다. 이걸 벌써 사용해야 하는 게 좀 아깝긴 하지만 상관없다. 그는 어차피 곧 애쉬가 일 왕자의 살해범으로 잡힐 거라 생각했다. 그렇다면 세이레나는 애쉬와 결혼할 리가 없다.

일 왕자의 살해범과 결혼할 미친 사람이 어디 있겠는가.

자연스럽게 그레이윈드 공작가는 무너질 거고 벤이 그레이윈드 공작가의 돈을 뜯을 수 없게 된다.

하지만 괜찮다. 세이레나가 아직 남아 있으니까. 그녀는 일 분단 기사고, 소드 마스터다. 곧 슈발리에가 될 테고 헌터 백작이 되겠지. 그때 그녀에게 뜯어도 된다.

거기까지 재빨리 계산한 벤은 애쉬의 맞은편에 앉았다. 그래도 상대가 공작이라고 더 좋은 의자를 권하긴 했다.

"헌터 백작님의 비밀이라고?"

애쉬는 흥미를 보이며 물었다. 죽은 세이레나의 아버지는 이 왕자의 수하였다. 이 왕자의 명령대로 뒤가 구린 심부름을 했을 거라는 게 그의 생각이었다. 차마 세이레나에게는 말하지 못했지만.

"왕비님의 암살 사건은 아시죠?"

애쉬의 눈이 가늘어졌다. 설마 벤이 말한 세이레나의 비밀이 이걸 말하는 걸까. 그는 무표정한 얼굴로 대답했다.

"기사단에서 그 사건을 모르는 사람이 없지."

심지어 두 번째 암살 사건 후에 왕비가 기사단에 연회를 베풀어 줬다. 일반인이라면 모르지만 기사라면 모를 리가 없다.

벤은 의미심장한 표정을 지으며 말했다.

"거기에 죽은 헌터 백작이 엮여 있다면 어떨까요?"

과연. 애쉬는 벤이 그를 협박하려는 이야기가 이미 자신이 알고 있는 이야기라는 것을 확신했다. 하지만 그는 티 내지 않고 물었다.

"증거는?"

"네?"

"죽은 헌터 백작이 왕비님을 암살하려 했다는 증거 말이야. 증거가 있나?"

벤은 애쉬가 호락호락하게 넘어가지 않을 줄은 알았다. 하지만 이렇게 표정 변화도 없이 증거가 있냐고 물어볼 줄은 몰랐다.

그는 약간 당황해서 말했다.

"제가 그 증거죠."

"어떻게 자네가 그 증거지?"

"제가 헌터 백작님이 살아 계실 때 왕비님의 암살을 도와 달라는 말을 들었으니까요."

그렇군. 애쉬는 씩 웃었다. 왜 벤이 이렇게 자신만만한지 알겠다. 그는 고개를 기울이며 물었다.

"내게서 뭘 원하는 거지?"

"그야……."

애쉬의 질문에 벤이 멈칫했다. 그가 원하는 건 애쉬가 여기서 그와 함께 한 시간 정도 있다가 나가서 일 왕자의 살해범으로 잡히는 거다. 하지만 그렇게 말할 수는 없다. 벤은 침을 한 번 삼키고 물었다.

"헌터 경과 결혼하신다죠? 사랑하는 약혼자를 위해 얼마까지 내놓으실 수 있으십니까?"

세이레나를 위해 얼마까지 내놓을 수 있냐고? 애쉬는 의자 등받이에 몸을 기댔다.

세이레나를 위해서라면 돈 따위는 문제가 되지 않는다. 그는 당장 그녀를 위해서라면 목숨이 아니라 인생도 걸 수 있었다.

"여기야?"

한편, 헌터 하우스에 가까워진 로렌과 세이레나는 말의 속도를 늦췄다. 헌터 하우스에 정말 일 왕자와 일 왕자를 죽이려는 자들이 있다면 두 사람이 다가오는 소리를 들어서는 안 된다.

"음."

세이레나는 나직하게 대답하며 말에서 내렸다. 그녀도 게일이 죽은 뒤 헌터 하우스에 오는 건 처음이다. 원래대로라면 관리인을 뒀어야 했다.

하지만 그러지 않은 건 신경 쓰고 싶지 않았기 때문이었다.

게일이 살면서 가격이 나가는 건 전부 팔아서 써 버렸다. 그리고 게일이 죽은 뒤에는 사용인들이 돈이 될 만한 걸 가지고 달아났다. 이미 이 집은 폐허나 다름이 없다. 폐허라고 하기엔 벽이나 지붕이 튼튼하지만.

세이레나는 대문이 열려 있는 것을 보고 인상을 썼다. 분명히 집사가 잠갔다고 들었다. 열린 문 사이로 작은 정원이 잡초로 무성한 게 보였다.

"여기서 얌전히 기다려."

로렌은 남자에게 말하고 문 사이로 슬쩍 몸을 들이밀었다. 집안은 어두웠지만 사람들의 기척이 느껴졌다.

"문, 열려 있어."

다시 돌아온 로렌이 세이레나에게 속삭였다. 대문뿐 아니라 현관문도 열려 있다는 뜻이다.

이상한 일이다. 세이레나의 표정이 더욱더 안 좋아졌다. 현관문은 열쇠로 잠갔을 뿐 아니라 판자를 박아 막았다고 들었다. 창문도 마찬가지. 이상한 사람들이 드나들지 못하도록 집사는 헌터 하우스의 모든 문과 창문을 나무판자로 막아 놓았을 것이다. 하지만 지금 세이레나의 눈에는 창문에 박힌 나무판자가 보이지 않았다.

"누가 떼어 낸 모양인데."

집을 한 바퀴 돈 뒤 로렌이 말했다. 정면에서 보이는 창문은 나무판자로 막혀 있지 않았다. 하지만 집 뒤에 있는 창문과 뒷문을 집사 거드윈의 말대로 나무판자로 막혀 있었다.

"왜 이런 귀찮은 짓을 한 거지?"

"일 왕자를 애쉬의 이름으로 불러낸 게 아닐까?"

세이레나의 말에 로렌의 눈이 커졌다. 여긴 헌터 백작가에서 소유한 집이다. 애쉬의 약혼자가 가지고 있는 집이니 아무도 모르게 비밀리에 만나자고 하면 속아 넘어갈 수 있다. 그리고 여기서 일 왕자가 죽으면 애쉬와 세이레나에게 뒤집어씌우기도 좋다.

세이레나는 들어오던 길에 문 두 개가 전부 부서진 게 아니라 열려 있었다는 사실을 떠올렸다.

"숙부가 열쇠를 누군가에게 준 모양이야."

"허."

그 누군가가 누구인지 말하지 않아도 로렌은 알아차렸다. 여기서 살던 사람이 죽었다. 문은 잠그고 나무판자를 덧대 출입 금지를 알렸으니 누군가 실수라도 들어올 리가 없다.

두 사람은 몸을 낮춘 채 복도를 걸었다.

세이레나는 헌터 하우스의 구조를 떠올렸다. 제일 먼저 현관이 있고 그 다음 두 사람이 통과하는 복도가 있다. 그 복도를 중

심으로 양쪽에 거실과 식당, 주방이 있다.

세이레나는 일 왕자가 거실에 있을 거라고 생각했다. 그렇다면 일 왕자를 죽이려는 자들은 주방과 식당에 숨어 있겠지.

"세이."

앞서가던 로렌이 멈춰 서더니 나직하게 세이레나를 불렀다. 그녀의 시선이 거실 맞은편의 식당을 쳐다보고 있었다. 곧이어 로렌이 손을 들어 손가락을 펼쳤다.

다섯 명. 식당에 다섯 명이 있다는 뜻이다.

세이레나는 거실 벽에 귀를 기울였다. 누군가 말하는 소리가 벽에 막혀 웅얼웅얼 들려왔다. 남자의 목소리다.

세이레나는 손을 들어 손가락을 세 개 펴 보이며 물었다.

"맞아?"

거실에 세 명이 있는 게 맞냐는 질문이다. 로렌이 씩 웃으며 고개를 끄덕였다.

어떻게 할까. 두 사람은 바로 들어가야 할지 망설였다. 아직 저들이 일 왕자를 공격한 건 아니다. 만약 식당에 있는 자들이 일 왕자를 보호하기 위해 온 거라면 진짜 암살자들은 아직 오지 않은 거다.

하지만 그 순간, 거실에서 휘파람 소리가 들렸다. "삐익!" 하고 날카로운 소리가 울리는 순간 식당에서 남자들이 달려 나왔다.

"어."

로렌은 깜짝 놀라 검 손잡이에 손을 갖다 댔다. 거실과 식당

사이의 거리는 그리 길지 않았고 남자들은 그대로 거실로 들이 닥쳤다. 단 한 사람. 다섯 번째 남자만 빼고.

"어?"

동료를 따라 거실을 향해 달려가던 다섯 번째 남자는 복도에 누군가 서 있는 것을 깨달았다. 그는 로렌과 세이레나가 있는 것을 보고 멈칫했다.

여기 아무도 없다고 했는데? 그의 머릿속에 그런 생각이 드는 것과 동시에 거실에서 고함 소리가 울려 퍼졌다.

"누, 누구냐!"

일 왕자의 목소리다. 이들이 일 왕자의 편이 아니라는 뜻이다. 세이레나는 그대로 검을 뽑았다.

"젠장!"

남자는 로렌과 세이레나를 향해 덤벼들었다. 그들은 여기서 일 왕자와 그의 호위를 죽일 생각이었기 때문에 복면조차 하지 않았다. 로렌과 세이레나가 남자의 얼굴을 봤으니 그는 반드시 두 사람을 죽여야 했다. 그럴 수 있다면 말이지만.

"허."

로렌은 어이가 없어서 기가 차다는 소리를 내며 검을 뽑았다. 그 순간 세이레나는 그녀에게 방해가 되지 않도록 물러났다. 마치 미리 연습한 것처럼 두 사람의 행동이 딱딱 맞아떨어졌다. 로렌이 검을 뽑는 것과 동시에 세이레나가 로렌의 동선에 방해가 되지 않도록 뒤로 물러난다.

로렌이 남자를 향해 검을 휘두르자 세이레나가 몸을 낮춰 로렌의 어깨 아래로 파고들었다.

"큭."

남자는 작은 신음과 함께 그대로 무너졌다. 로렌의 검이 남자의 검을 막고 있었다. 그리고 그 밑으로 세이레나의 검이 남자의 가슴에 파고들어 있었다.

"간다."

로렌은 남자의 몸이 무너지도록 슬쩍 피한 뒤 속삭였다. 거실은 이미 검이 부딪치는 소리가 나고 있었다. 덕분에 복도에서 두 사람이 다섯 번째 남자와 부딪친 것은 아무도 눈치채지 못했다. 로렌은 발끝으로 뛰어 거실 안으로 들어갔다. 그 뒤를 세이레나가 따랐다.

"몰튼 경! 감히 자네가!"

일 왕자가 그렇게 소리쳤다. 로렌은 가장 앞에 보이는 남자의 등을 찌르고 지나갔다.

세이레나는 반대쪽으로 뛰었다.

"누구냐!"

뒤를 당한 남자들이 당황해서 외쳤지만 이미 늦었다. 세이레나 역시 가장 먼저 보이는 남자의 허벅지를 깊게 베고 물러났다.

갑자기 추가된 두 사람의 존재에 긴장한 스펜서는 곧 같은 편이라는 것을 깨달았다.

"왕자님을 지키세요!"

스펜서가 검을 들고 나서려 하자 세이레나가 소리쳤다.

이제 남은 건 세 명. 스펜서가 나서지 않아도 충분하다. 로렌이 두 명에게 덤비는 순간 세이레나도 니콜라스를 향해 움직였다.

"몰튼 경."

세이레나는 익숙한 얼굴에 저도 모르게 중얼거렸다. 죽은 왕의 근위대장이다. 그녀가 왕비일 때 가장 자주 본 사람 중 하나다.

하지만 그는 그때나 지금이나 세이레나를 좋아하지 않았다. 왕비였을 때 니콜라스의 눈에 어린 무시와 경멸은 세이레나를 더 움츠러들게 했다.

"날 아는군."

니콜라스는 그렇게 말하며 웃었다. 지금의 니콜라스는 세이레나를 모른다. 그는 세이레나 헌터라는 유망한 기사를 알고 그녀가 애쉬의 약혼자라는 것은 알지만 눈앞의 여자가 그녀라는 것은 몰랐다.

"세이레나 헌터입니다."

상대가 기사라면 그녀도 예의를 차리는 게 맞다.

세이레나는 융통성 없게도 니콜라스를 향해 인사했다. 그녀의 태도에 니콜라스는 헛웃음을 지으며 말했다.

"니콜라스 몰튼이네."

세이레나는 주위를 둘러보았다. 이미 로렌이 남은 두 명을 물리친 후다. 그녀는 니콜라스를 똑바로 쳐다보며 물었다.

"제가 쓰러져도 두 명이 더 있습니다. 누가 시킨 일인지 말하는 게 더 낫지 않을까요?"

그녀의 말이 맞다. 니콜라스는 씁쓸한 표정으로 세이레나의 뒤로 가서 서는 로렌을 쳐다봤다. 그때 일 왕자가 소리쳤다.

"뭘 하는 건가! 저 반역자를 당장 죽이지 않고!"

그 말에 니콜라스가 움찔해서 검 손잡이를 고쳐 잡았다. 하지만 세이레나는 신경 쓰지 않고 니콜라스를 똑바로 쳐다보고 있었다.

이 남자를 죽일 생각은 없다. 무엇보다 그는 이 왕자가 일 왕자의 암살을 꾀했다는 증인이다.

"선택하세요, 몰튼 경. 우리는 누가 배후에 있는지 이들 중 한 명만 증언하면 돼요. 그 한 명이 당신이 될지는 당신 선택이에요."

니콜라스의 머리가 빠르게 돌았다. 어차피 이 방에 있는 자들은 일 왕자의 암살범으로 사형에 처해질 것이다.

적어도 배후를 실토한다면 감형받을 가능성이 생긴다. 어차피 그는 일 왕자에게 불만이 있었거나 이 왕자에 충성을 맹세한 것도 아니다. 가만히 앉아서 왕의 죽음을 막지 못한 죄로 벌을 받지 않기 위해 선택했을 뿐이다.

이 왕자와 손을 잡기로 결심했을 때처럼 이번에도 니콜라스의 선택은 빨랐다. 그는 일 왕자를 한 번 쳐다보고 세이레나에게 말했다.

"이 왕자님께서 시킨 일이오."

니콜라스는 그렇게 말하며 검을 검집에 집어넣었다. 그럴 줄 알았다. 세이레나 역시 자신의 검을 검집에 집어넣었다. 그녀는 니콜라스가 이 왕자를 감싸고 죽을 사람이 아니라는 것을 알았다.

세이레나가 왕비였을 때도 니콜라스는 두 왕자의 잘못을 왕 앞에서 모른 척해 주지 않았다. 왕비였던 세이레나의 실수 역시 모른 척해 주지 않았다.

일 왕자에게 충성하는 스펜서와 달리 니콜라스는 어디까지나 자신의 안위가 가장 먼저였다.

"브리츠, 이 자식!"

분노에 찬 일 왕자의 고함이 울려 퍼졌다. 세이레나는 로렌에 게 고개를 돌리며 말했다.

"몰튼 경을 기사단으로 데려가 줄 수 있어? 거기서 보호해 줘."

혹시라도 이 왕자의 수하들이 지켜보고 있다가 니콜라스를 죽이려 할지도 모른다. 그러니 기사단에서 보호해 달라는 말에 로렌은 고개를 끄덕였다. 그러다가 그녀는 문득 궁금해져서 물 었다.

"넌 어디 가게?"

"애쉬한테."

아직 애쉬가 벤과 함께 있다. 그가 위험해질 리는 없지만 그래도 어떤 상황인지 알려야 할 것이다. 그녀는 재빨리 쓰러진 남자들의 손발을 묶으며 말했다.

"애쉬와 기사단으로 갈게."

그때까지 이 남자들은 여기 두고 가도 되겠지. 어차피 증인은 한 명만 있으면 충분하다. 기사단에 도착해서 다른 기사들에게 데리고 오라고 하면 된다.

"전하, 댁으로 가실 겁니까? 그레이윈드 공작과 찾아뵙겠습니다."

세이레나의 말에 데이비드는 울컥해서 입을 벌렸다. 브리츠, 이 자식을 가만두지 않겠다는 말이 목구멍까지 기어올라 왔다. 하지만 그는 인내심을 발휘했다.

"아니, 기사단으로 가겠네."

브리츠가 뭐라고 했는지 하나도 놓치지 않고 다 들어야겠다. 데이비드의 그런 표정에 세이레나는 고개를 끄덕이고 스펜서를 쳐다봤다.

스펜서는 약간 놀란 표정으로 세이레나를 쳐다보고 있었다. 일 왕자보다 더 세이레나가 이 상황을 잘 처리하고 있었다. 냉정하게 판단했고 니콜라스에게 검을 겨누지도 않았다. 그는 이 자리에 일 왕자비가 있어도 세이레나처럼 처리할 수 있을지 궁금해졌다.

"로렌을 도와주실 거죠?"

"네."

저도 모르게 대답한 뒤에야 스펜서는 아차 했다. 세이레나와
스펜서의 관계는 굳이 따지면 스펜서가 더 나이가 많고 경력도
길다. 하지만 마치 세이레나가 스펜서의 윗사람처럼 느껴졌다.

그는 재빨리 애쉬를 찾아 뛰어 나가는 세이레나를 보며 한숨
을 내쉬었다. 일 왕자는 왕이 될 사람이다. 당연히 왕이 될 데이
비드 곁에 실력 있는 사람들이 모여야 한다.

지금 일 왕자와 약혼한 왕자비는 집안 좋은 귀족 영애였다.
왕자비로 보면…… 나쁘지 않다. 하지만 세이레나의 행동을 보
자 어쩐지 지금 왕자비가 그녀처럼 행동할 수 있을지 자꾸만 비
교가 됐다.

저런 여자가 왕비가 되어야 하는데.

"자네가 뭘 원하느냐에 따라 다르지."

같은 시간, 애쉬는 벤의 집에 앉아 그와 이야기하고 있었다.
벤은 슬쩍 시간을 확인했다.

이제 겨우 십여 분. 확실하게 하기 위해 그 두 배는 더 애쉬를
잡아 둬야 한다.

"헌터 경을 위해서라면 제가 뭘 원하더라도 주겠다는 말씀이
십니까? 이거 참, 대단한 사랑이군요."

약간 비꼬는 벤의 말에 애쉬는 고개를 기울였다. 재미있는 말
을 하는군. 그는 광장에 가끔 찾아오는 광대를 보는 기분이었

다.

"자네는 뭘 줄 거지?"

애쉬는 빙그레 웃으며 물었다. 뭘 주다니? 그의 말에 어리둥절해진 벤이 물었다.

"제가 뭘 줘야 합니까?"

"난 자네의 입을 막기 위해 뭐든 할 준비가 돼 있어. 하지만 자네는 자네가 쥐고 있는 그 비밀이 자네 외에 어디에서도 나오지 않을 거라는 보장이 되나?"

그게 무슨 소린지 모르겠다. 벤은 멍청하게 애쉬를 쳐다봤다. 그는 벤이 이해하지 못했다는 것을 깨닫고 한숨을 내쉬며 다시 말했다.

"자네가 그 비밀을 아무에게도 말하지 않기로 하고 내게서 뭔가를 받아 갔는데 만약 그 비밀이 어디선가 흘러나온다면 그 책임을 질 수 있냐는 말이야."

"그걸 왜 내가 책임을……."

"비밀이라는 건."

애쉬는 자세를 고치며 벤의 말을 끊었다. 지금까지 벤은 꽤 깜찍한 짓을 했다. 그는 루머와 협박의 세상에서 살아온 그레이윈드 공작을 너무 쉽게 봤다.

"가진 사람이 적을 때에나 효용 가치가 있는 거지. 자네의 입을 막는 조건으로 돈을 준다 해도 다른 자의 입에서 비밀이 흘러나온다면, 내가 자네에게 돈을 줄 이유가 있나?"

벤은 그것까진 생각도 안 해 봤다. 사실 그와 같은 사람들은 거기까진 생각할 필요도 없다. 벤 같은 자들은 상대를 협박하고 갈취하면 끝이니까. 하지만 그 상대를 잘못 봤다.

"생각해 보자고. 내가 여기서 자네를 죽이지 말아야 할 이유가 있나?"

"뭐, 뭘 어쩐다고?"

당황한 벤이 벌떡 일어났다. 그 때문에 그가 앉아 있던 의자가 우당탕하고 뒤로 넘어갔지만 애쉬는 눈썹 하나 까딱하지 않았다.

"자네의 말대로, 난 세이레나를 위해서라면 뭐든 걸 생각이 있어. 그게 타인의 목숨이라면 더 쉽지. 세이레나의 비밀을 아는 자가 자네 말고 더 있다면 자네를 죽여 그들에게 본보기를 보이는 것도 나쁘지 않을 것 같은데."

"어, 어어……."

벤이 허우적대며 뒤로 주춤주춤 물러났다. 그 순간 애쉬가 벌떡 일어났다. 순식간에 벤의 머리 위로 애쉬의 그림자가 파도처럼 쏟아져 내렸다.

"헉!"

그대로 우당탕하고 벤의 몸이 뒤로 넘어졌다.

애쉬는 배부른 짐승처럼 느긋하게 테이블을 빙 돌아 벤을 향해 걸어왔다. 그의 손은 검 손잡이 근처에도 가지 않았지만 벤의 시선은 애쉬의 검 손잡이에 꽂혀 움직일 줄 몰랐다.

"사, 살려……."

벤의 입에서 결국 비굴한 신음과도 같은 말이 흘러나왔다. 애쉬는 쓰게 웃었다. 협박하는 자가 역으로 협박당할 줄도 몰랐단 말인가.

그는 벤의 생각 없음에 어이가 없어서 웃음이 나올 지경이었다. 이런 멍청이가 감히 세이레나를 협박하려 했다는 게 화가 나서 오히려 웃음이 나왔다.

벤은 애쉬가 웃음을 흘리자 흠칫 놀라 벌떡 일어났다. 진짜로 죽는다! 그는 애쉬에게서 달아나기 위해 문 쪽으로 뛰기 시작했다.

애쉬는 그걸 굳이 잡을 생각은 없었다. 어차피 헌터 백작은 죽었고 왕비 역시 자진한 것으로 알려졌다. 벤의 협박은 세이레나와 애쉬의 명성을 떨어트리겠지만 그뿐이다. 그는 더러운 루머를 무시하는 데 익숙했다.

그 순간, 밖에서 누군가 문을 박차고 들어왔다.

"애쉬!"

"쾅!" 하는 소리와 함께 문을 열려던 벤의 머리에 문이 정통으로 부딪쳤다. 신음도 내지 못한 벤의 몸이 무너졌다.

세이레나는 문에 누군가 부딪친 것도 모르고 집 안으로 들어왔다. 애쉬는 쓰러진 벤의 모습에 웃어야 할지 놀라야 할지 몰라 멍하니 세이레나를 쳐다봤다.

"레나?"

"괜찮아요?"

벤이 애쉬의 털끝 하나 건들 수 있을 리가 없다. 그래도 자신을 걱정하는 게 기분 좋아서 애쉬는 웃으며 세이레나에게 다가갔다.

"괜찮아. 여긴 어떻게 왔어?"

"주점에서, 머피 경의 친구가 알려 줬어요."

그제야 세이레나의 뒤로 한 남자가 따라 들어왔다. 세이레나와 달리 그는 쓰러진 벤을 발견하고 깜짝 놀라서 물러났다.

"잠깐만."

애쉬는 세이레나의 손을 한 번 잡았다 놓은 뒤 벤의 집을 나갔다. 그 뒤를 남자와 세이레나가 시선으로 쫓았다.

벤의 옆집으로 간 애쉬가 문 두드리더니 말했다.

"문을 열고 나오는 게 나을 거야."

아주 잠깐, 세이레나는 애쉬가 뭔가 착각했다고 생각했다. 하지만 곧 안에서 문을 여는 소리가 들리더니 누군가 문을 열었다.

"아, 안녕하십니까."

더스틴 풀러였다. 벤의 친구. 세이레나는 아는 얼굴에 눈을 동그랗게 떴다. 하지만 애쉬는 그럴 줄 알았다는 듯 쓰게 웃었다. 이런 자들은 절대 혼자 움직이지 않는다. 자기도 뒤가 구린 짓을 한다는 감각이 있는 만큼 뒤를 봐줄 사람을 두기 마련이다.

"용감하군. 둘이서 날 협박하려 하다니."

"아니, 아닙니다."

더스틴은 재빨리 손을 내저었다. 벤의 협박에 가담한 건 맞지만 그는 벤이 어떤 비밀을 쥐고 있는지는 몰랐다.

"저, 저는 벤 녀석이 여기서 자기 뒤를 봐주면 좀 떼어 주겠다고 해서 있었을 뿐입니다."

"그건 재판에서 밝혀지겠지."

재판이라는 말에 더스틴의 얼굴이 하얗게 질렸다. 거기까지 가고 싶지 않다. 그때 세이레나가 나섰다.

"잠깐, 애쉬. 협박은 상관없어요."

"상관없다고?"

얼굴이 환해지는 더스틴과 달리 애쉬는 무슨 소리냐는 듯 세이레나를 돌아봤다. 그녀는 애쉬의 팔을 잡아당기며 말했다.

"이 두 사람은 일 왕자 암살에 가담했거든요."

"뭐?"

"뭐?"

"뭐?"

세 번째 뭐는 세이레나를 안내한 남자의 입에서 나왔다. 세 남자는 저마다 다른 감정으로 신음을 내뱉었다.

"암살?"

애쉬는 말도 안 된다는 표정으로 쓰러진 벤을 향해 시선을 던졌다. 남자의 얼굴이 새하얗게 질렸다. 그는 벤이 사건에 엮였다는 건 알았지만 그게 암살인 줄은 몰랐다. 헌터 하우스에서 로렌과 세이레나가 싸울 때 밖에서 기다리고 있었기 때문이다.

"미친, 미친놈!"

더스틴은 하얗게 질린 얼굴로 세이레나를 쳐다보다가 다음 순간 뛰기 시작했다.

어라. 당황하는 세이레나의 곁에서 애쉬가 발을 걸었다.

"악!"

"쿠당탕!" 하고 복도에 더스틴이 넘어지는 소리가 울려 퍼졌다. 애쉬는 혀를 차며 더스틴의 목덜미를 잡아 올리며 말했다.

"암살이라고?"

"방금 일 왕자님을 암살에서 구하고 오는 길이에요."

믿을 수 없는 이야기다. 애쉬의 시선이 세이레나를 향했다.

"범인은, 아니, 지금 어디, 아니⋯⋯."

무엇부터 물어봐야 할지 모르겠다. 그는 더스틴을 벤의 집에 던져 넣고 머리를 쓸었다. 세이레나는 늘 놀라운 사람이지만 이번 일은 특히 더 심했다.

"우연히 일 왕자의 암살을 막았다는 건 아니겠지?"

세이레나의 표정이 어두워졌다. 그녀는 이 왕자가 일 왕자를 암살할 것을 알았다. 그리고 그것을 애쉬에게 뒤집어씌울 것도.

정확히 말하면 알았던 건 아니다. 그럴 거라고 생각했다. 그녀가 왕비일 때 알았던 이 왕자는 그럴 사람이니까.

"물어봐도 돼?"

애쉬는 세이레나를 돌아보며 물었다. 어떻게 알았는지, 어떻게 암살을 막았는지, 어떻게 그가 여기 있는 걸 알았는지 물어도 되냐는 질문이다.

세이레나는 물끄러미 애쉬를 쳐다봤다. 늘, 그녀의 비밀을 그에게 말해 줘야 한다고 생각했다. 말하고 싶었다. 하지만 그럴 수 없었던 건 그가 믿지 않을 거라 생각했기 때문이었다. 애쉬의 눈에 의심이 담긴다면 견딜 수 없을 것 같았다.

"네."

세이레나는 조용하게 대답했다. 설령 애쉬가 그녀를 믿지 않더라도, 이제는 말해야겠다는 결심이 들었다.

〈다음 권에서 계속〉